LES MOUCHOIRS

Michel Ragon, autodidacte, ... douze romans. Du premier, ... récents, L'Accent de ma mè... Mouchoirs de rouges de Cholet, La ... jours la mémoire du peuple qu'il tente de restituer et à laquelle il a également consacré un livre unique dans l'édition française : Histoire de la littérature prolétarienne en France.
Par ailleurs, critique et historien de l'art, de l'architecture et de l'urbanisme, il a publié une monumentale Histoire mondiale de l'architecture et de l'urbanisme modernes *et de nombreux essais dont* L'Homme et les Villes *et* L'Art pour quoi faire ? *Ses travaux d'érudition l'ont amené, la cinquantaine venue, à soutenir une thèse de doctorat d'Etat à la Sorbonne et à devenir professeur de l'enseignement supérieur.*
Les Mouchoirs rouges de Cholet, *qui a obtenu un très grand succès, aussi bien auprès de la presse que des lecteurs, a été couronné par quatre prix : le grand Prix des lectrices de* Elle, *le Prix de l'Académie de Bretagne, le Prix Alexandre Dumas et le Goncourt du Récit historique.*

En 1796, dans un village du bocage vendéen ravagé par les Colonnes Infernales, une poignée de survivants recommence l'histoire du monde. Hommes du pays de Gargantua et de Barbe-Bleue, de la fée Mélusine et du Sacré-Cœur, ces villageois vivent intensément des mythes qui les dépassent, avec leurs coutumes étranges, leur peur des hussards et des âmes errantes, leur vieux curé un peu sorcier, leurs ogres et leurs *fradets*. Ces hommes qui se disent avec crânerie « brigands et aristocrates » vivent une aventure où le tragique se mêle au sordide et l'espoir à la frustration. Et c'est peu à peu la résurrection de toute une paroisse, l'épopée du monde chouan que, même après le géno-cide de 1793, l'Histoire ne se lasse pas de persécuter — répres-sion ponctuée d'événements sensationnels comme en 1808 la désopilante et véridique visite de Napoléon Ier ou, finalement, le dérisoire et décevant retour des Bourbons.
Dans la veine profondément populaire des grands « raconteurs d'histoires », d'Erckmann-Chatrian à Giono, Michel Ragon a écrit avec *Les Mouchoirs rouges de Cholet* un superbe roman historique qui dresse avec une précision quasi ethnographique un tableau foisonnant de la vie rurale d'autrefois, une belle histoire émouvante et drôle, riche en rebondissements et péripéties.

MICHEL RAGON

Les Mouchoirs rouges de Cholet

ROMAN

ALBIN MICHEL

A Marius Noguès, paysan du Gers,
auteur de *Petite Chronique de la boue*,

à Jean Robinet, paysan de la Haute-Marne,
auteur de *Compagnons de labour*,

en affectueuse amitié.

« Tous les chênes sont histori-
ques, mais quelques-uns ne s'en
vantent pas. »

Jules RENARD, *Journal.*

LIVRE PREMIER

1

Il était une fois un chêne

IL était une fois un chêne, un gros vieux chêne, et, dans le tronc de ce chêne, se tenait mussé un homme. Si parfaitement intégré à l'arbre, dont il avait d'ailleurs pris la couleur grise, si incrusté dans le creux du bois, souvenir d'une déchirure d'orage, que personne n'eût imaginé que ses membres, qui parfois se détachaient du tronc pour se désengourdir, eussent pu appartenir à une autre espèce que végétale. Au cours des semaines, des mois, des années, que dura la grande désolation du bocage, il s'était identifié à l'arbre. Devenu chêne, il le restera toute sa vie. Puisque, réintégré dans le monde des hommes, et ne se souvenant plus de son nom, peut-être n'en ayant jamais eu, il sera appelé Duchêne (ou plutôt Dochâgne, avec l'accent du pays). Homme couleur de mousse et d'écorce, nourri de glands, de champignons crus, de jeunes pousses de fougères; homme sans âge, sec, le visage encroûté de terre et les cheveux blancs.

Tout le temps que Dochâgne entendit au loin le piétinement des troupes en marche, les galops des chevaux, les charrois des caravanes qui emportaient vers Paris le produit des pillages; tout le temps que des coups de fusil et de canon déchirèrent le silence, que des hurlements témoignèrent des massacres continués, il resta dans son chêne, engourdi, n'ayant plus, dans sa somnolence, la sensation de la durée. Un jour, il se crut mort car le silence devint total. Rien. Pas un chant d'oiseau. Pas un bruissement de bête dans les fourrés. Pas de tambours au loin. Rien. Le silence absolu. Le vide. Dochâgne se crut mort et il fut bien content.

Mais jadis Dochâgne s'était battu au nom des dieux et des fées, des prêtres et des sorciers, contre les gens des villes qui avaient décidé dans leur superbe que ces choses vieilles comme le monde périraient avec le roi. Le roi n'était pas mort tout seul. Ils lui avaient coupé le cou. Maintenant ils tuaient les dieux à coups de canon, brûlaient les églises, pourchassaient les prêtres, incendiaient les moissons, traquaient les paysans en battue, comme du gibier de nobles. Dochâgne savait qu'après le silence de la mort vient la résurrection et le silence persistait. Donc ce n'était pas la mort. En tout cas, pas la sienne. Peut-être la mort de la terre. Peut-être Dieu avait-il anéanti tous ces maudits comme il fit à Gomorrhe et l'avait-il oublié, lui, Dochâgne, enfoui dans son arbre?

Il attendit encore une semaine, mastiquant lentement ses glands, rampant la nuit jusqu'à un ruisseau où il se désaltérait en lapant comme un chien, étendu de tout son long sur les frais graviers. Puis il se risqua enfin à sortir de la forêt.

Dès qu'il fut à découvert il tomba à genoux, la face contre terre car il avait vu dans un grand éblouissement le visage de Dieu. Mais il confondait. Ce n'était pas le Dieu catholique, mais un Dieu bien plus ancien que ses ancêtres adoraient : le soleil. Il avait oublié le soleil. L'éclat de la lumière lui brûlait les yeux. Il ne pouvait regarder devant lui, aveuglé, et il avançait, le coude levé, comme un gamin qui craint de recevoir des gifles. Mais aussi il avait peur. Et il ne reconnaissait pas le pays soudain devenu chauve. Ce n'est qu'au bout d'un certain temps qu'il s'aperçut que toutes les haies, tous les genêts, tous les taillis, qui faisaient au bocage son beau pelage vert et or, avaient été abattus, que les chemins creux n'étaient plus que des sentiers, leurs talus et leurs fossés ayant été aplanis. Une odeur de roussi recouvrait toutes les senteurs. Les champs avaient brûlé, comme les haies, comme la première ferme qu'il rencontra et dont il ne restait plus que les murs noirs. Dans la cour, seulement une paire de sabots. Dochâgne hésita à les prendre. Il les ramassa et les mit soigneusement près de la margelle du puits. Une odeur de charogne supplanta celle de roussi. Dochâgne regarda dans le puits et il vit un amoncellement de cadavres qui l'obstruait.

Un peu plus loin, à travers champs, Dochâgne trouva encore des sabots. Plus il avançait, plus il trouvait de sabots et il comprit que les paysans, pour fuir plus vite, s'étaient déchaussés. Il en adopta une paire, mais marchant nu-pieds depuis si longtemps il se sentit vite gêné et les abandonna.

Le premier village qu'il rencontra était absolument désert. Toutes les maisons avaient été incendiées. Seul restait debout le clocher en pierre de l'église. La nef elle-même était effondrée et les lourdes portes de bois du portail calcinées. A l'intérieur de l'église, des cadavres, en partie brûlés, s'amoncelaient.

Dochâgne alla plus loin. C'était Gomorrhe en effet. Dans les champs, sur les chemins, il butait partout sur des corps inertes : hommes, femmes, enfants. Certains squelettiques, aux chairs déjà déchiquetées par les corbeaux.

Dans le village suivant, pareillement incendié, les cadavres de femmes et d'enfants aux crânes défoncés à coups de crosse s'alignaient sur deux rangs dans la rue centrale. La plupart nus. Des vipères rampaient entre les corps. Dochâgne les chassa à coups de caillou. Puis il continua à marcher droit devant lui, dans un pays qu'il ne reconnaissait plus, sans rencontrer âme qui vive, un étrange pays sans arbre ni haie, pelé, noir de fumée, sans bœufs, sans moutons, sans chiens. Aux temps jadis, des pèlerins arrivaient ainsi dans des régions désertes, ravagées par la peste. Ils se signaient en hâte et passaient leur chemin, la main sur la bouche.

Dochâgne entra dans un bourg, ou plutôt ce qui subsistait d'un gros village reconnaissable à ses tracés de ruines noircies. L'église, canonnée, s'était transformée en une pyramide de granit. A l'étal d'une boucherie, des hommes étaient suspendus aux crochets à viande, par le menton. Sur la grande croix d'un calvaire, un prêtre en robe noire restait attaché. Sa tête fracassée par les balles pendait sur une lanterne brisée suspendue à sa poitrine et qui avait dû guider les tireurs. Des carcasses de chevaux et de bœufs pourrissaient entre les ruines. Soudain Dochâgne sentit une présence vivante et se mit en garde. Un couple de loups, occupé à déchiqueter une charogne, se contenta de grogner à son approche. Dochâgne leur garrocha des pierres et ils s'enfuirent en geignant.

Sur l'ancienne place du marché, tous les bourgadins se trouvaient là, couchés, raides, comme pour être comptés. Dochâgne dénombra cinq cent soixante-quatre cadavres, dont cent quarante-sept enfants. Les plus petits, les marmots, avaient été embrochés à des baïonnettes plantées dans le sol. Les femmes, aux jupons relevés, montraient leurs sexes éclatés par les cartouches dont on les avait bourrés. Le maire se reconnaissait à son écharpe tricolore. Bien que républicain, les bleus lui avaient tranché les oreilles et le nez. Beaucoup de bourgadins, aux vestes poilues d'agneau noir, avaient le crâne fendu, les oreilles et les doigts coupés. Des nuées de mouches bourdonnaient, se gavant de caillots de sang.

Tout le jour, Dochâgne marcha dans des champs brûlés, ne rencontrant que fermes en ruine, cadavres abandonnés d'hommes et de bétail. Des corbeaux s'envolaient lourdement à son approche et des loups couraient en bande, si occupés par tant de proies offertes qu'ils ne semblaient même pas remarquer ce seul homme debout.

A la tombée de la nuit, Dochâgne entra de nouveau sous le couvert rassurant de la forêt et, là, il se trouva face à face avec un homme. Instinctivement, d'un seul élan, ils se jetèrent l'un contre l'autre, mains en avant comme des pattes à griffes. Renversés dans la fougère ils cherchaient à se mordre. Puis ils se reconnurent paysans et « aristocrates », comme ils disaient, et se relevèrent en grognant comme des sangliers.

« D'où viens-tu?

– Do châgne. »

C'est ainsi que le nom lui resta. Et c'est par Chante-en-hiver que Dochâgne retrouva la compagnie des vivants.

Tous les villages étaient morts, mais les forêts cachaient les survivants. Les morts ne recevaient pas de sépulture, tandis que les vivants, eux, s'enterraient. Chante-en-hiver emmena Dochâgne dans une combe plantée de futaies et de genêts gigantesques. En s'enfonçant à travers les ronces, les deux hommes arrivèrent à un campement de huttes de branchages et de feuilles. Des vieillards et des femmes en haillons apparurent, hébétés, fourrageant leurs longs cheveux de leurs ongles pour calmer les morsures des poux. Des blessés râlaient dans la fougère, une épaisse couche de sang séché sur leurs plaies grouillantes de mouches.

Chante-en-hiver conduisit Dochâgne à une cabane édifiée sur une sorte de place ronde où un dolmen avait été dégagé des broussailles. La cabane tenait lieu d'église à ce village enfoui et, sur le dolmen, chaque matin, à la fois curé et druide, le prêtre célébrait la messe. Il interrogea Dochâgne, parut satisfait de ses réponses et prit son bréviaire où, sur les marges blanches, il tenait l'état civil de sa paroisse, y inscrivant au crayon les décès, nombreux, et les naissances, rares.

« C'est Dochâgne », dit Chante-en-hiver.

Le curé inscrivit Dochâgne et, se fiant à la mauvaise mine et aux cheveux blancs du nouveau venu, mit à la suite : quarante ans.

Dochâgne vécut quelques semaines au fond de la combe, la paroisse craignant un retour des soldats. La nuit, les hommes sortaient pour aller poser des collets ou pêcher dans la rivière. Les femmes partaient à la recherche de quelques vaches errantes qu'elles réussissaient parfois à traire. Les poissons, tout comme le gibier, étaient mangés crus, le danger demeurant trop grand de signaler la cache par la fumée des feux. Des moulins à main, fabriqués avec des pierres et des troncs d'arbre, écrasaient des grains de seigle à demi carbonisés, recueillis dans les débris des greniers. Avec la farine, on faisait de la bouillie. Mais beaucoup de paroissiens, torturés par la dysenterie, se contentaient de mâcher des herbes et des écorces, dévidant interminablement les grains des chapelets suspendus à leur cou.

Pas de chien, pas de chèvre, aucun animal domestique au fond de la combe, dont les cris auraient pu signaler la présence du village dissimulé. Les paroissiens parlaient à voix basse, et ces chuchotements se mêlaient curieusement au murmure d'une fontaine.

Chaque jour, des hommes partaient en éclaireurs de plus en plus loin et jamais ils ne rencontraient d'autres hommes, sinon à l'état de cadavres. Peut-être vivait-on l'agonie du monde? Comment savoir? Le curé finit par s'identifier à Noé et décida que le temps était venu de remonter à la lumière du jour pour recommencer avec ses fils et ses filles l'histoire du monde.

Il fallut d'abord enterrer les morts, les disputer aux loups, tuer les chiens enragés, capturer dans les landes de genêts les vaches, les moutons, les chèvres, redevenus sauvages. Il fallut retirer les cadavres des puits et des citernes. Seules les sources isolées dans la forêt n'étaient pas empoisonnées. Il ne pouvait être question de reconstruire les villages. Pouzauges n'avait plus que sept maisons; Bressuire une; Les Herbiers aucune; Tiffauges seulement deux chambres épargnées. On recouvrit donc de branchages les toits des porcheries et des bergeries où l'on se logea.

Ce n'était pas la fin du monde. D'autres paroissiens sortaient peu à peu de leurs caches et revenaient dans leurs villages carbonisés. On se compta et l'on trouva trois femmes pour un homme et une multitude d'enfants sans parents. Dans la plupart des villages, les deux tiers des paroissiens avaient été tués, presque tous les animaux domestiques réquisitionnés. Il ne restait plus de provision de grain.

Un soir, dans la paroisse qui avait adopté Dochâgne, des cavaliers amenèrent, liés par des cordes à leurs selles, six prisonniers aux uniformes bleus à revers rouges, leurs culottes blanches (qui faisaient surnommer les soldats républicains non pas les bleus, mais les culs-blancs) maculées de boue et de sang. Ils n'avaient plus de souliers. Ils dirent qu'ils ne voulaient pas combattre la Vendée, qu'ils étaient seulement volontaires contre le roi de Prusse. Mais ils avaient un accent pas très catholique et le vieux curé aux cheveux pleins de paille dit simplement :

« Qu'ils se confessent et qu'on les tue. »

Les villages qui, peu à peu, se remettaient à revivre dans leurs ruines ressemblaient à une cour des miracles. Avec leurs béquilles, leurs moignons, leurs balafres, les hommes les plus valides paraissaient tous des vieillards. Les aveugles, les manchots, les culs-de-jatte erraient, désœuvrés, affamés. Les enfants sans famille s'organisaient en bandes agressives. Tout le monde resta longtemps fagoté de haillons puisque les métiers à tisser étaient détruits.

Chante-en-hiver fut le premier à ouvrir boutique. Il se souvint qu'il avait été forgeron et tout le monde manquait d'outils. L'habitude de chanter devant son enclume, même en hiver, lui avait valu son nom. C'était un homme de bonne humeur, dont le bavardage contrastait avec le laconisme de Dochâgne. Petit, musclé, les cheveux noirs et les yeux clairs, il pouvait avoir trente ans. Comme tant d'autres combattants de l'armée de Charette, il venait du pays de Retz, sur la rive gauche de la Loire, ancienne seigneurie du fameux Gilles de Retz (dit aussi de Rais). Ces hommes, parmi les plus redoutés des soldats de Kléber et de Marceau, s'appelaient en conséquence, et par contraction phonique : paydrets.

Chaque nouvelle population de village était ainsi formée de fuyards, de survivants, que les paniques et les errances assemblaient au hasard. Dochâgne ne se rappelait plus d'où il venait, ou bien ne voulait plus le savoir. Mais on ne l'interrogeait pas, chacun ayant suffisamment à faire avec les horreurs de ses propres souvenirs pour se soucier d'y ajouter ceux des autres.

Trois femmes pour un homme, c'est-à-dire des veuves, des vieilles, des bonnes à marier. Parmi les hommes, des veufs aussi, et des vieux, et des éclopés. Peu de jeunes et de valides. Sur cent mille

Vendéens qui avaient franchi la Loire en 1793 pour cette grande virée de galerne qui les avait menés jusqu'en Normandie, dans l'attente des vaisseaux anglais, les sabres des hussards, la dysenterie, la mitraille, les noyades de Carrier ne laissèrent que deux cents survivants. Dans ce village qui se reconstituait peu à peu, comme dans tous les autres villages du bocage, la plupart des couples étaient dépareillés. On ne pouvait espérer le retour des prisonniers puisque tous étaient fusillés, ni la résurrection des morts le troisième jour comme on l'avait cru au début des combats. Alors le vieux curé aux cheveux pleins de paille ouvrait son bréviaire et, dans les marges blanches, inscrivait les nouveaux mariages. A Chante-en-hiver échurent une veuve et ses trois enfants, qu'il lui parut urgent de caser. Vive, robuste, avec un museau pointu de souris, elle s'affaira vite dans l'ancienne forge que Chante-en-hiver déblayait. Sous les pierres des murs et les poutres mal calcinées du toit, il retrouva l'enclume, répara les trous du soufflet avec des peaux et convia Dochâgne à venir l'aider à forger les premiers outils.

Leur travail préliminaire consista à rechercher la ferraille. Les rues et ruelles du village, les champs d'alentour, étaient parsemés d'armes brisées, de roues de charrette, de lames de sabre, de boulets de canon, de chaînes et de mors. Avec ces épaves de guerre, ils confectionnèrent les outils de la vie quotidienne, les trois outils fondamentaux d'abord : la houe pour défricher la terre, la faucille pour couper l'herbe et le blé, la serpe pour tailler les haies et la vigne.

Lorsque Chante-en-hiver les emmancha dans les solides branches de frênes taillées par Dochâgne, il sembla à tous que le premier signe de la renaissance du village apparaissait. Le vieux curé bénit les outils et le soir jeunes, vieux, éclopés dansèrent jusqu'à la nuit devant les ruines de l'église.

Le village se fit menuisier pour creuser des écuelles dans des troncs de noyer. On coupait sur l'arbre la branche qui convenait pour une fourche ou le tronc coudé qui deviendrait manche de charrue. On abattit des arbres qui devinrent poutres et solives. On remit les murs de granit debout. On garnit les toits de chaume et de débris de tuiles rouges. Au début de l'hiver, chaque maison disposait d'une pièce où, enfin, il ne pleuvait presque pas. Mais à la messe du dimanche on s'étonna de se retrouver si peu nombreux. Le vieux curé consulta les marges de son bréviaire : la liste des décès se révélait affolante. Presque la moitié des survivants, sortis de la combe, étaient morts depuis trois mois : les uns tout bonnement de vieillesse, mais la plupart de dysenterie, de blessures infectées, de crachements de sang, de maladies vénériennes consécutives aux viols.

Avant la grande guerre de 1793, avant le génocide perpétré par les douze Colonnes infernales de Turreau en l'an 94, qui suscitèrent le sursaut désespéré de la seconde guerre de Vendée de l'été 95 au printemps 96 et qui se termina avec la prise et l'exécution de Charette et de Stofflet, le village qui avait adopté Dochâgne comptait une soixantaine de feux, donc environ cinq cents âmes. L'hiver 96, seule une trentaine de cheminées fumaient et, à l'église, on ne voyait qu'une centaine de fidèles.

En proportion, les feux étaient plus nombreux qu'avant la guerre. On n'avait relevé que partiellement les ruines et chaque foyer réunissait moins d'âmes. Une grange restaurée servait d'église.

Le curé-Noé vit son arche en perdition et décida d'apparier tout ce qui pouvait encore l'être. A la liste des décès s'ajouta celle des nouveaux mariages, hâtivement conclus. Dochâgne aurait bien aimé recevoir en partage la petite Louise, fille des paysans chez lesquels il travaillait lorsqu'il n'aidait pas à la forge. Mais elle n'avait pas quinze ans et le curé décida qu'il lui fallait épouser la fille Eléhussard. Dochâgne tenta bien de rétorquer que la fille Eléhussard était simple d'esprit, mais le curé avait la réplique à tout :

« Heureux les simples d'esprit, le royaume de Dieu leur appartient.

– Monsieur le curé, c'est bien sûr que la fille Eléhussard mérite le Royaume de Dieu, après tous ses malheurs, mais pour le royaume d'ici-bas, si dur à labourer, la petite Louise serait bien plus vaillante.

– D'abord tu vas quitter la maison de Louise et habiter la borderie abandonnée près de l'ancien moulin. Tu cultiveras autour les terres qui ne sont plus à personne. Te voilà propriétaire, mon garçon.

– C'est bien de la bonté, monsieur le curé, mais la fille Eléhussard attend un petit.

– C'est bien pour ça qu'il faut qu'elle se marie. »

Pauvre fille Eléhussard, si maigre que son gros ventre semblait devoir la faire tomber en avant lorsqu'elle marchait d'un air hagard. Violée par une patrouille de hussards, il lui prenait des frayeurs subites et elle se mettait alors à hurler : « Les hussards ! Les hussards ! » Laissée pour morte après le viol, elle avait néanmoins vu les cavaliers, fiers de leurs tibias brodés sur la poitrine, couper les oreilles des paysans qu'ils venaient de sabrer, les enfiler en chapelet, les faire rôtir et les manger à la vinaigrette.

Les hussards de Westermann, terreur des Vendéens, décimeurs de la grande armée catholique et royale sur la route du Mans et dans les marais de Savenay, Dochâgne s'en souvenait sans plaisir. Et il appréhendait de devoir vivre avec ce continuel rappel qu'étaient les aboiements de la fille Eléhussard. Sans parler du petit... Dochâgne revoyait les shakos pointus des cavaliers républicains, leurs dolmans et sabretaches. Fieffés pillards et fiers de l'être, ils portaient aux doigts et à la garde des sabres les bagues, les boucles d'oreilles, les bracelets, les croix d'or arrachés aux femmes qu'ils violentaient. Dans les gibernes des hussards tués on trouvait bijoux et pièces d'or et ces mouchoirs de demoiselles aristocrates entourés de dentelle dans lesquels ils se mouchaient avec un bruit de trompette.

Les hussards! Les hussards! Ces cris soudains de la fille violée, dont les parents, fermiers dans un écart, avaient été coupés en morceaux, ces cris indisposaient tous les survivants du grand massacre. On s'y habituait, mais en même temps, à chacune de ses crises, il se produisait un début de panique.

« Il faudra que tu lui apprennes à se taire », avait ordonné à Dochâgne, le vieux curé.

Lorsque naquit l'enfant du viol, la fille Eléhussard hurla une dernière fois, plus fort encore que de coutume; elle hurla debout, les jambes écartées, en se tenant suspendue à une poutre des deux mains. Dochâgne arriva en courant du champ où il travaillait. La fille Eléhussard avait lâché la poutre et, tombée dans son sang et ses glaires, agonisait près d'un enfant tout nu, vivant, que Dochâgne sépara de son attache ombilicale. La fille Eléhussard mourut dans la nuit.

De bon matin, Dochâgne enveloppa l'enfant dans une peau de mouton et le porta au curé-Noé.

« La fille Eléhussard est défunte et me voilà père. Il me faudrait bien maintenant la petite Louise.

– Toi, tu as de la suite dans les idées. La petite

Louise est une bonne drôlesse. Elle t'aidera à élever ce fils du diable en bon chrétien. »

La petite Louise vint rejoindre Dochâgne et l'enfant du viol dans la borderie. Une gentille petite aux joues rondes, roses comme des pommes, avec des yeux noisette. Difficile de la décrire autrement qu'en la comparant à des fruits. Rieuse, enjouée, elle ne paraissait pas marquée par les années d'horreurs dont on venait juste de s'évader. Avec elle, Dochâgne savait qu'il pouvait renaître. Ses cheveux blancs, son visage émacié, sa maigreur de vieillard eussent pu donner l'impression qu'il était le grand-père de la petite Louise. Mais le village avait d'autres préoccupations. Une activité intense eut lieu tout l'hiver où l'on maçonna, charpenta, menuisa, forgea, laboura les guérets, redressa les talus des chemins creux, tua les vipères qui pullulaient dans les ruines.

Au printemps, le miracle se produisit : l'herbe noircie redevint verte. Les genêts et les ajoncs étalèrent leurs tapis dorés. Le morcellement des champs réapparut avec leurs haies d'aubépine, de houx, de néfliers, d'églantiers et de ronces, entrelacés de chèvrefeuille. Des branches neuves jaillirent des chênes têtards. Les noisetiers repoussèrent près des ruisseaux reverdis par des touffes de cresson. L'hiver avait redonné aux chemins creux leur profondeur et, sur les talus, les prunelliers, les ronciers, les châtaigniers, le lierre proclamaient eux aussi la résurrection de la nature.

Le bocage n'était plus chauve. On sema le blé et le seigle. On prépara les guérets pour les choux, les mojettes et les fèves. On laboura et tailla les vignes redevenues sauvages. On se préoccupa du lin et du chanvre.

Il n'existait plus de propriété individuelle. Seulement un village formant une tribu homogène avec son chef, le curé-Noé. Chef naturel, reconnu, respecté, non pas tant parce que prêtre (les jureurs aussi étaient prêtres et les villages les avaient chassés à coups de fourche, lorsqu'ils ne les avaient pas étripés), mais parce que vieux : appartenant à l'Ancien Temps il constituait la mémoire vivante des familles.

Les métayers n'avaient plus de maîtres, ni les fermiers de propriétaires. Toute la population du village participait à ses relevailles. Le curé-Noé réussit à désorganiser les bandes d'enfants errants en les casant individuellement dans les familles et en ouvrant une école. Il accéléra les mariages des célibataires et les remariages de veuves et de veufs. Chaque nouveau ménage se trouvait immédiatement père et mère d'un petit lot d'orphelins. Dochâgne et Chante-en-hiver n'étaient pas les seuls dans ce cas. Mais il avait beau combiner, il n'arrivait pas, tout curé-Noé qu'il était, à résorber le surplus de femmes. Trois femmes pour un homme, que faire? La Bible citait bien, en des situations extrêmes, une pratique de la polygamie qui permettait d'accentuer le « croissez et multipliez-vous ». Mais les Evangiles restaient muets sur ce point. Si les cultivateurs n'avaient plus de seigneurs, les curés n'avaient plus d'évêques. Il fallait trouver en soi-même réponses à ses questions. Le curé-Noé ne pouvait se résigner à laisser de pauvres femmes, de pauvres filles, vivre seules. Chaque homme marié fut donc astreint à prendre sous son toit deux femmes supplémentaires, une vieille et une jeune. Et à Dieu vat!

Le village s'unissait pour des travaux collectifs qui se transformaient vite en fêtes. Défricher une lande demandait la participation de tous. Chante-en-hiver avait forgé suffisamment de houes, cette charrue du pauvre, connue depuis l'Egypte antique, pour que tous les hommes et les femmes valides forment des équipes à fouir, le dos courbé, ramenant terre et genêts entre leurs jambes écartées.

Chaque équipe entrait en compétition avec les autres et celle qui avait défriché la plus grande éparée obtenait une récompense. Comme on ne possédait rien, la récompense consistait à ouvrir la danse. Car, de temps en temps, pour casser la fatigue, on se mettait à danser dans la lande. On n'avait pas encore refabriqué d'instruments de musique, mais les hommes les plus habiles jouaient des airs en soufflant dans des feuilles qu'ils faisaient vibrer.

Dochâgne, sa petite Louise, l'enfant de la fille Eléhussard (qui était un garçon) reçurent leurs deux femmes. La plus vieille, édentée, la peau du visage fripée comme une pomme blette se jeta dans un coin de la grange au toit à jour et décida qu'elle se trouvait là chez elle, que d'ailleurs Dochâgne était un étranger venu d'on ne sait où. Elle refusa d'entrer dans la seule pièce habitable de la borderie, ce qui d'ailleurs n'était pas pour déplaire à Dochâgne et à la petite Louise, car la vieille, dans ses haillons, sentait plus mauvais qu'un bouc.

La jeune, plus toute jeune, devait avoir le double de l'âge de Louise. Son mari n'était pas revenu de la grande virée de galerne et elle avait perdu ses trois enfants : l'un d'une mauvaise fièvre, l'autre d'une balle en pleine poitrine alors qu'il gardait ses deux moutons et le troisième s'était égaré à tout jamais lors de leurs errances. Elle avait tant pleuré que les larmes creusaient sur son visage, des yeux à la bouche, des rides qui lui donnaient un air hagard. Elle s'appelait Léonie. Ni grande ni forte, elle serait de peu d'aide pour Dochâgne. Mais il fallait bien s'entraider. Dochâgne ajouta une brassée de fougère dans un coin de leur salle à vivre. Ils n'avaient pas encore eu le temps de construire des lits, ni même une table, et mangeaient sur leurs genoux, assis sur des billots, dans leurs écuelles de bois. La vieille ne venait pas les rejoindre, se cachant aux heures des repas et broutant on ne sait quoi.

La paroisse reprit goût à la vie. On entendait, dans sa forge, ponctué de coups de marteau, Chante-en-hiver pousser ses romances. Il disait à Dochâgne :

« Chante avec moi, compagnon. »

Mais Dochâgne répondait :

« J'ai eu tant de misère que j'ai perdu mes chansons. »

Alors Chante-en-hiver lançait d'un air malin, en grasseyant :

> Ton p'tit devanteau ma chambrière
> Ton p'tit devanteau n'est pas beau
> N'est pas beau il est salau
> Ma chambrière ton devanteau
> N'est pas beau il est salau
> Ma chambrière ton devanteau.

En même temps, la campagne, jusqu'alors tristement muette, retrouva ses huchages de bergers, ses terlassages de bouviers et ses brusques houppées de joie, en cascade. Les oiseaux, chassés par les incendies et la mitraille, revenaient. Le blé et le seigle sortaient de terre.

Il arrivait bien que Dochâgne se réveille en sursaut en pleine nuit, croyant entendre le son d'un tambour. Mais ce n'était que la pluie qui tambourinait sur les bâches calfeutrant quelques trous du toit.

Parfois, il croyait entendre marcher. Il secouait la petite Louise qui écoutait et chuchotait, pour que Léonie n'entende pas :

« C'est peut-être la fille Eléhussard qui revient chercher son petit?

– Non! Non! protestait Dochâgne en se mordant les lèvres.

– Alors c'est un gros rat?

– Oui, c'est un gros rat. Tu as raison, dors. »

Et Dochâgne restait les yeux ouverts, n'osant bouger, tremblant de peur. Puis il se risquait à se lever pour aller toucher l'enfant du viol, suspendu à une poutre dans sa peau de mouton.

Il entendait les loups galoper et venir fureter autour des portes de la borderie. De temps en temps, leurs hurlements réveillaient les deux femmes qui se signaient d'un grand geste de croix.

Les nuits paraissaient interminables. Tout le malheur du monde revenait alors avec l'obscurité. Toutes les peurs. Tous les diables et tous les loups. Tous les souvenirs atroces de la grande guerre. Une nuit, Dochâgne se releva en sueur, tremblant de fièvre. Il croyait entendre le galop des hussards. En un rien de temps il entraîna la petite Louise et Léonie dans la cache aménagée sous le manteau de la cheminée. Le galop s'évanouit dans le lointain.

Dans chaque maison, on avait écouté le galop des hussards. La guerre aurait-elle repris? Mais les hussards ne se hasardaient pas à courir la campagne pendant la nuit.

Le galop recommença la nuit suivante.

On hésitait à repartir se cacher dans la forêt. Après avoir beaucoup réfléchi, le curé-Noé conclut qu'il ne pouvait s'agir que de la Chasse Gallery; vous savez, ce seigneur Gallery qui brûle tout le jour dans les enfers et qui, chaque nuit, se bat contre les Sarrasins avec un sabre de verglas.

Pour conjurer le mauvais sort, Chante-en-hiver s'époumona à chanter :

> *Gallery va-t-en tête*
> *Monte sus un chevau*
> *Qu'a le cou d'une bête*
> *Et la piau d'un crapaud.*

Mais, la nuit qui vint, le galop des chevaux reprit. Et toutes les nuits. Chante-en-hiver se tut.

On décida de veiller et de prier. On n'en entendit que mieux les sabots et même les hennissements. On décida alors de dépêcher des guetteurs qui se posteraient le fusil à la main. Dochâgne et Chante-en-hiver en furent. La nuit était claire, avec une belle lune qui permettait de voir comme en plein jour. Une chouette-effraie passa de son vol lent, de son vol de velours et une autre chouette, plus loin, ulula. Chouette ou chouan? Chaque guetteur restait aux aguets, le fusil pointé. Et soudain le bruit d'un galop, très lointain, se fit entendre. Des chevaux apparurent, sans cavaliers, qui bizarrement s'arrêtaient tout à coup, comme pris de panique ou qui, plus bizarrement encore, se heurtaient de plein fouet à des arbres ou à des buissons et se cabraient. Il devait y avoir une vingtaine de chevaux, harnachés avec leurs selles.

Des chevaux eussent été bien utiles au village qui ne possédait plus d'animaux de trait, mis à part quelques vaches faisant office de bœufs. L'occasion était trop belle. Toute la journée, on se prépara à la nuit suivante, tressant des cordes, barrant le plus de passages possibles dans les champs ouverts, avec des pieux et des ronces.

Presque tous les paroissiens se tenaient debout lorsque l'obscurité vint, les uns portant les cordes, les autres devant servir de rabatteurs. Après de longues heures d'attente, le caractéristique bruit du galop se fit entendre très loin, puis de plus en plus fort et les chevaux apparurent de nouveau sous la pleine lune, se heurtant incompréhensiblement à tous les obstacles. Les paroissiens refermèrent la nasse en tentant d'apaiser les bêtes et réussirent à en capturer cinq, qui furent amenées au village.

Mais lorsque, le lendemain, on examina de plus

près cette prise inespérée, la déconvenue fut grande. Il s'agissait bien de chevaux de hussards, reconnaissables à leurs selles, mais leurs yeux étaient morts, crevés à coups d'aiguille. Voilà pourquoi ils couraient comme des animaux fous et se heurtaient à tous les obstacles. Ces chevaux aveugles se révélèrent plus comme un fardeau supplémentaire à assumer que comme une aide. Ils présentaient quelque chose d'un peu effrayant dans leur cécité, comme s'il ne s'agissait pas de vrais chevaux. Ils apportaient en effet avec eux cette présence de la cruauté d'une guerre que l'on pensait avoir fuie.

Dochâgne répéta longtemps que l'on n'aurait pas dû conserver les chevaux des hussards. Tous les malheurs revinrent à partir de là. Ces chevaux étaient les chevaux du diable et le curé-Noé n'avait pas su voir que le Malin se tenait à califourchon dessus.

Après les chevaux arrivèrent en effet les patauds. Les patauds, c'était le nom donné aux républicains qui se disaient toujours patriotes. « Nous autres PATriotes... La PATrie... Défendre la PATrie... L'honneur de la PATrie. » Qu'est-ce que ça voulait dire ? Patriote devint pataud en patois. On ne disait jamais républicain, on disait pataud.

Donc quelques jours après la capture des chevaux aveugles, on entendit un grand bruit de carrioles dans les chemins de l'est. Et de nouveaux chevaux apparurent, attelés à de lourdes charrettes dans lesquelles gesticulaient deux familles, encadrées par des cavaliers « bleus ». De vrais « bleus », c'est-à-dire des gardes nationaux aux uniformes bleus. Tous les paroissiens qui se trouvaient dans le village accoururent et regardèrent, bouches bées, les étranges visiteurs.

De l'une des charrettes sauta un grand escogriffe balafré et parmi les paroissiens quelques-uns murmurèrent avec effroi : « C'est le forgeron! » D'une autre descendit péniblement un homme roux et parmi les paroissiens quelques-uns murmurèrent avec découragement : « C'est le meunier! »

Le forgeron s'esclaffa :

« Tiens, j'entends le bruit de l'enclume. Merci, les gars, d'avoir attisé mon feu. »

Le meunier, que l'on appelait jadis le Gros Meunier, devenu tout maigre, regarda du côté de la colline et vit les ruines noircies de son moulin. Il jura contre les « brigands » qui faisaient de la Vendée un pays maudit. Puis il fouetta ses chevaux et les poussa dans les décombres.

Les gardes nationaux demandaient à boire. Mais on n'avait pas fait encore la récolte de vin. Ils dirent qu'ils venaient de Cholet, qu'à Paris le nouveau chef des sans-culottes s'appelait Barras et que les calotins et les royalistes allaient de nouveau en prendre pour leur grade. Puis ils enfourchèrent leurs montures et disparurent dans un tourbillon de poussière.

Le forgeron pataud se rendit avec ses charrettes, où s'entassaient coffres, literie, vaisselle, femme et enfants, jusqu'à l'atelier où Chante-en-hiver continuait à marteler du fer. Il y entra en se frottant les mains :

« Donne-moi ce marteau, compagnon, que je voie si j'ai perdu la main. »

Chante-en-hiver hésita et tendit le marteau.

Le forgeron pataud frappa, fit gicler les étincelles, tourna le fer avec la tenaille qu'il saisit sur l'établi, façonna le métal à coups redoublés, puis à petits coups plus doux. Une lame de faucille prit sa forme.

« Compagnon, tu n'es pas d'ici. Je ne te demande pas d'où tu viens. Ni pourquoi tu es dans ma forge. Mais, conseil de compère, tu ferais mieux de retourner dans tes bois. »

Chante-en-hiver alla chercher sa femme au museau de souris, les trois enfants, plus la vieille et la jeunette que le curé-Noé lui avait attribués et tous s'en allèrent vers la borderie de Dochâgne. Ils n'avaient aucun bagage à emporter, sauf quelques outils, un chaudron et deux lapins de garenne pris la veille au collet.

Près de la borderie, d'autres ruines restaient à déblayer. Chante-en-hiver et sa suite relevèrent quelques murs qu'ils recouvrirent de branchages, se firent des litières de fougère et allumèrent un feu pour y rôtir les lapins.

Le soir, les deux familles prirent leur repas en commun. Dochâgne dit que la borderie appartenait au meunier et que plusieurs métairies lui devaient aussi redevances. Le meunier ne l'avait pas chassé, mais il faudrait désormais lui donner la moitié des récoltes. Pour l'instant, toutes les semences attendaient en terre et il fallait prier le Bon Dieu qu'elles veuillent bien germer. Mais le Bon Dieu accepterait-il que les grains fructifient pour un meunier pataud ?

Dochâgne oubliait que le Bon Dieu ne faisait jamais tant de manières et que, depuis que le monde était monde et qu'il y avait des moulins, les meuniers pactisaient avec le diable pour pressurer les gueux. On dit qu'à l'origine des temps, Lucifer lui-même examina patiemment toutes les professions pour déceler la plus lucrative et que, sans hésitation, il désigna la meunerie. Et c'est alors que le diable se fit meunier.

Meuniers et maîtres de poste aux chevaux faisaient, sous l'Ancien Régime, partie de la bourgeoisie rurale. Le meunier était un notable qui se payait en nature : vingt livres de blé pour huit boisseaux de farine. Les maisons des meuniers, attenantes ou non au moulin, s'apparentaient aux maisons bourgeoises avec leurs quatre pièces d'habitation. Les meunières portaient ostensiblement des bijoux d'or. Malgré tout, certains meuniers ne furent pas patauds et, à l'annonce de la mort du roi, en janvier 93, beaucoup d'ailes de moulins du bocage furent crêpées de noir; plus tard beaucoup d'entre elles servirent de signal aux armées vendéennes, voire de bois de crucifixion pour les prisonniers bleus.

Le meunier, que l'on s'obstinait à appeler le Gros Meunier, bien que son exil en terre républicaine l'eût dégonflé de moitié, s'installa dans l'ancienne mairie et requit les hommes du village pour en relever les ruines. Voilà qu'avec le retour des patauds les corvées réapparaissaient. Le Gros Meunier avait été en effet (était toujours) le maire de la commune et il entendait bien exercer son pouvoir.

Botté, chapeauté, cravaté, la redingote trop ample sur son ventre plat, il faisait les cent pas dans le village, interpellant ceux dont le visage ne lui disait rien :

« D'où viens-tu, toi, je ne te remets pas? Et toi? Mais d'où sortent-ils tous? Et que sont devenus Zacharie du petit bois, et Jacques de la fontaine basse, et Mathurin de la bergerie, et Auguste du petit pont? »

Personne ne répondait. Le Gros Meunier alla trouver le curé-Noé qui lui dit :

« Tous ceux qui étaient restés dans le village ont été tués par vos amis. Ceux que vous ne connaissez pas se trouvaient avec moi dans les bois. Leurs villages sont brûlés, leurs parents massacrés. Tous sont mes enfants.

– Bravo, curé, on ne s'ennuie pas! Si tous sont tes enfants, toutes les femmes sont tes femmes. Quel taureau que ce curé-là! Beau troupeau de génisses! »

Le Gros Meunier s'esclaffa. Puis il devint grave.

« Sais-tu, curé, que le citoyen Barras a décidé de remettre un peu d'ordre dans cette foutue Vendée. Vous n'êtes plus qu'une centaine de prêtres dans le département, mais quatre-vingts d'entre vous sont encore réfractaires, sortis des bois comme des renards. Comme toi, sans doute? Il va falloir que tu ailles prêter serment. Il faudra tous que vous prêtiez serment à la République, sinon... »

Dans la nuit, le curé-Noé repartit dans les bois.

Le soir, quand tout le monde fut revenu des champs, le forgeron pataud sonna du tambour et toute la paroisse, qui n'était plus qu'une commune, se réunit devant la grange-église. Le maire-meunier fit un long discours, assez peu intelligible à la population, mais il en ressortait néanmoins que l'on vivait dans l'an cinq de la République, que le gouvernement s'appelait le Directoire, que les tyrans comme Robespierre et Carrier avaient été guillotinés, que des élections s'étaient déroulées au printemps sans que la commune vote puisque, d'après la Constitution de 95, ne pouvaient voter ni les domestiques, ni les illettrés, ni les indigents, ni ceux qui ne payaient pas d'impôt (or la commune n'avait pas payé d'impôt depuis 93 où elle préféra chouanner); que, les dimanches supprimés, la semaine comptait dix jours, le dixième jour étant un décadi où l'on devait chômer; qu'il fallait planter un arbre de la liberté; que les foires, occasions de dangereux rassemblements, n'existaient plus; qu'il était interdit de manger du poisson le vendredi; et toute une trâlée d'autres balivernes.

Le dimanche suivant le maire-meunier, le forgeron pataud et leurs familles se retrouvèrent seuls dans le village désert. Toute la paroisse était allée rejoindre le curé-Noé dans la forêt. Quelques vieilles femmes ne revinrent pas. Malheureusement celle dont avait hérité Dochâgne, et qui restait toujours prostrée dans la grange en ruine, regagna le soir la borderie.

Le maire-meunier, d'autant plus fortement maire qu'il n'avait plus de moulin, décida ensuite que les arrérages de loyers et de métayages, impayés depuis quatre ans, devraient être réglés. Pour l'instant, il était l'unique propriétaire à se manifester, mais la race des propriétaires étant la seule qui ne meurt pas, les autres allaient bien aussi réapparaître. Cette menace consterna le village. Après un an de travail pour relever les ruines, débroussailler les champs, fabriquer des outils, après toute une année où l'on avait vécu misérables, mais entre soi, en s'entraidant tout naturellement, en ne formant qu'une seule famille, où dans le malheur était née une vraie communauté paysanne, voilà que les seigneuries revenaient.

On travailla avec moins d'entrain. L'inquiétude taraudait les esprits. On avait mis au labeur les chevaux aveugles mais souvent ceux-ci s'arrêtaient brusquement, pris de panique, surtout lorsqu'on les faisait passer sur des ponts de planches et que le brusque changement de sonorité de leurs sabots les faisait hennir d'effroi. Les paniques des chevaux se communiquaient aux hommes.

Il y avait déjà eu deux guerres dans le pays. En réalité ces deux guerres n'en faisaient qu'une, avec le bref intermède de l'armistice de Hoche. On pressentait qu'il en éclaterait une troisième, mais on se trouvait encore trop proche de la terrible répression des Colonnes infernales de Turreau pour ne pas en rester pétrifié.

La moisson, maigre, n'apporta pas le plaisir escompté. Les fléaux étant rares, on fit fouler les gerbes par les chevaux. Poussés en grands tas au centre de l'aire de terre battue, les grains restaient mélangés de balle, de paille, de mauvaises graines, de débris pierreux et terreux. Comme on n'utilisait pas de cribles, il fallait jeter les grains contre le vent, dans de grandes pelles de bois taillées dans la masse des fûts de noyers.

Mais le foulage par les chevaux abîmait la paille. Si on voulait conserver les tiges en bon état pour s'en servir de liens et surtout pour calfeutrer les toits, seul le chaulage permettait d'égrener les épis proprement. Femmes et enfants tenaient les tiges de blé par poignées et les frappaient sur des pierres, s'excitant au travail par des chansons ou des cris.

Les maisonnées de Dochâgne et de Chante-en-hiver s'associaient pour tous les travaux. Mais les bras étaient trop nombreux pour si peu de terres arables. Trop de femmes et d'enfants, dans de si petits espaces habitables, rendaient la cohabitation difficile. Les plus vieilles voulaient commander. Les plus jeunes se rebiffaient et faisaient front. La petite Louise s'entendait bien avec Léonie mais s'agaçait vite avec les femmes de Chante-en-hiver, ce qui désolait Dochâgne.

Il fallut donner la moitié du blé et du seigle au maire-meunier. Ce qui restait pour les deux familles ne réussirait pas à leur fournir du pain plus loin que l'hiver. Et encore faudrait-il réserver la part de semence.

Comme il n'existait plus d'école, depuis que le vieux curé était reparti dans les bois, les enfants se montraient plus difficiles à tenir. De nouveau, ils s'agrégeaient en bandes, disparaissaient parfois pendant plusieurs jours et revenaient avec plaies et bosses, tout fiers de s'être frottés au bourg et d'y avoir déraciné l'arbre de la liberté dont ils rapportaient les cocardes tricolores.

Les mauvais présages se multipliaient. La femme de Chante-en-hiver, au museau de souris, trouva des œufs de vipère sous le jouc où pondaient ses poules.

Presque toutes les nuits des orages grondaient et chacun restait les yeux ouverts, écoutant en serrant les dents ces armées de paysans qui, au ciel, couraient avec leurs sabots.

Il y avait des terres que l'on n'osait plus cultiver. Le sang des massacres paraissait y remonter du sol et s'étaler en flaques rouges.

Pour barrer la route aux âmes errantes, si nombreuses depuis les grandes tueries, chacun se mit à peindre à la chaux de grandes croix blanches au-dessus des portes des maisons. Lorsque le maire-meunier s'en aperçut sa fureur fut telle qu'il sauta aussitôt sur son cheval et disparut vers l'est. On le vit revenir une demi-journée après, accompagné de trois gendarmes.

Comme d'habitude, ce bavard se planta contre l'ancienne grange-église, devenue mairie et se mit à discourir devant les trois gendarmes qui formaient, avec le forgeron pataud accouru, son seul public. Mais chacun sut le soir que les croix blanches devaient être effacées, que toute maison s'obstinant à conserver au-dessus de sa porte « les traces de l'obscurantisme » serait canonnée, que les gendarmes resteraient dans le village jusqu'à ce qu'exécution soit faite, qu'ils veilleraient à ce que le décadi soit chômé et qu'ils allaient ratisser la forêt et en ramener le curé réfractaire.

Puisque les gendarmes ne traînaient pas de canon, personne ne toucha aux croix. Par contre, le lendemain qui tombait un vendredi, les trois gendarmes, le maire et le forgeron pataud n'en crurent pas leurs narines lorsqu'ils sentirent monter de toutes les fermes l'odeur bien caractéristique du poisson grillé. On avait presque vidé les étangs et la rivière du bas de la vallée pour donner aux patauds un vendredi d'honneur.

Les gendarmes qui, en ce temps-là, montraient peu d'humour, prirent la plaisanterie au tragique et se mirent à saccager quelques cuisines, jetant les poissons cuits au fumier.

Le samedi, ils partirent de bon matin vers la forêt et revinrent le soir fourbus, crottés, prêts à mordre malgré les grands saluts qui ponctuaient leur retour.

Le dimanche, le maire, le forgeron, les trois gendarmes se levèrent à l'aube pour s'assurer que tout le village s'appliquait bien au travail : tout le village était déjà parti à la messe, sans bruit. Et puisque la paroisse se trouvait de nouveau réunie, elle resta l'après-midi dans la forêt pour les vêpres.

Un curé disparu dans la forêt n'est pas plus facile à retrouver qu'un renard mais une centaine d'hommes, de femmes, d'enfants, avec un bon lot de vieux et d'éclopés devraient laisser des traces. Pourtant les trois gendarmes eurent beau ratisser, ils ne réussirent qu'à se faire des accrocs de ronces à leurs belles culottes.

Le jour du décadi, bien sûr, tout le monde se rendit aux champs.

Il se produisit alors un événement inattendu. Puisque les gendarmes ne réussissaient pas à mettre la main sur le vieux curé, et qu'ils ne voulaient vraisemblablement pas repartir bredouilles, ils arrêtèrent Chante-en-hiver.

Pourquoi Chante-en-hiver ? Peut-être parce qu'il parlait avec l'accent des paydrets de Charette...

On sut plus tard que les arrestations reprenaient partout. Non seulement celles des curés réfractaires, mais aussi des capitaines de paroisses qui avaient pourtant déposé les armes.

On sut aussi que la conscription recommençait à causer des révoltes, les recruteurs étant reçus avec des huées et des coups à Vieillevigne, à Rocheservière, à Legé. L'hostilité entre paysans et patauds exilés revenus croissait partout.

Dochâgne se trouvait maintenant avec six femmes et quatre enfants, ce qui se révélait pratiquement ingouvernable. La petite Louise en perdait ses rondeurs et, de fruit, devenait légume. Les pluies d'automne transperçaient les toits de branchages, trempaient les litières de fougère sur lesquelles il fallait néanmoins tenter de dormir, malgré les toux grasses et les gémissements.

Heureusement le maire-meunier, qui ne pouvait prononcer deux phrases sans y glisser les deux mots clefs des patauds : la patrie et la vertu, s'aperçut du stratagème du vieux curé et s'indigna de la répartition des femmes sans homme.

Il n'en fallait pas moins répartir, mais il adopta une solution aux antécédents convaincants et qui disposait encore d'un grand avenir : celles qui n'avaient plus ni mari, ni mère, ni frère aîné, seraient domestiques chez les autres. Pour commencer, il s'attribua une cuisinière, une lingère et une chambrière. La famille du forgeron ne reçut qu'une domestique; il fallait bien marquer son rang. Les autres femmes furent redistribuées dans la dizaine de feux du village. Dochâgne aurait voulu conserver Léonie. On lui laissa la vieille, toujours enfermée dans sa grange, que l'on ne voyait même pas aux heures de repas et qui devait se nourrir de terre. La femme de Chante-en-hiver et ses trois enfants restèrent seuls. Dochâgne s'occupait d'eux comme il pouvait.

Léonie se remit à tant pleurer que les larmes qui coulaient régulièrement, comme une petite pluie, s'inséraient dans les rides qui allaient de ses yeux à sa bouche. Le fermier, chez qui elle avait échoué, exaspéré par tant de chagrin qui, à la fin, risquait de faire tourner le lait de ses vaches, la ramena à Dochâgne qui s'en accommoda.

L'hiver fut très dur. Il y eut quinze jours de neige.

Même les choux gelèrent. Le 24 janvier, la terre se mit à trembler et l'on crut à la fin du monde.

En février, une grande partie des femmes jeunes transformées en domestiques par le maire-meunier disparurent. On les vit réapparaître dans des bandes de valets sans emploi et d'artisans sans travail, du côté des Herbiers. Ils furent bientôt deux mille, rassemblés dans les bois.

Le jour vint où, de nouveau, on entendit au loin les tambours. Puis le martèlement des pas cadencés. Et les culs-blancs réapparurent avec leurs fusils à baïonnette, leurs gibernes, leurs petits canons tirés par des mules, leurs caissons à munitions bâchés. Le maire-meunier et le forgeron (qui jusque-là s'était tenu bien tranquille) se mirent à fanfaronner.

Les culs-blancs croisèrent leurs fusils en faisceaux autour du village et le citoyen maire lut une proclamation ordonnant aux habitants de dénoncer la cachette du vieux curé. Il ajouta sur un ton plus familier :

« Imbéciles, les soldats cernent le village. Ils vous donnent jusqu'à demain. N'en avez-vous pas assez de vos calotins et de vos nobles? Vous crèverez tous, dans la cendre de vos taudis. Et ça ne vous servira à rien. Il n'y a pas de Dieu, nom de Dieu! »

Le lendemain matin, le vieux curé aux cheveux pleins de paille s'en revint, tout seul, jusqu'à la porte de son ancienne grange-église. Il avait traversé les bivouacs des soldats endormis. Il attendait.

Ce fut le forgeron qui le vit le premier. Il poussa un hurlement qui fit accourir les soldats.

« Voilà le curé, foutredieu. »

Les soldats empoignèrent le vieil homme qui tendait ses mains, les lui lièrent avec une corde et l'emmenèrent du village en le bousculant. Ils remontèrent avec leur prisonnier jusqu'à Montaigu, faisant en route des stations dans les cabarets. Ils exposaient le prêtre attaché devant chaque auberge comme une bête étrange qu'ils auraient prise. Il se trouvait toujours quelque méchant drôle pour venir l'insulter et lui cracher à la face. Puis les soldats, mis de bonne humeur par le vin, poursuivaient leur route, poussant leur souffre-douleur à coups de crosse dans les reins. Lorsqu'ils arrivèrent à Montaigu, après deux heures de marche, les pieds nus du vieux curé saignaient. Il respirait avec peine, exténué. On l'exposa encore devant un cabaret. Il osa demander à boire. Le cabaretier alla au fumier remplir un gobelet de purin et lui apporta. Le curé demanda de l'eau. Les soldats se divertirent à aider le cabaretier à lui faire boire le purin de force, en ouvrant de leurs mains la bouche édentée du vieillard. Puis un soldat s'amusa à déchirer la soutane de la pointe de sa baïonnette pour, disait-il, voir comment un curé c'est fait dessous. Tout un attroupement se forma, qui riait, lançait des plaisanteries obscènes. Le curé, à bout de forces, s'évanouit.

Le 17 février, les habitants des Epesses chassaient du bout de leurs fourches leur brigade de gendarmerie. Le 18, six inconnus, porteurs de cocardes blanches, tiraient au fusil sur les gendarmes de Châtillon-sur-Sèvre. Le 27, dans la forêt de la Meilleraie, on dévalisait les receveurs de Bressuire qui transportaient leur recette, escortés par des dragons. Le 10 juin, le notaire Blaizot de Saint-Sulpice-en-Pareds était tué avec sa femme et le rôle des contributions publiques détruit. Le 28 juin, deux gendarmes tombaient à Foussais et trois à Tiffauges. Le 30, La Gaubretière et Les Herbiers coupaient leurs arbres de la liberté. La troisième guerre de Vendée commençait.

Dochâgne n'avait pas de fusil. Il partit avec sa faux, emmanchée toute droite, coupant à travers le réseau de labyrinthes et de lacets que formaient les chemins creux défoncés par les pluies de printemps. Des charrettes à bœufs, abandonnées, pourrissaient dans la boue, enfoncées jusqu'au moyeu. Dochâgne allait tout droit, face au soleil qui se levait. Il escaladait les barrières des champs, sautait les échaliers. De temps en temps, abritée du vent au flanc d'un coteau, il apercevait une métairie comme ancrée sur d'énormes rochers gris. Mais s'il s'en approchait, aucun chien n'aboyait et il voyait que la métairie n'avait plus ni toit ni habitant.

Dochâgne passait sous des voûtes de verdure si épaisses qu'il y faisait presque nuit. Une multitude d'oiseaux se réveillaient en piaillant.

En traversant une lande de genêts, il vit venir vers lui un groupe de quatre ou cinq hommes, qui ne semblaient pas des paysans, mais qui marchaient pieds nus, sans armes et qui lui firent des signes de bienvenue. C'étaient des ouvriers tisserands qui venaient de Cholet et qui cherchaient à rejoindre les troupes du serrurier Caillaud, vétéran de 93.

Dochâgne se joignit à eux. Ils obliquèrent vers le nord. En traversant un bois, ils butèrent sur quatre cadavres de gendarmes aux têtes fracassées à coups de hache. Un gros bourg apparaissait en haut d'une colline.

« C'est Saint-Michel-Mont-Mercure, dit un des tisserands.

– Ecoutez! »

Un grand tumulte venait des hauteurs, des cris, des chants, des tambours.

« Les culs-blancs! »

Dochâgne et ses compagnons grimpèrent prudemment à flanc de coteau, cachés dans les taillis.

« Maudits, dit un Choletais, c'est leur foutue Marseillaise. »

Dochâgne écoutait, reconnaissait des mots patois chantés.

« C'est la nôtre, les gars! C'est la Marseillaise des Poitevins. »

Ils s'élancèrent vers le bourg. Les paroles leur arrivaient maintenant bien distinctes, qu'ils chantaient eux-mêmes à l'unisson :

Allons, armées catholiques
Le jou de gloère est arrivé
Contre nous, de la République
L'étendard sanglant est levé
L'étendard sanglant est levé
Entendez-vous dans nos campagnes
Les cris impurs do scélérats
Qui v'nant jusque dans vos bras
Prendre vos filles et vos femmes.

Aux armes, Poitevins! Formez vos bataillons
Marchez, marchez, le sang do blus
Rogira nos seillons

Quoë! do gueux infâmes d'hérétiques
Feriant la loué dans nos foyers!
Quoë! Do muscadins de boutiques
Nous écraseriont sous leurs pieds.

O Sainte Vierge Marie
Conduis, soutins, nos bras vengeurs
Contre une séquelle ennemie
Combats avec tes zélateurs...

Une foule emplissait les rues du bourg. Depuis bien longtemps Dochâgne n'avait vu tant de monde. Il s'en trouvait tout ébaubi. La tête lui tournait à la fois de joie et de faim. On entendait des fifres, des tambours, des musettes. Deux cents chouans aux vastes chapeaux relevés sur le côté ornés de la cocarde blanche, de longs pistolets glissés dans leurs ceintures rouges; deux cents chouans en sabots, les mollets capitonnés de guêtres d'étoffe, avaient belle allure et le savaient. Dans la foule des paysans qui se trouvaient au bourg en ce jour de marché, ils ressemblaient à des coqs dans une basse-cour. Quant à leur chef, à cheval, superbe avec son petit chapeau à plumes blanches, sa redingote bien boutonnée, son jabot et ses manchettes de dentelle, il faisait caracoler son cheval, comme s'il se donnait en spectacle. Dochâgne et ses compagnons, volailles grises, ternes, déplumées, regardaient avec envie et tristesse ces fiers-à-bras auxquels ils n'osaient offrir leurs services.

Soudain le cavalier au petit chapeau à plumes blanches donna un ordre et les chouans se regroupèrent dans un grand bruit de sabots entrechoqués. Avant que Dochâgne et les tisserands de Cholet eussent le temps de s'apercevoir de ce qui se passait, les chouans disparurent.

Des groupes de paysans s'étaient formés au pied de l'église, tout en haut du mont. Certains brandissaient des faux emmanchées à l'envers, comme celle que Dochâgne tenait toujours à la main. Une vive discussion s'engagea car on allait élire un capitaine de paroisse avant de prendre les armes. Finalement le grand valet d'une métairie fut choisi. Un groupe d'hommes entrèrent dans l'église avec des barres de fer, descellèrent quelques pierres tombales et, des sépultures, retirèrent des fusils par dizaines. Pas assez nombreux néanmoins pour tout le monde, si bien que Dochâgne garda sa faux.

Le grand valet leva la main. Une trentaine d'hommes, d'enfants et quelques jeunes femmes le suivirent. Parmi eux, Dochâgne et les tisserands.

Ils descendirent la colline du Mont-Mercure et

rejoignirent un autre groupe qui venait du Boupère et qui traînait des caissons de munitions pris aux patauds. On se partagea les cartouches.

Dochâgne se lia d'amitié avec l'un des tisserands : Jacques, qui n'avait pas trente ans. Lors de la seconde guerre de Vendée, un éclat de boulet lui avait crevé l'œil droit. Mais il restait néanmoins si bon tireur qu'à chaque fois qu'il visait un cul-blanc il faisait très vite le signe de la croix avant de tirer, recommandant à Dieu l'âme de celui qu'il allait tuer.

La chouannerie dura jusqu'à l'hiver. Blottis dans leurs peaux de mouton, protégés de la pluie par les grands rebords de leurs chapeaux, les pieds bien au chaud dans la paille de leurs sabots, n'ayant jamais si bien mangé de leur vie, les réserves de victuailles dans les villes pillées semblant inépuisables, buvant du vin presque tous les jours, les insurgés apprirent sans plaisir que leur général en chef, le comte d'Autichamp, venait de signer la paix avec le nouveau maître de la France, un certain Buonaparté.

Chacun rentra chez soi, claudiquant dans des chemins crevassés par les roues de tant de charrettes et de canons. Les sabots s'enfonçaient dans la boue et parfois le pied ressortait nu, le sabot avalé par la terre. Dochâgne ramenait au village Jacques-le-tisserand. On leur avait donné des habits neufs, mais, après six mois de guerre, ils s'en revenaient dans l'état où ils étaient partis, en guenilles et pieds nus.

En approchant du village, Dochâgne entendit le martèlement de la forge. Il pensa à Chante-en-hiver. Qu'était-il devenu ? Et le vieux curé aux cheveux pleins de paille ? Et Louise ?

Des cheminées fumaient. Sur la porte de la forge, brandissant un fer rougi qu'il serrait au bout d'une paire de tenailles et qu'il jeta dans un baquet d'eau, se tenait Chante-en-hiver.

En voyant Dochâgne, de stupéfaction et de plaisir, il en laissa tomber ses tenailles.

« Puisque j'étais parti avant toi, je suis revenu avant. Le forgeron pataud s'est ensauvé avec sa basse-cour. J'en profite pour forger quelques outils.

– Où t'avaient-ils emmené?

– Jusqu'au Mans. Mais les chouans du Maine ont chassé les patauds pendant quatre jours de la ville et ont ouvert la prison.

– Le Gros Meunier est toujours là?

– Penses-tu, il a décampé avant la première alerte.

– Et la petite Louise? »

Chante-en-hiver se mit à rire.

« Elle attend là-bas. On t'attend. »

Jacques-le-tisserand était resté silencieux et Chante-en-hiver le regardait, perplexe.

« C'est Jacques-le-tisserand. On chouannait ensemble. Il vient de Cholet.

– Le village n'avait plus de tisserand. Bienvenue, mon gars. »

Dochâgne courut vers la borderie. Dans la semi-obscurité de l'unique pièce au sol recouvert de fougères, ce qu'il vit le laissa pantois. La petite Louise, toute ronde, assise contre la cheminée, donnait le sein à un bébé qui détourna brusquement la tête en entendant du bruit et se mit à pleurer. A l'autre extrémité de la pièce, Léonie, un sein également hors de son corsage, allaitait un autre enfant qui semblait le double du précédent.

« C'est une fille, dit la petite Louise. On l'a appelée Victorine puisqu'on a gagné la guerre. »

Puis désignant Léonie du menton :

« Son petit est né presque le même jour. Alors on l'a appelé Victor. »

2

Maintenant que les grands incendies s'éteignaient

MAINTENANT que les grands incendies s'éteignaient, dans chaque village les hommes veillaient à ne pas perdre les parcelles du feu. Un village sans feu signifiait un village mort. On ne recensait pas les individus, mais les feux. Le feu était à la maison ce que l'âme était au corps. Longtemps resteront chevillés dans le souvenir de Dochâgne et de ses compagnons l'époque maudite où, dans la forêt, ils durent survivre sans feu, dans leurs bauges, et l'effroi à leur retour dans des villages aux cheminées muettes.

Il leur fallut réinventer le feu, en faisant jaillir des étincelles avec des pierres dures. Et depuis, ce feu, ils le cultivaient, le dorlotaient. Ils se le passaient comme le saint sacrement. Les braises étaient conservées sous la cendre, données, communiquées, emportées dans le creux de la main des hommes qui les passaient vivement d'une paume à l'autre pour ne pas se brûler. Il se faisait de perpétuels échanges, de maison à maison. Les femmes qui ne pouvaient entretenir un feu toute la journée venaient quémander chez leur voisine une pelletée de braise ou bien en remplissaient l'écuelle de leur chauffe-pieds. L'hiver, on voyait partir de bon matin les bergères vêtues de leur cape de droguet, quenouille au côté, tenant d'une main un bâton, de l'autre la chaufferette en terre où les braises jetaient de petites lueurs rouges.

Une pièce sans cheminée s'appelait une chambre aveugle. Et dans les rares maisons qui disposaient de plusieurs pièces, une seule, la salle commune, ouvrait ses deux yeux, c'est-à-dire la chaleur et la lumière qui se perpétuaient dans la cheminée devant laquelle la maisonnée s'entassait pour la veillée.

Avant la guerre, chaque foyer possédait un buffou, longue tige creuse en fer forgé terminée par une petite fourche servant de tisonnier. Le buffou servait de soufflet. On s'agenouillait devant l'âtre et on buffait le feu en soufflant dans la tige de fer. Depuis la fin des combats, des canons de vieux fusils servaient de buffou ou, à défaut, des tiges de sureau.

Deux à trois fois par semaine, dans la pénombre, des veillées s'organisaient entre voisins. Dans la borderie de Dochâgne, Chante-en-hiver venait avec sa femme au museau de souris et Jacques-le-tisserand les rejoignait.

Chante-en-hiver racontait sa captivité au Mans, la joyeuse vie du temps jadis avec M. de Charette, les terres plates du marais et l'odeur des salines, au loin, du côté où se couche le soleil.

Jacques-le-tisserand disait :

« Le linge, c'est la vraie richesse, après la terre. C'est vous, les paysans, qui semez le lin et le chanvre et personne n'a plus de draps. Les mendiants d'autrefois étaient mieux vêtus que nous. »

Dochâgne et Chante-en-hiver écoutaient avec surprise leur ami Jacques leur parler des quarante mille tisserands de Cholet qui actionnaient les douze mille métiers à tisser de la ville des mouchoirs. Comment pouvait-on imaginer douze mille métiers? Il n'y avait en général qu'un seul métier par village. Tous les villages du Poitou n'y suffiraient pas.

« Les métiers s'entassaient dans des caves, expliquait Jacques. Très serrés, si serrés que l'on pouvait à peine circuler autour et qu'il fallait employer des enfants de trois à quatre ans qui se glissaient sous les bois pour ramasser les fils. Il faisait si noir dans ces caves, malgré la lueur des torches de résine, que les yeux vous picotaient. Il faisait si humide qu'on toussait, qu'on prenait des fièvres et que la moitié d'entre nous mourait de crachements de sang. Quand on a vu que nos patrons se proclamaient républicains, on a vite compris que la République n'était pas faite pour nous. Les paysans, on les connaissait bien puisque nos salaires misérables nous obligeaient à nous louer en supplément pour les moissons et les vendanges. Nous aussi, on s'est faits brigands et aristocrates.

– La guerre de Vendée, c'est une guerre d'ouvriers et de paysans, appuya Chante-en-hiver. Moi aussi, je suis ouvrier.

– C'est une guerre de gueux contre les bourgeois et les villadins, dit Dochâgne. Ils se sont battus parce qu'ils voulaient tout. Nous, on s'est battus parce qu'on ne voulait rien. »

Dans le village, ne revinrent ni la plupart des femmes domestiques qui avaient suivi les bandes des Herbiers, ni le forgeron balafré, ni quelques hommes tués dans la troisième guerre. Par contre le meunier reconstruisait son moulin et officiait dans la mairie au nom du Premier Consul, comme auparavant au nom du Directoire, puis avant au nom de la Convention. Bonaparte ayant amnistié Vendéens et chouans et signé avec le pape le Concordat qui assurait la liberté religieuse, le maire-meunier fut donc bien obligé de recevoir avec des égards le vieux curé qui avait réussi à survivre aux brutalités de la soldatesque, et dont le grand âge lui avait valu de ne pas être envoyé au bagne de Cayenne, mais à celui de l'île de Ré.

Le vieux curé récupéra la grange-église et commença par y faire chanter, en réunissant tous les villageois (à l'exception du maire) le « Vexilla Regis ».

Monté sur un tonneau, il fit un long sermon qui tenait lieu en même temps de paroles de retrouvailles :

« Mes chers enfants, le « Vexilla Regis » que vous avez si souvent entonné dans vos longues marches victorieuses, c'est l'hymne à la croix, mais c'est aussi l'hymne à l'arbre qui a porté le Sauveur du monde. C'est par l'arbre de nos forêts que Dieu règne. C'est la forêt qui nous a cachés des méchants. C'est la forêt qui nous a préservés des supplices. »

Bienheureuse forêt, elle avait résisté aux assauts des patauds, elle n'allait pas survivre au retour du comte. On l'avait oublié, celui-là, émigré dès 91 et qui, aussitôt son arrivée à Nantes où il vivait de ses fermages, emprunta une calèche à deux chevaux fringants pour aller faire le tour de « ses villages ». Car, comme tous les nobles (sauf les pauvres nobles qui s'étaient ruinés à chouanner avec leurs paysans), il était propriétaire de villages entiers et des terres et bois y attenants.

Il arriva un midi, dans un grand bruit de roues cerclées de fer et de claquements de fouet. Son régisseur l'accompagnait. Pendant que le cocher dételait les chevaux, il s'enquit de la présence du maire, pestant de ne pas le trouver là, à sa descente de voiture, faisant la moue devant les ruines du village.

Le maire arriva sans trop se presser, se planta devant le comte sans s'incliner et commença par dire :

« Vous n'ignorez pas, monsieur le comte, que les biens nationaux ont été garantis par le Premier Consul. Vous reprenez vos terres, sauf celles que j'ai légalement achetées. »

Le comte haussa les épaules et cracha dans son mouchoir à dentelle :

« Régisseur, lisez...

– Village de soixante feux, onze charrues. Sur six cent cinquante boisselées de terre, deux cent soixante-dix sont semées... »

Le maire-meunier l'interrompit :

« Le village n'a plus qu'une trentaine de feux et cinq ou six araires. »

Le régisseur continua :

« Bois, fruitiers, blés en petite quantité, mules et mulets, forêt de la Combe-aux-loups...

– Les loups sont sortis de la combe, monsieur le comte, et ils habitent vos ruines. Les mules et les mulets ont été dévorés. Il nous reste juste assez de blé pour envisager de nouvelles semences. Les fruitiers ont été coupés et seulement les surgeons font espérer...

– On me doit dix ans de fermages. Mon régisseur...

– Monsieur le comte, on ne tond pas un œuf. Les gens d'ici ont pris de mauvaises habitudes en votre absence et je dois faire respecter l'ordre public. Je n'ai pas envie de retrouver votre régisseur cloué sur une porte de grange.

– Alors je tondrai la forêt. Vous ne l'avez pas achetée, que je sache, meunier. La main-d'œuvre est bon marché à Nantes. Je vous enverrai des équipes de bûcherons. Après tout, ces arbres ne servent à rien et ils peuvent me rapporter quelques louis.

– Monsieur le comte, dit le maire-meunier en persiflant, il n'y a plus de Louis. »

Le vieux curé s'approcha :

« Monsieur le comte, la forêt nous a préservés des républicains. Sans elle, il n'y aurait plus ici ni paysans ni curé.

– Vous n'allez pas me dire que M. le maire se cachait avec vous dans la forêt. »

Le curé resta silencieux.

« Alors vous voyez bien que l'on pouvait aussi se cacher ailleurs. Allons, il faut que je continue ma tournée. Cocher, les chevaux... »

Un matin, vers trois heures, le village fut réveillé par un bruit de sabots cloutés. Les bûcherons arrivaient dans la lueur des torches, pauvres hères en haillons, certains pieds nus, avec femmes et enfants qui portaient des balluchons. Personne ne voulant leur indiquer la direction de la forêt, ils durent rester à attendre l'aube, accroupis et blottis les uns contre les autres comme des moutons apeurés.

Il fallut que le village s'habitue au choc des cognées contre les troncs, au fracas des arbres s'abattant dans un écrasement de branches. Un jour Dochâgne n'y tint plus et alla voir.

Une grande saignée s'enfonçait déjà dans la forêt. Les bûcherons s'étaient construit des cabanes avec des rondins, couvertes de tuiles d'écorce. Ils y vivaient en famille, sur des lits de fougère. Les hommes abattaient les arbres à la hache, puis les enfants les ébranchaient à la serpe et les femmes s'attelaient par deux pour les scier en longueur.

Dochâgne s'approcha de deux bûcherons barbus qui gardaient leur hache à la main, en un geste de défense.

« Vous venez de l'autre côté du fleuve ?

– Dame oui !

– Moi aussi, je suis venu de là-bas. »

Dochâgne se souvint tout à coup de quelques mots qui surgirent de son passé enfoui, en entendant le parler des bûcherons. A son grand étonnement, il les prononça comme si quelqu'un d'autre les articulait. Mis en confiance, les bûcherons suivirent Dochâgne qui les emmena à travers les fourrés jusqu'à un énorme chêne.

Il caressa l'écorce, arracha du lierre, flatta l'arbre de la main comme on caresse un ventre d'animal domestique, puis disparut à l'intérieur de l'arbre. Il en ressortit en s'ébrouant, l'air mauvais :

« Si vous touchez à mon châgne vous deviendrez des chiens noirs, des garous et vos femmes des béliches et des bigournes. »

Les deux bûcherons grognèrent, crachèrent par terre.

« Dochâgne qu'on m'appelle ici. Parce que j'ai été comme enfanté par lui. Quand l'Ogre-Turreau saignait la Vendée, l'arbre m'a pris dans ses bras, comme un enfançon.

– On veillera sur ton arbre, pays. »

En repassant au campement des fagoteux, l'un d'eux sortit de la cendre chaude une sorte de fruit et le tendit à Dochâgne.

Dochâgne gardait dans sa main l'étrange fruit brûlant, à la peau croustillante comme une croûte de pain.

Les bûcherons sortirent d'autres fruits de la cendre, qu'ils mangèrent. Dochâgne goûta, trouva une saveur de farine et conserva le fruit dans sa main pour le montrer au curé.

Le village s'habituait à la paix. Un équilibre finissait par s'établir entre l'ancien temps incarné par le vieux curé et les temps nouveaux représentés par le maire-meunier. Chante-en-hiver était devenu le vrai forgeron du village. On entendait ses coups de marteau sur l'enclume de bon matin et, sur le coup de dix heures, ses premières chansons. Aux trois enfants de sa femme s'ajoutait un petit Pierre, enfant à tous les deux, que le vieux curé baptisa à son retour du bagne. Jacques-le-tisserand s'était construit un métier, dans les bâtiments délabrés qui jouxtaient la borderie de Dochâgne. Il y vivait avec Léonie, qui ne pleurait plus, et le petit Victor.

Victor, comme Victorine, toujours actifs et inséparables, affirmaient une santé alerte. L'enfant du viol, lui, déjà suffisamment grand pour que la garde des trois moutons, de la chèvre et de la vache, lui soit confiée, avait cinq ans. Sa curieuse tête au long nez, comme un museau, lui valait un surnom qui effaça à jamais son prénom, à supposer qu'il en eût un : Tête-de-loup.

Un nouvel enfant s'ajouta au foyer de Dochâgne et de Louise. On l'appela Henri, en souvenir bien sûr de M. Henri de La Rochejaquelein, tué à vingt-deux ans d'une balle en plein front.

La vieille sauvage qui s'enfermait dans la grange à ciel ouvert finit par trépasser. On l'enterra bien profond derrière la grange-église, mais elle revenait quand même toutes les nuits gratter à la porte des Dochâgne, sans craindre les loups qui pourtant n'arrêtaient pas de fureter dès que le jour tombait.

Les chevaux aveugles servaient à la communauté du village. Personne ne voulut s'en approprier un. Ils continuaient à faire un peu peur, surtout l'un d'eux, gris pommelé qui, si l'on tentait de le monter, vous jetait derechef dans le bassin de la fontaine, en vrai Cheval Malet qu'il devait être. Louise savait bien ce qu'il fallait pour se préserver du Cheval Malet : déposer sur le Pavé de Gargantua une poignée de trèfle. Mais le Pavé de Gargantua se trouvait dans la Combe-aux-loups. C'était le dolmen sur lequel le vieux curé disait la messe au temps du refuge dans la forêt. Entre la peur du Cheval Malet et la peur de la forêt avec ces bûcherons venus du Nord, Louise préférait se signer lorsqu'elle voyait le cheval gris pommelé qui la regardait fixement de ses yeux morts.

Dochâgne montra au vieux curé l'étrange fruit chaud que lui avaient donné les bûcherons.

« Jette-le tout de suite, mon fils. C'est une pomme du diable, une pomme née dans la terre et non pas dans l'arbre comme le sont les pommes du paradis. Au bagne de l'île de Ré on nous jetait ces fruits empoisonnés dans nos auges. Tous ceux qui en ont mangé sont morts. »

Il fallut tout réinventer. Il fallut tout reconstruire. Il fallut tout réapprendre. Les coups de hache dans la forêt paraissaient d'autant plus pénibles, ils faisaient d'autant plus mal, comme si on les eût reçus sur son propre corps, que l'on dépendait du bois pour tous ses objets usuels, pour ses outils, pour son toit, pour les sièges et les meubles que l'on commençait à façonner, pour les charrettes que Chante-en-hiver tentait de mettre debout. L'appropriation de la forêt par le comte paraissait aussi injuste que jadis la réquisition des conscrits pour les armées de la République. On entendait les charrois de grumes qui roulaient lourdement dans les fondrières, en direction de la route carrossable qui partageait la Vendée en deux, de Nantes à La Rochelle.

Louise demanda à Dochâgne qu'il lui menuise une maie. Dochâgne avait en effet retrouvé le four de la borderie, sous un éboulis et l'avait remis en état de marche. On allait pouvoir faire son pain.

Jadis les maies se façonnaient dans le bois du plus vieux cerisier du verger. On attendrait que les cerisiers repoussent. Déjà, cette année, ils avaient eu la bonté, pour la première fois depuis les Colonnes infernales, de donner des cerises. Dochâgne construisit la maie avec des planches de noyer, récupérées dans les ruines et l'emplit de farine d'orge et de seigle, deux tiers d'orge, un tiers de seigle.

Louise noua autour de sa taille ronde un tablier de toile blanche que venait de terminer Jacques-le-tisserand. Elle creusa un trou dans la farine, y plaça un morceau de levain, versa un peu d'eau de la marmite, pétrit la pâte, puis l'enveloppa dans une serviette blanche et referma le couvercle.

Le lendemain matin, Dochâgne se relevant de ses fougères, cria :

« La pâte est-elle levée ? »

Une bouffée de bonheur transporta Louise. Elle se sentait femme. Elle se sentait pleinement la femme de cet homme qui criait comme jadis son père dans la ferme, là-bas, à mi-chemin de la forêt :

« La pâte est-elle levée ? »

La petite Louise s'éloignait dans le passé. La femme Louise avait dix-neuf ans, deux enfants, sans compter Tête-de-loup, et elle ouvrait la maie, comme elle avait vu tant de fois sa mère le faire et, comme elle, répondait :

« Oui, la pâte est levée. »

Pendant que Dochâgne pétrissait dans la maie de quoi cuire six à huit pains de dix livres, Louise saupoudrait de farine les palisses en paille de seigle tressée pendant les veillées et dans lesquelles Dochâgne placerait la pâte coupée.

Puis il alluma le four, avec des tiges de genêts et des fagots de bois des haies.

Attiré par la bonne odeur de pain chaud, Jacques-le-tisserand était sorti de sa masure, accompagné de Léonie. Ils restaient tous les quatre en contemplation devant le four, comme si un miracle allait s'y accomplir et une sorte de miracle se produisait bien, en effet, dans cette transformation du grain en pain, ce pain, leur nourriture essentielle, celle qu'ils préféraient.

A part cela, ils étaient mangeurs d'ail et d'oignons, de mil pilé dans des mortiers de terre et que l'on absorbait en bouillies pâteuses, de lait et de caillés.

Chez Dochâgne, la vache et la chèvre assuraient un peu de beurre et de fromage entièrement donnés au maire-meunier à titre de redevances. Ils ne gardaient du lait que pour la nourriture des enfants, en bouillies assaisonnées de farine d'orge et pour leur migé de lait caillé brassé avec du pain, l'été, qui remplaçait la soupe.

Comme boisson, ils aimaient l'eau de leur puits, bue à la régalade, dans un pichet de grès. Mais des charognes continuant à contaminer beaucoup de puits, le maire et le curé, d'accord pour une fois, proscrivirent l'eau et recommandèrent, en attendant que des vignes fructifient, une boisson à base de feuilles de frêne qu'ils appelèrent tout bonnement de la frénette.

Puisque l'on disposait d'un tisserand, on se remit à cultiver du chanvre. Les chènevières s'accolaient en général au jardin potager. Le lin, lui, se récoltait en plein champ. Les plus jeunes femmes du village s'assemblèrent pour le broyer. Les moins jeunes filèrent le chanvre au rouet ou à la quenouille. Jacques tissa de gros draps rudes avec les étoupes de chanvre dont il prenait bien garde de ne pas perdre un fil de peur d'être condamné à dévoéder toutes les nuits en compagnie des fradets. Avec le lin, il tissait des étoffes fines, en pensant aux corps féminins qui les revêtiraient.

Un jour, à l'heure paresseuse de la mariennée, le village fut brutalement réveillé par un bruit de carrioles, des cris, des sonnailles de colliers de mules. On vit une caravane de voitures lourdement chargées de femmes, d'enfants, de volailles, de porcs, d'ustensiles, d'outils. Ils se dirent sabotiers. Les maîtres sabotiers de Nantes avaient acheté au comte des lots de la forêt et ils venaient s'installer.

Personne ne voulut leur en indiquer le chemin mais ils allèrent trouver le maire-meunier, avec leurs pièces à conviction, et le maire-meunier fut bien obligé de les guider dans le méandre des chemins creux.

Les chocs des cognées ne retentirent que de plus belle. On entendait gémir les arbres. On entendait leurs râles, leurs déchirures et le grand cri qu'ils poussaient lorsque, finalement, ils tombaient de tout leur long, les bras en croix.

Dochâgne n'y tint plus et alla voir. Les sabotiers avaient construit des huttes de terre et de branchages. Avec de grosses souches, ils s'étaient fabriqué des billots et avec du bois bien écorcé des établis. Chaque famille se spécialisait. Celle du dégrossisseur taillait la bûche à la dimension d'un sabot. Celle du creuseur vrillait à la tarière ce qui en serait l'intérieur. Celle du pareur achevait l'ouvrage. Femmes et enfants, tout le monde participait, les uns apportant le bois, les autres dégageant les talons à l'herminette ou passant aux creuseurs la panoplie des cuillères.

La forêt commençait à se miter. Les coupes des bûcherons, puis celles des sabotiers, faisaient déjà de grandes clairières, avec des cabanes et des huttes abandonnées, bûcherons et sabotiers délaissant leurs campements quand les coupes se terminaient pour aller en construire d'autres, à chaque fois, sur les lieux mêmes de leur travail.

Dochâgne rendit visite à son arbre qui se trouvait maintenant seul, debout, au milieu d'une jonchée de troncs ébranchés. Dochâgne était tranquille avec les sabotiers à la recherche de bois tendres : aulnes, bouleaux, hêtres, et qui jamais ne creusaient de chêne.

En repassant au campement, il vit sous les marmites, dans la cendre chaude, ces curieuses pommes couleur de terre que mangeaient aussi les bûcherons. Mais les hommes de la forêt avaient sans doute des estomacs de sangliers.

Henri (des Dochâgne) et Pierre (des Chante-en-hiver) nés la même année, à quelques mois près, ne marchaient encore ni l'un ni l'autre. Lorsque les deux couples partaient travailler aux champs ou à la forge, on les mettait côte à côte dans des baillotes, troncs d'arbre évidés, où des coussins de paille les maintenaient debout. Ainsi prirent-ils l'habitude, tels Victorine et Victor, de se considérer comme frères. N'ayant pas encore accédé à la parole, ils devaient se contenter de se regarder. Les mains enfouies dans les baillotes et ligotées, ils ne pouvaient se toucher. De temps en temps la gale, les poux, les excréments et l'urine dans lesquels ils baignaient finissaient par les agacer et ils poussaient des hurlements qui, aux dires de leurs parents, constituaient des indices de leur bonne santé.

Victor et Victorine, qui atteignaient leurs deux ans, étaient équipés de la robe à bavette et du bonnet rond à bourrelet pour se protéger le crâne du choc des chutes. Ils portaient autour du cou un collier de gousses d'ail contre les vers et des pattes de taupe pour leur épargner les maux de dents. Mi-rampants, mi-titubants, parfois gaillardement marcheurs, ils témoignaient des hésitations et des espoirs du nouveau siècle qui débutait avec eux.

La renaissance du village commença vraiment avec l'inauguration du moulin. Sur la butte, les pales de bois grincèrent comme des mâts de navire. Les voilures obliques claquèrent au vent. Le meunier, qui avait retrouvé son gros ventre, sa femme dont les bijoux d'or s'étalaient sur une opulente poitrine montrée toute nue, à la manière des villadins, ses enfants engoncés dans des robes à volants et des pantalons de velours noir, se tenaient très droits, comme au garde-à-vous, devant le moulin dont les ailes s'étaient mises à tourner.

La centaine d'habitants du village, au grand complet, afflua sur la colline. Même le vieux curé, avec à la main un seau et un goupillon pour la bénédiction. Mais le meunier-maire l'arrêta :

« Pas d'eau bénite sur ma farine, curé, ça la ferait rancir. »

Le curé se trouvait tout embarrassé, avec son seau et son goupillon, marmonnant quand même des prières à voix basse.

Le meunier-maire fit un discours, où il parla de patrie et de vertu, puis se frotta les mains en annonçant :

« Citoyens, la forêt ne sera pas tondue. Les dégâts sont déjà grands, mais j'ai reçu réponse du préfet de Fontenay-le-Peuple à ma juste plainte quant au saccage opéré par le ci-devant comte. Il paraît que les émigrés retournés grâce à la mansuétude du Premier Consul abattent partout les forêts pour en faire de l'argent qu'ils emportent à l'étranger. Le

Premier Consul vient de prendre un décret pour enrayer les coupes. Nous garderons notre forêt. »

Cent gosiers se mirent à hupper, ce cri de joie du bocage qui terrifiait jadis les culs-blancs et qui s'entend de si loin, répercuté de colline en colline, que les pauvres bûcherons et sabotiers s'arrêtèrent à l'instant de travailler, pétrifiés d'effroi et de pressentiments.

Chante-en-hiver, Jacques-le-tisserand et quelques autres improvisèrent un orchestre. Chante-en-hiver s'était fait un chalumeau de sureau et Jacques-le-tisserand un fifre de roseau. Un paroissien du bas de la côte jouait dans un hautbois de frêne et un autre, qui travaillait à la ferme près de l'étang, dans un sifflet d'écorce.

Les femmes se mirent aussitôt d'un côté, les hommes de l'autre et l'on dansa une gavotte. On sautait à deux, on gambadait, on formait des rondes. Les enfants faisaient de même. Et les chiens (car des chiens étaient revenus qui n'avaient pas réussi à devenir loups) appuyaient l'orchestre de leurs jappements. On dansa, comme de coutume, jusqu'à épuisement, bien après que le Gros Meunier fut rentré dans sa maison avec sa famille costumée, bien après le départ du vieux curé tout triste avec son seau et son goupillon. On dansa même la nuit tombée, puis on resta affalés, morts de fatigue, couchés dans l'herbe autour du moulin jusqu'à ce que le chant des coqs réveille les paroissiens tout humides de rosée.

Les bûcherons et les sabotiers disparurent, sauf un qui vint tout seul au village, avec sa hotte à outils et demanda si un sabotier pouvait trouver de la pratique. Jusque-là on avait fait soi-même ses sabots dans de grosses branches de peuplier. Mais il ne manquait pas de maisons à relever et si ce sabotier montrait du courage, rien ne l'empêchait d'occuper ses bras.

C'est alors que Dochâgne, en labourant un champ, ramassa une hache de pierre polie. Il la montra le soir à Jacques-le-tisserand qui lui dit :

« C'est une fée qui a perdu sa pierre du tonnerre. Mets-là sous ton toit, tu seras protégé de la foudre. »

Le soir même un orage terrorisa les paroissiens qui ne pouvaient s'empêcher de se rappeler les canonnades d'antan et une boule de feu s'abattit sur la masure de Jacques. Il n'eut que le temps de se sauver en chemise, avec Léonie et le petit Victor, avant que le toit flambe et que les murs relevés s'effondrent une nouvelle fois.

Le lendemain, le fermier du bas de la côte, en revenant d'essarter une friche, rencontra une brebis bêlante et fourbue qu'il chargea sur ses épaules. Mais au fur et à mesure qu'il avançait vers le village, content de ce cadeau du ciel, la brebis devint de plus en plus lourde. Si lourde que soudain il comprit qu'il était la proie d'un maléfice, chancela sous le poids et se retrouva culbuté dans un buisson d'épines, cependant que la brebis s'enfuyait en pouffant de rire.

Après les chiens, revinrent les chats. On tenta de les chasser car les chats, comme les lièvres, sont animaux du diable. Après la pierre du tonnerre et le mouton pesant, on comprenait bien que le Malin cherchait de nouveau des noises au pauvre monde. Mais les chats se glissent comme des vipères, disparaissent dans les murs, montent aux arbres. Puisqu'ils avaient décidé de revenir, il faudrait au moins l'Ogre-Turreau pour les dégoûter de la vie en société.

Le comble fut atteint lorsque celui qui travaillait

à la ferme près de l'étang aperçut un soir des spectres bleus qui sortaient de l'eau glauque.

On alla trouver le vieux curé qui prit son seau et son goupillon et s'en vint solennellement, suivi par une vingtaine de paroissiens égrenant leurs chapelets qu'ils continuaient à porter autour du cou, comme des colliers.

Le vieux curé brandit son goupillon, aspergea l'étang d'eau bénite et lança d'une voix forte :

« Excommuniés, magiciens, sorciers, vous tous qui pratiquez le sortilège, sortez d'ici! »

Rien ne sortit. Mais le soir, et tous les soirs suivants, les spectres bleus continuèrent à virevolter sur l'étang.

On alla trouver le maire-meunier qui décréta que l'eau devait être trop sale et qu'il en sortait des vapeurs, qu'il fallait donc vider et nettoyer la fosse.

Chacun trouva cette réponse absurde et s'en revint chez soi. Seulement les spectres bleus, non contents de s'échapper des eaux dormantes, réveillèrent les autres démons de la nuit. On fut tiré du sommeil par les grincements de la pierre qui vire, par les coups de battoir des lavandières de la nuit. Et des frésaies hululèrent sur le toit des maisons.

Le meunier-maire s'obstinait à dire qu'il fallait nettoyer l'étang. Qui oserait?

Les forgerons ayant la réputation de n'avoir point peur du diable, faisant comme lui commerce avec le feu, le meunier-maire tenta de convaincre Chante-en-hiver.

« Voyons, mon garçon, tu ne vas pas me dire que tu crois à ces superstitions! Je veux bien que tu écoutes ton curé puisque le Premier Consul lui-même a signé le Concordat avec le pape, mais tu ne crois quand même pas aux sorciers? »

Chante-en-hiver réfléchit longuement et dit :

« Peut-être ben qu'il n'y a pas de sorciers, mais

vous ne me direz point qu'il n'y a pas de mauvais monde.

— Bon, vous n'allez pas rester apeurés comme ça. Je vous dis qu'il faut vider l'étang. Il pue tant qu'il finira par nous flanquer la peste. Allons, puisque personne ne se décide, j'ordonne qu'une équipe soit constituée par les étrangers... »

Les étrangers? Quels étrangers? Chante-en-hiver ne comprenait pas. Le meunier-maire voulait-il parler des bûcherons et des sabotiers, qui tous étaient partis? Sauf un, il est vrai...

« Quels étrangers, monsieur le maire?

— Eh bien, toi, Dochâgne, le tisserand, le sabotier. »

Chante-en-hiver comprit aussitôt le sens des présages. Ils annonçaient la rupture de l'unité villageoise, une première fissure dans la solidarité inconditionnelle des survivants des grands massacres.

Il est vrai que, depuis le Consulat, le vieux curé qui les avait ramenés de la forêt n'était plus Noé. Ils n'aimaient pas le meunier, mais le pouvoir se partageait néanmoins désormais entre le prêtre et le maire. Ils en jouaient d'ailleurs, demandant à l'un ce que l'autre ne leur accordait pas.

Chante-en-hiver, Jacques-le-tisserand, Dochâgne et le sabotier allèrent donc vider l'étang. Une masse d'ossements humains apparut dans la vase, avec des lambeaux d'uniformes bleus.

Et c'est ainsi que le paydret Chante-en-hiver, que le Choletais tisserand, que le sabotier originaire de la Gâtine, et que Dochâgne issu du chêne, devinrent au village des étrangers. Bien qu'ils aient fait souche avec des filles du pays, sauf le sabotier, bien sûr, qui juste arrivait. Longtemps plus tard, lorsque les rois réapparurent, Dochâgne, devenu bien vieux et qui n'aura guère bougé du village, s'entendra encore dire par des nouveaux venus :

« Vous, père Dochâgne, qui n'êtes pas du pays... »

Ainsi vont les choses. Et les gens.

3

Un matin de 1803

Un matin de 1803 le vent d'ouest qui, exceptionnellement, ne ramenait pas avec lui cette petite pluie fine qui n'est autre qu'une douce caresse de l'Océan, transporta des sons étranges que les enfants de moins de dix ans n'avaient jamais entendus. Dans le silence de l'aube, les cloches de l'angélus tintaient.

Toutes les églises du bocage avaient perdu leurs clochers en 93, à l'exception de quelques-unes achetées par des patauds pour en faire des hôpitaux ou des poudrières. L'église du bourg voisin était dans ce cas. En même temps qu'elle sonnait à la volée sa résurrection, elle indiquait aux villages alentour qu'ils ne seraient plus seuls.

Il se fit alors un grand remue-ménage dans les chemins creux. On allait aux nouvelles. Même le vieux curé partit à pied au bourg pour entendre de plus près sonner l'angélus du soir. Il revint le lendemain fort courroucé et réunit aussitôt ses paroissiens dans la grange à demi effondrée qui lui tenait toujours lieu d'église.

« Mes fils, mes filles, j'ai une bien grave nouvelle à vous apprendre. Mgr l'évêque de Luçon a refusé le Concordat. Buonaparté a extorqué sa signature au pape. Les intrus sont maintenus dans leurs cures. Au bourg, le juge de paix est un moine défroqué qui rend la justice contre des barriques de vin. Non seulement la loi du divorce est maintenue, mais les divorcés ont le droit de se remarier à l'église. Les biens du clergé, volés par les patauds, ne seront pas rendus. On demande encore aux ecclésiastiques de prêter serment aux autorités civiles. C'est leur manie, à ces maudits patauds! Vous me voyez prêter serment au meunier? Mes fils et mes filles, je serai toujours votre curé. Des généraux de la République, nous en avons vu passer! Une dizaine d'entre eux ont laissé leurs os sur notre terre. Le général Buonaparté passera, lui aussi. »

Le second événement important vint du sabotier. Il s'était inséré dans une ruine, près de la forge de Chante-en-hiver, s'y improvisant une niche. Ayant déblayé un bout de terrain, il en fit un jardin potager et dans ce jardin planta une de ces pommes de terre des hommes de la forêt. Lorsque le moment vint d'arracher les tubercules, il convia son voisin forgeron à assister à la surprise. D'une pomme de terre il en était né douze.

« J'en mangerai trois, je planterai les neuf autres l'an prochain. J'en récolterai cent. »

La nouvelle fit le tour du village. Le sabotier de la Gâtine fut regardé par en dessous. Déjà qu'il se singularisait avec ses moustaches en croc qui le faisaient ressembler à un gendarme! On commençait à se dire que l'on avait été bien imprudents d'accueillir autant d'étrangers qui risquaient d'amener avec eux des maléfices.

Seul, le maire-meunier donna raison au sabotier :

« La République a toujours souhaité que les pauvres puissent manger à leur faim. Les plants de pommes de terre sont si prolifiques que si chacun de vous en cultivait il n'y aurait plus de disette.

Dans les instructions de la République, la culture de la pomme de terre... »

Voilà que la pomme de terre était républicaine! Raison de plus pour s'en méfier. Que le maire-meunier la défende donnait raison au curé qui la disait plante du diable.

Le sabotier de la Gâtine fut boudé. Comme personne n'avait besoin de sabots, il fut embauché comme homme à tout faire par le maire-meunier. Il livrait aux paysans le grain moulu, dans des pochées hautes comme lui et qui pesaient bien plus que son propre poids. Les ânes mettant autant de lenteur et de mauvaise volonté à se reproduire qu'à transporter quoi que ce soit, pour l'instant le sabotier faisait l'âne. Il faisait aussi le terrassier, le maçon, le charpentier, le couvreur, le mécanicien, puisque le maire-meunier l'avait chargé, pour occuper ses temps perdus, de relever le moulin à eau, tout en bas du village, à l'endroit où la rivière contournait la forêt.

Chaque village avait en effet un moulin d'été (les virolets) et un moulin d'hiver (à coussottes). L'abondance de vent l'été, la surabondance d'eau l'hiver, assuraient la rotation continue des moulins. Tant de moulins dans le bocage, avant que les bleus ne les canonnent, que le paysage se ponctuait partout de grands gestes et que le bruit des meules faisait comme un immense gémissement.

Jacques-le-tisserand, lui aussi, remontait ses murs détruits par l'orage, recouvrait son toit de ramées. Puis il alla couper de belles branches de hêtre et de chêne pour reconstruire son métier brûlé. Il s'était remis au tissage lorsque le maire-meunier vint le trouver :

« Alors, citoyen tisserand, non seulement tu ne me paies pas de loyer pour cette maison qui m'appartient, mais en plus tu voles mon bois. »

Jacques fut si surpris qu'il ferma son seul œil et, ne voyant plus rien, crut s'être mis à l'abri des reproches. Il essayait en même temps de comprendre. Son bois? Quel bois? Il coupait du bois n'importe où, comme tout le monde. Mais le maire-meunier continuait :

« Tu sais très bien que, dans le pays, tout ce qui n'est pas au ci-devant comte est à moi. Ce métier à tisser a été fait avec mes bois, donc il est aussi à moi. Mais je te le laisse. Pour sa location, tu me feras une belle paire de draps. »

Le maire-meunier tourna les talons en faisant grincer ses bottes de cuir, sortit en courbant l'échine pour passer sous les solives basses puis, se ravisant, revint vers Jacques qui le regardait fixement de son œil unique, comme une chouette chevêche et ajouta :

« Et puis aussi, une douzaine de mouchoirs de Cholet. »

Même si le village perdait de plus en plus, au cours des années de paix, de cette communauté intégrale qu'il avait vécue dans les années de guerre, de clandestinité dans la forêt, de relevailles des ruines et des friches, il n'en conservait pas moins encore une grande solidarité pour ces travaux d'entraide que l'on appelait des guerouées. Assemblées joyeusement émulatrices qui mettaient en branle hommes, femmes, enfants, au son rauque de la corne à bœuf.

On formait des guerouées d'hommes pour arracher les ajoncs et les genêts, des guerouées de femmes pour broyer et nettoyer le lin, des guerouées de charrettes pour déblayer les ruines et transporter les pierres, des guerouées de la population entière pour les métives et les vendanges.

Les batteries au fléau devant se faire en plein soleil, on observait le ciel la veille. Si le temps se montrait clair, dès matines, on organisait un grand bal pour que danseurs et danseuses piétinent ce qui serait l'aire à battre le blé. C'était aussi une manière de se mettre en train. Rien n'étonnait plus jadis les soldats républicains que d'entendre la nuit les quadrilles et les rigodons de ces paysans qui se préparaient ainsi, en se soûlant de fatigue, aux combats du lendemain.

Dès l'aube, cavaliers et cavalières frais dispos grimpaient sur les gerbiers et, avec leurs fourches de bois, jetaient les gerbes sur l'aire, reprises à pleins bras par des compères qui les transportaient pour former la courtée. C'était alors le travail des vieux et des femmes que de délier les gerbes et les poser comme des rangées de tuiles en veillant qu'aucun épi ne touche le sol.

Dochâgne tenait à la main un fléau tout neuf. Il en avait taillé le manche (le toulot) dans une branche de frêne bien droite et la partie battante (la verge) dans une planche d'orme. Jadis les bourreliers assemblaient le toulot et la verge par un virolet (tourniquet) préparé avec le membre viril desséché d'un taureau. Mais les taureaux étaient encore trop rares et leurs membres virils trop précieux pour que l'on puisse songer à faire un virolet avec autre chose qu'une peau d'anguille aplatie.

Le seul œil de Jacques-le-tisserand ne lui permettait pas de manier le fléau, dont les coups devaient être assenés avec précision, mais Chante-en-hiver faisait face à Dochâgne. Ils étaient huit hommes, confrontés, levant très haut les fléaux et les abattant en cadence sur les gerbes déliées. Chacun se montrait intrépide à frapper fort et à garder le rythme.

Puis on se partagea la récolte, au prorata des terres ensemencées. Dochâgne reçut quelques sacs de grains et mit sa fierté à aller en vendre un au bourg.

Vendre du blé représentait un grand luxe pour ces paysans de très petite culture. Le grand luxe et l'orgueil. Dochâgne jucha son sac sur un cheval aveugle et s'enfonça dans un chemin étroit, profond, sans soleil tellement la voûte des châtaigniers était dense. Après avoir laissé à main gauche la ferme du bas de la côte, il emprunta le chemin des cheintres, ces zones étroites entre les champs et les haies, que les paysans ménagent pour y faire pâturer leurs bœufs. Il laissait la forêt à gauche, allant le plus droit possible vers l'ouest.

Le clocher de l'église du bourg et ses quatre moulins sur la colline apparurent soudain derrière une haie de chênes têtards. Puis les toits rouges des maisons aux tuiles romaines. Tant de maisons, accolées les unes aux autres, si serrées qu'elles semblaient n'en faire qu'une, immense. Mais en s'approchant on voyait de grands trous dans la belle ordonnance des toits. Là encore la guerre laissait de lourdes traces non encore effacées. Des roses trémières fleurissaient dans les ruines, disputant le peu de terre à des noisetiers et à des iris. Dochâgne entendit comme un bourdonnement, puis, en s'approchant plus près, une sorte de clameur. Il arrivait dans la rue principale du bourg avec son cheval aveugle et son sac de grain et devait se frayer un chemin au milieu des ânes et des mulets chargés de balluchons, d'outres d'eau, de fagots de bois. Des cris, des rires, des discussions, des bousculades, toute cette agitation lui donnait l'impression d'une tempête. Il s'arrêta un instant, retenant le cheval aveugle par le licol et eut comme un étourdissement. Il revoyait soudain les vagues qui se jetaient sur les rochers de granit dans un crachement d'écume, là-bas, très loin, tout en haut de la Bretagne, lorsqu'il avait buté sur la mer avec ses cent mille compagnons de la grande virée de galerne.

Après tant de jours, enfoui dans son chêne, puis dans le grand calme du village dépeuplé, il retrouvait la foule et recevait sa turbulence avec un peu d'effroi.

Dochâgne avançait dans la grand-rue du bourg, tirant le cheval aveugle apeuré par tous ces bruits insolites. Les deux côtés de la rue étaient bordés de boutiques et d'ateliers où se pressaient chalands et curieux. De la boutique du tanneur venait une odeur âcre. Un teinturier suspendait avec une perche des écheveaux de laine rouges et bleus. On entendait les coups secs du hachoir du boucher, les martèlements sonores du maillet du tonnelier. Un bourrelier cardait du crin en plein air. Chaudronnier, ferblantier, menuisier, perruquier, tailleur d'habits, boulanger, cloutier, sabotier, potier, drapier, filassier, serger, il y avait tant d'artisans et c'était jour de marché. Paysans et villageois d'alentour emplissaient le bourg, coiffés de nouveau de leurs chapeaux noirs en feutre de laine à larges bords, les cheveux courts sur le front mais très longs dans le cou d'où ils débordaient en longues mèches mal peignées; vêtus de vestes courtes, arrondies, de culottes bouffantes avec de gros bas blancs ou bleus attachés aux genoux par un galon de couleur et de longues guêtres en toile au-dessus de leurs sabots de bois qui leur recouvraient entièrement le pied.

Les femmes portaient des robes de laine rayées, ou bien des jupes à rayures bleues, sous lesquelles apparaissaient leurs bas blancs dans de petits sabots noirs. Leurs cheveux relevés s'enserraient dans des bonnets clairs.

Dochâgne se trouvait mal à l'aise dans cette foule endimanchée, avec ses vieux vêtements si rapiécés par Louise. Il n'avait pas de chapeau, mais un gros bonnet de laine rousse. Sa seule coquetterie tenait dans le mouchoir de Cholet, rouge, offert par son ami Jacques, et qu'il portait noué au cou.

Sur la place du marché l'affluence était encore plus grande. Aux cris des bœufs, des chevreaux, des moutons, se mêlaient les exclamations des marchands. Un groupe se formait autour de deux jeunes gens qui se battaient à coups de gourdin et que les spectateurs encourageaient.

Toute la fierté de Dochâgne d'amener son sac de blé au bourg disparaissait devant l'amoncellement des grains dans tout un coin de la foire. Il en arrivait de pleines charrettes. Il réussit néanmoins à vendre le sien et revint vers la rue principale du bourg pour acheter un cadeau à Louise. Il ne savait pas trop quoi, Louise ne possédant rien.

C'est alors qu'il rencontra un homme en redingote, culotte serrée aux cuisses et bas collant aux jambes, un Monsieur, qui le dévisagea et dont le regard lui rappela quelqu'un.

Une déchirure se fit de nouveau dans son passé et, comme toujours, il revenait au temps de la longue virée de galerne. Un officier noble apparaissait, blessé d'une balle dans les rues de Laval et qu'il emportait, saignant sur son épaule. Dochâgne enleva son bonnet de laine :

« Monsieur le baron! »

Le baron prit Dochâgne dans ses bras et l'embrassa trois fois.

« Que fais-tu là avec ce cheval aveugle?

— C'est un cheval de hussard. Je me suis caché dans un châgne, après Savenay. On m'appelle Dochâgne. Je suis d'ici, maintenant. J'ai fait souche.

— Dochâgne, il faut que tu viennes me voir. Ils ont brûlé mon château, et je vis maintenant avec ma sœur dans le presbytère que nous partageons avec le curé. Comment est votre curé? Est-il assermenté? Tu sais que les assermentés de 1804 sont à mettre dans le même sac que les jureurs de 1791.

— Notre curé est réfractaire. Et nous aussi.

72

– Je te retrouve bien. »

Le cheval aveugle tirait sur sa longe, par petits coups, comme pour rappeler à Dochâgne que le temps passait vite au bourg et qu'il leur fallait refaire une longue route avant la nuit.

« Promets-moi de revenir, dit le baron. Tu me trouveras au presbytère. C'est facile de se rappeler. »

Dochâgne s'attarda devant les boutiques, cherchant un cadeau pour Louise qui soit à la fois utile et pas trop cher. Il passa devant un cabaret si plein de buveurs qu'il débordait dans la rue, des barriques debout servant de tables. Des hommes soûls se querellaient, gênés dans leurs affrontements par les corps de dormeurs étendus tout du long sur la chaussée.

Finalement, Dochâgne entra dans une mercerie et acheta pour quelques sous un beau ruban écarlate.

Le plaisir de Louise, recevant son premier cadeau, eût été grand sans le malheur qui venait de s'abattre sur la ferme de ses parents. La paire de bœufs, avec laquelle son père était parti le matin labourer, rentra seule, traînant la charrue renversée. Le laboureur fut retrouvé dans un sillon du champ, le crâne défoncé par une grosse pierre abandonnée un peu plus loin, maculée de sang.

Le maire-meunier alerta les gendarmes, que l'on revit sans plaisir. Ils relevèrent des traces de sabots dans la terre humide semblant indiquer un criminel venu du village. Comme le sabotier de la Gâtine travaillait à relever le moulin à eau, non loin de la ferme des parents de Louise, il fut le premier suspecté. Mais le maire-meunier se porta garant de son manœuvre, ce qui surprit, car il avait peu habitué ses concitoyens à des élans de générosité.

Tout naturellement, les gendarmes s'en prirent ensuite à Chante-en-hiver, à Jacques-le-tisserand et finalement à Dochâgne puisque ceux qui viennent d'ailleurs sont forcément douteux. Mais Chante-en-hiver, entre ses coups de marteau et ses chansons, imposait suffisamment sa présence pour que chacun le sache à sa forge. Jacques-le-tisserand avait été vu à son métier. Finalement c'est Dochâgne, le gendre, qui pouvait s'être disputé avec son beau-père et en être venu aux coups. Louise et sa mère eurent beau clamer que Dochâgne et son beau-père n'avaient jamais eu un mot plus haut que l'autre, elles eurent beau pleurer, hurler, les gendarmes qui n'aiment pas rentrer bredouilles l'emmenèrent tiré par une corde attachée à la selle de leurs chevaux.

Le vieux curé, qui ne croyait pas à la culpabilité de Dochâgne, annonça le dimanche suivant, dans la grange-église, qu'il allait lancer les monitoires. Il se fit alors un brouhaha de sabots, de voix, quelques femmes poussèrent des cris. Le vieux curé, engoncé dans ses habits sacerdotaux noirs empesés, comme pour la messe des morts, monta sur la grande caisse de bois qui lui servait de chaire, cierge allumé à la main et lança le premier monitoire.

« Maudit qui as porté la main sur ton frère, ne sois pas Caïn pour l'éternité! Décharge-toi du poids de ton péché en avouant ton crime! »

Un grand silence répondit à cette première admonestation.

Le curé lança alors le second monitoire :

« Maudit qui as porté la main sur ton frère, ne sois pas Caïn pour l'éternité! Décharge-toi du poids de ton péché en avouant ton crime! »

On entendit quelques toux, quelques raclements de gorge, quelques sabots traînés sur le sol de terre battue. On commençait à se dévisager, pensant voir l'effroi se dessiner sur le visage du coupable. Mais rien.

Le curé demanda alors aux femmes enceintes

d'évacuer l'église afin de leur éviter l'apeurement. Puis, brandissant son cierge allumé, comme un ange de l'Apocalypse, il condamna l'assassin aux supplices de l'enfer, qu'il énuméra lentement et souffla la flamme du cierge en criant :

« Que l'âme du méchant s'éteigne comme cette flamme; que la flamme, chassée par mon souffle, atteigne le coupable même à dix lieues; que l'anathème retentisse sur son dos comme sur une enclume; qu'il soit transformé en bête bigourne qui court la galipote! »

Louise quitta la borderie pour retourner dans la ferme de ses parents, emmenant sa déjà nombreuse famille : Tête-de-loup qui avait sept ans, Victorine qui en comptait quatre, Henri qui en comptait trois, plus le petit Ernest né l'année précédente et qui restait chétif.

Tête-de-loup amena avec lui son petit troupeau : les trois moutons, la chèvre et la vache. Victorine trépignait de rage parce que le petit Victor restait avec sa mère, chez Jacques-le-tisserand.

La première nuit de leur exode, un des trois moutons fut égorgé et l'on sut ainsi que les monitoires du curé agissaient puisque l'assassin devenait loup-garou. Comme les garous ne peuvent être tués que par des balles bénites, le vieux curé sortit son seau et son goupillon et aspergea les armes et les munitions des paroissiens commis à la surveillance nocturne du village et de ses écarts. Chante-en-hiver vint se poster avec son fusil dans l'étable de la ferme des parents de Louise.

Mais ce fut le fermier du bas de la côte qui, le premier, vit le garou sauter un échalier. Comme il n'avait pas de fusil il s'élança avec une fourche et ne réussit qu'à lui transpercer une patte.

Le lendemain on vit naturellement un boiteux au

village qui n'était autre que le garou reprenant le jour forme humaine. On reconnut un des valets de la ferme près de l'étang qui dit avoir trop bu dans le cabaret du bourg et s'être pris de querelle avec le père de Louise, mais il ne se souvenait plus des motifs de la dispute. Il savait seulement que le vin du bourg rendait fou.

Les gendarmes, à cheval, ramenèrent Dochâgne à pied qui portait sur son dos la corde qui servit à attacher à la selle des chevaux le valet de la ferme près de l'étang.

Le curé se montrait plutôt satisfait des résultats de ses monitoires. Il disait :

« Le maudit a eu de la chance. Pris moins tôt il aurait dû garouter sept ans, toutes les nuits, dans sept paroisses. Mais Dieu nous a vite rendu notre bon Dochâgne. »

Comme la mère de Louise restait seule, tous ses autres enfants ayant été tués dans la grande guerre, Dochâgne abandonna la borderie et devint gendre.

La métairie des parents de Louise appartenait au comte émigré. A mi-distance du village et de la forêt, non loin du moulin d'hiver et, par là même, de la rivière, elle formait un ensemble de bâtiments en U, avec une longue façade grise et une toiture basse. Jadis, une des branches de l'U, qui servait d'habitation et s'ouvrait sur la cour, comprenait trois pièces en enfilade. Mais il n'en restait qu'une habitable. Ecuries, étables, bergeries demeuraient en ruine, les animaux étant regroupés dans la grange.

Dochâgne savait par Louise que la métairie comptait, avant les événements, huit bœufs, six vaches, sept génisses, quelques veaux, des ânes que l'on ne recensait pas et une cinquantaine de moutons. Il s'agissait donc d'une ferme importante, avec plusieurs valets et un berger. Aujourd'hui encore, bien qu'il ne restât plus que deux bœufs, trois vaches, et une dizaine de moutons, avec ses quarante hectares de terre, tous regroupés autour des bâtiments, l'exploitation demeurait l'une des plus importantes de la région. Bien sûr, les ajoncs et les genêts recouvraient la moitié des terres que l'on ne cultivait plus. Les haies vives et les talus occupant par ailleurs le quart du terrain.

La mère de Louise était une petite femme ronde, d'une cinquantaine d'années, au visage tanné par le soleil et le vent. Ses cheveux gris, en bandeaux, bien lissés sous son bonnet de toile blanche, le déhanchement de sa démarche, souvenir d'un coup de baïonnette, lui donnaient l'aspect d'une vieille femme. A partir du moment où Louise revint à la métairie, sa mère, qui se prénommait aussi Louise, ne fut d'ailleurs plus appelée autrement par les villageois que « la vieille Louise ». Elle se retira dans une des deux pièces écroulées, où Dochâgne lui aménagea un coin, recouvrant le toit béant de branchages. Tête-de-loup commença à manifester son indépendance en se faisant une litière de paille dans la grange, au milieu des bêtes. Chaque matin, il quittait la ferme dès le lever du soleil avec son troupeau devenu conséquent depuis qu'à ses deux moutons, sa chèvre et sa vache s'était ajouté le bétail de la métairie. Il s'éloignait de la forêt où les loups demeuraient un danger permanent et poussait son bétail vers la ferme de l'étang. Là, il cueillait quelques joncs et tressait de petites cages à sauterelles pour Victorine et Henri. Puis il montait plus haut, vers le moulin à vent, cheminant lentement sur les terres laissées en friche. Lorsqu'il arrivait au sommet de la colline, il mettait ses mains en porte-voix et lançait un appel. De très loin, venant d'autres collines, des huchements d'enfants répondaient. Bergers et bergères, qui ne se rencontraient pratiquement jamais, s'appelaient ainsi et communiquaient par des vocalises plus ou moins prolongées qui devenaient un langage.

Le soir, Tête-de-loup rentrait si tard qu'il rencontrait parfois des loups. Mais il savait les effrayer en entrechoquant ses sabots. Ou bien reconnaissaient-ils, eux aussi, une certaine ressemblance entre leurs museaux et le visage pointu de l'enfant, insolite parmi tant de têtes rondes. Toujours est-il qu'ils s'éloignaient en grognant comme des chiens.

Pendant des semaines, Tête-de-loup s'appliqua à sculpter, dans du buis, un collier qu'il apporta à Louise. Jamais personne ne lui avait dit que Louise n'était pas sa vraie mère, ni Dochâgne son père et jamais les deux époux ne montrèrent la moindre différence entre le petit bâtard et leurs propres enfants.

Après le ruban du mari, le collier du fils, Louise crut enfin qu'elle avait droit au bonheur. Et voilà pourtant que tout recommençait.

L'année 1804 allait s'achever quand une nouvelle stupéfiante courut de village en village : le général Bonaparte devenait empereur. Et le pape lui-même venait de Rome pour lui placer sur la tête la couronne de Charlemagne.

Le vieux curé se hissa péniblement sur sa caisse, dans la grange-église et, devant ses paroissiens réunis, lança ses anathèmes :

« Buonaparté est un faux roi et ce n'est pas le vrai pape qui le couronne, mais un antipape. Ces diables de pataud ont plus d'un tour dans leur sac. Napoléoné Buonaparté, c'est l'Antéchrist! »

Quelques jours plus tard, on vit revenir les gendarmes à cheval. Le maire-meunier ceignit son écharpe tricolore et les conduisit à la grange-église :

« Citoyen curé, vous avez insulté l'Empereur et refusé de prêter serment. Vous êtes destitué. Vous vous expliquerez avec les magistrats de Montaigu. Suivez les gendarmes. »

78

La venue de la maréchaussée avait attiré les nombreux paroissiens qui n'étaient pas aux champs en ce début d'hiver. Il se produisit une bousculade, un gendarme fut jeté à bas de son cheval, le maire perdit son écharpe tricolore que l'on vit, plusieurs jours après, ficelée sur une truie, et le vieux curé en profita pour retourner une nouvelle fois dans la forêt.

Puis il y eut la maladie du chétif Ernest. Comme son collier d'ail autour du cou ne faisait pas descendre ces maudits vers, cause de toutes les maladies, la vieille Louise essaya la prière pour guérir la colique. Après avoir mis sa main droite sur la poitrine de l'enfant, elle récita trois Pater et trois Ave puis, au nom du petit Ernest, dit lentement, en s'appliquant à prononcer les mots :

« Colique poison qui restes entre mon foie et mon cœur, entre ma rate et mon poumon, arrête, au nom du Père, du Fils et du Saint-Esprit. »

Mais la colique ne s'arrêta pas et le petit Ernest gémissait. Des gouttes de sueur perlaient sur son visage brûlant. Dochâgne sortit dans la cour, à la recherche d'un crapaud, le tua d'un coup de pierre, le mit dans un petit sac de toile et le suspendit au cou de l'enfant, au ras de la peau.

La fièvre empira. On lui fit des infusions d'écorce de bouleau. On empila sur son corps qui se tordait de convulsions toutes les peaux de mouton que l'on put trouver afin qu'il puisse suer son mal. Rien n'y fit. Le petit Ernest trépassa dans la nuit.

Il n'y avait pas de curé pour l'enterrement. Dochâgne creusa un trou profond pour que les loups ne viennent pas déterrer le cadavre et ensevelit l'enfant, tout près de la bergerie.

Louise pleura un peu, mais elle était enceinte et accoucha peu après d'une petite fille, alors qu'elle se trouvait seule en plein champ. Elle revint à la métairie en portant le nouveau-né dans son tablier (dans sa dorne), un peu honteuse d'être une « perdeuse d'enfant ». La petite fille ne vécut qu'un jour.

Louise s'enferma dans la soupente que Dochâgne avait aménagée pour sa belle-mère. La vieille Louise s'occuperait de la maisonnée jusqu'aux relevailles puisque, en attendant, accouchée impure, elle ne pouvait ni tirer de l'eau du puits (qui serait souillée), ni toucher un pot à lait (qui aigrirait), ni rendre visite à ses voisines, ni bien sûr s'approcher de son mari.

Dochâgne enterra le nouveau-né près du petit Ernest. Puis il monta au village chercher un cheval aveugle et partit pour le bourg.

Au presbytère, un homme habillé en bourgeois lui ouvrit. Comme Dochâgne montrait une certaine méfiance, il lui dit que les prêtres n'avaient toujours pas reçu l'autorisation de revêtir des habits ecclésiastiques, mais qu'il n'en était pas moins le curé de la Petite-Eglise.

« Notre bon curé doit se cacher dans la forêt. Les gendarmes sont venus...

— Je devrai, moi aussi, bientôt trouver un refuge. Je n'ai plus le droit de dire la messe. C'est un prêtre concordataire qui me remplace, mais il n'a pas osé me chasser du presbytère. Ni chasser le baron. Venez vous réchauffer près de la cheminée, vous y trouverez nos amis. »

Le baron et sa sœur se tenaient en effet assis près de l'âtre, dans des fauteuils capitonnés. En les voyant dans leurs vieux habits du temps de Louis XVI et dans cette grande salle commune avec ses armoires profondes, en chêne sombre à ferrure de cuivre, ses chaises de paille tressée, son horloge à balancier, sa longue table centrale flanquée de bancs, Dochâgne eut un moment de vertige. Il lui sembla que le temps basculait et qu'il revenait brusquement en arrière, que tout ce qu'il avait vécu depuis dix ans n'était qu'un cauchemar dont il se réveillait soudain.

Le baron se leva, vint l'embrasser et l'entraîna vers la cheminée ornée sur le manteau de trois fusils et d'une trompe de chasse. Dochâgne alla s'asseoir sur une des pierres d'angle et se réchauffa les mains à la flamme. Il raconta la mort du père de Louise, son arrestation par les gendarmes, la grande métairie dont il devait maintenant s'occuper et qui appartenait au comte, la fuite du vieux curé dans les bois. Il voulut parler de la mort de ses deux enfants, mais il se tut. Cette blessure, à lui, ne regardait personne.

« Le comte s'est rallié à l'Empire, dit le baron. Mais Mlle de La Rochejaquelein, la sœur d'Henri, est un apôtre de notre Eglise. Tu te souviens du boulanger Pierre Tessier, qui se battait dans l'armée de Lescure. Il est maintenant prêtre à Courlay. Il fait la tournée des paroisses et, aux curés qui fléchissent, leur met son pistolet sous le nez. Nous sommes au moins quarante mille. Mais l'Antéchrist est plus malin que Robespierre. Il a compris que ce n'était pas en envoyant des soldats que l'on vaincrait la Vendée, mais en la minant de l'intérieur. Il suit son plan. D'abord des routes pour casser le bocage et amener, s'il le faut, à fond de train cavalerie et canons. On a tiré des prisons tous les forçats que l'on a pu et ils sont employés à creuser deux lignes droites, de Poitiers à Nantes et de Saumur à La Châtaigneraie. Puis vider la Vendée des lambeaux de l'armée catholique et royale et les incorporer à la sienne. Lorsqu'il était Premier Consul, Buonaparté rêvait d'une légion composée des meilleurs éléments de la chouannerie. Parce que, vois-tu, Buonaparté nous aime! Il dit que nous sommes des géants. Des géants... Voilà bien une réflexion de nain! Il a proposé à Forestier de devenir commandant de cavalerie, à Louis de La

Rochejaquelein le grade de colonel. Ils ont refusé. Bourmont, d'Andigné, Suzannet aussi. Mais les fils d'officiers vendéens sont incorporés de force à l'armée. On tire encore sur les gendarmes lorsque vient le temps de la conscription, mais le cœur n'y est plus. On voit plutôt des gaillards se vendre comme remplaçants, au poids, à vingt-quatre francs la livre.

– Monsieur le baron, dit Dochâgne, la misère est si grande, dans nos ruines, que la seule chose qu'on peut vendre c'est bien sa chair, lorsqu'on a la chance d'en conserver encore sur ses os.

– On ne te donnerait pas cher de la tienne. Tu es sec comme un cep de vigne. Te voilà maintenant à la tête d'une belle métairie.

– Si c'était vous qu'étiez m'sieu not' maître, je ne dis point. Mais, ce comte, qu'on ne connaît ni d'Eve ni d'Adam, qui se prélasse à Nantes, je vous dis, moi, qu'il manque d'affection pour sa terre.

– S'il avait aimé sa terre, il serait resté avec nous pour la défendre.

– Il nous faut relever les murgés, couvrir les toits, désempoisonner les puits, défendre les bonnes terres contre les landes qui se sont mises en marche, prendre les semences sur notre pitance, ne pas toucher aux volailles ni aux gorets pour qu'ils se reproduisent et le maître va venir et prendre la moitié...

– C'est la coutume, coupa le baron, un peu agacé.

– Monsieur le baron, la coutume veut que le métayage soit à moitié fruits. Mais le maître doit fournir les bâtiments, la terre et le bétail. Il nous a laissés dans notre misère et maintenant il nous réclame une part de riche, comme s'il n'y avait pas eu de guerre.

– A Koblenz, ils ne faisaient qu'une guerre en dentelles... J'ai reçu des nouvelles de Nantes. Les émigrés revenus festoient avec les bourgeois. Les théâtres sont ouverts, les bals n'ont, paraît-il, jamais été aussi brillants et l'on a repris les chasses à courre dans la forêt de Princé. Mais tu me vois, mon gars, dans ce presbytère avec ma sœur où notre refuge devient bien précaire. M. le curé n'est plus que toléré. Mes fermes sont brûlées. Mes fermiers sont morts. Il faudrait solliciter une charge auprès de l'usurpateur. Plutôt crever. »

Le curé sortit une miche de pain entamée de la huche. Il en coupa des tranches fines qu'il distribua à chacun, hésita, puis coupa une tranche supplémentaire qu'il donna à Dochâgne :

« Pour les enfants... »

Dochâgne coinça les deux tranches dans sa ceinture de flanelle. Il s'était habitué, dans son chêne, à ne pas manger. Ou si peu.

Suivit un très long silence. Dochâgne ruminait quelque chose. De temps en temps, ses sabots grattaient la pierre de la cheminée, comme ceux d'un cheval qui s'impatiente.

« Tu n'es pas venu pour me parler du comte, ni de métayage, dit le baron.

— Notre village est perdu dans ses ajoncs, derrière la forêt, mais le vent de la mer nous parle parfois le soir...

— Il t'a parlé de quoi, le vent?

— Que le roi serait débarqué aux Sables.

— C'était un bon vent. Il t'a presque dit vrai. Le frère du roi, le comte d'Artois, devait débarquer aux Sables, conduit par Dumouriez, avec Suzannet et d'Autichamp. Forestier avait commencé à reformer sa cavalerie. Mais le vent a tourné. Une fois de plus, nos princes n'ont pas voulu chouanner. Suzannet, avec Bourmont et d'Andigné ont été emprisonnés au Temple. Forestier, condamné à mort, a pu fuir en Angleterre. Le roi ne débarquera pas. Mais vive le roi quand même!

— Je vas m'en retourner », dit Dochâgne.

Tous les dimanches, le village se vidait et les paroissiens retrouvaient leur vieux curé dans la forêt qui, de nouveau, disait la messe sur le Pavé de Gargantua. Tous les paroissiens sauf deux, le maire-meunier et le sabotier de la Gâtine. Comme le sabotier n'avait toujours pas de pratique, et qu'il restait homme de peine du meunier, on en conclut qu'il n'osait pas déplaire à son patron, ou que ce dernier lui interdisait de courir les bois le dimanche, ou encore qu'il craignait la colère du vieux curé pour avoir osé cultiver des pommes de terre bien qu'il fût évident qu'il s'agissait là de légumes du diable.

A propos du diable, un midi il sembla bien qu'il arrivait en personne, juché sur une mule, vêtu de noir des pieds à la tête, avec des doubles yeux que le maire-meunier appela plus tard des lunettes, lorsqu'on l'interrogea sur ce phénomène.

Il s'agissait d'un personnage encore peu connu dans les villages, mais qui allait vite devenir une sorte de diable farceur des campagnes, faisant la pluie et le beau temps, délimitant les terres, accaparant l'argent des uns et versant des rentes à d'autres, assurant la succession des familles et les difficiles partages, sorte de juge et d'usurier, autrement dit un notaire.

Ce notaire, qui venait de Fontenay, depuis quatre jours sur sa mule, s'était presque noyé plusieurs fois dans des trombes d'eau, avait failli s'enliser dans des fondrières de chemins creux où la mule s'enfonçait jusqu'au ventre, n'avait dû qu'à la grand-peur de sa monture soudain transformée en lièvre d'échapper à une meute de loups voraces, et son costume noir avait fait fuir un groupe de brigands, dans la forêt de la Chaize, qui, opportunément, le confondirent avec un ecclésiastique. Crotté, courbatu, trempé, toussant, crachant, le notaire demanda la forge. Le meunier-maire l'y conduisit.

Ils y trouvèrent Chante-en-hiver, toujours de bonne humeur devant son brasier qu'il activait en actionnant l'énorme soufflet de cuir.

« Monsieur veut faire ferrer sa mule. Rien de plus simple. Que la mule de Monsieur veuille bien s'asseoir. »

Le notaire fit la grimace devant la plaisanterie et demanda au meunier-maire :

« Qui est ce forgeron?

– C'est le nôtre.

– Erreur, monsieur le maire. Votre forgeron est mort à Fontenay-le-Comte, le 21 avril 1800, le jour même où l'Empereur, encore Premier Consul, décréta l'amnistie aux chouans. Les uns s'en réjouirent. Votre forgeron bien au contraire en reçut un tel coup au cœur qu'il passa l'arme à gauche. »

Le maire-meunier fit à son tour la grimace, se pinça le nez, éternua pour se donner bonne contenance.

« La veuve du forgeron, reprit le notaire, m'a prié de procéder à la vente de sa forge.

– Rien de plus naturel, dit le meunier-maire, la propriété est sacrée. Chante-en-hiver, il faut que tu rachètes la forge.

– Avec quoi? s'écria Chante-en-hiver stupéfait. C'est moi qui ai remonté les feux, reconfectionné le soufflet, besogné la plupart des outils.

– Je dois faire l'inventaire, reprit le notaire.

– Ça ne finira donc jamais, dit Chante-en-hiver. Un jour c'est le forgeron balafré qui revient, un autre jour c'est sa veuve. Moi aussi j'ai une veuve, avec trois enfants. Plus un que nous avons eu ensemble. »

Le notaire s'affairait. Il installa un encrier sur l'établi, sortit une plume d'oie de son cabas et il écrivit au fur et à mesure sur une feuille de papier la liste des objets et leurs prix estimés. Il y passa la journée, prenant des mesures, soulevant pour estimer les poids. Le soir, il demanda au maire-meunier de bien vouloir le loger. Puis, le lendemain matin, il s'en vint trouver Chante-en-hiver qui, décontenancé, ne travaillait pas et se tenait affalé sur la marche de pierre usée comme une vieille meule qui donnait accès à la forge.

« Je vais vous lire, dit le notaire en sortant son rouleau de papier.

– Je sais lire », répondit Chante-en-hiver.

Il prit le rouleau, le déroula et lut :

- *une enclume pesant soixante li-vres* . . . . *12 francs*
- *un soufflet à forge* . . . . *20 francs*
- *une masse et deux marteaux* . . *9 francs*
- *une paire de tenailles, trois tran-chets, un marteau à ferrer, une butte* . . . . *6 francs*
- *un pétrin en bois noyer, mi-usé* . *10 francs*
- *un lit en bois blanc, avec sa pail-lasse et couverture, le tout en mauvais état* . . . . *8 francs*
- *une crémaillère de peu de valeur* *0 franc 50*
- *une pelle à feu, une lampe en fer* . . . . *0 franc 60*
- *un pot en fer pour la soupe, avec son couvercle* . . . . *2 francs*
- *un chaudron en cuivre, mi-usé* . *3 francs*
- *un mauvais bassinoir, presque hors service* . . . . *1 franc*
- *un plat, six assiettes, trois écuel-les, un pot pour l'eau, le tout en terre, quatre cuillères en bois, une bouteille en verre noir* . . . . . . *1 franc*
- *deux draps de lit mi-usés* . . . . . *5 francs*
- *deux chemises mi-usées* . . . . . . *2 francs*

« Mais, dit Chante-en-hiver, c'est la chemise de ma femme et la mienne.

– Prouvez-le. »

L'addition arrivait à 80 francs 10 centimes.

Chante-en-hiver dénoua son tablier de cuir et le tendit au notaire.

« Vous ne l'avez pas compté, mais je vous le rends. Bien que ce soit moi qui l'ai taillé sur une charogne de vache. »

Le notaire ajouta avec sa plume d'oie :

« *Un tablier de cuir... 3 francs.* »

La succession s'élevait maintenant à 83 francs 10 centimes.

Chante-en-hiver appela sa femme au museau de souris, rassembla les enfants et tous partirent se réfugier dans la métairie de Dochâgne.

Le lendemain, le maire-meunier et le notaire, chacun sur une mule, arrivèrent chez Dochâgne.

« La forge est à vendre, dit le maire-meunier, mais nous n'avons pas d'autre forgeron que Chante-en-hiver. Je veux bien t'acheter la forge et toute la succession du balafré, mais il faudra que tu me signes un papier disant que tu me rembourseras le dixième à toutes les Saint-Michel...

– Voilà que M. le maire se souvient de nouveau du nom des saints », grommela Dochâgne.

Le meunier haussa les épaules :

« Vous ne voulez pas comprendre si je dis comme il se doit : tous les octidis de vendémiaire... Mais vous comprendrez si j'ajoute : remboursement du capital, plus bien sûr les intérêts.

– C'est bien de la bonté, soupira Chante-en-hiver.

– Et puis, ajouta le maire-meunier, tu me feras quelques corvées au moulin, tous les dimanches.

– Pas les dimanches.

– Ah! oui, c'est vrai. Monsieur se promène en famille. Alors tous les lundis. »

C'est ainsi qu'une nouvelle fois, après en avoir été chassé, Chante-en-hiver retrouva la forge.

Victorine faisait des fugues. Elle profitait que Louise ou la grand-mère soient retenues à traire les vaches, à nourrir le cochon, à baratter du beurre, et pendant qu'on la croyait occupée à écosser des mojettes elle courait, engoncée dans ses longs jupons, pieds nus, ses cheveux noirs ramassés dans un petit bonnet de toile blanche. Elle contournait la ferme du bas de la côte de très loin, à cause du chien qui lui faisait peur, montait vers la grange-église puis obliquait dans la direction de l'ancienne borderie de Dochâgne. Mais ce n'était pas sa masure natale qui l'attirait. Elle courait à côté, dans l'atelier de Jacques-le-tisserand où Victor l'attendait.

« Ceux-là », disait Jacques en clignant de son seul œil, de vrais tourtereaux.

Les deux enfants partaient en riant à travers champs, se tenant par la main. Suivant les saisons, ils grimpaient aux arbres pour y dénicher les œufs d'oiseaux qu'ils gobaient en se barbouillant les joues, se gavaient de mûres, ramassaient des champignons et des châtaignes qu'ils apportaient dans leurs tabliers.

Un soir, Victorine ramena Victor avec elle à la métairie. Et Victor ne voulut plus repartir. Louise et Dochâgne furent bien embarrassés. A Léonie, venue rechercher son fils, Dochâgne répliqua :

« C'est le tien, mais c'est aussi le mien.

– Tu as déjà deux enfants avec Louise. Jacques et moi on n'en a point. »

Léonie se remit à pleurer, comme autrefois, les

larmes coulant dans ces sillons qui rainuraient de plus en plus son visage. Elle commençait à devenir vieille, Léonie, et au village on la regardait avec un certain mépris. Surtout en ces temps de dépeuplement où les berceaux remplis défiaient la mort, où la fécondité luttait contre le génocide, la stérilité d'un couple apparaissait comme une malédiction semblable à la sécheresse de la terre, au tarissement des sources, à la famine. Personne ne semblait se souvenir des maternités antérieures de Léonie, de ses enfants dévorés par l'Ogre-Turreau, de son enfantement du petit Victor. Ou bien alors on disait que, bonne pondeuse dans le temps, le moule s'était cassé. Si le blé ne levait pas on accusait la terre, jamais la semence. La terre ne savait pas recevoir le grain. La terre refusait le germe. La terre devenait mauvaise. De même, dans la stérilité conjugale, rare, la femme était toujours coupable.

« Faut bouère de la tisane d'aubépine, dit la mère de Louise.

— J'en ai tant bu.

— Et de la tisane de gui?

— Ça me donne la colique, c'est tout ce que ça me fait.

— Dans le temps, dit la vieille Louise, j'ai connu une femme qui ne pouvait point enfanter et qui s'en alla dans la forêt, se mettre cul nu sur la pierre de Gargantua. Elle pondit, après, une trâlée de drôles.

— Oui, dit Léonie, mais c'était avant que le curé fasse la messe dessus. Maintenant je n'oserais pas.

— Peut-être ben que ce serait encore meilleur, dit Dochâgne.

— Jacques l'aime bien, le petit Victor, vous ne pouvez pas l'en priver. »

Dochâgne réfléchissait. Finalement le seul problème tenait dans la longue distance entre la métairie et l'atelier du tisserand. La métairie, trop grande, restait à moitié inoccupée. Mais il n'était que gendre. Il lui fallait s'adresser à la vieille Louise :

« La mère, on pourrait donner à Jacques et à Léonie le bout des écuries qui ne sert à rien. Comme ça on n'aurait pas à se disputer le petit Victor. Tête-de-loup va travailler avec moi aux champs, maintenant, et nous n'aurons pas trop de deux petits bergers. »

La vieille Louise, surprise, se mordit les lèvres, romassa de ce long raclement de gorge qui ressemble à un caquetage de poule, et dit simplement :

« Faudrait voir. »

On attendit sa décision. Pendant ce temps elle s'affairait; cassait du bois qu'elle glissait dans la cheminée, sous le chaudron noir; buffait dessus pour revigorer la flamme; sortait avec un seau de bois pour aller puiser de l'eau; versait l'eau dans le chaudron; ne regardait personne. Puis elle se retourna brusquement vers son gendre :

« Cette Victorine, tout de même, elle nous fera tourner en bourrique. »

Le 15 août 1806, l'Assomption fut supprimée et remplacée par la Saint-Napoléon. On en rit encore, sauf en Corse. Comme ce 15 août Louise accouchait de son cinquième enfant, tout le village plaisantait, disant que les Dochâgne allaient appeler leur nouveau-né Napoléon, comme il se doit. La peau d' Léon, nabot d' Léon, ça se chantait en comptines.

Après leurs deux enfants morts, Louise et Dochâgne redoutaient cet accouchement. Tant de maléfices rôdaient sur cette terre qu'ils craignaient moins en fait la mort, si habituelle et contre laquelle on ne pouvait rien, que la venue d'un enfant bête, d'un enfant loup, d'un innocent ou d'un monstre. Louise avait bien pris soin, dans le mois qui venait de s'écouler, de ne pas rencontrer de crapauds. Elle s'était bien gardée, en cousant la layette, de ne pas passer le fil autour de son cou pour ne pas risquer que son bébé s'étrangle avec le cordon ombilical.

Comme elle espérait un garçon, Louise avait bu de la tisane de nénuphar. Son ventre rond était de bon augure puisque les filles font aux femmes enceintes un ventre pointu. Son accouchement fut long et douloureux. Elle resta alitée trois jours, ne voulant pas, une fois de plus, être une perdeuse d'enfant, mais cette fois-ci elle n'avait rien à craindre car l'enfant venait mal et lui déchirait le ventre. Elle saigna tant que sa mère put laver la face et la poitrine du nouveau-né avec le sang de l'accouchement. Puisque c'était un garçon, ce sang lui donnerait vigueur et virilité.

La vieille Louise et Léonie tentaient de calmer les douleurs de l'accouchée qui gémissait si fort que Jacques quitta son métier à tisser et accourut. Dochâgne n'était pas revenu des champs et l'on avait chargé Victorine d'emmener les enfants au loin.

Jacques-le-tisserand jeta dans le feu une poignée de pommes de pin, procédé infaillible pour calmer les douleurs de l'enfantement, mais Louise criait toujours. Pourtant son enfant était né, tout barbouillé de sang. Et, ses cris se mêlaient à ceux de sa mère.

La vieille Louise alla enterrer le cordon ombilical, ligaturé et sectionné par elle-même, sous un rosier de la cour. Pour que l'enfant ait un beau teint. Puis elle noua autour du ventre du bébé qui gigotait un fil de coton bleu, un cordon de la Vierge. Vraiment toutes les précautions étaient prises.

Léonie emmaillota l'enfant, pour qu'il soit bien rigide et ne cherche pas à marcher à quatre pattes, comme une bête.

« Profitez de l'occasion, dit la vieille Louise, chaussez les sabots de ma fille. Les sabots d'une accouchée, il n'y a rien de tel pour que la fécondité vous remonte par les pieds et les jambes, jusqu'à l'endroit qu'il faut. »

Deux jours plus tard, Dochâgne, la vieille Louise, Jacques et Léonie, s'en allèrent dans la forêt à la recherche du vieux curé. Arrivé près du dolmen, dit Pavé de Gargantua, Dochâgne mit ses mains en porte-voix et lança le cri de la chouette. Une chouette répondit presque aussitôt, dans les futaies du nord.

« Le curé vieillit, dit Dochâgne. On dirait une chevêche malade. »

Il remit ses mains en porte-voix, poussa un nouveau cri, modulé deux fois.

On entendit au loin un bruit de branches écrasées, puis des pas qui déchiraient les ronciers. Le vieux curé sortit bientôt des taillis. Il les bénit dès qu'ils les aperçut, sourit à l'enfant :

« Quel prénom lui donnez-vous ?

— Si ç'avait été une fille, on l'aurait appelée Marie, à cause de l'Assomption. Puisque c'est un garçon, on l'appellera Jean-Marie. »

Le prêtre prit dans le creux de sa main un peu de l'eau qui stagnait dans une cuvette du dolmen, la laissa couler sur la tête de l'enfant :

« Jean-Marie, je te baptise, au nom du Père et du Fils et du Saint-Esprit.

— Amen, dit Dochâgne. Son parrain, c'est Jacques et la marraine la grand-mère. Je vous ai apporté un morceau de pain et du fromage, monsieur le curé. Prenez bien soin de vous.

— Quel âge as-tu, Dochâgne ? dit le curé. Quand je t'ai reçu dans la forêt tu avais les mêmes cheveux blancs qu'aujourd'hui. Je t'ai cru vieux et voilà que tu ne cesses d'enfanter. Tu es comme moi, sans âge. Ne crains rien, le grand air me conserve. »

Le grand air le conservait, certes, mais il n'était plus le curé-Noé; à la fois Noé et Moïse puisque, après avoir sauvé ses paroissiens du naufrage, il les avait conduits vers une terre de promesse. Maintenant devenu Jean-le-Baptiste, pourchassé, sa vieille tête aux cheveux rares mise à prix.

Les gendarmes à cheval tentèrent plusieurs fois de suivre la paroisse dans sa migration dominicale en forêt, mais les villageois se volatilisaient mystérieusement, sans bruit, sans traces.

Alors ils s'en prirent à Dochâgne. Pourquoi Dochâgne? La métairie se situait à l'écart, entre le village et la forêt. Et puis ils avaient déjà emmené Dochâgne en prison et bien que son innocence dans le meurtre du père de Louise fût évidente, le seul fait de son incarcération le rendait suspect.

Très tôt un matin, alors que les deux Louise trayaient les vaches et que Dochâgne et Tête-de-loup se préparaient à partir labourer, on entendit une cavalcade qui dévalait de la côte et qui fit aussitôt penser à une échappée des chevaux aveugles. Puis le galop des chevaux se rapprocha. On entendit des hurlements, des bruits de bottes, des cliquetis d'armes et la certitude qu'il s'agissait des hussards revenus jeta la panique dans la ferme. Imprudemment habitués à la paix, aucun refuge n'était préparé. Dochâgne vit Tête-de-loup prestement décrocher l'un des fusils sur le manteau de la cheminée et se poster à l'angle d'une fenêtre. Il en fut si stupéfait qu'il oublia lui-même de s'armer. Ainsi l'enfant de la fille Eléhussard devenait un homme! Douze ans déjà depuis leur retour de la forêt avec le curé-Noé. Douze années pendant lesquelles ils avaient fait revivre lentement le village, doubler ses feux, tripler ses habitants. Douze années et l'enfant des hussards, qui ne le savait pas, s'apprêtait à tirer sur des cavaliers semblables à ceux qui, jadis, avaient supplicié sa mère.

La porte d'entrée craqua sous une violente poussée et des gendarmes apparurent. Dochâgne arracha le fusil des mains de Tête-de-loup et le jeta sous la maie. Le brigadier s'avança :

« Où est le curé, foutredieu? »

C'était donc seulement cela!

« Quel curé?

— On sait que tu le caches.

— Je n'ai pas cet honneur.

— Imbécile! »

Se tournant vers ses gendarmes :

« Fouillez partout. N'oubliez pas le fumier, il paraît qu'autrefois il se soûlait au purin. »

La maie fut renversée et la farine répandue sur la terre battue. Un gendarme se glissa sous le manteau de la cheminée aux caches maintenant bien connues et, furieux de ne rien trouver, décrocha d'un coup d'épaule la crémaillère forgée par Chante-en-hiver, faisant tomber du même coup la lourde marmite de fonte qui écrasa le pot en terre à trois pattes, où bouillottaient les mojettes.

Dehors, un autre gendarme cherchait dans le puits. Tête-de-loup, retenu par Dochâgne, ressemblait bien en effet à un petit fauve. Si Dochâgne ne l'avait pas solidement agrippé par le bras, nul doute qu'il se serait jeté sur les gendarmes pour les mordre. Sa fureur contenue était telle qu'il en bavait.

Il y eut des exclamations dans la cour et un gendarme vint avertir le brigadier de la capture du curé.

« Crétins, dit le brigadier. Le curé est vieux

comme Hérode et il a ses deux yeux. Mais que fais-tu là, toi?

– Je suis Jacques, le tisserand.

– D'où viens-tu? Je parie que tu n'es pas d'ici. C'est formidable, on ne sait pas d'où vous sortez, tous tant que vous êtes! Ça pousse comme des champignons dans la forêt.

– Je suis venu de Cholet.

– Si on l'emmenait, chef, dit un gendarme.

– Es-tu le seul tisserand, dans le village?

– Oui. Avant que je vienne le drap et le linge n'existaient plus. J'ai tout tissé.

– Eh bien, tisserand, on t'emmène. Tes villageois choisiront entre l'utilité d'un curé dans les bois ou l'utilité d'un tisserand à son atelier. Lorsqu'ils n'auront plus de linge à se mettre sur le cul, ils reviendront te chercher en nous amenant leur foutu curé par la peau des couilles. »

4

Dans la forêt de l'Herbergement

DANS la forêt de l'Herbergement, peu après le croisement des deux seules routes qui jadis sectionnaient la Vendée en quatre et que l'on appelle encore les Quatre-Chemins-de-l'Oie, Dochâgne se cachait, le dos bien calé à un arbre, un fusil à la main.

Il se tenait à l'affût, l'un des bords de son grand chapeau noir épinglé pour ne pas gêner sa visée, un cœur rouge en étoffe cousu sur sa poitrine et le traditionnel chapelet pendu en collier par-dessus sa veste en peau de mouton noir.

Il guettait, tout près de la route, posant parfois une oreille au sol pour écouter si un roulement ne se faisait pas entendre au loin. Mais ces précautions étaient inutiles car, lorsque le convoi vira aux Quatre-Chemins, il se fit un bruit de roues, d'essieux, de hennissements tel que jamais Dochâgne n'en avait entendu de semblable depuis la déroute du Mans en 93.

Il vit d'abord arriver un fourgon traîné par quatre chevaux, avec des malles, des casseroles et des barriques, sur lesquelles étaient juchés des cuisiniers et des marmitons. Puis des cavaliers. Il crut reconnaître trois sous-officiers de chasseurs, trois courriers, un piqueur, un écuyer, un page, tous en uniformes chamarrés. Puis un coupé à deux chevaux attelés dans lequel se tenait un évêque. Puis d'autres voitures avec des généraux en bicorne et enfin une grosse berline tirée par six chevaux menés par deux cochers.

Dochâgne pointa son fusil, visa. Il se produisit alors un événement inattendu. Le cortège s'arrêta.

Autour de la berline caracolait un curieux cavalier, gros garçon joufflu coiffé d'un turban blanc, vêtu d'une culotte bouffante rouge et d'un boléro vert à manches jaunes. Cette espèce d'oiseau bariolé étonna tellement Dochâgne qu'il en oublia de tirer. De plus, très vite, la berline fut entourée de ce que Dochâgne prit avec rage pour des hussards, à cause de leurs dolmans à brandebourgs et de leurs sabres recourbés. Leurs grosses moustaches en croc lui rappelaient de plus le sabotier de la Gâtine, cette association du sabotier et des hussards le troubla. Depuis bien longtemps, il n'avait plus revu de hussards, sinon dans ses cauchemars. Quatre d'entre eux sautèrent de cheval découvrant des selles garnies de peaux de panthère. Ils s'avancèrent vers Dochâgne qu'ils ne pouvaient voir tellement il était enfoui dans le hallier. La porte de la berline s'ouvrit. En descendit un petit homme tout en tronc, obèse, aux courtes jambes gainées de bas de soie blancs, coiffé d'un petit chapeau de gendarme.

Les quatre cavaliers, en réalité chasseurs de la garde, dégainèrent leurs sabres et lui présentèrent les armes.

« Je veux pisser », dit le petit homme.

Les quatre cavaliers se formèrent en carré, en lui tournant le dos. Dochâgne le voyait mal, au centre, appuyé d'une main sur l'épaule d'un chasseur dont il arrosait les bottes d'un petit pipi.

Etait-ce Lui? Etait-ce l'Antéchrist qu'on l'avait chargé d'abattre? Le chapeau de gendarme, enfoncé sur le front, ne le surprenait pas. Si c'était Lui, n'était-il pas le gendarme-chef et même le grand chef des gendarmes-chefs? Comme les gendarmes, le petit homme pisseur portait une veste bleue à parements rouges. Ses épaulettes dorées désignaient bien un officier et toutes ces médailles, ces croix, ces plaques, ces étoiles, épinglées sur son gilet blanc, un officier-chef. Oui, ce ne pouvait être que Lui.

Mais Dochâgne s'était laissé trop distraire. Les chasseurs escortaient déjà le petit homme qui, de dos, apparaissait voûté, jusqu'à la berline dans laquelle il monta prestement et disparut.

Le convoi s'ébranla. Dochâgne vit passer d'autres voitures, des cuirassiers avec leurs poitrails de fer et leurs épaulettes rouges, des dragons aux casques à crinière, des grenadiers... C'était fini. Il demeura un moment stupide, son fusil à la main, puis courut à travers bois jusqu'à une clairière où il trouva un cheval attaché, sauta très vite dessus et partit à bride abattue par un chemin forestier.

Il rejoignit un petit groupe de cavaliers, tous coiffés du large feutre noir et le cœur rouge en étoffe cousu sur leurs vestes, à part trois gentilshommes aux chapeaux à plumet parmi lesquels le baron. Dochâgne leur conta sa déconvenue.

« Il ne faut pas oublier que l'Antéchrist tient de Lucifer, dit un des cavaliers nobles. Nous l'avons aussi laissé échapper de Fontenay et pourtant le piège était parfait.

– Jamais nous ne retrouverons une occasion pareille, soupira le baron. Sans le désastre de l'armée impériale en Espagne, Buonaparté n'aurait pas quitté Bayonne pour Bordeaux et il ne lui aurait pas pris fantaisie de faire un crochet par la Vendée en remontant vers Paris. Comment pouvait-on supposer que ce faquin quitterait la maison du maire de Fontenay à quatre heures du matin. Notre tireur l'attendait à sept, c'était déjà matinal.

— Pourtant, dit un autre cavalier noble, le maire de Fontenay n'avait pas ménagé les bassesses pour retenir le tyran. Il est entré dans la ville sous un arc de triomphe où on osa écrire : « Gloire au Grand « Napoléon, le Pacificateur du Continent. » Des femmes à genoux ont offert à l'Ogre une corbeille pleine de cœurs vendéens. Oui, messieurs, ces cœurs vendéens qui sont notre fierté, notre emblème, le maudit maire pataud n'a pas hésité à les offrir à l'ami de Robespierre. Les enfants de la ville étaient costumés en mamelouks, comme ce singe qui fait des pirouettes autour de la berline. Il a fallu qu'à minuit un courrier apporte un message d'Espagne par lequel son frère Joseph, qu'il a osé faire roi, parlait d'abdiquer, pour qu'il se mette à casser le bassin de faïence où il se baignait les pieds et donne l'ordre de partir à l'aube.

— Allons, dit le baron, il nous faut le rattraper à La Roche-sur-Yon. »

Ils continuaient à donner à la ville nouvelle qui se construisait au milieu du bocage, pour mieux le surveiller, et qui dépossédait Fontenay (redevenu Fontenay-le-Comte après s'être appelé Fontenay-le-Peuple de 1790 à 1804) de son rôle de préfecture, le nom du petit bourg qui en avait été l'amorce et jamais celui, officiel depuis 1804, de Napoléon-Vendée.

Napoléon n'avait encore jamais vu sa ville. Le cortège des huit voitures et des cavaliers entra dans une cité qui n'était encore qu'un chantier. Duvivier, l'ingénieur en chef des travaux, pensant plaire à l'Empereur, l'avait dessinée comme un camp militaire : un pentagone d'où partaient six voies droites. Il tombait une petite pluie fine, pénétrante, qui transformait les rues en fossés pleins d'eau dans lesquels s'ébrouaient des canards.

Descendus de voiture, Napoléon et sa suite patau-
geaient dans les éboulis et le mortier. Talleyrand,
les bas de soie maculés de boue, crut faire un bon
mot en disant à l'Empereur :

« Sire, comme le reconnaît Richelieu, la Vendée
est l'évêché le plus crotté de France. »

Napoléon lui jeta un regard mauvais. Mais
comme il se méfiait de Talleyrand, il préféra s'en
prendre au maréchal Berthier, son habituel souffre-
douleur, qu'il gifla d'un revers de main. La traîne de
la robe de mousseline blanche de Joséphine telle
une serpillière accrochait des immondices. Napoléon la déchira en la piétinant avec ses éperons.

« Cela vous apprendra à vous attifer de broderies
anglaises. Vos broderies anglaises, je chie dessus. »

Joséphine se mit à pleurer comme une petite fille,
en reniflant. Ses cheveux bouclés, ruisselants, se
plaquaient sur sa tête et le fard rouge et blanc, dont
son visage était si surchargé que l'on eût dit une
croûte, coulait dans son cou. Mmes de Montmo-
rency et de La Rochefoucauld, qui l'accompagnaient, les robes collées au corps par la pluie,
n'avançaient qu'à petits pas, leurs escarpins s'enfonçant dans la terre détrempée.

Napoléon tira son épée, piqua le mur d'une
maison neuve où elle s'enfonça dans le torchis frais.
Il se mit à trépigner, hurla dans un charabia incom-
préhensible où se mêlait au corse le français ordu-
rier des sans-culottes, mais où l'on distingua néanmoins, à l'adresse du peu génial ingénieur du génie
Duvivier :

« Vous m'avez construit une ville de boue! Vous
n'êtes qu'un jean-foutre. Destitué! Vous êtes destitué! »

Lorsque le petit groupe de cavaliers, conduit par
le baron, arriva à La Roche-sur-Yon, Napoléon et
son cortège en repartaient.

Ils le rejoignirent à Saint-André-Goule-d'Oie où voitures et escorte s'étaient arrêtées. Comme il pleuvait toujours, Napoléon, resté dans sa berline, regardait les paysans massés au bord de la route et qui ne disaient rien. Aucun geste, aucun vivat. La pluie trempait les guenilles qui les revêtaient. Ils reconnaissaient sans effroi, mais avec dégoût, les uniformes des soldats des armées républicaines. L'un demanda :

« C'est le roué ?

– Ben, répondit un autre, c'est pas le roué qu'on avait avant. »

Derrière les paysans, Napoléon remarqua le groupe des cavaliers marqués du cœur rouge. Il appela Duroc et lui demanda de les faire venir plus près.

« Pourquoi ce fusil à l'épaule ? » demanda-t-il à Dochâgne.

Dochâgne ne répondit pas. Il revoyait le petit homme qu'il n'avait tenu qu'une fraction de seconde dans sa ligne de mire et ces yeux gris fer, qui l'interrogeaient, lui donnaient un malaise.

« As-tu fait la grande guerre ? »

Dochâgne comprenait mal. Sa langue habituelle était bien sûr le patois poitevin, mais il entendait couramment le français parlé par les bourgeois et les nobles. Le langage du petit homme le surprenait avec ses sonorités chantantes qui lui faisaient perdre le fil des mots dans l'abus des voyelles, et il n'arrivait pas à en suivre le débit trop rapide et saccadé.

Napoléon s'impatienta :

« Pourquoi ne parle-t-il pas ? » demanda-t-il à Duroc.

Le préfet s'avança et se proposa comme interprète.

A la question reposée par le préfet, Dochâgne répondit en patois.

« Quoi? Qu'a-t-il dit? s'impatienta Napoléon.

– Oui, sire, répondit le préfet, il a fait la grande guerre jusqu'à Granville et Savenay. Il était cavalier de Stofflet.

– Si tu n'étais pas si vieux, j'aimerais t'avoir dans ma cavalerie. C'est donc toi qui te trouvais parmi ceux qui battaient tous les autres. Je serais fier d'être vendéen. Vous avez mené une guerre légitime, noble et belle. Une guerre de géants! Aujourd'hui tout cela, c'est du passé et, dans mon armée, les Vendéens sont les meilleurs de mes tirailleurs. Vous m'avez appris cette méthode de combat et mes tirailleurs font merveille sur tous les champs de bataille. »

Le baron avança son cheval vers la berline.

« Sire, dit-il, de pauvres curés traqués comme des bêtes par les gendarmes vivent encore dans nos forêts.

– Vous êtes noble?

– Oui, sire.

– Nous autres, nobles, nous finirons bien par nous entendre. Regardez dans la voiture de l'impératrice, vous y verrez deux de vos duchesses. Mais ne me parlez pas de vos curés insoumis. Demandez à l'évêque de Poitiers, qui est dans ma suite, ce qu'il pense d'eux. Depuis mon avènement, la chouannerie n'a plus lieu d'être. Il ne reste plus que des brigands, des émigrés et des stipendiés de l'Angleterre.

« Allons, cria-t-il à Duroc, en route! »

Le convoi s'engagea dans le Haut-Bocage. La plupart des villages traversés montraient encore leurs ruines. Une foule de paysans, d'artisans, s'amassait tout le long de la route, toujours silencieuse.

Napoléon, de sa berline, appela le préfet qui suivait au trot:

« Pourquoi toutes ces ruines?

– La guerre, sire...

– Il y a huit ans que j'ai signé la paix avec d'Autichamp et il n'y a jamais eu de guerre, depuis, en Vendée.

– La misère, sire...

– Vous exempterez de contributions, pendant quinze ans, les deux mille premières maisons qui seront construites. »

La petite pluie fine tombait toujours et les voitures avançaient avec peine dans les ornières de la route.

« Pourquoi les cloches des villages et des bourgs ne sonnent-elles pas à mon approche? demanda Napoléon au préfet.

– Les cloches ont été fondues pour faire des canons, sire.

– Vous leur paierez des cloches.

– Il faudrait aussi reconstruire les clochers.

– Eh bien, préfet, reconstruisez. Quand j'étais Premier Consul j'avais dit à La Fayette que je mettrais les prêtres encore plus bas que la Convention les avait laissés. Mais je me suis aperçu que la religion demeurait la vaccine de l'imagination. Elle la préserve de toutes les croyances dangereuses et absurdes. Un frère ignorantin suffit pour dire à l'homme du peuple : « Cette vie n'est qu'un pas- « sage. » Si vous ôtez la foi au peuple, vous n'aurez que des voleurs de grand chemin. Si l'on veut que l'ordre soit assuré, il faut une police et un clergé soumis à l'Etat. La police, Fouché s'en occupe, et le clergé est surveillé par Talleyrand. Comme tous les deux sont des prêtres défroqués, je suis tranquille. »

Le long de la route, Napoléon aperçut soudain des centaines d'enfants, pieds nus, en haillons, aux cheveux longs plaqués sur leurs têtes par la pluie. Si différents des jolis petits citadins de Fontenay déguisés en mamelouks. Il fit un signe de la main par la portière pour rappeler le préfet.

« Vous me ferez un rapport sur le nombre de femelles et de mâles en état de procréer dans les dix années qui viennent. Je veux que l'élevage des enfants et leur survie soient assurés. Moins il meurt d'enfants en bas âge, plus on trouve de soldats à vingt ans. A propos, préfet, la conscription ne pose plus de problèmes, en Vendée?

– Les déserteurs sont plus rares, ici, que dans tous les autres départements. J'en suis fier, sire. Mais la moitié des mobilisables sont réformés pour faiblesse de constitution. Ceux qui avaient cinq ans en 93 ont vingt ans maintenant. Beaucoup sont sourds, aveugles, épileptiques. Sans parler des ulcères aux jambes que leur donnent leurs maudits ajoncs. »

Le préfet hésita, puis d'une voix plus basse :

« On ne déserte plus, sire, mais beaucoup de maladies des recrues sont simulées. Les Vendéens ont été terrassés. Trop las pour résister de front, ils rusent. »

Plusieurs maires de villages, les poitrines ceintes de leurs écharpes tricolores, s'avancèrent vers la berline. Napoléon donna ordre au cocher de s'arrêter. Les maires apportaient des pâtés en terrine, un jambon, des fruits.

Mis de mauvaise humeur par les derniers mots du préfet, Napoléon cria au mamelouk Roustan :

« Chasse-les. Ils veulent m'empoisonner. »

Roustan bouscula les maires en poussant son cheval sur eux et en agitant son sabre.

La berline redémarra dans un crissement de roues. Il faisait nuit lorsque le convoi arriva à Chavagnes-en-Paillers. Des deux côtés de la route brillaient de petites lumières, comme un cortège de lucioles. C'étaient les élèves et les professeurs du petit séminaire qui portaient chacun une chandelle.

Derrière eux, on apercevait les ruines d'un château brûlé. L'arrivée de Napoléon fut saluée d'un vibrant :

« Vivat Imperator! »

Surpris par cet accueil, Napoléon demanda au préfet de distribuer de l'argent aux séminaristes.

« Au moins, préfet, la relève de l'Eglise est assurée. »

Le convoi traversa au trot Saint-Georges-de-Montaigu où pas une seule maison n'était encore entièrement reconstruite et où l'église restait en ruine. Montaigu, la plus importante agglomération du Haut-Bocage était prévue comme gîte d'étape. Les huit voitures et la cavalerie y arrivèrent au galop.

Le baron et sa petite troupe contournèrent Montaigu pour éviter de se faire remarquer et allèrent tendre une embuscade un peu avant Aigrefeuille, à un endroit où la route dévie légèrement pour enjamber la Petite-Maine.

A son grand regret, le baron désigna un autre tireur que Dochâgne :

« C'est la première fois qu'il rate une cible. Même à cheval, il faisait mouche à tout coup. Mais il a perdu la main.

— Monsieur le baron, protesta Dochâgne, j'ai été surpris. Je ne m'attendais pas à le voir pisser. »

Un cavalier arriva, qui venait de Montaigu apporter des nouvelles.

« L'avoué Tortat lui a offert un somptueux dîner qu'il a refusé, comme d'habitude. Mais Joséphine s'est laissée aller à boire un verre d'eau et l'a vomi. Buonaparté, mis en rage, a obligé le sous-préfet à absorber le reste de la carafe. Comme le sous-préfet n'en est pas mort, Montaigu ne sera pas détruit.

— Toujours cette peur de l'empoisonnement, dit le baron. Il a aussi repoussé le dîner du maire de

Fontenay. On aura au moins gagné que tous ces patauds se vexent de ce qu'il refuse partout de manger ce qu'ils lui offrent. Pourtant, il n'a rien à craindre. Nous n'utilisons pas les armes des lâches. Et après?

– Ses cuisiniers lui ont apporté un poulet rôti, comme à l'ordinaire, qu'il a mangé en un quart d'heure, arrosé de son habituelle demi-bouteille de chambertin, à califourchon sur une chaise, le dos au feu. Car il a exigé que l'on fasse un grand feu de cheminée, en plein mois d'août. Comme il avale trop vite, ses maux d'estomac l'ont repris et il s'est roulé sur le tapis en criant qu'on l'avait empoisonné.

– Ensuite?

– Il a demandé une carte pour y examiner la continuation de son voyage, l'a trouvée mal pliée et l'a flanquée à la figure du maréchal Berthier. On lui a apporté le courrier qu'il a parcouru rapidement, jetant dans le feu, au fur et à mesure, tout ce qui lui paraissait sans intérêt. Puis il a demandé un bain très chaud et s'est mis à patauger dans la baignoire en chantant à tue-tête : *Marat, du peuple vengeur*... Sans doute, maintenant, dort-il du sommeil de l'injuste!

– Reste à savoir combien de temps il dormira, dit le baron.

– Ah! si, encore une chose, reprit l'émissaire. Lorsqu'il a jeté ses vêtements pour prendre son bain, j'ai pu voir qu'il s'était fait broder la couronne impériale sur ses bas. »

Comme toujours, pour déjouer les complots, Napoléon réveilla sa suite à une heure du matin. A trois heures, le convoi arrivait à Nantes. Il avait traversé la Petite-Maine au triple galop, tous feux éteints dans les voitures.

Après son équipée avec les cavaliers du baron où ils avaient joué un rôle de fantômes, Dochâgne reprit le train-train quotidien de la ferme. Chante-en-hiver forgeait, le maire-meunier croyait diriger sa commune tous les jours de la semaine alors que le curé, dans la forêt, tirait toutes les ficelles le dimanche. Louise avait accouché d'un nouveau fils, que l'on prénomma Arsène. Léonie se desséchait de ne pas avoir eu d'enfant de Jacques-le-tisserand, toujours prisonnier des gendarmes. Aurait-elle su que l'impératrice Joséphine vivait les mêmes affres de la stérilité que cela ne l'eût point consolée. Comme par compensation communale, la femme au museau de souris de Chante-en-hiver pondait régulièrement son enfant tous les ans. Ils en avaient maintenant six, deux n'ayant pas survécu. Le sabotier de la Gâtine continuait à planter la moitié des pommes de terre qu'il récoltait chaque année. Le maire-meunier lui louait un champ et le miracle s'était produit, comme il l'avait annoncé. Avec ses neuf pommes de terre de l'an 1804, il en récolta une centaine en 1805. Il en mangea cinquante et sema les cinquante autres qui lui fournirent six cents tubercules en 1806.

En 1809 il n'arrivait plus à les compter et se mit à faire un pain de pommes de terre qui réussit à accorder le maire-meunier et le vieux curé contre lui. Le maire-meunier, bien sûr, parce que du pain de pommes de terre devenait une concurrence pour le pain de blé et le curé parce qu'une telle multiplication d'aliments, non prévue dans les Evangiles, relevait de la sorcellerie pure et simple. Le vieux curé avait toujours déconseillé, dans le même esprit, de manger les châtaignes que l'on peut cueillir gratuitement et en abondance sur les arbres des chemins creux. Cette prodigalité de la nature indiquait un phénomène pas très catholique. Il fallait se nourrir à la sueur de son front. Il fallait gagner son pain. Seuls les oiseaux du ciel ne tissent ni ne moissonnent... Le curé était pourtant bien placé pour s'apercevoir que le Père céleste ne prenait guère soin d'eux et que beaucoup mouraient le bec ouvert, de faim et de froid.

Le sabotier de la Gâtine, qui n'avait toujours pas de clientèle et dépendait totalement du maire dont il continuait d'être l'homme de peine, ne pouvait s'offrir l'effronterie de lui déplaire en s'obstinant à boulanger du pain de pommes de terre. Il chercha donc, sinon à vendre ses tubercules, du moins à les troquer, car on n'achetait ni ne vendait au village qui se contentait encore d'échanges. Comme le moulin à eau, où il habitait, voisinait avec la métairie de Dochâgne, les deux hommes apprirent à faire connaissance. Parfois le sabotier de la Gâtine venait donner un coup de main à la ferme, le soir, après son travail chez le meunier.

« Dochâgne, tu devrais faire de la pomme de terre. Tu as beaucoup de terrains que tu ne cultives pas. Tes enfants n'ont presque rien à manger l'hiver. Et toi-même tu es racorni. Quand tu pars toute la journée avec Tête-de-loup et tes bœufs pour labourer, qu'emportes-tu pour manger? »

Dochâgne n'aimait pas ce genre de conversation. Le sabotier de la Gâtine parlait trop et trop bien. Il avait vécu à Nantes et pris une aisance de langage à la ville.

« Dis-moi, qu'emportes-tu pour manger?

— Un œuf.

— Un œuf, pour vous deux?

— Oui, c'est bien assez. Comme il est jeune, Tête-de-loup, et qu'il faut qu'il forcisse, je lui donne le jaune et je mange le blanc. Peut-être ben que je devrais lui laisser l'œuf tout entier.

— Mon bon Dochâgne, avec mes pommes de terre

vous n'auriez jamais faim, ni toi, ni les tiens. Et l'hiver, si on les emporte brûlantes, elles tiennent chaud sur soi.

– Le curé ne veut pas.

– Tu ne vois pas que ton vieux curé radote dans sa forêt. Il y vit comme une bête.

– Tu n'as pas le droit de dire ça d'un bon prêtre. »

Dochâgne et le sabotier de la Gâtine nettoyaient les litières dans l'écurie, enlevant à la fourche la paille souillée qu'ils transportaient sur le fumier de la cour.

« Ta petite Victorine va sur quel âge maintenant? C'est presque une femme.

– Elle est née pendant la troisième guerre.

– Elle a dix ans. L'autre jour elle pouvait à peine marcher tellement les ronces et les pierres du chemin lui abîment les pieds. Vous ne voulez pas que je vous fasse des sabots parce que vous avez l'habitude de les faire vous-mêmes. Mais comme vous n'avez pas le temps, vous marchez pieds nus. Tiens, laisse-moi faire, je vais lui tailler une jolie paire de sabots.

– Non.

– Tu ne paieras rien.

– C'est pas ça. On pourrait s'arranger. Mais je ne veux pas que Victorine porte des bots, si Victor n'en a pas, ni Henri. Elle pourrait s'accroire.

– C'est un beau petit garçon, Henri. Il est étrange, tu ne trouves pas? Tout frêle. On dirait un Monsieur. Il est si différent de Tête-de-loup que l'on ne dirait pas deux frères.

– C'est son frère, lança Dochâgne avec brusquerie. Mais tu me bassines avec ton bagou.

– Ne te fâche pas. Je te vois ruminer dans ton coin. Peut-être que je suis bavard, mais toi tu ne parles pas assez. A trop garder de choses sur le cœur, ça vous étouffe. »

Dochâgne resta silencieux un long moment, puis, entre deux brouettées de fumier, dit tout à coup :

« Peut-être bien que le meunier est ton maître, mais tu n'as pas l'air de faire mauvaise compagnie avec lui.

— Tu dis ça parce que je ne vous suis pas à la messe.

— Ça et puis peut-être ben autre chose.

— C'est vrai, je suis comme le meunier, je n'aime pas beaucoup les curés, ni les nobles.

— Tu es pataud ?

— Ni pataud, ni chouan, sabotier. Dans la Gâtine, on a commencé à chouanner bien avant 89. On chouannait contre les maltôtiers du roi qui venaient arracher les portes et les fenêtres des métairies qui ne payaient pas l'impôt. J'étais un petit drôle alors, et je revois mon père recevoir les collecteurs d'impôts à coups de dail. Et puis la fuite de toute la maisonnée. On se retrouvait nombreux sur les routes. La moitié des fermes de la Gâtine étaient désertées. Tu te souviens de la terrible année 1788 ? L'été, la grêle avait ravagé les champs. L'hiver, la glace arrêta les moulins à eau. Les bêtes crevaient dans les écuries. L'année d'après, on n'en pouvait plus et tout sautait. Tu te souviens que ce qu'ils appellent la Révolution a d'abord été la grande révolte des paysans ?

— Où te trouvais-tu pendant la grande guerre ?

— Je n'étais d'accord ni avec vous ni avec eux. Leur Révolution devenait affaire de bourgeois et de nobles. Nobles blancs contre nobles bleus. Le marquis de Bonchamps qui attaque Nantes au nom du roi et le marquis de Canclaux qui défend Nantes au nom de la République. Veux-tu que je te dise, des simagrées ! Moi, je travaillais à Nantes chez un maître sabotier. Carrier m'a dégoûté de la République. Et les frères de Louis XVI m'ont dégoûté d'un roi. »

Toutes ces idées brassées par le sabotier de la Gâtine se bousculaient dans la tête de Dochâgne. Non point qu'il ne pensait pas, en marchant lentement derrière ses bœufs et en veillant que le sillon tracé soit bien droit, mais il pensait pesamment. Le sabotier pensait trop vite. Si vite qu'il paraissait dire n'importe quoi. Et puis il mélangeait tout, le roi et les nobles, le bon curé de la forêt et les maltôtiers. Dochâgne aimait le baron parce qu'ils s'étaient battus ensemble à l'aller et au retour de la longue marche de la Loire à la Manche, mais il partageait l'aversion de Stofflet, de Cathelineau, de Joly, pour les nobles. Ils avaient dû aller chercher des nobles dans leurs châteaux, et les forcer à devenir leurs officiers, puisque, du temps du roi, il n'existait pas d'autres officiers que nobles. Il fallait bien faire avec ce que l'on avait. Et les patauds n'agissaient pas autrement puisque la plupart de leurs chefs, aristocrates anciens militaires de Louis XVI, restaient sans complexe dans une armée qui de blanche était devenue bleue. Les deux plus terribles ennemis des Vendéens, celui qui donna l'ordre de les exterminer, Barère, et celui qui exécuta le crime, l'Ogre-Turreau, étaient des aristocrates. Bertrand Barère de Vieuzac et Louis-François Turreau de Garambouville, de leurs vrais noms. Donc le roi avait été trahi par ses nobles comme Dieu avait été trahi par ses prêtres. Le baron représentait le seul lien qui reliait Dochâgne au roi et le vieux curé celui qui reliait Dochâgne à la véritable Eglise. Mais dans la récente équipée de Dochâgne avec le baron et dans la succession de guets-apens ratés qui s'en suivit, Dochâgne avait vu combien peu nombreux restaient ceux qui osaient encore courir le risque d'une guerre contre les patauds. Voilà seize ans que Louis XVI avait été guillotiné, quatorze ans que le dauphin avait agonisé dans la prison du Temple... La plupart des survivants de la grande armée vendéenne morts eux aussi, massacrés par l'Ogre-Turreau ou morts de faim après la grande dévastation du pays, morts de chagrin, morts de vieillesse... Dochâgne se demandait pourquoi il n'était pas mort et quelle énergie formidable l'avait poussé à survivre dans le creux de son chêne puis à suivre le curé-Noé dans cette aventure de la reconstruction du village, comme une nouvelle Arche d'alliance.

Le village revivait maintenant, avec ses deux moulins, celui du vent, en haut de la colline et celui de l'eau où logeait le sabotier de la Gâtine; avec sa forge où Chante-en-hiver avait repris ses chansons; avec ses métairies qui peu à peu défrichaient la lande jusqu'aux abords de la forêt. Ne manquaient qu'un tisserand devant son métier à fils et un curé dans son église. Depuis le départ du vieux curé dans la forêt, la grange-église restait fermée. Et l'ancienne n'était qu'un éboulis de pierres. Si le village s'habituait à la paix, s'il se montrait peu enclin à se lancer dans de nouvelles aventures, la proscription du vieux curé et la fermeture du lieu du culte suffisaient pour maintenir néanmoins les paroissiens dans un état de défiance.

Les années passant, certains des enfants échappés au massacre de 95 atteignaient l'âge de la conscription. A chaque fois que le maire venait rappeler dans une famille l'échéance de l'enrôlement, les pleurs et les malédictions fusaient. De ceux, partis les années précédentes, aucun ne revint, aucun ne donna de ses nouvelles. L'Antéchrist était aussi un ogre qui dévorait avec une belle allégresse les jeunes hommes. Napoléon-Grandgousier, fils de Barbe-Bleue.

Le préfet avait distribué à tous les maires de petites brochures intitulées *La Vie du soldat français*. Lorsque l'année du conscrit s'annonçait dans une famille, le maire-meunier arrivait avec sa petite brochure et disait :

« Mon gaillard, voilà de bonnes nouvelles envoyées par l'Empereur. Ecoute plutôt ce que dit ce soldat qui écrit à sa mère : « *Je vis en ces temps miraculeux où notre Empereur, en quinze jours de son génie, s'est rendu maître de seize généraux, de soixante mille prisonniers, de deux cents canons, de quatre-vingt-dix drapeaux. Bien fou qui chercherait un plus beau sort.* » Tu vois, c'est écrit, là! »

Les conscrits ne voyaient rien que des signes noirs incompréhensibles sur ces feuilles de papier puisque, à part le bref moment où le vieux curé s'était improvisé magister, le village n'avait plus eu de maître d'école.

Le conscrit regardait, disait :

« C'est vraiment marqué là-dessus?

— Oui, mon gaillard, affirmait le maire-meunier. D'ailleurs, ton père doit savoir lire. On savait lire, dans le temps. Il faudra quand même que je réussisse à vous trouver un instituteur. »

Il donnait la brochure au père qui épelait lentement et confirmait la lecture du maire-meunier. Le père se méfiait aussi :

« C'est un soldat qui a écrit ça pour de vrai, ou bien c'est les patauds?

— Il n'y a plus de patauds, voyons. Tous les soldats du grand Napoléon écrivent ça de leur main.

— Et pourquoi on n'en voit jamais revenir de ces soldats de l'Empereur? Et pourquoi qu'ils ne viennent pas nous le dire eux-mêmes?

— Ils ont autre chose à faire. Ils sont trop contents de leur sort. Il y en a qui deviennent capitaines. Qu'est-ce que je sais, moi! Ils ont de l'or plein les mains. Ils sont riches. Comment veux-tu qu'ils se souviennent de notre village plein de boue! »

Bien fou qui chercherait un plus beau sort, disait la

brochure. Beaucoup de fous préféraient un sort moins beau puisque, un peu partout en France, près du quart des conscrits désertait. L'année qui suivit la visite de Napoléon en Vendée, au village deux appelés refusèrent de partir. On vit revenir les gendarmes et l'on crut d'abord qu'ils ramenaient Jacques-le-tisserand. Mais non. Ils attachèrent les poignets des deux recrues par une corde fixée à la selle de leurs chevaux et s'en allèrent au pas avec leurs prisonniers.

Le lendemain, les deux conscrits revenaient très exaltés, racontant qu'en chemin les trois gendarmes avaient été abattus à coups de fusil par des cavaliers portant un cœur rouge cousu sur leurs vestes. Il ne leur restait plus qu'à courir rejoindre le vieux curé dans la forêt. Ce qu'ils firent.

Le maire-meunier se mit dans tous ses états :

« Crétins que vous êtes! Vous ne savez pas que les parents des réfractaires doivent payer une amende plus grosse que vos terres qui ne sont même pas à vous. Qui paiera? »

La réponse fut bientôt apportée par des gendarmes tout neufs, qui vinrent cette fois-ci en force; dix qu'ils étaient, sur des chevaux gris. Et cette réponse frappa le maire-meunier de stupeur, d'indignation et de douleur : puisque les parents des réfractaires étaient insolvables, la commune paierait l'amende pour eux. Le seul contribuable de la commune étant le meunier-maire, c'est donc lui qui devrait régler la note. Le brigadier de gendarmerie trouvait d'ailleurs la plaisanterie amusante. Il disait, en lissant sa grosse moustache rousse :

« Ça vous apprendra, monsieur le maire, à faire observer la loi. »

Les gendarmes profitèrent de leur venue au village pour mettre le feu à quelques haies et repartirent en menaçant :

« La prochaine fois, c'est la forêt que l'on fera

flamber, avec vos déserteurs dedans et votre foutu curé. »

Un malheur n'arrivant jamais seul, le comte ci-devant émigré envoya son régisseur. Celui-ci apparut un matin, sur un cheval fourbu, et fit le tour des métairies. Il commença par se plaindre de ce que la forêt ne cessait pas d'être dévastée depuis que les bûcherons et les sabotiers en étaient partis. Bien au contraire, si ceux-là abattaient avec méthode, le bois avait été massacré après leur départ.

« Vous croyez, dit-il aux métayers rassemblés devant la grange-église fermée, que la forêt est inépuisable. Vous coupez n'importe comment, là un tronc pour faire une paire de sabots, ici une branche pour un outil. Vous saccagez la forêt pour votre bois de chauffage, pour vos meubles, pour vos charrettes. Et, en plus, vous tuez le gibier. Vous ne vous privez de rien, messeigneurs. Et votre maître, dans tout ça, que reçoit-il? A qui sont les métairies, la terre, la forêt? Depuis quand n'avez-vous pas versé vos redevances? Le maître a d'autres revenus, Dieu merci. S'il devait compter sur des gueux comme vous, il ne s'en mettrait pas souvent plein la panse. »

Le régisseur était habillé comme un laboureur, avec un grand chapeau de feutre noir, une veste serrée à la taille, des culottes bouffantes et des guêtres. De menaçant, il se fit tout à coup confident, presque complice, changeant de ton pour dire d'un air matois :

« Je ne suis pas un Monsieur. J'étais bordier dans le temps. Alors il ne faut pas me la faire. Je pense comme vous, mais je dois des comptes au maître. Je sais combien on a plaisir à couper un arbre. C'est comme de tuer une bête ou un homme. On aime les arbres, grand Dieu, et pourtant que c'est bon de leur foutre des coups de hache au pied et de les entendre geindre. Puis de les voir s'écrouler, comme ça, d'un seul coup, dans leur grand cri de branches. Et les chouettes, on les aime, hein! C'est un oiseau de malheur et c'est l'oiseau dont le cri nous a servi d'appel pendant la grande guerre. Vous les aimez, les chouettes, hen! et pourtant vous en avez tous cloué par les ailes sur les portes de vos granges. »

Encore un bavard, se dit Dochâgne. Mais tous ces bavards le troublaient. Ce qui le confirmait dans son idée qu'il fallait s'en défier.

Lorsque le régisseur vint visiter la métairie de la mère de Louise (il ne serait venu à l'idée de personne, au village, de dire « la métairie de Dochâgne » qui n'était que gendre) il s'étonna d'y trouver un métier à tisser, s'emporta contre cette présence d'un tisserand non stipulé dans les accords.

« Je n'ai pas signé les accords, dit Dochâgne, mais dans les accords trouvait-on la grande guerre, et les émigrés, et les Colonnes infernales, et tous ces malheurs qui sont venus! »

Le régisseur cracha par terre, de mépris.

« Arrange-toi pour payer tes arrérages ou sans ça tu peux te préparer à prendre tes cliques et tes claques. Le maître ne patientera pas toujours. Quant au tisserand, je veux bien qu'il reste ici, mais il lui faudra aussi payer son écot. »

La nuit, les loups furetaient autour de la métairie et la petite Louise se signait car elle savait que lorsque la place manque en enfer le diable transforme les damnés en loups. Si les loups venaient si nombreux depuis la fin de la grande guerre c'est que les bleus et les culs-blancs, morts sans confession, étaient damnés et que le trop-plein de l'enfer débordait toutes les nuits. Lorsque les loups s'approchaient du village, tous les chiens hurlaient dans les fermes. Dochâgne disait :

116

« Le diable a créé le loup, mais Dieu nous a donné le chien. »

Ou plus précisément, il ne disait pas « le loup ». Il disait la beste, la chose, le chien gris, le chien de nuit, le chien d'enfer. Tellement était grande la peur du loup que l'on ne prononçait qu'à regret son nom. On l'appelait aussi le Parisien.

Donc des Parisiens tournicotaient ce soir-là dans la cour de la métairie et l'un d'eux vint gratter à la porte de l'habitation. Dochâgne prit son fusil et entrebâilla un volet de bois. Il ne vit pas de loup, mais l'un des deux conscrits déserteurs qui s'approcha de la fenêtre et dit :

« Le vieux curé a trépassé. »

Dochâgne poussa un cri qui fit hurler les deux Louise, ce qui réveilla les enfants qui, à leur tour, s'égosillèrent.

Le lendemain le village se vida mystérieusement de tous ses habitants, à l'exception du maire-meunier et du sabotier de la Gâtine. Les deux conscrits avaient étendu le curé sur le dolmen. Il ressemblait ainsi à un gisant de pierre, dont il montrait la sécheresse et la pâleur. Raide, dans sa robe noire délavée et déchirée, le vieux curé étalait maintenant sa maigreur. Son visage aux os saillants ressemblait à un crâne de squelette. Les paroissiens venaient lui baiser les mains. Tout le monde pleurait et chapeletait. On creusa un trou profond au pied du dolmen d'où l'on déterra des monceaux d'os, des os très vieux, qui remontaient au temps des druides. Ceux du vieux curé se mêleraient à eux.

Quand la terre fut tassée autour de ce qu'ils n'appelaient jamais autrement que le Pavé de Gargantua, Chante-en-hiver dit :

« Et maintenant, que va-t-on devenir ? Notre bon père est mort. Nous voilà orphelins. »

Aux longs gémissements des femmes, Dochâgne répondit :

« Je vas aller au bourg, demander au baron ».

Le curé de la Petite-Eglise, le baron et sa sœur, ne vivaient plus au presbytère. Dochâgne finit par trouver le baron dans une spacieuse gentilhommière, à la sortie du bourg.

« On m'a rendu cette propriété de famille, dit-il à Dochâgne. Le pataud qui l'avait achetée comme bien national a déplu à l'Antéchrist. Il paraît qu'il était républicain et complotait contre le soi-disant monarque. Toujours est-il que le républicain a été exproprié à son tour et dans ce mouvement oscillatoire qui fait que Buonaparté penche tantôt du côté de la Révolution avec Fouché, tantôt du côté de la monarchie avec Talleyrand, nous sommes aujourd'hui du côté blanc. Sais-tu que Napoléon a répudié Joséphine, et qu'il s'est marié avec la fille de l'empereur d'Autriche? Si bien que l'ami de Robespierre est maintenant entré dans la famille des rois. Lorsqu'il parle de Louis XVI, il dit d'ailleurs « mon oncle ».

— Et le curé qui vous avait reçu, demanda Dochâgne, que toutes ces histoires de familles royales fatiguaient à la longue, est-il trépassé comme le nôtre?

— Non, mais il doit se cacher. Il exerce son ministère tantôt dans une ferme, tantôt dans l'autre. Pour assister à une messe tous les dimanches il faut faire de longs chemins.

— Dites-lui, monsieur le baron, que nous n'avons plus de prêtre. Et que nous l'attendons. »

En revenant au village, Dochâgne traversa le bourg dont l'activité devenait de plus en plus grande. Il s'attarda à regarder un cordier qui filait à la main de longs brins de chanvre. Un compagnon passait les fils dans une machine à cordager. Un autre tournait la manivelle qui actionnait une roue de charrette entraînant des pignons dotés de crochets amarrés à un panneau de bois. La filasse s'y formait sous l'effet de la torsion, les fils devenaient ficelles, les ficelles câblées ensemble donnaient une corde. Les cordiers s'affairaient, les mains en sang. L'un d'eux demanda à Dochâgne s'il savait chier des cordes. Les autres se mirent à rire. Dochâgne s'en alla, gêné.

Il vit, dans la grand-rue, plusieurs cabarets nouvellement ouverts, si remplis d'ivrognes qu'autour les dégueulis de boisson et de nourriture étalaient leurs flaques violettes.

Les buveurs encombraient la chaussée, certains jouant aux palets, d'autres, assis par terre, se disputaient des parties d'aluette. Dochâgne connaissait bien ce jeu de cartes, qui donnait lieu à des joutes enragées du temps des bivouacs de la grande guerre. Il s'amusa à voir les partenaires « poitriner » leur jeu, en tenant leurs cartons près du corps, tout en essayant de découvrir si l'adversaire possédait quelques-unes des cartes majeures : la vache ou le borgne.

Sur le champ de foire où jadis Dochâgne avait vendu son premier sac de blé, se tenait une gagerie. Les foires aux domestiques revenaient donc. Cultivateurs, laboureurs et métayers faisaient les cent pas, leur inséparable bâton à rotule fixé au poignet par une lanière de cuir, ce bâton de marche qui pouvait si aisément se transformer en massue. Ils lorgnaient la jeunesse à louer, qui s'affichait avec une certaine crânerie; garçons et filles de ferme d'un côté, parés d'épis de blé et, de l'autre, valets et servantes aux chapeaux et aux bonnets fleuris.

Revenus aussi les artisans ambulants, leurs outils sur l'épaule ou dans des sacs de cuir, qui attendaient une offre d'ouvrage. Cloutiers, ferblantiers, tuiliers, scieurs de long, ourdisseurs, chamoiseurs, chaufourniers, foulonniers, salpêtriers, tonneliers... D'où sortaient-ils, tous? La vie reprenait donc comme avant? N'y avait-il que dans leur village coincé derrière la forêt, enfoui dans ses haies et sa boue, que l'on n'arrivait pas à se dépêtrer du temps de guerre? Pas d'église de pierre, plus de curé, Jacques-le-tisserand emprisonné, un endettement si lourd auprès des maîtres de la terre que jamais on ne pourrait se sentir léger.

Mais les enfants, eux, portaient toute la légèreté du nouveau siècle. Tête-de-loup venait de dompter le Cheval Malet et il caracolait sur ce destrier aveugle que jamais personne n'avait réussi à monter plus d'une minute. Il est vrai que le Cheval Malet devait se faire vieux. Avec sa tête de loup et ses yeux bleus aux reflets de métal, l'enfant de la fille Eléhussard ressemblait de plus en plus à ces cavaliers venus de l'Est avec Kléber et Westermann. Dochâgne lui-même en fut frappé et exigea de Tête-de-loup qu'il cesse de galoper sur ce maudit animal.

Le petit Henri, lui, ne ressemblait à personne. En tout cas pas du tout au lourdaud Pierre, son insé-parable compagnon de jeux, fils de Chante-en-hiver. Et pourtant il était bien le fils de Dochâgne et de Louise. De quel ancêtre lointain gardait-il ce regard angélique, ces manières raffinées, cette distinction qui émanait de tout son petit corps svelte? Sa façon de porter ses haillons pouvait faire croire qu'il s'agissait d'un gosse de riches déguisé en pauvre. Il savait peigner ses cheveux blonds avec ses doigts de telle manière que, sorti de chez un perruquier, le résultat n'eût pas été plus joli. Lorsqu'il conduisait les moutons vers le haut de la colline, il devenait vraiment le petit pâtre rêvé par les poètes et les peintres. Tout naturellement, le village l'appela Monsieur Henri. A la moquerie qu'impliquait ce « monsieur », se mêlait un hommage au souvenir du si gracieux M. Henri de La Rochejaquelein, le plus aimé des chefs de la grande guerre.

Victorine et Victor, comme une couple de bœufs, s'attelaient à un travail commun et rien ni personne ne pouvaient leur arracher ce joug qui unissait leurs têtes. Victorine refusait d'aider sa mère à la maison, préférant les plus durs travaux des champs au côté de Victor. Monsieur Henri restait donc souvent à la métairie et « faisait la fille », comme disaient les mauvaises langues jalouses de sa gracieuseté.

Monsieur Henri s'occupait aussi de son frère Jean-Marie, qui, dans l'insouciance de ses trois ans, ignorait que le village, en raison de sa date de naissance la première année de la Saint-Napoléon, ne l'appellerait jamais autrement que Poléon.

Monsieur Henri l'amusait avec des comptines dont on voit mal de qui il les tenait. Les inventait-il à mesure ? Lorsqu'il pleuvait et qu'il emmenait Poléon dans la grange, il lui chantait :

> *Mouille mouille paradis*
> *Tout le monde est à l'abri.*

Lorsqu'ils allaient à la recherche de champignons dans les prés et qu'il en trouvait un, il soufflait dessus et le montrait à Poléon en disant :

> *Potiron potirounet*
> *Fais me trouver ton parsounet.*

Il racontait à son petit frère des histoires si belles mais si absurdes que parfois Poléon se fâchait :
« Ol ê pas vrai! »
Monsieur Henri répondait :

Si ol ê pas vrai
l'aim' mieux aller en enfer
Brûler avec les p'tits crapiauds verts.

D'Arsène, il ne s'occupait guère. Arsène, roulé comme un paquet dans une peau de mouton, restait toute la journée accroché à une poutre, par un clou, mis à l'abri des morsures de rats. Il y hurlait pendant des heures, macérant dans ses déjections, malade de faim et de soif, jusqu'à ce que la fatigue l'endorme. Louise venait alors le réveiller pour lui donner le sein.

Louise n'oubliait pas son petit, mais ignorait l'usage de nourrir les bébés à heures fixes. Comme toutes les autres mères, elle venait lui donner son lait lorsqu'elle en avait le temps, lorsqu'elle n'était pas aux champs, lorsque l'envie lui en prenait. Elle allait même alors jusqu'à lui faire des gâteries, lui préparant du « mâché », ces croûtes de pain mastiquées et introduites ensuite dans la bouche des enfants comme de la panade.

Arsène souffrait des morsures de la gale et, de plus, son visage se craquelait de dartres. On ne le lavait pourtant jamais, la saleté protégeant de toutes les infections.

Forte des précédents malheureux d'Ernest et de Noémie, morts en bas âge, Louise prenait toutes ses précautions pour la survie d'Arsène. On lui avait suspendu au cou des colliers de racines de guimauve et des dents de taure (génisse), tondu les cheveux de bonne heure puisque les cheveux tirent la force, jamais coupé les ongles ce qui rogne l'esprit. Puisque pendant l'hiver il avait neigé quelques jours, on en profita pour lui garantir une aptitude de bon marcheur en lui mettant les pieds dans la neige. Et pourtant, malgré toutes ces attentions, Arsène mourut dans sa deuxième année.

Un dimanche, tout le village se déversa dans la métairie de la mère de Louise, à l'exception du maire-meunier et du sabotier de la Gâtine. Le curé réfractaire du bourg, apportant les hosties pour la messe, cachées dans des œufs de poule évidés, en profita pour faire un grand nombre de baptêmes, quelques mariages et donner l'extrême-onction à quelques vieillards en excellente santé, mais qui risquaient de ne pas le trouver le moment venu. Il repartit avec un panier d'œufs pleins et un beau pain rond.

La joie chez les Dochâgne fut quelque peu perturbée par le sabotier de la Gâtine qui, dans la semaine, aidant à la fenaison, ne cacha pas les dangers de recueillir, au vu et au su de tout le monde, un prêtre recherché par les gendarmes. Des fermes avaient été incendiées pour un pareil délit.

« Notre vieux curé est trépassé, dit Dochâgne et ils ne nous ont pas rendu Jacques.

– Comment veux-tu qu'ils sachent s'il est mort? Vous ne leur avez pas apporté sa peau. Et puis vous recommencez avec un autre. Pour eux c'est le même. Pauvre Jacques, je parierais qu'ils l'ont oublié ou qu'ils ne savent même plus pour quoi ils l'ont emmené. Ça s'est déjà vu. Mais dans ces cas-là ils ne lâchent pas leur gibier. Ils se disent qu'un homme en prison doit bien être coupable de quelque chose. »

Brusquement, Dochâgne jeta son râteau de bois dans le pré et dit :

« Je t'ai jamais montré mon arbre?

– Quel arbre?

– Le châgne qui m'a gardé en vie au temps de l'Ogre-Turreau.

– Non.

– Laisse le foin. On y va. »

Le sabotier de la Gâtine le suivit, interloqué par cette urgence. Habitué aux brusqueries de Dochâgne et à son laconisme, il se demandait néanmoins ce que cachait cette invitation inattendue. Voulait-il lui faire rencontrer le curé de la Petite-Eglise ou les deux déserteurs? Et pourquoi? Non, il voulait simplement lui montrer son chêne, qui se dressait tout seul au-dessus des taillis, immense. Il déblaya la cache, presque obstruée maintenant, arrachant le lierre et faisant débouler une chouette qui s'envola lourdement en ricanant.

Les deux hommes eurent un mouvement de peur, puis se mirent à rire :

« C'est Jean dô boué! »

Jean des bois, perché au loin, se mit à ululer en saccades, comme s'il les engueulait de l'avoir dérangé dans son sommeil diurne.

Dochâgne caressait la peau de son arbre.

« C'est plus fort que moué. De temps en temps, je n'y tiens plus et il faut que je vienne le voir. J'ai l'impression qu'il m'attend.

– Tu vois, dit le sabotier de la Gâtine, tes aristocrates parlent de leur arbre généalogique. Tu as aussi le tien. Regarde, au bout des branches, tous les cadavres de pendus... Ce sont tes père et mère et les père et mère de tes père et mère. Tous les tiens sont là. Et les miens aussi. Les miens sont dans les autres arbres. Et ceux de Louise. Et ceux de Jacques-le-tisserand. Et ceux de Chante-en-hiver. Tous les villageois ont leur arbre et aux branches de tous ces arbres se balancent des pendus.

– Je ne voué pas de pendus, dit Dochâgne.

– Tu ne les vois pas. Eux te voient. Nous, Dochâgne, nous n'avons pas d'arbre généalogique, nous avons une forêt. »

Lorsqu'ils retournèrent à la métairie, ils entendirent venir du village un bruit de tambour, instrument de mauvais augure, mais on ne résiste pas à son appel. Ils montèrent donc et virent tout un attroupement devant l'ancienne grange-église. Un inconnu, vêtu d'une peau de bique, faisait danser un garou attaché par une chaîne de fer.

« C'est un ours », dit le sabotier de la Gâtine.

Puis l'étranger, aussi barbu que l'ours, ouvrit une cage d'osier d'où sortirent des espèces de gros rats. Le sabotier de la Gâtine ne savait pas ce que c'était. Le bateleur annonça dans une langue bizarre que ces animaux vivaient dans la même montagne que l'ours et qu'on les appelait des marmottes. Il précisa qu'elles dormaient tout l'hiver.

Les villageois commentèrent bruyamment ce phénomène, regrettant de ne pouvoir dormir de même sans manger. Le grand problème ne restait-il pas de passer l'hiver en économisant ses provisions pour ne pas mourir de faim? En dormant trois mois sans repas, on arriverait mieux à boucler la boucle.

L'inconnu à la peau de bique sortit ensuite d'une caisse des petits livres bleus qu'il étala prestement devant les villageois ébahis, comme on déploie un jeu de cartes.

« J'ai des livres bleus pour tout un chacun, bonimenta-t-il. Des livres bleus comme la robe de la Sainte Vierge. Des contes bleus comme les yeux de ce gaillard qui voudrait bien manger une de ces marmottes. »

Dochâgne et le sabotier de la Gâtine s'aperçurent alors que Tête-de-loup se trouvait dans le cercle des villageois et qu'il ne perdait pas un mot de ce que disait le colporteur, ne cessant de le regarder de ses yeux d'acier.

« Regardez, bonnes gens, j'en ai pour tous les goûts, pour toutes les bourses... Voici le *Catéchisme impérial* que tous vos enfants doivent savoir par cœur... Voici l'*Histoire du Bonhomme Misère* pour que vous appreniez comment vous en débarrasser...

Voici l'*Almanach* où l'on trouve les dates de naissance et de mariage des rois, les prophéties, les recettes des jeux, les récits des accouchements les plus prodigieux, des vieillesses les plus extraordinaires, des mariages singuliers, et la description de phénomènes comme les bouches sans langue, les comètes, plus la narration des exécutions des criminels... Voici le *Calendrier des bergers;* l'*Histoire générale des plantes et des herbes avec leurs propriétés;* l'*Histoire du Juif errant* qui depuis l'an 33 jusqu'à l'heure présente ne fait que marcher; l'*Histoire de la Belle Hélène de Constantinople; La Médecine des pauvres* contenant des remèdes choisis, faciles à préparer, et sans dépense, pour la plupart des maladies internes qui attaquent le corps humain... Et enfin, si toutes ces merveilles ne vous plaisent point, voici encore deux petits livres qui ont toujours leurs amateurs, le *Discours et consolation des cocus* et l'*Art de péter.* »

Les villageois regardaient l'étalage de livres bleus avec une véritable stupéfaction. Il y a bien longtemps que les plus vieux n'avaient pas vu de livres et les jeunes, comme Tête-de-loup, ne savaient pas qu'il pouvait en exister d'autres que le missel-état civil du vieux curé qui leur paraissait un instrument de prêtre.

Comme un certain nombre de paysans tournaient les brochures dans tous les sens, essayant de comprendre à quoi elles pouvaient bien servir, l'inconnu à la peau de bique reprit :

« C'est du papier qui parle. Même si vous ne savez pas lire, vous devez acheter un de mes petits livres. Ceux qui savent lire vous le liront. »

Le maire-meunier montra qu'il savait lire, ce dont personne ne doutait, en achetant le *Catéchisme impérial.* Chante-en-hiver acquit un *Almanach* et le sabotier de la Gâtine opta pour l'*Histoire du Bonhomme Misère.*

Le colporteur relança alors sa clientèle en ouvrant un des petits livres bleus :

« Regardez, on lorgne comme ça le papier qui chante et on a de quoi nourrir toutes les veillées d'hiver. Que dites-vous des marchands? »

Personne ne répondit.

« Eh bien, moi, j'interroge le papier qui chante et il me lit ce que vous mijotez dans vos cabèches. Il me dit ce que vous répondez tout bas. Vous pensez : *Quelle espérance ont tous les marchands ?* Et j'ai ici la réponse : *Périr car ce qu'ils acquièrent de leur vivant vient souvent par fraude et tromperie.* Vous pensez : *Que dis-tu des laboureurs de la terre ?* Et mon papier qui chante répond : *La plus grande partie sera sauvée, car les laboureurs vivent de leur simple gain, et le peuple de Dieu vit de leur travail.* »

Cet intermède relança la vente.

L'inconnu à la peau de bique fit ensuite danser de nouveau son ours en jouant du tambour.

Il coucha la nuit avec ses bêtes dans un coin de l'écurie de la ferme du bas de la côte. Car il devait repartir de bon matin le lendemain vers le bourg, en contournant la forêt. Ce n'est qu'au bout de deux ou trois jours qu'il fallut bien se rendre à l'évidence : Tête-de-loup l'avait suivi, emmenant avec lui le Cheval Malet.

A partir du moment où Chante-en-hiver ouvrit un cabaret, jouxtant sa forge et tenu par sa femme au museau de souris, le village changea.

Avec les trois enfants, hérités avec la veuve, plus ses huit enfants vivants, Chante-en-hiver n'arrivait plus à joindre les deux bouts. Il avait été, dans ce village détruit voué au bois et à la pierre, le seul homme du fer. A la fois forgeron, maréchal, taillandier, ferronnier, charron. Il avait forgé tous les premiers outils des paysans : pelles, bêches, pioches, serpes, faux, faucilles, socs de charrues; tous les instruments du foyer : crémaillères, tisonniers, tournebroches, trépieds; cerclé les roues de charrettes. C'est lui qui, à cinq heures du matin, réveillait les coqs en martelant sur son enclume. C'est lui qui, le soir, continuait longtemps à travailler à la lueur de son brasier. Maintenant que le village sortait de son autarcie et que ses paysans se rendaient de plus en plus souvent au bourg, il perdait la clientèle du charronnage. Le bourg offrait une gamme étendue d'artisans et l'on ne sollicitait plus au village les services de Chante-en-hiver ni pour la réparation des charrettes, ni même parfois pour la maréchalerie. Certains paysans se rendant aux foires profitaient de l'inaction de leurs bœufs d'attelage pour les confier à des ateliers où l'abondance des compagnons faisait qu'il ne fallait qu'une petite heure pour ferrer quatre sabots.

Chante-en-hiver employait un aide, le fils aîné de la veuve, âgé de dix-huit ans. A eux deux, ils pouvaient forger soixante fers par jour. Mais le village ne possédait toujours pas d'autres chevaux que ceux des hussards, ou du moins ce qu'il en restait car la vieillesse ou l'ennui de la cécité avaient eu raison de la moitié d'entre eux. Les ânes, les mules, les bœufs étaient encore trop peu nombreux pour demander un tel renouvellement de fers. Alors Chante-en-hiver et son compagnon bricolaient, dans leur forge toujours ouverte. Ceinturés de leurs tabliers de cuir aux multiples poches, le visage tanné par la chaleur du brasier qu'avivait le grand soufflet pendu aux poutres, dans l'odeur de la corne brûlée, ils s'activaient au milieu de ces jaillissements d'étincelles, si nombreuses et parfois si piquantes sur les bras nus, qu'on les appelle les puces du forgeron.

Au fur et à mesure que sa clientèle diminuait, le nombre des enfants de Chante-en-hiver augmentait;

effet de compensation étrange et singulièrement déréglé. Une telle anomalie n'enlevait pas à Chante-en-hiver son incurable bonne humeur et il chantait :

> Au bout d'un an, un enfant
> C'est la joyeuserie
> Au bout d' deux ans, deux enfants
> C'est la mélancolie
> Au bout d' trois ans, trois enfants
> C'est la grand' diablerie
> Un qui demande du pain
> L'autre de la bouillie
> L'autre qui demande à téter
> Et les seins sont taris...

On s'était tellement habitué à la voix chanteuse de Chante-en-hiver que lorsqu'elle se fit plus rocailleuse, plus hésitante, et bientôt pâteuse, tout le village se montra surpris. C'est comme si, dans le clocher du village (à supposer que l'on retrouvât un clocher et des cloches, comme au lointain bourg), on eût entendu une cloche fêlée. Bientôt il fallut se rendre à l'évidence, Chante-en-hiver buvait.

On buvait peu au village. L'hiver on ne buvait même pas d'eau pendant les repas parce qu'on la trouvait trop froide. Ce qui n'empêchait pas que les vignes récupérées donnaient du vin que l'on vendit d'abord exclusivement au bourg.

Le père de Louise avait été tué par un ivrogne qui revenait des cabarets du bourg. Maintenant Chante-en-hiver et son fils adoptif buvaient. Les paysans qui le payaient une fois l'an en nature, à l'automne, après la vente des grains, avec du blé et du bois de chauffage, y ajoutaient dorénavant des barriques de ce vin auquel ils ne prenaient pas encore goût.

Ils allaient le prendre à partir du moment où Chante-en-hiver ouvrit son cabaret. Ils auraient pu boire chez eux, mais le cabaret a d'autres attraits que le vin. A la femme de Chante-en-hiver, s'adjoignit l'une de ses filles de veuve qui atteignait ses dix-sept ans. Une servante accorte, des jeux de cartes et de palets, le goût de la conversation soudain retrouvé après des années de silence, le goût de la compagnie soudain retrouvé après des années de solitude, et voilà que le cabaret de Chante-en-hiver devint vite une nouvelle église. Si vite, que le curé réfractaire accourut pour tenter de raisonner le forgeron :

« Mon fils, vous aviez fait mentir ces on-dit qui veulent que le forgeron soit une créature du diable. Et voilà que le diable a regagné l'un de ses valets. Votre cabaret sera la perdition du village. Il n'est pas trop tard pour le fermer.

— Comment voulez-vous, monsieur le curé, que je fasse vivre ma nombreuse famille? Il faut que je rembourse l'achat de la forge au meunier. Les paroissiens ont plus envie à cette heure d'un cabaretier que d'un forgeron.

— Vous avez une grande famille, il est vrai, mais Dieu bénit les grandes familles.

— C'est bien de la bonté de sa part, monsieur le curé. S'il pouvait ajouter du froment avec sa bénédiction ce serait pain bénit.

— Chante-en-hiver, vous avez été capitaine de paroisse avec le grand Charette. N'avez-vous pas honte de descendre si bas?

— Monsieur le curé, c'est le grand Charette qui m'a appris à boire. Qu'est-ce qu'on a pu se soûler avec le vin des bourgeois et aussi, sauf votre respect, celui des curés! Avant la grande guerre, personne d'entre nous ne buvait de vin. Puis les années de misère nous en ont fait oublier le goût. Si Dieu nous donne aujourd'hui du vin en abondance plutôt que du pain, c'est qu'il doit avoir ses raisons.

— Vous avez perdu la tête, dit le prêtre avec

130

dégoût. Ce n'est pas Dieu qui vous donne du vin en abondance, mais l'Antéchrist. La Révolution savait ce qu'elle faisait en expropriant la noblesse et le clergé de ses vignes, pour en donner la jouissance aux paysans. Elle savait bien que ces paysans qu'elle ne pouvait vaincre par les armes, elle les materait un jour par l'alcool. La Révolution a républicanisé le vin, elle a aussi républicanisé l'ivresse. Buonaparté tarde à reconstruire les églises, mais il encourage l'ouverture de cabarets dans tous les bourgs et bientôt dans tous les villages. Vous qui avez été capitaine de paroisse, Chante-en-hiver, comment ne comprenez-vous pas que l'alcoolisme fait partie du second plan d'anéantissement de la Vendée! Tous ceux que l'Ogre-Turreau n'avait pu tuer vont l'être maintenant. Et c'est vous qui allez aider Buonaparté... C'est vous... »

Le curé s'étranglait d'émotion. Chante-en-hiver en eut la larme à l'œil, qu'il essuya rapidement d'un revers de manche :

« Alors ? interrogea le curé.

— Peut-être bien que vous avez raison, et que je n'aurais pas dû reprendre la forge du forgeron pataud. Peut-être que c'est lui qui souffle encore sur le feu que vous voyez là, avec son haleine de damné. Peut-être que le diable me tient. Alors, monsieur le curé, c'est à vous de faire votre travail. C'est à vous de chasser le diable. C'est à vous de demander au Bon Dieu qu'il fasse fructifier le blé plutôt que la vigne. Nous, nous ne pouvons rien... que nous incliner devant sa volonté. »

Le curé partit en levant les bras au ciel, comme un épouvantail.

Le 2 juin 1811, jour de baptême du premier-né de l'Antéchrist, des réjouissances furent organisées dans toutes les villes, bourgs et villages de France.

Le préfet de la Vendée ordonna à tous les curés concordataires du département de faire chanter un Te Deum dans les églises. Chaque municipalité devait également choisir des rosières, qui seraient mariées aux frais de l'Etat et distribuer des rations de pain et de vin aux pauvres, les plus pauvres des pauvres recevant de surcroît des habits.

Au village, le maire-meunier fut désolé de ne pouvoir faire chanter un Te Deum puisqu'il ne disposait ni d'église ni de curé. Le choix des rosières étant subjectif, on couronna de roses quelques jeunes filles. Comme tout le monde était pauvre, il n'y eut pas de distribution de vivres ni de vêtements. En l'honneur du roi de Rome, le maire-meunier décida néanmoins d'organiser une petite fête civique, réunissant avec les rosières couronnées les enfants du village autour d'un mât de cocagne auquel il avait donné des allures d'arbre de la liberté. Il fit comme il se doit un petit discours, dans lequel il regrettait que le village fût encore privé d'un curé et d'un maître d'école, et, par là même, de l'enseignement du catéchisme comme ce *Catéchisme impérial* dont il avait fait l'acquisition auprès du colporteur montreur d'ours et dont il allait donner lecture. En réalité, tous les enfants de France auraient dû l'apprendre par cœur et il était déplorable que la population enfantine du village n'en sache pas les premiers mots.

DEMANDE – *Quels sont les devoirs envers Napoléon Iᵉʳ, notre Empereur?*

RÉPONSE – *Nous devons à Napoléon Iᵉʳ, notre Empereur, l'amour, le respect, l'obéissance, la fidélité, le service militaire et les tributs ordonnés pour la conservation et la défense de l'Empire et du Trône.*

DEMANDE – *Que doit-on penser de ceux qui manqueraient à leurs devoirs envers Napoléon Iᵉʳ, notre Empereur?*

– *Selon l'apôtre saint Paul, ceux qui résisteraient à l'ordre établi par Dieu se rendraient passibles de la damnation éternelle.*

Les enfants avaient écouté sans bien comprendre, mais les adultes réagissaient en murmurant ou en bougonnant. Dochâgne lança brutalement au maire-meunier :

« Dans notre catéchisme il est question d'obéissance à Dieu, pas à Napoléoné.

– Le *Catéchisme impérial* a été approuvé par le légat du pape. C'est écrit ici, dit le maire-meunier en montrant une page du petit livre bleu avec son doigt. Si tu savais lire, Dochâgne, tu verrais...

– Je sais lire », dit Dochâgne.

Il alla vérifier sur le petit livre bleu. La signature imprimée du légat du pape, celle du cardinal de Paris et quelques autres paraphes authentifiaient en effet la légalité du catéchisme « impérial ».

« M. le maire dit vrai. Mais peut-être ben que le pape lui-même est devenu fou.

– Voyons, Dochâgne, protesta le maire-meunier, comment peux-tu pareillement blasphémer, toi qui es si pieux? »

Dochâgne cracha par terre et grommela, comme pour lui-même :

« Moi j'ai vu ses yeux gris. C'est l'aloubi! »

L'aloubi? Tout le monde savait que l'aloubi est le roi des loups. Mais personne ne comprit que Dochâgne faisait allusion aux yeux gris fer de Napoléon-Antéchrist.

En 1812, Louise, debout, cramponnée à une barre placée en travers du manteau de la cheminée, accoucha d'un nouveau garçon que l'on prénomma, pour défier le sort, Arsène le second.

La vieille Louise, qui l'assistait, lui prépara très

133

vite une tisane de seigle. Puis la petite Louise se mit au lit pour neuf jours.

On coiffa Arsène le second d'un bonnet en peau de taupe pour favoriser sa pousse de cheveux. On lui fit manger le premier des vers qu'il expulsa pour que ce ver réingurgité fasse la chasse à tous les autres. On lui mit entre les mains un quignon de pain dur pour qu'il se fasse les dents, et s'en serve accessoirement de hochet. Mais tous les sept ans l'un des anges de la mort, qui s'appelait Petite Vérole, semait dans les berceaux des pustules. Poléon n'avait échappé que de peu à la Petite Vérole de 1805. Arsène le second arriva à point pour l'épidémie de 1812.

Pour remonter Louise, affectée par la perte de ce nouvel enfant, on essaya un remède qui allait devenir bientôt le médicament universel, tuant les vers des bambins, coupant les coliques des adultes, ressuscitant les moribonds, effaçant les chagrins, chassant la mélancolie, fouettant le sang et les nerfs, délassant la fatigue – ce remède qui donnait à Chante-en-hiver du cœur à l'ouvrage et à la grand-rue du bourg de la joyeuseté : le vin. Ce vin que chaque paysan s'était mis à produire, exploitant un petit bout de vigne. Ce vin que l'on confrontait d'une métairie à l'autre, passant de cave en cave pour en comparer le goût. Ce vin qui faisait causer. Ce vin qui soudain sortait le village de son silence. Ce vin qui égayait, qui amenait les chansons aux lèvres, qui faisait hucher plus fort les bergers, terlasser longuement les bouviers. Ce vin qui allait permettre de savourer les vieux coqs durs à cuire et les lièvres trop galopeurs. Ce vin que l'on allait biberonner, pinter, chopiner. Ce petit vin de terroir aigrelet, verdelet, amer. Ce vin sec qui rappelait le goût de la pierre à fusil. Ce vin gris, ce vin clairet, ce vin fruité, ce vin généreux, ce vin âpre, ce vin râpeux, ce vin gai, ce vin traître. Ce vin qui revigorait. Ce vin qui donnait du flou à la tête, comme une berceuse. Ce vin qui calmait la faim. Ce vin qui faisait oublier le pain. Ce vin qui était tout nouveau tout beau.

5

Gens de l'Ouest,
hommes de la pluie et du vent

Gens de l'Ouest, hommes de la pluie et du vent. La petite pluie, fine, vient de la mer. Elle rappelle à l'habitant du marais tout proche, à ceux de la plate plaine, aux bocains dans leurs hauteurs, que l'Océan ne les oublie pas. Le vent souffle de la mer, enlève à la pointe des vagues des rouleaux de pluie et ensuite déferle pour chasser les nuages. C'est Jean qui pleure et Jean qui rit à perpétuité. Pluie et soleil. Soleil et pluie. Mais en permanence le vent souffle.

Si par hasard le vent cesse, l'inquiétude pointe. Le vent donne un bruit continu de feuilles agitées, s'il est discret, de branches tordues s'il enfle son haleine, de mugissements et de plaintes s'il déboule en rafales. Ne plus entendre aucun vent, c'est comme si la terre s'éteignait, comme si elle allait mourir. La nature semble avoir la respiration coupée. Aussi le laboureur dans son champ arrête-t-il ses bœufs, soudain inquiet. Il se dit que le temps est à l'écoute. Mais à l'écoute de quoi? De tels phénomènes troublent. Dans les villages, les vieux, assis sur les pierres des cours de ferme, portent la main à leur cœur, se demandant si ce ne serait pas celui-ci qui s'arrêterait. Les vieilles se mettent à gémir et prier. Les enfants eux-mêmes abandonnent leurs jeux, relevant la tête pour humer l'air du large.

Si le vent ne souffle plus, l'homme de l'Ouest se sent abandonné. Plus rien ne le relie à la mer qu'il n'a peut-être jamais vue mais dont le vent lui redit sans cesse la proche présence.

En ce printemps 1814, le vent s'arrêta seulement pour que les paysans de tous les villages sans église puissent entendre le tocsin sonner aux clochers épargnés.

Le vent s'arrêta pendant trois jours et, pendant trois jours, les cloches ne cessèrent de tinter, les carillons succédant au glas. Dochâgne, Chante-en-hiver et une vingtaine de villageois, armés de leurs vieux fusils, de faux redressées, de fourches, accoururent au bourg. De loin, ils virent un grand drapeau blanc à fleurs de lis accroché au faîtage de l'église. Puis ils aperçurent, au sommet des collines, des feux qui donnaient une fumée épaisse. Dans la grand-rue les gens dansaient, chantaient. Ils entendirent :

> *Bon. Bon. Vivent les Bourbons,*
> *A bas la République!*
> *Bon. Bon. Vivent les Bourbons,*
> *Plus de Napoléon!*

Une jeune fille leur apporta des cocardes blanches. Le bourg était sens dessus dessous. Aux portes des cabarets, des joueurs de flageolet, de chalumeau en roseau et de musette aux outres de peau, animaient les danses et les beuveries.

« L'Antéchrist est mort? demanda Dochâgne.

– Oui, pays, et le sel va tomber à deux sous la livre.

– Mais non, dit l'autre, il est prisonnier des Prussiens.

– Nos bons prêtres vont revenir des bois et les intrus seront punis.

– Et le roué?

– Il est entré à Paris sur son cheval blanc.

– Quel roué?

– Çui-là qui devait rejoindre Charette.

– Mais non, c'est son frère!

– Quel frère?

– Le frère à Louis XVI.

– Louis XVI avait un frère?

– Non, que je vous dis, c'est le fils d'Egalité qui se battait avec Dumouriez.

– J'en veux point de çui-là.

– Comme si on te demandait ton avis. »

Dans ce flou des nouvelles, seule chose sûre l'Ogre-Napoléon s'était cassé la figure et le roi revenait. Quel roi? On ne le savait pas très bien, mais le principal, cause de cette joie sans retenue, était la chute de l'Antéchrist.

Dochâgne se mit à la recherche du baron qu'il ne trouva pas, la gentilhommière montrant volets et portes closes. Lorsqu'il revint vers Chante-en-hiver et les autres villageois, tous étaient fin soûls. Si assommés par le vin qu'ils restaient étendus de tout de leur long contre le mur du cabaret, ronflant comme des porcs. Dochâgne secoua Chante-en-hiver qui se réveilla un instant pour le regarder d'un œil torve.

« Viens-t'en, Chante-en-hiver. »

Chante-en-hiver marmonna d'une voix pâteuse:

« La guerre est finie, Dochâgne. La guerre est finie. Finie! »

Et il se rendormit pesamment.

Dochâgne rentra seul au village où la nouvelle de la chute de l'Antéchrist avait été apportée par un berger. Un grand brouhaha, si inhabituel, venait du côté de la grange-église où un groupe de paysans injuriait et malmenait le maire-meunier et le sabotier de la Gâtine. Le maire-meunier en avait perdu son chapeau. Ils firent entrer le maire et le sabotier dans la ci-devant grange-église et en barricadèrent la porte. Bien que Chante-en-hiver fût absent, il avait été proclamé chef de la paroisse. On chargea Dochâgne d'aller à Montaigu demander aux soldats du roi de venir saisir les deux prisonniers.

« J'en profiterai pour ramener Jacques-le-tisserand », dit Dochâgne.

Il partit, à califourchon sur une mule.

A Montaigu, il retrouva les gendarmes qui avaient arrêté Jacques. La cocarde blanche remplaçait à leurs chapeaux la cocarde tricolore. Sinon ils restaient en tous points semblables, aussi malpolis qu'avant.

« Arrêter le maire? Mais pour qui se prend cet imbécile? Mêlez-vous de vos affaires. Ramenez-nous plutôt votre faux curé et vos déserteurs. Bon. On va aller remettre de l'ordre dans votre foutu patelin.

– Et Jacques-le-tisserand, vous nous le rendez?

– Quel tisserand?

– Jacques, le borgne, que vous détenez depuis déjà six ans?

– Et il s'était fourvoyé dans quelles conneries, votre tisserand borgne?

– Vous étiez venus dans ma métairie. Vous cherchiez le curé et c'est Jacques, qui habitait chez nous...

– Ah! oui, ça me revient maintenant, dit le brigadier. Et vous n'avez jamais échangé votre faux curé contre votre vrai tisserand. Pas étonnant que vous soyez habillés de guenilles.

– Le vieux curé a trépassé dans la forêt.

– Et vous n'avez rien dit! De vraies têtes de mules!

– Maintenant, je ramène Jacques avec moi, dit Dochâgne d'une voix ferme et presque menaçante.

– Doucement, l'ami! Oh! là! Ton tisserand, nous,

on ne le retient plus depuis longtemps. Refilé aux gendarmes de Cholet puisqu'il se disait choletais. Depuis le temps il doit s'être remis à filer des dizaines et des dizaines de mouchoirs. Il a refait sa vie là-bas, tiens! »

Dochâgne revint au village en compagnie des gendarmes, eux à cheval, lui sur sa mule. Il se tenait un peu à l'écart, pour bien signifier qu'il n'était pas leur prisonnier. Il pensait à Jacques. Oui, il se pouvait bien que Jacques soit resté à Cholet, dans son pays. Léonie la pleureuse ne lui donnait guère de gaieté. Sûr maintenant qu'elle n'aurait pas d'enfant, avec son retour d'âge qui devait déjà la travailler. A l'idée qu'il ne reverrait jamais Jacques, Dochâgne s'attristait. Il revivait cette rencontre des ouvriers tisserands qui, comme lui, allaient à la recherche des combattants de la troisième guerre; leur amitié dans la lutte; la participation de Jacques à la reconstruction du village. Il aimait bien Chante-en-hiver, mais Chante-en-hiver blaguait la tendresse. Ceux qui survivaient à 93, ceux qui avaient pu traverser l'enfer de 94, étaient bâtis de granit. Jacques-le-tisserand, lui, surprenait par sa douceur d'homme pieux et bon. A l'idée de ne plus revoir Jacques, Dochâgne sentait une boule gonfler dans sa poitrine. Il pensait aussi, avec mélancolie, à Tête-de-loup et à la fille Eléhussard, au vieux curé-Noé. Pourquoi Tête-de-loup s'était-il enfui? Jamais, pourtant, il ne lui avait parlé des hussards. Jamais il n'avait rien dit ni fait qui puisse laisser croire à cet enfant que Dieu lui donna qu'il n'était pas son fils aîné. Peut-être Jacques-le-tisserand et Tête-de-loup avaient-ils marché sur l'herbe de la détourne qui égare les voyageurs? Comment savoir?

Les gendarmes cassèrent la porte de l'ex-grange-église et délivrèrent le maire et le sabotier de la Gâtine. Puis ils signifièrent à Chante-en-hiver que les capitaines de paroisse n'existaient plus depuis

1796, que le seul chef du village était le maire-meunier, nommé par le préfet.

« C'est pas le même préfet que du temps de l'Antéchrist, quand même ? s'exclama le forgeron.

– Pourquoi ce ne serait pas le même préfet ? Nous sommes bien les mêmes gendarmes. Et Talleyrand est toujours ministre ! »

Là, les gendarmes y allaient un peu fort et Chante-en-hiver se désopila de la plaisanterie. Pourquoi pas Fouché comme ministre de la Police, pendant qu'ils y étaient ! Il ne fallait quand même pas nous faire prendre des vessies pour des lanternes ! Chante-en-hiver et son compagnon en sifflèrent deux chopines de vin blanc dès que les gendarmes eurent le dos tourné, tellement la blague était grosse.

Dochâgne aurait bien voulu voir revenir Jacques-le-tisserand. A la place, ce fut le sabotier de la Gâtine qui vint traîner ses sabots dans la cour de la métairie.

« Alors, tu m'aurais laissé mettre en prison sans rien dire ? Pourtant tu sais que je ne suis pas un pataud ? »

Dochâgne ne regardait pas en face le sabotier, un peu gêné, autant agacé.

« Pendant que j'étais enfermé avec le maire, poursuivit le sabotier de la Gâtine, les sangliers sont sortis de la forêt et ont labouré mon champ de pommes de terre. Il n'en reste plus un plant. Un sanglier était si furieux qu'il en a cassé son sabot, un sabot en bois. J'ai retrouvé les débris dans les sillons. Voilà, je te les rapporte. Toi qui connais bien ces sangliers-là, redonne les morceaux à celui qui va pieds nus et dis-lui que s'il a besoin d'un sabotier...

– Je ne voulais pas qu'ils démolissent ton champ. Mais ce n'est pas après toi qu'ils en avaient. Ces pommes du diable qui se reproduisent comme de la vermine, on ne peut pas supporter ça. Ce n'est pas chrétien. Ils t'ont rendu service en te débarrassant de cette saloperie.

– Vous m'avez accueilli dans votre village et en échange je vous apportais de quoi nourrir vos enfants. Vous n'auriez plus jamais eu faim. Mais vous préférez crever dans vos préjugés. C'est comme la liberté. La liberté est venue frapper à vos portes. Vous l'avez chassée parce que vous ne l'avez pas comprise. Elle arrivait de loin. Elle ne parlait pas notre patois.

« Maintenant vous êtes tout joyeux parce que le roi est de retour. Vous aimez le roi, c'est votre affaire. Mais ce que je peux te dire, moi, c'est que le roi ne vous aime pas, qu'il ne vous a jamais aimés, que pour lui vous êtes des bouseux...

– Ne parle pas comme ça, sinon je ne réponds de rien...

– Souviens-toi de ce que je te dis. Que le roi ait gardé auprès de lui Talleyrand, exactement comme l'avait fait Napoléon, devrait quand même t'éclairer!

– Tu répètes des menteries!

– C'est écrit dans le journal que le maire a ramené de Montaigu. Et c'est le journal du roi.

– Si tu dis vrai, le monde est devenu fou.

– Enfin, Dochâgne, tu commences à voir juste. Mais oui, mais oui, le monde est devenu fou. »

Le sabotier de la Gâtine se trompait. Le roi aimait ses Vendéens puisqu'il envoyait dans tous les villages privés d'église des maçons pour les reconstruire. Après le désarroi causé par le maintien, en leurs mêmes lieu et place, de tous les patauds : maires, préfets, gendarmes, magistrats et jusqu'au défroqué, ancien évêque en chef du clergé constitutionnel, devenu ministre des Affaires étrangères, Talleyrand, le spectacle quotidien de l'édification des églises fit oublier cette déconvenue. Sans doute le roi ne pouvait-il autre chose pour l'instant! Lorsqu'une charrette, traînée par trois couples de bœufs, amena de Nantes la cloche qui fut hissée jusque dans le clocher de pierre par tout un système de treuils imaginé par Chante-en-hiver; lorsque la cloche sonna; lorsqu'un jeune curé revêtu de sa soutane noire, comme au temps jadis, arriva pour la bénir et célébra la première messe dans l'église toute neuve, les paroissiens se dirent qu'ils ne s'étaient pas battus, qu'ils n'avaient pas souffert pour rien. Ce qu'ils espéraient depuis si longtemps arrivait enfin. Leur village était presque entièrement reconstruit et les seules choses qui leur manquaient : une église et un prêtre, le roi les leur donnait.

Toute la paroisse habillée en dimanche avait ressorti les cœurs rouges en étoffe épinglés sur les vestes, et les larges chapeaux « rabalet ». Le village, fertilisé, en arrivait maintenant à une trentaine de feux et comptait deux cent trente âmes, un peu moins de la moitié de sa population d'avant 93. Les villageois, sortis de leur misère noire, accédaient maintenant à la pauvreté. Des haillons, on passait à une garde-robe peu abondante, mais qui transformait la paroisse en une assemblée colorée où dominaient les rouges, les bleus, les bruns et les gris. Les hommes portaient des vestes rondes, et courtes, noires ou bleues sous lesquelles tranchait la blancheur du gilet de laine boutonné sur le côté. Les femmes, dont la taille était serrée par ces corsets à baleines en grosse toile si dure que les bleus se plaignaient jadis de ne pouvoir les percer aisément de leurs baïonnettes, ces corsets-cuirasses, qui leur donnaient un air guindé, soulevaient légèrement de leurs doigts, pour qu'ils ne traînent pas dans la boue, des cotillons de grosse étoffe ou de flanelle, à larges rayures rouges et bleues. Elles portaient toutes sur leurs épaules le collet, ce mouchoir de cou, rouge. Tout le monde chaussait des sabots, sauf les enfants encore pieds nus.

Pour la première fois, la paroisse se retrouvait paroisse légale, autour de son église. Le jeune prêtre, fraîchement sorti du séminaire voisin de Champagnes-en-Paillé, montrait une bonne figure. On chantait à tue-tête :

> *Ah! doux Jésus*
> *Rendez-nous nos bons prêtres.*
> *Ah! doux Jésus*
> *Cholet et Montaigu!*

Le drapeau blanc à fleurs de lis fut hissé au sommet du clocher et l'on eut la surprise d'entendre le maire-meunier faire un discours par lequel il remerciait Son Altesse Royale d'avoir restauré la paix. Le sabotier de la Gâtine, qui se trouvait près de Dochâgne, lui envoya un coup de coude dans les côtes. Mais Dochâgne faillit lui flanquer son poing dans la figure :

« Tiens-te donc tranquille. Il a raison, la paix, on y a bien droit! »

Chante-en-hiver s'était ingénié à confectionner une vèze (qui est une cornemuse) et le métayer de la ferme près de l'étang l'accompagnait à la pibole (qui est une flûte de roseau). On possédait donc maintenant des musiciens qui pourraient faire danser les jours de noces. On dansa d'ailleurs ce jour-là, devant l'église.

Le soir, tout le village partit en procession dans la forêt, se recueillir autour du Pavé de Gargantua. La paroisse avait pris l'habitude d'y faire un pèlerinage annuel, à la date anniversaire de la mort du curé-Noé. On y apportait du pain, que l'on déposait sur le dolmen, et du vin que l'on versait lentement à l'endroit où le vieux curé avait été enseveli.

Le jeune prêtre, leur nouveau curé, qui les accompagnait dans les bois, se mit à protester contre de telles pratiques.

« Mes enfants... C'est une bonne piété que d'honorer votre vieux pasteur. Mais il ne faut pas faire des libations de pain et de vin. Ce sont des coutumes païennes. Il faudra d'ailleurs exhumer les restes de ce saint homme et les inhumer dans le cimetière que nous allons faire après la ferme du bas de la côte. »

Stupéfaction! D'abord ce jeune curé employait des mots inconnus. Qu'il les appelle « mes enfants » laissait les vétérans de 93 pantois. Le curé-Noé disait : « Mes enfants. » Mais ils le considéraient vraiment comme leur père. Tout prêtre qu'il était, ce gamin les faisait rire à les appeler « mes enfants ».

« Le vieux curé restera ici, dit Dochâgne avec son habituel accent de brutalité. Il a fait la messe sur cette pierre pendant les persécutions. La forêt nous a protégés. Elle le protège encore.

— Et que signifie cette histoire de cimetière en dehors du village? demanda Chante-en-hiver.

— C'est la nouvelle loi. Les cimetières ne doivent plus se situer autour des églises, mais au-delà des dernières maisons des villages ou des villes. C'est l'hygiène qui veut ça. Les morts empoisonnaient les puits. »

Il y eut là tout un brouhaha de voix, d'exclamations, de plaintes.

« Monsieur le curé, dit Dochâgne, les patauds avaient empoisonné nos puits en y jetant nos morts. Mais les morts que l'on enterre pieusement dans la terre de l'église n'ont jamais fait que sanctifier une paroisse. »

Le jeune prêtre n'osa rien dire. La procession regagna le village. La belle joie de l'inauguration de l'église était tombée. On rangea ses habits du dimanche dans les armoires et l'on reprit ses hardes.

Peu de temps après, le curé itinérant de la Petite-Eglise arriva chez Dochâgne. Il devenait obèse et tenait avec difficulté sur sa mule. Essoufflé, il s'assit sur un banc au coin de la cheminée et des paroles bien étranges sortirent de sa bouche :

« On vous a envoyé un nouveau curé. C'est un faux prêtre. Il ne faut pas assister à sa messe sous peine de péché mortel. Seules les messes des prêtres qui refusent le Concordat sont légales. Attention! Ne vous laissez pas abuser. Le Malin a plus d'un tour dans son sac. On vous construit une église toute neuve, on vous envoie un petit curé tout neuf et le tour est joué. Le roi est revenu, d'accord, mais quel roi! C'est un roi philosophe, disciple de Rousseau et de Montesquieu comme son cousin Philippe Egalité. D'émigration, il n'a jamais cessé d'écrire des lettres aimables à tous les tyrans. La preuve en est de sa duplicité qu'il a gardé avec lui Talleyrand, ce valet de Buonaparté. Non, ce n'est pas ce roi-là que nous voulions, mais son frère, le comte d'Artois, dont on sait la piété. Charette avait toujours espéré que le comte d'Artois débarquerait en Vendée. Par trois fois il a annoncé qu'il venait, qu'il débarquait. Mais c'est comme le reniement de saint Pierre. Par trois fois le coq a chanté et le prince n'a pas osé débarquer. Il ne voulait pas chouanner. »

Le curé de la Petite-Eglise parlait, parlait, comme à lui-même, devant un Dochâgne muet qui sentait grossir dans sa poitrine la même boule que le jour où il n'avait pu ramener de Montaigu Jacques-le-tisserand.

« Je vous dis tout cela, mais vous ne pouvez comprendre, dit le prêtre.

— Je ne comprends pas tout ce que vous racontez,

répliqua Dochâgne. Ce que je comprends c'est qu'il y a encore du mauvais monde. »

Victorine et Victor se moquaient bien des changements de dynastie. Ils avaient tous les deux quinze ans, découvraient l'amour, mais ne le savaient pas.

Victorine, forte fille aux cheveux et aux yeux noirs, contrastant avec son teint pâle, avait accentué son caractère volontaire. Elle ressemblait peu à sa mère, la douce et très effacée Louise. De Dochâgne elle montrait l'âpreté, la rudesse, la ténacité. Si l'on comparait Victorine et Monsieur Henri il apparaissait d'une manière évidente que la nature s'était égarée, que Victorine l'aînée présentait tous les traits de caractère que l'on attend d'un mâle, et Monsieur Henri ceux de la féminité.

Les cheveux toujours bien lissés en bandeaux sous son bonnet blanc, le corsage serré, un mouchoir rouge au cou, des jupons qui balayaient le sol et qui en étaient tout effrangés, les pieds nus, Victorine s'affairait dans la maison qu'elle commençait à régenter, repoussant peu à peu la vieille Louise dans les communs : buanderie, laiterie, souillarde; et confinant sa mère, de nouveau enceinte, dans un rôle de mère poule qui semblait d'ailleurs parfaitement lui convenir.

Monsieur Henri remplaçait Tête-de-loup auprès de Dochâgne. Il l'accompagnait pour tous les travaux des champs, mais Dochâgne se montrait souvent agacé par sa propension à la rêverie. Dans un autre contexte, Monsieur Henri eût été apprécié par son charme gracile. A la charrue, il se révélait gauche et maladroit. Tête-de-loup, l'enfant adoptif, sauvage, brutal, peu bavard, paraissait beaucoup plus fils de Dochâgne que ce gracieux Monsieur Henri que l'on eût volontiers vu figurer dans une de ces bergeries chères aux aristocrates. La petite Louise, elle aussi ressemblait, à l'âge de Monsieur Henri, au moment où Dochâgne l'avait remarquée et désirée, à une petite bergère de bergerie. Elle était fruitée, pulpeuse. Ses maternités, sa vie rude la vieillissaient prématurément. Elle gardait encore, dans ses rondeurs de femme mûre, cette sensualité qui lui conservait la grâce. Cette grâce féminine dont héritait Monsieur Henri.

Monsieur Henri ne paraissait aimer qu'une seule chose : jouer du tambour. Dès qu'il pouvait échapper aux travaux de la ferme, il accourait à la forge de Chante-en-hiver.

Depuis qu'il ne marchait plus à quatre pattes, Monsieur Henri n'avait guère manqué de soirées à la forge où il allait retrouver son ami Pierre. Mais depuis que Chante-en-hiver s'était mis en tête d'apprendre à jouer du tambour aux deux enfants, c'était moins Pierre qui attirait Monsieur Henri à la forge que le tambour. Très vite, Monsieur Henri devint expert dans le maniement des baguettes alors que Pierre s'en lassa. Il préférait les marteaux de la forge.

Une affectueuse complicité lia bientôt Chante-en-hiver et Monsieur Henri, à laquelle Pierre assistait, maussade. Dès que Monsieur Henri arrivait, le forgeron déposait son marteau, prenait sa vèze, donnait à Monsieur Henri le tambour qu'il avait confectionné lui-même avec une peau de veau et tous les deux jouaient des airs qu'ils inventaient à mesure.

Chante-en-hiver entreprit aussi d'alphabétiser les deux enfants en se servant de l'almanach acheté au montreur d'ours. Mais là encore, Monsieur Henri montrait beaucoup plus d'aptitude que Pierre qui, souvent malade, se contentait d'écouter les lecteurs. C'est ainsi que Pierre et Monsieur Henri apprirent, de la bouche de Chante-en-hiver, la véritable histoire du Pavé de Gargantua sous lequel dormait le vieux curé de son sommeil éternel.

Du temps que l'Océan n'était qu'un désert d'eau bouillonnante, on trouvait une île que l'on appelle aujourd'hui Noirmoutier, celle où d'Elbée fut fusillé par les bleus, et qu'habitaient en ce temps-là des sorciers. L'enchanteur Merlin y naquit d'une druidesse et d'un démon. A dix ans, l'enchanteur Merlin épousa une sorcière d'une grande beauté qui, dans ses cornues, cherchait à transformer le sable de la mer en lingots d'or. Elle fit tant chauffer ses cornues qu'elles explosèrent dans un grand bruit de tonnerre et que la belle sorcière disparut. Pour se désennuyer du veuvage, l'enchanteur Merlin se mit à composer avec de la glaise, un os de baleine et une fiole de sang, les géants Grandgousier et Gargamelle. C'est Grandgousier et Gargamelle qui, plus tard, engendrèrent Gargantua. Gargantua était un géant si grand que, lorsqu'il s'asseyait sur la cathédrale de Fontenay-le-Comte, et qu'il posait un pied sur celle de Luçon et l'autre sur celle de Niort, il pouvait se pencher sur le marais et boire dans une seule goulée la Sèvre Niortaise, la Vendée et l'Autize. S'il rencontrait sur son chemin une charrette d'épines attelée de six bœufs, il avalait les six bœufs, la charrette, les épines et le bouvier. C'était un grand malheur que le passage dans le bocage de ce maudit Gargantua (moins grand que l'Ogre-Turreau, intercalait Chante-en-hiver dans sa lecture), aussi les bocains accouraient-ils pour nourrir grassement Gargantua en lui enfournant dans la goule, avec de grandes pelles, de la bouillie d'avoine et de la soupe aux choux. Pour se désennuyer, Gargantua plantait des menhirs qui lui servaient de but lorsqu'il jouait aux palets. Les palets de Gargantua, pierres grosses comme des meules de moulin...

Depuis qu'il savait un peu lire, Monsieur Henri demandait l'almanach de Chante-en-hiver et lentement, à la lueur de la forge, découvrait un monde fabuleux, celui des fées, celui de Mélusine et de Barbe-Bleue, celui des pactes avec le diable qui se signent avec une plume de hibou trempée dans le sang.

De ces veillées avec Chante-en-hiver et son ami Pierre il devenait encore plus rêveur. Dochâgne, Victorine, et même le petit Poléon qui à son tour faisait le berger, ne cessaient de le bousculer, de se moquer de ses distractions, de son air d'ailleurs. Seule Louise le défendait en disant qu'il était dans la lune mais qu'on se trouvait mieux dans la lune que dans ce monde-ci.

Victorine se souciait peu néanmoins de Monsieur Henri. Elle n'avait d'yeux que pour Victor. Chose bien étrange puisque, depuis leur naissance, Victorine et Victor ne s'étaient guère quittés, sinon pour dormir. Or, justement, de ce sommeil, Victorine devenait jalouse. Elle voulait Victor à elle jour et nuit.

Victor n'avait pas la robustesse de Victorine. Toutefois comme elle, ses cheveux et ses yeux noirs, ses pommettes saillantes, hautes, lui donnaient un air asiate. Ils se ressemblaient beaucoup, ce qui ne pouvait étonner lorsque l'on se souvenait de leur consanguinité qu'eux-mêmes ignoraient.

Victor travaillait aux champs avec Dochâgne d'une manière beaucoup plus active que Monsieur Henri. Les houes des premiers temps de la reconquête des terres en friche, abandonnées pour l'araire au soc de bois appointé et durci au feu, ils ne creusaient plus la terre, mais l'ouvraient et dans cette ouverture du sol, dans ce sillon droit, ils oubliaient leur fatigue pour se laisser aller à une véritable jouissance de mâles.

Comme ils ne possédaient pas encore de herses, ils faisaient traîner derrière leurs bœufs des fagots d'épines qui enlevaient tant bien que mal à la terre les pierrailles.

Dans la cour de la métairie, Victor n'avait pas son pareil pour manier le van. Tenant des deux mains ce panier d'osier en forme de coquille, il le secouait pour amener à l'extérieur les épis mal égrenés, les petites pailles et les graines parasites. Puis, d'un brusque mouvement, il projetait le blé bien haut et le vent entraînait les impuretés.

Victorine tournait autour de Victor, le pinçait au passage, lui donnait de petites tapes et, s'il ne semblait pas s'en apercevoir, le bourrait de coups de poing.

« Finis donc, soupirait Victor, je suis tout ébobé. »

Mais à lui aussi, il arrivait de tournicoter dans la cuisine, dénouant à la dérobée le tablier de Victorine qui affectait de s'en fâcher. Il s'ensuivait une lutte entre les deux jeunes gens où Victor s'amusait à tordre les bras de Victorine qui criait. Finalement ils s'embrassaient bruyamment sur les joues, trois fois, et parfois six, avec de gros rires.

La pauvre Léonie s'inquiétait de voir son fils si entiché de Victorine. En réalité l'aspect incestueux de leurs rapports la préoccupait moins que le caractère dominateur de Victorine. Victor se laissait régenter et y prenait plaisir, cela ne faisait aucun doute. Léonie se disait que Victorine en ferait ce qu'elle voudrait et cette soumission de son fils lui faisait mal. Elle l'aurait voulu aussi dur que Dochâgne et il montrait la douceur de Jacques-le-tisserand qui n'était pas son père. Jacques-le-tisserand dont elle se demandait si elle devait porter le deuil.

Au début du mois de juillet une nouvelle enthousiasmante parcourut le bocage. Pour témoigner son amour aux Vendéens, le roi Louis XVIII qui n'avait pas d'enfant leur envoyait le fils aîné de son frère, Louis de Bourbon, duc d'Angoulême. Le duc d'Angoulême n'était pas seulement le fils du comte d'Artois, que les Vendéens eussent préféré comme roi, mais aussi l'époux de sa cousine germaine Marie-Thérèse, fille de Louis XVI, la seule rescapée de la prison du Temple échangée à l'Autriche contre des prisonniers républicains.

De Cholet au marais de Challans, de Pouzauges au lac de Grandlieu, tous les débris des trois guerres de Vendée, faites au nom du Sacré-Cœur et du roi, se mirent en marche dans les chemins creux, reformés en paroisses. Chante-en-hiver conduisait la sienne et, ayant dû laisser son fils Pierre, une fois de plus malade, il emmenait avec lui le petit Henri et son tambour. Dochâgne ne l'accompagnait pas car il avait rejoint une troupe de cavaliers commandée par le baron.

Le duc d'Angoulême et sa suite traversèrent au galop Bourbon-Vendée (précédemment Napoléon-Vendée), Mortagne, Les Herbiers, Les Quatre-Chemins-de-l'Oie. Visiblement, ces hordes de paysans, les uns en sabots, les autres pieds nus, ces manchots, ces unijambistes, ces borgnes, ces balafrés, ces drapeaux en lambeaux et ces vieilles pétoires à la bretelle de cavaliers juchés sur des ânes, faisaient peur au prince. Il n'osait s'arrêter et pourtant il le fallait bien puisque à Beaupréau, non loin du Pin-aux-Mauges où, en 93, le voiturier Cathelineau qui faisait cuire son pain laissa sa fournée brûler pour conduire la première paroisse qui serait l'embryon de la grande armée « catholique et royale », à Beaupréau les Vendéens devaient lui remettre en hommage le drapeau de Stofflet.

Dochâgne, ancien cavalier de Stofflet, se trouvait avec son officier le baron aux premières places. Six mille vétérans, venus de leurs villages et de leurs bourgs, s'agglutinaient des deux côtés de la route pour voir arriver leur prince. Dans un tourbillon de poussière, apparurent d'abord des cavaliers qui repoussèrent les paysans pour dégager la voie. Dochâgne eut un frémissement de mâchoires. Bien que leurs coiffures eussent changé, un bonnet à poils surmonté d'un plumet blanc grandissant encore ces colosses, Dochâgne reconnaissait les hussards à leurs dolmans bleus à brandebourgs et à leurs culottes rouges. Les hussards revenaient. Il ne comprenait pas. Il pensait à la fille Eléhussard, à Tête-de-loup. Ses mâchoires tremblaient. Ce frissonnement l'irritait. Il n'avait jamais tremblé devant les hussards de Westermann et voilà que les hussards du roi lui faisaient peur. D'autres cavaliers arrivèrent. Le baron, qui se trouvait près de Dochâgne, les regardait lui aussi avec stupéfaction. Il dit avec colère :

« Je reconnais ces officiers avec leurs Légions d'honneur rouges. Ce sont des républicains et des impériaux. »

L'un d'eux s'avança vers le drapeau de Stofflet, ce drapeau blanc percé de balles, chercha un officier noble :

« Son Altesse ne veut pas voir ces paysans armés. Ils n'ont plus aucune raison de porter ces armes. Il existe une armée régulière, et nous sommes en paix. Veuillez dire à vos hommes de déposer leurs fusils en faisceau au bord de la route. »

L'officier transmit l'ordre qui passa de capitaine de paroisse en capitaine de paroisse. Chacun apporta son fusil au bord de la route. On remarqua alors un général, identifiable à son bicorne ourlé de fourrure et aux grosses broderies dorées du revers de son habit bleu. Il donnait d'autres directives aux officiers qui faisaient caracoler leurs chevaux autour du sien.

« C'est le prince ? demanda Dochâgne.

– Non, répondit le baron, mais je connais cette tête-là. »

Les officiers s'approchèrent des Vendéens, massés derrière leurs fusils en faisceau et crièrent :

« Son Altesse va venir, mais auparavant reculez-vous de quinze pas. Reculez-vous vers les fossés! En arrière! »

Les vétérans des trois guerres de Vendée obéirent. Lorsqu'ils furent désarmés et loin de leurs armes, un groupe de cavaliers arriva dans lequel se trouvait le duc d'Angoulême. Le général alla au-devant de lui et l'amena face au drapeau de Stofflet. Puis, comme quelqu'un qui connaît bien l'armée vendéenne, il lui présenta ce qui restait des paydrets de Charette, des cavaliers de Stofflet, des Poitevins de La Rochejaquelein et de Lescure, des Angevins de Cathelineau et de d'Elbée...

« Ce n'est pourtant pas un de nos généraux, dit le baron. Ce n'est ni d'Andigné, ni d'Autichamp, ni Sapinaud, ni... »

Le duc d'Angoulême, descendu de cheval, s'avança près des rangs des paysans pour leur distribuer des fleurs de lis. Dochâgne regardait cette longue tête chevaline aux cheveux courts, frisés, ramenés sur le front. Des favoris allongeaient encore le visage mou, peu expressif. Il marchait en se dandinant, posant ses pieds avec précaution, comme s'il eût peur de salir dans la boue ses belles bottes noires cirées, toutes neuves, ou de faire craquer sa culotte blanche trop serrée aux cuisses. Son épée, au côté, paraissait entraver sa marche. Comme il ressemblait peu, ce prince, aux chefs que s'étaient donnés ces paysans et qui montraient, comme eux, liberté et crânerie d'allure. Timide, gauche, le Dauphin regardait toute cette assemblée d'un œil morne et si parfois quelques ĕveils passaient dans son regard ce n'étaient que des lueurs craintives. On s'attendait à un discours. Le prince ne balbutia que trois phrases :

« Mes amis, je vous remercie au nom du roi... Rentrez dans vos foyers, déposez vos armes... et soyez exacts à payer vos impôts. »

Payer des impôts? Napoléon avait exonéré la Vendée pour lui permettre de se relever de ses ruines. Napoléon n'avait non plus jamais demandé aux Vendéens de rendre leurs armes de guerre. Dochâgne, comme tous ses compagnons, ne comprenait pas. Un curé fit un discours en réponse aux paroles du prince. On l'entendit mal, car le curé parlait trop vite avec, eût-on dit, des larmes dans la voix. Mais ce que l'on perçut clairement fut sa conclusion, qui claqua comme un coup de fusil :

« Vive le roi quand même! »

Le duc d'Angoulême sortit de sa torpeur, ouvrit la bouche toute grande comme pour crier quelque chose et se tut.

Le général qui l'accompagnait, et qui paraissait son confident, s'approcha du curé :

« Ce quand même est de trop!

– Vous aussi, vous êtes de trop », répliqua le curé avec une rage de chat mordu.

Le cheval du général, effrayé par la véhémence du curé, se cabra. La secousse décoiffa l'officier, qui perdit son bicorne. Tête nue, son visage glabre comme celui d'un chef vendéen, contrastait avec les rouflaquettes, les favoris, les moustaches fantaisistes et les tresses des autres officiers. Ses cheveux courts, ondulés, dégageaient ses oreilles ornées d'anneaux d'or. Une bonne tête, se disait le baron, une bonne tête de prêtre au milieu de tous ces soudards. Puis soudain, comme une brusque apparition, il reconnut enfin dans ce fin visage l'un des plus pernicieux déguisements du diable.

« Seigneur Dieu! Ce n'est pas possible! Mais oui, c'est bien lui... C'est Turreau... C'est l'Ogre-Turreau que le roi a choisi pour présenter les Vendéens au Dauphin! Enfer et malédiction! »

Monsieur Henri, lui, revint tout joyeux avec Chante-en-hiver. Il n'avait vu ni le duc d'Angoulême, ni l'Ogre-Turreau, ni les fusils mis en faisceau. Seuls les vétérans s'étaient trouvés au premier rang. Les jeunes accompagnant leurs aînés bivouaquèrent en arrière. Mais pendant tout le trajet, du bocage aux Mauges, Monsieur Henri, petit tambour, crut conduire sa paroisse. Il marchait devant la colonne juste avant Chante-en-hiver qui portait l'étendard. Il tambourinait avec allégresse, allant du pas agile de ses quatorze ans. De temps en temps, Chante-en-hiver lui criait de sonner la halte, car, parmi les vieux de 93, beaucoup suivaient avec difficulté et il fallait faire des pauses, longues, pour qu'ils puissent reprendre leur souffle.

En passant à Tiffauges ils longèrent les ruines du château de Gilles, ancien seigneur du pays de Retz, qui accrochait ses femmes le long des murs de ses appartements à des crochets de boucher, et dont la barbe devint bleue à la suite d'un pacte qu'il signa avec un diable bleu.

Ils allaient, ils voyaient du pays. Parfois on entendait au loin le tambour d'une autre colonne qui, elle aussi, montait vers Beaupréau. Monsieur Henri jouait alors de toutes ses forces pour signaler la présence de la paroisse. Il lui semblait que sa peau de tambour, qui rythmait la marche des paroissiens, vibrait de leurs respirations, du battement de leurs cœurs.

Jamais Monsieur Henri n'était sorti de son village. Il pensait à Tête-de-loup, parti avec le montreur d'ours et dont on n'avait jamais eu de nouvelles. Comme son grand frère, il se sentait prêt à marcher droit devant lui, très loin, sans fatigue.

Lorsqu'il revint au village, toujours en tête de sa colonne et toujours tambourinant, Monsieur Henri trouva son père triste et las. Il avait toujours connu son père vieux, avec ses longs cheveux blancs, très raides, qui lui tombaient sur les épaules. Mais il lui sembla qu'il était encore devenu plus vieux. Il aurait bien voulu partager sa joie avec son père, mais celui-ci, agacé, le traitait de fainéant parce qu'il ne se précipitait pas pour prendre une fourche et brouetter le fumier.

Tout de suite arriva le temps des métives (de la moisson) qui requérait de multiples bras. D'autant plus que la moisson se faisait en deux fois. Les « grands blés », froment et seigle et les « petits blés », orge et avoine, se coupaient d'abord à moitié tige, à la faucille. L'absence de charrues, les mauvais araires, faisaient que les blés étaient envahis par les herbes et les ronces. Couper le blé haut permettait d'éviter de mélanger mauvaises graines et bon grain. On passait ensuite une seconde fois dans les champs pour couper à la faux les tiges basses.

Tous les Dochâgne n'étaient pas trop nombreux pour couper le blé, le lier en gerbes, le transporter dans les lentes charrettes à bœufs jusqu'à la métairie où il s'entassait alors en meules. Quand tout était fini, la vieille Louise et Léonie passaient encore dans les champs et glanaient les épis perdus.

Métiver représentait un dur travail, mais un travail qui se faisait dans l'allégresse. On récoltait le pain. On se trouvait tous ensemble du matin au soir. On mangeait mieux parce qu'il fallait utiliser le maximum de ses forces. Louise mettait un morceau de lard dans la soupe aux choux. On buvait du vin largement arrosé d'eau fraîche. Dochâgne avait retrouvé son allant. Il semblait heureux de réunir autour de lui toute sa famille, Victorine et Victor qui n'arrêtaient pas de se bousculer, de se pincer et de se tordre les bras, mais n'en abattaient pas moins de l'ouvrage; Monsieur Henri, plus gaillard que d'habitude parce que la convivialité de la moisson lui rappelait son équipée avec les vétérans; les trois femmes. Poléon, lui, gardait les moutons et les vaches, du côté du moulin du haut. Il ne manquait au bonheur de Dochâgne que Tête-de-loup et Jacques-le-tisserand. Ces deux absents lui pesaient lourd. S'il y pensait trop longtemps tout le découragement rapporté de Beaupréau lui retombait sur les épaules.

Chante-en-hiver hésitait. Sur le vieux curé mort dans la forêt, ses paroissiens avaient trouvé le bréviaire annoté qui constituait la seule mémoire du village. En tant que capitaine de paroisse Chante-en-hiver reçut le livre en dépôt. Il se demandait maintenant s'il devait le remettre au jeune curé qui légalement représentait l'Eglise. Le curé réfractaire desservait trop de paroisses pour qu'il puisse s'intéresser plus spécialement à la leur. Donner l'état civil au maire-meunier eût sans doute été une bonne idée, mais cet état civil était inscrit au crayon dans les marges du bréviaire et il apparaissait impensable de donner le bréviaire au maire pataud. Chante-en-hiver finit par opter pour la solution la plus simple : donner le livre si usagé à celui qu'il voyait tous les jours passer devant sa forge, dans sa soutane noire, les yeux baissés sur un autre bréviaire tout neuf. Si Chante-en-hiver avait su quels chambardements il allait produire, il aurait jeté le bouquin au feu. Mais il croyait bien faire.

En effet, en déchiffrant, avec les difficultés que l'on imagine, les gribouillis du curé-Noé, le curé-aux-bougies (c'est ainsi que les villageois l'appelaient depuis qu'il s'était confirmé que le jeune prêtre se trouvait parmi ces séminaristes qui accueillirent Napoléon-Antéchrist à la lueur des bougies en criant : Vivat Imperator!) s'aperçut de choses étranges. Les couples mariés enregistrés ne correspondaient pas exactement à ceux qu'il retrouvait à l'église. Quant aux enfants, l'embrouillamini le terrifiait. On eût dit que la paroisse, comme une quenouille ensorcelée, mélangeait tous ses fils.

Passant de ferme en ferme, pour tenter d'éclaircir les liens de famille, il n'arrivait qu'à les confondre davantage. Tout cela datait de quand? On ne savait plus. Les enfants, reçus comme un don du Bon Dieu, élevés au petit bonheur, étaient grands maintenant, ou bien ils étaient morts. Les accouchements causèrent bien des décès parmi les femmes, mais comme elles demeuraient néanmoins plus nombreuses que les hommes, les valides se glissèrent dans le lit des mortes. La vie continua, comme elle put. Et Dieu bénit sa paroisse puisque le village fructifia, se reconstruisit, que beaucoup d'enfants vivants témoignaient aujourd'hui de la résurrection de la terre. Voilà ce qu'entendait, horrifié, le curé-aux-bougies. Il lui semblait tout à coup avoir été nommé par son évêque dans un village de réprouvés.

Ce jeune curé qui venait d'ailleurs, que se mêlait-il de leurs affaires! Quand les accouplements s'étaient accomplis, au sortir de la forêt, quand les premiers enfants de la paix revenue avaient égayé les ruines, le curé-aux-bougies ne se trouvait-il pas lui-même dans la petite enfance? Sa curiosité n'inquiétait personne. Elle prêtait plutôt à rire. Là où le curé-aux-bougies alla trop loin, c'est lorsque, après avoir voulu déménager le cimetière qui se trouvait autour de la grange-église parce qu'elle était redevenue simplement grange, il s'avisa un jour, à la fin de la messe, de donner des conseils agricoles. On le vit sortir d'une poche de sa soutane une de ces pommes du diable que l'on croyait bien avoir exterminées dans le champ du sabotier de la Gâtine et dire qu'il pourrait obtenir des semences, que la pomme de terre était une bénédiction pour les gueux.

« C'est une bénédiction pour les patauds, dit le métayer du bas de la côte. Notre vieux curé nous a bien avertis que ces racines sont du poison.

— M. le curé du temps jadis ne pouvait pas savoir qu'aujourd'hui les paysans qui cultivent des pommes de terre sont sauvés de la famine.

— Et où est-ce qu'ils sont, ces paysans-là?

— Dans les Vosges... »

Les paroissiens se mirent à pouffer. Ils se donnaient de grandes claques dans le dos, se tapaient sur les cuisses en sautillant. Certains se précipitèrent le long des murs pour y pisser à leur aise, tellement les contorsions du rire leur portaient sur la vessie. Le curé-aux-bougies se disait avec effroi que sa paroisse était vraiment ensorcelée. Il se hasarda à faire de grands signes de croix pour déjouer les mauvais sorts, ce qui effectivement parut ramener la paroisse à la raison.

« C'est que, expliqua Chante-en-hiver, les Vosges, on connaît bien. La brigade Paris-Vosges, monsieur le curé, on l'a eue sur l'échine pendant la grande guerre. C'étaient les plus terribles des culs-blancs. Pas étonnant qu'ils soient punis aujourd'hui et doivent manger les pommes du diable. »

A court d'arguments, le curé-aux-bougies remit la pomme de terre dans la poche de sa soutane. Il la planterait dans le jardin du presbytère. Il leur montrerait... Un souvenir du séminaire lui revenait. Comme exemple des préjugés difficiles à vaincre, et de la difficulté qu'ils rencontreraient dans leur sacerdoce de curés de campagne, l'un de leurs professeurs leur avait raconté l'histoire de la marquise de Marbeuf qui, voulant sortir ses paysans de leur misère, leur enseigna la culture de la luzerne qui permet de faire alterner dans un même champ la nourriture pour le bétail et la nourriture pour les hommes évitant la solution traditionnelle de la jachère. Pour avoir osé s'attaquer à leurs habitudes, ses paysans l'avaient fait guillotiner sous la Terreur. Contre-révolutionnaire pour cause de progrès, la marquise! Maintenant, le curé-aux-bougies s'apercevait bien que ses paroissiens le suspectaient d'être révolutionnaire pour cause de progrès. La sueur lui en perlait au visage. Révolutionnaire, lui, qui abhorrait la Convention! Lui qui, avec ses condisciples, avait salué en Napoléon le fossoyeur des philosophes, le liquidateur des jacobins, le restaurateur du clergé et de la noblesse! Ces paysans étaient des ignorants qu'il lui faudrait instruire. D'abord ouvrir une école. L'urgence allait à cette école. Avant la Révolution, plus de cent paroisses, en Vendée, étaient scolarisées. Le Boupère, Chambretaud, Les Epesses, Les Herbiers, L'Hermenault, Saint-Cyr-des-Gats, même des hameaux, avaient leurs magisters. Montaigu possédait un collège où l'on faisait sa rhétorique; Mortagne une école de filles et plusieurs écoles de garçons. Les Colonnes infernales les avaient brûlées, comme les églises, et seuls les gros bourgs, sous l'Empire, purent recommencer l'alphabétisation des garçons sous la férule des frères à quatre-bras. Le jeune curé rêvait de classes aux pupitres noirs bien alignés, de coups de règle scandant les tables de multiplication, de phrases de morale écrites à la craie sur un tableau noir. Il rêvait de faire de sa paroisse un modèle de savoir et de vertu. Il rêvait comme on rêve à vingt ans, même si l'on est curé.

Au début de l'hiver, le baron arriva à cheval dans la cour de la métairie. Dochâgne et le petit Henri déchargeaient une charrette de bois de chauffage.

« Où prends-tu tout ce bois? demanda le baron. Bientôt, il ne restera plus un arbre dans le bocage.

— La forêt est grande, monsieur le baron. Et l'hiver est bien froid.

— Mais la forêt n'est pas à toi. Ce que je t'en dis, c'est pour ton bien. Un jour tu vas avoir sur le dos le régisseur du comte et les gendarmes. Vous êtes vraiment incompréhensibles, vous autres paysans. Vous vous êtes battus avec nous pour faire respecter la propriété et la tradition et vous saccagez les domaines de vos maîtres. Vous brûlez leur bois, vous mangez leur gibier. Tu sais que l'on pendait pour moins que ça avant que viennent les patauds! »

Dochâgne pensa à son chêne, aux grandes branches que le sabotier de la Gâtine lui avait demandé de regarder pour qu'il s'y représente ses ancêtres pendus. Il se contenta de répondre :

« Monsieur le baron se fait du souci pour les émigrés.

— Il n'y a plus d'émigrés. Le roi restitue à *nos* émigrés tous leurs biens, ce qui est légitime. Mais il a tort d'exiger l'impôt de la Vendée. La Vendée restée fidèle au roi, sous la République et l'Empire, ne lui a rien demandé à son retour. Aussi n'a-t-elle rien reçu. Louis XVIII ne se rappelle à notre souvenir que pour nous réclamer des impôts. Mais il y a pire, et c'est pour ça que je suis venu. Un décret signé à Paris exige des Vendéens et des chouans qu'ils déposent leurs armes. Les gendarmes vont passer les chercher dans tous les villages. Bien sûr, il ne faut pas les rendre. Ni Hoche ni Buonaparté n'avaient osé nous demander de nous en séparer. »

Dochâgne comprenait mal. Déposer ses armes à qui? Au roi? Mais puisque l'on était avec le roi! Peut-être donnerait-il en échange des fusils neufs?

On avait bien offert au duc d'Angoulême le drapeau de Stofflet.

« Le roi est prisonnier des républicains et des bonapartistes, précisa le baron. Peut-être un jour aura-t-il encore besoin de nous! »

Une question tourmentait Dochâgne. Elle le tourmentait depuis son retour de Beaupréau. Il n'osait la formuler toute brute, cherchait la manière. Enfin, il se risqua :

« Monsieur le baron, vous vous souvenez lorsqu'on a vu Napoléoné et qu'il m'a appelé pour m'interroger. Il m'a demandé pourquoi je portais un fusil, mais il n'a pas eu peur. Il ne m'a pas ordonné de le jeter à terre. Le Dauphin, lui, à Beaupréau, c'est comme s'il avait eu peur de nous. Il a fait poser les fusils en faisceau. Il nous a obligés à reculer de douze pas... »

Le baron ne répondit rien, s'aperçut de la présence du fils cadet de Dochâgne, qui le regardait avec curiosité.

« C'est à toi, ce petit?

– C'est Henri, monsieur le baron.

– Il a une gentille figure et de l'allure. On dirait un monsieur.

– On l'appelle Monsieur Henri. Il a fait le chemin de Beaupréau, comme tambour de la paroisse.

– Monsieur Henri! Tu as un nom bien difficile à porter. Tu sais d'où tu le tiens?

– Oui, monsieur le baron. Du Monsieur Henri de la grande guerre.

– C'est bien. N'oublie pas ton tambour. Peut-être en aurons-nous besoin. Laisse-moi un moment avec ton père, j'ai encore à lui parler. »

Le baron, descendu de cheval, inspectait la métairie.

« Te voilà laboureur! Tu as su faire fructifier la terre. »

Dochâgne se taisait. Il attendait que le baron lui

dise la raison de sa venue. En même temps, une grande lassitude le gagnait. Qu'attendait-on encore de lui? Qu'allait-on lui demander de faire? Les temps maudits ne cesseraient donc jamais!

Le baron se rapprocha et, d'une voix basse :

« Je ne t'ai jamais rien caché. Nous sommes de vieux compagnons d'armes. Tu as raison pour ce qui s'est passé à Beaupréau... Une belle saloperie! Le Dauphin nous est venu encadré par des officiers républicains et bonapartistes. Mais tu ne sais pas le pire. Tu as remarqué le général qui dirigeait les opérations? Eh bien, j'avais cru l'identifier! Hélas! ma mémoire ne faiblit pas. C'était bien Turreau!

– L'Ogre-Turreau, qui a brûlé la Vendée?

– Lui-même! Le roi n'a rien trouvé de mieux, pour accompagner le Dauphin en Vendée, que le bourreau de la Vendée. Il est vrai que la noblesse qui entoure le roi ne nous connaît guère et que Turreau nous connaît bien. »

Le baron cracha par terre de mépris. Ce qu'imita Dochâgne.

Puis, comme le curé de Beaupréau, le baron bougonna :

« Vive le roi quand même! »

A la porte de la salle commune les deux Louise, muettes, regardaient avec crainte ce cavalier qui discutait avec Dochâgne. Tout inconnu qui arrive dans un village, et à plus forte raison dans une ferme isolée, est source d'inquiétude. Et cette inquiétude n'est pas irraisonnée puisque le voyageur transporte avec lui les nouvelles du monde et que ces nouvelles sont rarement rassurantes. Seuls sont rassurants le rythme immuable des saisons, la germination des graines, l'éclosion des fleurs, la maturité des fruits. Seul est rassurant l'enfant qui déjoue les maladies. Seul est rassurant l'hiver qui rend les chemins impraticables, inonde les marais, isole les métairies où s'enferment gens et bestiaux.

Ce cavalier était l'un des ultimes qui pourraient passer. Bientôt les derniers bœufs, à revenir des champs, s'enfonceraient jusqu'au fessier dans la boue des chemins creux. L'hiver, le paysan ne craignait plus rien, sinon la famine. Mais on économisait à la fois ses gestes et son grain. On vivait dans un état de demi-torpeur, dans un silence seulement rompu par les hurlements des loups, les aboiements des chiens et les hululements des chouettes. L'hiver, le paysan, dans son gîte s'enfermait comme dans un bateau, seul maître à bord. Plus de seigneur, plus de régisseur, plus de marchands aux foires, plus de gendarmes. Plus de nouvelles du monde. L'isolement total et bienheureux.

Le baron disait à Dochâgne :

« Ou bien le roi est un roi pataud ou bien il est prisonnier des patauds. Dans l'un ou l'autre cas, il faudra qu'un jour nous ressortions nos armes. Alors, ordre formel de ne pas les rendre. Avertis la paroisse et fais passer la consigne dans la contrée. »

Le baron sauta sur son cheval et disparut dans la direction du bourg, sans paraître remarquer les deux femmes. Louise ne demanda pas à Dochâgne qui était cet homme, ni ce qu'il voulait. Elle savait bien qu'il ne le lui dirait pas.

Léonie, que l'interminable absence de Jacques-le-tisserand faisait dépérir, devint soudain très malade au cours de l'hiver. Elle ne se sentait plus maîtresse de son sang, disant que le sang lui montait à la tête, l'étouffait dans sa gorge, lui brisait les reins. Heureusement, le village avait hérité d'un toucheux. Le toucheux, ce n'était pas le rebouteux.

Le rebouteux, qui remettait les os en place, malheureusement le village n'en possédait pas. Il fallait, si
l'on s'était démis un membre, se rendre jusqu'au
bourg. L'hiver, avec les chemins impraticables, il n'y
avait d'autre solution que de garder son entorse ou
son bras cassé jusqu'au printemps. Le rebouteux
était homme de métier, le toucheux avait un don.
Les vieux rois de France, qui guérissaient les
écrouelles, recevaient à la naissance le don du
toucheux. Mais chez les pauvres gens, des toucheux
n'apparaissaient qu'à la septième naissance d'un
enfant mâle sans fille intermédiaire. Le fermier près
de l'étang avait eu sept garçons d'affilée. Le septième était un toucheux, ce que confirmait la tache
en forme de cœur qu'il portait sur la cuisse.

Le toucheux, encore enfant, vint voir Léonie
étendue sur sa paillasse, livide. Sur son visage, les
rides formées par ses larmes s'étaient profondément creusées et lui faisaient comme des balafres.
Elle geignait en disant que le sang lui donnait des
douleurs à la gorge. L'enfant-toucheux posa sa main
droite sur la gorge de Léonie, et marmonna une
sorte de prière incantatoire. Aussitôt la douleur s'en
alla aux extrémités des membres. Mais elle ne
voulait pas sortir du corps, s'obstinant à demeurer
dans les pieds et les mains, malgré les efforts de
l'enfant-toucheux qui donnait à Léonie tant de son
fluide qu'il en claquait des dents. Dès qu'il cessait
d'imposer ses mains sur la gorge de la malade, la
douleur remontait des extrémités des membres et
revenait étouffer Léonie.

L'enfant-toucheux dit :

« Elle retient le mal. C'est qu'elle veut mouri. »

Elle mourut en effet, seule, dans la nuit, après
avoir vainement réclamé à l'Ogre-Turreau ses trois
enfants morts et aux gendarmes de Montaigu son
mari. Victor, qui dormait dans l'écurie pour moins
sentir le froid près des bêtes, n'entendit rien. Il

trouva le lendemain matin sa mère inanimée, déjà toute raide, comme gelée.

Dochâgne, en général impassible, parut bouleversé par cette mort soudaine. Les premiers temps du village, l'horreur du carnage des Colonnes infernales, la longue misère qui s'ensuivit et dont il commençait juste d'émerger, lui revenaient soudain en bouffées de colère. Il pensait aux confidences du baron, à l'Ogre-Turreau en face de lui à Beaupréau sans qu'il le sache, sinon il l'eût abattu d'un coup de fusil, comme un chien enragé. L'absence de Jacques-le-tisserand lui causait également un vrai chagrin. Et il lui semblait qu'avec la mort de Léonie, un peu plus de Jacques, encore, s'en allait. Dochâgne regardait Victor, lui aussi très abattu et Victorine qui s'efforçait de le consoler en l'embrassant. Devait-il dire à Victor qu'il était son père? Le curé-aux-bougies, étudiant les marges du bréviaire du curé-Noé et cherchant à démêler l'imbroglio de la naissance de Victor, était venu interroger Léonie obstinée à répondre qu'elle ne se souvenait pas.

Une telle inconscience avait évidemment fait pousser des cris d'horreur au jeune curé. Dochâgne en voulait un peu à Chante-en-hiver qui, plutôt que de donner le livre au curé-aux-bougies, eût mieux fait de le remettre au curé de la Petite-Eglise. Chante-en-hiver l'agaçait souvent par son insouciance, et cette belle humeur peu de mise en des temps si durs, qu'augmentait son ivrognerie.

Les deux Louise jetèrent tous les seaux d'eau qui se trouvaient remplis, afin que l'âme de Léonie ne risque pas de s'y noyer. Puis elles ouvrirent la fenêtre de la chambre pour que son âme puisse sortir.

Dochâgne alla chercher, dans l'atelier de Jacques, le dernier drap qu'il tissait lorsque les gendarmes l'avaient emmené. On enveloppa la morte dans ce linge qui lui servit de linceul et, avant de lui recouvrir le visage, Dochâgne lui glissa dans la bouche une pièce de cuivre d'un liard pour qu'elle puisse payer à saint Pierre sa place au paradis.

Le curé-aux-bougies fit sonner le glas, mais très vite les choses s'envenimèrent sur la question du cimetière, Dochâgne refusant d'inhumer Léonie dans le cimetière hors du village, et le jeune curé s'obstinant à ne pas célébrer de messe des morts si Dochâgne venait enterrer Léonie près de l'ancienne grange-église, comme cela continuait à se faire couramment.

Finalement, Dochâgne et Victor portèrent le corps enveloppé du drap de chanvre sur lequel on avait posé un bouquet de buis, dans le petit enclos près de l'ex-grange-église et Léonie n'eut pas de messe des morts. Le curé de la Petite-Église ne pouvait être prévenu à temps, sinon il eût béni ce dernier voyage. Lui savait bien, comme tous les paroissiens, que les morts ne pourraient plus se promener librement la nuit dans la localité si le cimetière ne se trouvait pas près de l'église.

Louise devant accoucher bientôt ne suivit pas le convoi funèbre qui réunit tout le village, à l'exception du curé et du maire-meunier, ce dernier approuvant la décision du prêtre de transférer le cimetière hors de l'agglomération. Jamais une femme enceinte n'assistait à un enterrement, ce qui eût équivalu à préparer la tombe de son enfant. Pendant que la métairie était vide et que Louise brûlait dans la cour la paillasse de Léonie, elle vit arriver le premier voyageur du printemps, un bâton à la main et une besace sur l'épaule. Le temps de se remettre de sa peur, elle reconnut l'homme borgne qui lui souriait et lui ouvrait les bras :

« Doux Jésus! Mais c'est Jacques! C'est le Jacques de la Léonie! Ah! Jacques, regardez, il ne reste plus que de la cendre! »

6

Le 1er mars 1815

LE 1er mars 1815, Napoléon s'échappe de l'île d'Elbe et débarque à Golfe-Juan. La nouvelle, portée par un relais de cavaliers au galop, n'arrive à Paris que le 5. Louis XVIII, affolé, ne voit alors d'autres secours à attendre que des Vendéens et des Bretons et envoie dans l'Ouest le vieux duc de Bourbon pour y reconstituer « l'armée catholique et royale ». Le temps que le duc de Bourbon prenne contact avec les frères et les neveux des chefs morts, les La Rochejaquelein et les Charette, Louis XVIII a pris peur. Au lieu de venir rejoindre ses défenseurs de l'Ouest, il fuit vers l'Est, ce qui est devenu une tradition chez les Bourbons depuis Varennes. Le 19, Louis XVIII passe en Belgique. Le 20, Napoléon est de retour aux Tuileries. La quatrième guerre de Vendée commence.

Au village, personne ne comprend plus rien. On croyait être débarrassé de Buonaparté et le voilà qui ressort comme d'une boîte à malice. On avait un roi et il est déjà parti. Le duc d'Angoulême aussi. Et toute la famille. Même le duc de Bourbon, ce vieux débris, que l'on appelle ironiquement à la cour le voltigeur de Louis XIV, et que Louis XVIII avait cru pouvoir sacrifier à sa cause, à peine a-t-il allumé le feu dans l'Ouest qu'il se sauve en Espagne. Mais La Rochejaquelein et Charette sont revenus. On les croyait morts. On ne sait plus. Tout s'embrouille.

Le maire-meunier s'interrogeait. Devait-il, une fois de plus, retourner sa veste. Et de quelle couleur la mettre? Le curé-aux-bougies avait pensé que la paix retrouvée permettrait d'unir dans un syncrétisme catholique le souvenir de l'empereur restaurateur de la religion et la restauration de la monarchie. Or voilà que le roi tombait dans la trappe. Au bourg, le drapeau blanc, enlevé du clocher et remplacé par le drapeau tricolore, avait été ramené par des inconnus, réenlevé, remis. Prudemment, au village, le curé-aux-bougies ne hissa pas de drapeau sur son église.

Chacun tenait à son bout de vigne et le moment venait de la labourer et de la tailler. Les travaux de la terre n'attendent pas que l'Histoire se mette en place.

L'Histoire n'oublie pourtant jamais les hommes qui voudraient l'oublier. Tout le mois d'avril se passa en travaux agricoles. Il arrivait bien, de temps en temps au village, des rumeurs. Il s'organisait même des réunions animées dans la forge de Chante-en-hiver où, chaque soir, Monsieur Henri venait jouer du tambour. Le temps restait néanmoins en suspens. Jusqu'au jour où une petite troupe de cavaliers déboucha de la lisière de la forêt et bifurqua, au galop, jusqu'à la métairie de Dochâgne.

Dochâgne qui, en compagnie de Victor, changeait la litière des vaches, sortit de l'écurie au bruit des sabots de chevaux et reconnut le baron parmi d'autres hommes qui n'étaient pas des paysans.

« Je t'ai attendu, dit le baron.

– Je suis trop vieux.

– Regarde qui est avec moi... »

170

Le baron lui désigna l'un des cavaliers au visage balafré.

« C'est Auguste de La Rochejaquelein, le second frère d'Henri. Charles d'Autichamp a pris le commandement de l'armée d'Anjou, Sapinaud dirige celle du centre et Suzannet s'occupe du pays de Retz. Le soulèvement est prévu pour le 15 mai. Nous serons cinquante mille.

– En 93 on était plus de cent mille.

– Les vétérans comme nous sont rares. C'est pourquoi il nous faut parler aux jeunes. Prends ta mule, Dochâgne et va soulever le pays.

– Je suis trop vieux.

– Ne fais pas l'imbécile! Regarde ces messieurs, avec moi, nous sommes tous nobles et nous payons de notre personne.

– Monsieur le baron, en 93 les paysans sont allés chercher les nobles. Si c'est le contraire, ça ne marchera pas.

– C'est pourquoi nous avons besoin de recruteurs comme toi.

– J'ai fait ce que vous m'aviez demandé pour les armes qu'on ne devait pas rendre...

– Tu vois que j'avais raison. Parce que nous avons désobéi au roi qui nous demandait de rendre les armes, nous pouvons aujourd'hui les ressortir pour défendre le trône.

– J'ai fait ce que vous m'aviez demandé. Mais vous ne trouverez que nos vieux fusils à silex rouillés. Avec, pour chacun, trois ou quatre cartouches.

– Le marquis Louis de La Rochejaquelein a reçu mission du roi, à Gand, d'aller chercher une cargaison d'armes en Angleterre. Nous l'attendons du côté de Saint-Gilles. Allons, le temps presse! Il nous faut aller de village en village. Jette ta fourche, Dochâgne, et prends ton fusil. Je t'attends au bourg le 15 mai, avec cent mille hommes si tu peux. »

Les cavaliers partis, Victor demanda :

« M'emmènerez-vous?

– Où veux-tu que je t'emmène? Les arbres abattus cet hiver demandent qu'on leur enlève l'écorce. Il faut semer les citrouilles. Et ne pas oublier de planter l'aubépine en fleur sur le fumier si l'on veut que le blé ne germe pas dans le grenier.

– Et la guerre?

– Cette guerre-là, c'est pas la nôtre. T'occupe pas. »

Le 15 mai, le curé-aux-bougies refusa de faire sonner le tocsin, comme le lui demandait Chante-en-hiver. Le forgeron n'emmenait du village, comme volontaires, que sa clientèle du cabaret, le fils aîné de sa femme et Monsieur Henri avec son tambour. Le petit Pierre, une fois de plus malade d'une mauvaise fièvre, ne put les accompagner. Monsieur Henri l'embrassa avant de partir, lui promettant vaillance pour deux. Ils se joignirent dans la forêt à un garde-chasse qui y commandait une bande de déserteurs, déserteurs sous l'Empire, restés déserteurs sous Louis XVIII et qui, soudain, prenaient du service. Ils marchaient vers le marais et la mer, les uns en sabots, les autres pieds nus. Leur petite troupe se gonfla en route d'ouvriers sans travail auxquels les nobles promettaient une solde de cinq sous par jour, puis de faux-saulniers et de vagabonds. Le tiers ne brandissait que des gourdins. Quelques privilégiés, qui avaient réussi à désarmer des gendarmes, portaient des fusils.

A Aizenay, à une trentaine de kilomètres de la mer, toutes les bandes éparses, venues du bocage, du marais, du pays de Retz, firent jonction. L'enthousiasme fut grand lorsque l'on sut que M. de Charette se trouvait là. Ce n'était pas le même, l'autre avait été fusillé à Nantes en 1796, mais la présence de ce neveu, Ludovic, qui n'avait que vingt-sept ans, soulignait la permanence de la rébellion, comme celle des deux La Rochejaquelein.

On fêta la chose en mettant en perce des tonneaux de vin. Chante-en-hiver voulait apprendre à boire à Monsieur Henri, comme il lui avait appris à lire et à jouer du tambour. Mais Monsieur Henri n'aimait pas boire. Comme il se trouvait, par là même, l'un des rares à ne pas être ivre quand les huit cents soldats du général bonapartiste Travot attaquèrent le campement, c'est lui qui sonna l'appel. Debout, son tambour résonnant au-dessus d'une masse d'hommes qui ronflaient, Monsieur Henri vit Charette le second se précipiter au-devant des assaillants et tomber, blessé mortellement d'une balle en pleine poitrine. Dans l'affolement qui suivit et la débandade, Monsieur Henri ne perdit jamais son calme, toujours bien droit malgré les balles qui sifflaient, battant le rassemblement, puis le repli.

Chante-en-hiver pleurait, comme pleure un ivrogne, soutenu par son fils adoptif compagnon de la forge, qui n'était pas moins soûl mais tenait mieux la boisson.

Lorsqu'ils arrivèrent à Croix-de-Vie et qu'ils surent que, pour leur première bataille, huit cents soldats bonapartistes avaient battu huit mille insurgés, Chante-en-hiver eut honte. Jadis, il suffisait de quelques centaines de Vendéens pour écraser des milliers de culs-blancs, leur arracher leurs fusils, leur enlever leurs canons. Chante-en-hiver regardait la troupe débandée qui s'affalait sur le sable du rivage. On ne voyait presque pas de faux, ce qui signifiait que les paysans étaient peu nombreux. Chose étrange, aux habituelles cocardes blanches se substituaient des insignes de toutes sortes de couleurs. Certains arboraient des cocardes noires, d'autres des cocardes vertes. Ce refus d'une couleur uniforme apparaissait déjà comme une protestation contre l'embrigadement. Chante-en-hiver lui-même qui, en tant que capitaine de paroisse, avait reçu à Beaupréau, du duc d'Angoulême, une décoration en forme de fleur de lis, ne la portait qu'avec ironie, l'appelant, en riant, une bamboche. Comme bambocher : faire la bringue. Ils bambochaient en effet et Chante-en-hiver s'angoissait de honte, se reprochant d'avoir entraîné Monsieur Henri dans cette mascarade. Mais l'enfant ne s'apercevait de rien. Il n'avait pas vécu 93 et trouvait cette guerre-ci une vraie fête.

L'escadre anglaise débarqua le marquis Louis de La Rochejaquelein avec deux mille fusils. On en attendait trente mille. Au lieu de soulever cinquante mille Vendéens comme elle l'escomptait, la noblesse n'en avait entraîné que la moitié. Il fallait donc, quand même, vingt-cinq mille fusils.

La déconvenue grandissait, d'autant plus qu'à Aizenay la plupart des dormeurs soûls avaient perdu leurs armes, récupérées par Travot. Il paraissait plus simple d'accuser les Anglais.

« Ils se moquent de nous comme ils se sont moqués de nos pères.

– Et maintenant que les armes sont débarquées, qu'est-ce qu'on fait?

– Les chefs ont dit qu'on allait prendre Poitiers, puis foncer sur Paris à travers la Touraine.

– Les chefs, quels chefs?

– Il y a trop de cuisiniers dans la cuisine, le fricot ne vaudra rien.

– On n'a même pas de canon.

– D'Autichamp déteste La Rochejaquelein.

– Moi, je veux pas être mené. »

Lorsque arriva le mois de juin, les troupes se mirent à fondre. Tous les paysans décampaient, rentrant chez eux pour faire les foins. Moins dociles, faux-saulniers, vagabonds, ouvriers insultaient les officiers nobles s'ils leur faisaient des observations et les menaçaient de leurs armes s'ils se risquaient à vouloir punir leur indiscipline.

Chante-en-hiver, pour ne pas voir un tel gâchis, n'en buvait que de plus belle.

Dans le marais de Monts, les effectifs diminuaient encore, les bocains prenant peur de ce pays plat. Mais Chante-en-hiver, ancien paydret de Charette le premier, connaissait bien le marais et s'y enfonça avec son fils adoptif et Monsieur Henri.

Malgré leurs fusils anglais tout neufs, les maraîchins attirés à découvert par les tirailleurs impériaux, eurent l'imprudence de sortir de leurs joncs. Une salve de coups de feu tua un capitaine de paroisse. Les Vendéens, effrayés par ces soldats qui combattaient désormais de la même manière qu'eux, embusqués dans les fossés d'eau et les roseaux, s'enfuirent vers Saint-Jean-de-Monts.

La Rochejaquelein le second ne savait comment les retenir. A pied, tiraillant avec quelques fidèles, il crut astucieux de se faire amener un cheval, l'enfourcha, mit son chapeau à plumes blanches à la pointe de son sabre et s'écria :

« En avant! Vive le roi!

– Regardez, les gars, hurla Chante-en-hiver, Monsieur Henri est revenu! »

Mais le geste théâtral de La Rochejaquelein le second ne produisait aucun effet. La plupart des insurgés, trop jeunes, ne comprenaient pas de quel Monsieur Henri il s'agissait, ne connaissant que leur petit tambour. Ils avaient vingt ans et vingt ans s'étaient écoulés depuis que La Rochejaquelein le premier avait été tué par un grenadier blessé.

La Rochejaquelein le second galopa jusqu'à un tertre où il fit caracoler son cheval, comme à la parade, à quarante pas des troupes impériales qui le mettaient en joue. Brandissant toujours son panache blanc au bout de son sabre, La Rochejaquelein le second haranguait une illusoire armée en fuite, cible idéale se profilant sur la platitude grise du marais.

Fusillé à bout portant, le marquis Louis, émissaire de Louis XVIII, généralissime de la quatrième guerre de Vendée, fut rapidement étouffé par le sang qui giclait de sa poitrine trouée. Dérision supplémentaire, ceux qui venaient de tuer celui qui voulait mourir en héros, n'étaient que de simples gendarmes commandés par un lieutenant, des gendarmes qui l'avaient tiré comme un faux-saulnier pris la main dans le sac.

Monsieur Henri battit la retraite. Mais personne n'avait attendu le tambour. La débandade était complète. Certains jetaient leurs armes pour courir plus vite, perdaient leurs sabots. D'autres s'enlisaient dans la tourbe du marais. Soudain dégrisé, Chante-en-hiver reprit de son esprit d'initiative d'autrefois, rassembla une vingtaine d'hommes et ces vingt hommes, revigorés par l'un des leurs, firent front à l'armée napoléonienne avec leurs fusils de chasse, décimèrent les fantassins de ligne, désarçonnèrent les cavaliers. Chante-en-hiver avait plaqué Monsieur Henri au sol, invisible dans les herbes hautes, lui interdisant de se désigner au feu de l'ennemi avec son tambour. Monsieur Henri ramassa alors le fusil d'un mort et, un genou à terre, comme le faisait Chante-en-hiver, il visait les épaulettes rouges qui apparaissaient au-dessus des joncs.

Intrigués par ce noyau de résistance au milieu du marais, d'autres Vendéens revenaient. Ils furent bientôt assez nombreux pour réussir à bousculer l'adversaire et à le repousser dans un village.

Comme Chante-en-hiver regardait le clocher, il y apparut un uniforme bleu. L'homme, un officier, se pencha pour tenter d'apercevoir les Vendéens au-delà des maisons, les vit et, lentement, comme s'il ne courait aucun danger, et pour bien leur montrer en quel mépris il les tenait, se déculotta et leur montra ostensiblement ses fesses.

« Regardez, les gars, s'écria Chante-en-hiver. Vous avez déjà vu des culs-blancs, mais plus blanc que celui-là!...

– Apparemment, dit son fils adoptif, l'aîné de la femme au museau de souris, apparemment ce polisson réclame là-haut un apothicaire. Je vas lui en servir. »

Il le mit en joue, tira. L'officier déculotté bascula du clocher et tomba dans le vide.

On entendit des cris dans le village, des ordres brefs, tout un remue-ménage et le bruit caractéristique d'une troupe au pas cadencé. Les impériaux se repliaient.

Chante-en-hiver, redevenu capitaine de paroisse (sans paroisse à conduire) dégagea sa petite troupe du marais et remonta vers le bocage. Monsieur Henri avait resanglé son tambour et allait devant, le roulement monotone de son instrument scandant la marche.

En chemin, ils rencontrèrent une vieille femme qui ressemblait à la mort, toute sèche et courbée sous son fagot de bois. Par plaisanterie, Chante-en-hiver l'apostropha :

« Eh, la mère! Savez-vous où sont les brigands? »

Elle releva la tête, ouvrit une bouche édentée et dit en ricanant :

« Lesquels, mon brave homme, les blancs ou les bleus? »

Chante-en-hiver reprit sa marche, songeur. Il se souvenait du temps où ils se faisaient honneur d'être appelés brigands par les bleus, brigands et aristocrates. L'Ogre corse, lui, les appelait des géants. Brigands, aristocrates, géants... tous ces mots sentaient maintenant l'enflure. Ils avaient été l'armée vendéenne insurgée. Ils n'étaient plus que des chouans.

Mais comme pour lui donner tort, ou pour qu'il ne conserve pas de cette quatrième guerre de Vendée seulement la vision d'un désastre, une image digne de 93, une image anachronique, se présenta sur sa route. Simplement une troupe de cavaliers qui débouchèrent soudain d'un bois et s'élancèrent vers eux en tenant leurs chapeaux empanachés au bout de leurs sabres, comme l'avait fait La Rochejaquelein le second se jetant vers sa mort. Cette petite troupe d'aristocrates était commandée par une amazone qui rappela à Chante-en-hiver les romantiques compagnes de M. de Charette. Se trouvait aussi, parmi les cavaliers, un prêtre en soutane qui portait un grand crucifix sur sa poitrine, attaché par une chaîne.

« La noblesse et l'Eglise saluent leurs paysans fidèles, s'écria l'amazone. Voilà la plus jolie cohorte que nous ayons rencontrée et le plus joli tambour. Comment t'appelles-tu?

– Monsieur Henri », répondit fièrement le tambour.

L'amazone eut comme un sursaut et son cheval se cabra. Chante-en-hiver la regardait un peu comme une apparition céleste, mi-fée Mélusine, mi-Vierge Marie, avec sa longue jupe bleue à parements rouges, son boléro serré à la taille. Ses cheveux frisés en rouleaux, à l'anglaise, débordaient de son chapeau enrubanné. Elle dit très vite :

« Monsieur Henri, Lucie de La Rochejaquelein te remercie. »

Puis, s'adressant à Chante-en-hiver :

« D'où venez-vous?

– Du marais. On a contraint un détachement d'impériaux à se replier. Avant, on était avec Monsieur Louis.

– Je suis arrivée trop tard, dit Lucie. J'avais

rassemblé deux mille hommes. Toute la Petite-Église est avec nous, et ses prêtres. Je suis arrivée trop tard pour Monsieur Louis. Savez-vous que l'on a pris Cholet et Bressuire ?

– On a pris Cholet !

– Mais oui, nos troupes cèdent au découragement parce qu'elles n'apprennent que nos défaites. Pourtant nous avons enlevé, cette fois-ci encore, Cholet et Bressuire. Il faut que vous rejoigniez Bressuire. En chemin, rameutez les paysans. »

Le prêtre en soutane ajouta en ricanant :

« S'ils refusent de vous suivre, vous mettez le feu. Ils croiront les patauds coupables et viendront grossir nos rangs. »

Le 18 juin, jour de la bataille de Waterloo, Chante-en-hiver et sa troupe, intégrés à l'armée d'Auguste de La Rochejaquelein le balafré, entraient à Thouars, bousculant les impériaux.

Toute la nuit, les Vendéens firent bombance, vidant les caves, pillant les boulangeries, les boucheries, les épiceries. Ils tentaient de rattraper, en une nuit, vingt ans de disette et quelques siècles de famine. Quand les hussards arrivèrent le lendemain à l'aube, ils n'eurent aucune peine à sabrer les sentinelles qui cuvaient leur trop-plein de vin d'Anjou. Chante-en-hiver, affalé dans l'entrée d'une porte cochère, ouvrit juste les yeux pour voir apparaître l'éclat du sabre des hussards, et remarquer Monsieur Henri, debout, empêtré dans les sangles de son tambour, tombant sous les chevaux et comme recouvert d'un suaire rouge.

Chante-en-hiver eut beaucoup de peine à se relever. Il se traîna à genoux dans un recoin de la porte pour vomir et s'y endormit. Ce qui prouverait, si besoin était, qu'il existe un Bon Dieu pour les ivrognes puisque, lorsqu'il se réveilla quelques heures plus tard, les hussards étaient repartis et qu'il se trouvait seul vivant parmi des morts tailladés à coups de sabre. La rue était rouge. Des blessés geignaient doucement. De temps en temps, l'un d'eux hurlait.

Chante-en-hiver, hébété, s'avança vers les cadavres, reconnut celui de Monsieur Henri, puis celui de son fils adoptif. Le tambour était crevé. Monsieur Henri conservait son visage de jolie fille.

Chante-en-hiver fut épouvanté. Comment pourrait-il maintenant rentrer au village, sans les deux enfants qu'il avait entraînés dans la mort? Quelle réaction aurait sa femme au museau de souris? Mais il redoutait surtout celle de Dochâgne qui n'avait pas voulu le suivre dans cette guerre, dont il disait qu'elle n'était pas la leur. Une nouvelle fois, comme en 95, lorsqu'il se croyait, lui aussi, seul survivant du génocide vendéen, avant qu'il rencontrât la paroisse du curé-Noé terrée dans la forêt, il regarda la jonchée de cadavres dans la grand-rue de Thouars, stupéfait, anéanti.

Ce qu'il ne savait pas, ce qu'il ne saurait jamais, c'est qu'au même moment, dans la plaine de Waterloo, Napoléon contre lequel ils s'étaient insurgés et au nom duquel venait de s'accomplir cette tuerie inutile, Napoléon, lui aussi, regardait les débris de son armée.

Ce qu'il ne savait pas, ce qu'il ne saurait jamais, c'est qu'avant de partir pour sa dernière campagne, apprenant la nouvelle insurrection vendéenne, Napoléon avait dit à Fouché, qu'il avait bien sûr renommé ministre de la Police :

« Ces Vendéens sont fous! Durant mon règne, je les ai laissés tranquilles, rétablissant leurs villes, leur donnant des routes, faisant pour eux tout ce que m'a permis le temps dont j'ai disposé, et en récompense de pareils traitements ils viennent se jeter sur moi pendant que j'ai l'Europe sur les bras!

Faites-leur entendre raison, duc d'Otrante, et proposez-leur une suspension d'armes. Je leur ferai cent fois plus de bien, par mes lois et mes travaux, que les Bourbons auxquels ils se sacrifient inutilement depuis vingt-cinq années. »

Ce qu'il ne savait pas, ce qu'il ne saurait jamais, c'est que, le 1er juillet 1815, à dix heures du soir, lorsque arriva à Niort et s'arrêta devant l'hôtel de la Boule d'or une calèche jaune tirée par quatre chevaux, Napoléon qui partait pour l'exil hésita à poursuivre sa route. Il descendit, fit les cent pas, les mains derrière le dos comme à l'ordinaire, appela l'officier d'ordonnance qui l'accompagnait :

« Et si j'avais encore une chance? Mon dernier royaume pourrait être la Vendée. J'y ferais, avec les Vendéens, une guerre de partisans...

— Sire, je dois vous dire que les Vendéens ne vous aiment pas.

— Le monde est mal foutu. Les Vendéens et moi étions faits pour nous comprendre. Et ils se sont encore battus pour Louis XVIII qui les méprise. »

Ce que Chante-en-hiver ne savait pas, ce qu'il ne saurait jamais...

LIVRE SECOND

1

C'est Jacques-le-tisserand qui,
le premier, vit revenir au village
Chante-en-hiver

C'est Jacques-le-tisserand qui, le premier, vit revenir au village Chante-en-hiver et sa bande de vauriens. Il avait entendu brailler au loin, vers l'est, du côté d'où viennent le froid et les hussards, du côté de la bise et des mauvaises nouvelles et se porta à la rencontre des chanteurs qui reprenaient invariablement d'une voix avinée :

> *Roule ta bosse, Napoléon,*
> *Tu n'auras plus la couronne de France.*
> *Roule ta bosse, Napoléon,*
> *Tu n'auras plus la couronne des Bourbons.*

Jacques-le-tisserand reconnaissait bien sûr Chante-en-hiver, même si ses cheveux noirs avaient blanchi, même si son visage boursouflé prenait une teinte violacée, mais il n'identifiait aucun de ceux qui l'accompagnaient. En sept années d'absence, des enfants s'étaient transformés en ces hommes jeunes, insouciants, insolents.

« Tiens, le borgne est revenu, dit l'un d'eux.

– On a gagné la guerre, enchaîna un autre.

Napoléoné est foutu. Louis le dix-huitième est à Paris. »

Jacques-le-tisserand cherchait le petit tambour dont lui avait parlé Dochâgne. Chante-en-hiver s'approcha, prit Jacques par les épaules et, lui soufflant au visage une haleine de vinasse :

« Monsieur Henri a été tué. Et mon compagnon de forge. »

Jacques-le-tisserand se dégagea si brusquement que Chante-en-hiver trébucha.

« Maudit sois-tu, toi qui vas faire pleurer ses yeux à Dochâgne. Maudit sois-tu, forgeron du diable! »

La jeunesse qui entourait Chante-en-hiver eût fait un mauvais sort à Jacques si leur capitaine ne s'était interposé.

« Laissez, les gars, le borgne voit mal, il m'a pris pour un autre. »

Jacques-le-tisserand, bousculé, se retrouva seul à l'entrée du village. La bande de Chante-en-hiver allait déjà vers l'église, en tirant des coups de fusil en l'air et en huchant. Jacques demeurait immobile, stupéfait. Il venait en effet de confondre Chante-en-hiver et le forgeron pataud. Ou plus précisément, il ne les confondait pas vraiment, mais Chante-en-hiver l'ivrogne, Chante-en-hiver qui avait conduit bien légèrement vers la mort Monsieur Henri, réincarnait le mal, réincarnait la force brutale et aveugle. Jacques demeurait immobile, stupéfait, parce que, aussi, pour la première fois le clan des vétérans du village allait se disloquer. Il le sentait. Il vivait déjà ce drame. Ces jeunes, qui l'appelaient le borgne, ce qu'aucun villageois n'avait jamais fait puisque pour eux il était d'abord le tisserand, ces jeunes qui se croyaient vainqueurs d'une épopée, alors qu'ils retournaient d'une mascarade de guerre, ces jeunes qui le rudoyaient lui faisaient mal augurer de l'avenir.

Tout d'abord, il fallait prévenir Dochâgne. Il ne

fallait pas que Dochâgne apprenne la mort de son fils par des rumeurs. Il fallait qu'il aille au plus vite s'interposer entre Dochâgne et Chante-en-hiver, qu'il amortisse le choc de la sinistre nouvelle.

Jacques-le-tisserand retourna à la métairie de la mère de Louise, s'enquit du lieu où Dochâgne travaillait, courut vers la vigne où celui-ci passait la houe entre les rangées de ceps :

« J'ai vu Chante-en-hiver!

— Et mon petit Henri?

— Dochâgne, il faut que je te dise... Monsieur Henri avait un nom trop lourd à porter...

— Il ne l'a pas ramené?

— Il ne l'a pas ramené.

— S'il l'a laissé tuer, je le tuerai.

— Ne crie pas contre Dieu, Dochâgne. C'est Lui qui te l'a pris. Souviens-toi, il ne nous ressemblait pas. On aurait dit déjà un ange. »

Une grande colère soulevait Dochâgne. Il tenait le manche de sa houe à deux mains et serrait le bois si fort que sur ses poignets maigres les veines saillaient comme des branches de lierre. Si Chante-en-hiver s'était trouvé dans la vigne, à la place de Jacques-le-tisserand, nul doute que la houe se serait transformée en arme.

A la colère succéda l'abattement. Dochâgne se mit à guener (gémir) comme une bête, affalé dans le sillon de vigne, se frappant la tête sur les mottes de terre :

« Il me l'avait pris... Je ne disais rien parce que c'était lui... Mais il n'aimait plus la ferme. Il ne se plaisait qu'à la forge, avec son tambour... C'est par le tambour qu'il me l'a pris... Quand j'ai su que l'Ogre-Turreau se trouvait à Beaupréau, avec le Dauphin, j'ai compris que pour nous tout était fini et qu'aucune guerre ne serait plus notre guerre. J'avais demandé à Chante-en-hiver de ne pas répondre aux nobles. Ce n'est pas à eux de venir nous chercher. Pour le travail, oui, mais pas pour la guerre.

– Lui as-tu dit que l'Ogre-Turreau accompagnait à Beaupréau le neveu du roi? »

Dochâgne grogna :

« Dame non! J'ai pas osé.

– Tu n'aurais rien dû cacher à Chante-en-hiver.

– J'ai pas osé.

– Tu as eu peur de la vérité. Et c'est pour ça que tu as perdu Monsieur Henri. »

Dochâgne se souvenait bien. Ce que lui avait confié le baron lui semblait si énorme, si terrible, et Chante-en-hiver se montrait si heureux de repartir se battre, que les mots ne purent sortir de sa gorge. Ils se disputèrent, le forgeron ne comprenant pas qu'il abandonne la lutte et lui s'acharnant à répéter que cette guerre n'était pas leur guerre, qu'il ne bougerait pas de la métairie, qu'il ne voulait pas que Monsieur Henri le suive... Non, il ne pouvait raconter à un paydret de Charette que l'Ogre-Turreau revenait en Vendée, envoyé par le roi... Lui montrer le monde à l'envers, Chante-en-hiver l'aurait cru fou. Et parce qu'il n'avait rien dit, parce qu'il avait voulu cacher la lâcheté ou la perfidie du roi, Monsieur Henri était mort.

Dochâgne ne pleura pas. Depuis 93 ses larmes taries lui laissaient des yeux secs et durs. Il pensait à Louise. Comment allait-il lui annoncer la terrible nouvelle? Une fois de plus, Jacques-le-tisserand prit les devants :

« Reste-t'en là, Dochâgne. Je vas parler à la petite Louise. »

Comme on était en juillet, partout les épis gonflés de grains penchaient leurs têtes lourdes, prometteuses de pain. Toute la population du village, mobilisée une fois de plus pour couper le blé, oubliait les combats. Les céréales donnaient abondamment cette année, comme si cette fécondité voulait suppléer à la mortalité des Cent-Jours. Mais la quatrième guerre de Vendée, aux dires mêmes des paysans qui la prenaient à la légère, n'avait été qu'une guerre de velours. Napoléon, occupé à l'Est, confia l'Ouest à Fouché et Fouché, qui savait que l'Empire ne durerait pas, préparait sa rentrée chez les Bourbons. Il ménagea donc la Vendée, cherchant plus à créer la zizanie entre les chefs, qu'il opposait adroitement les uns aux autres, qu'à ravager le pays. Pendant les Cent-Jours, la Vendée ne fut ni pillée ni brûlée. Et Dieu bénissait le retour du roi puisque, juste après la fin des combats, la récolte s'avouait si belle.

Sur tous les coteaux, on voyait les moissonneurs, coiffés de leurs larges chapeaux de paille tressés pendant l'hiver, saisir les épis de la main gauche, la faucille dans la main droite coupant la tige à mi-hauteur, d'un geste vif. Des femmes liaient les gerbes avec des tresses de seigle. A l'écart, la petite Louise préparait les liens en les mettant à sécher le long d'une haie pour les protéger du soleil qui rend la paille cassante. Louise, que l'on appelait toujours la petite Louise, pour la distinguer de sa mère, bien qu'elle eût alors trente-trois ans, avait été mise à une tâche facile et peu fatigante car elle allait accoucher d'un jour à l'autre d'un nouvel enfant. Malgré son chagrin de la mort du petit Henri, elle ne pouvait s'empêcher de se laisser envahir par tout ce mûrissement des épis, des pruniers aux branches croulant de fruits, par l'odeur de miel qui arrivait des champs couverts de coquelicots et de bleuets, par toute cette activité joyeuse des moissonneurs, et par ce nouvel enfant qui gigotait dans son ventre. Elle était triste et elle était heureuse. Elle savait que l'enfant qu'elle portait serait un fils et qu'il s'appellerait Arsène, Arsène le troisième. Elle s'acharnait à donner ce nom, comme un défi pour annuler la mort des deux autres. Et dans cet été si beau, si chaud, en voyant cette moisson si abondante, la plus belle moisson qu'ils aient faite depuis tant d'années de misère, elle se persuadait qu'Arsène le troisième vivrait toujours, c'est-à-dire plus longtemps qu'eux, longtemps après que Dochâgne et elle se furent endormis dans la paix. Elle ressentait un grand chagrin de la mort de Monsieur Henri et pourtant elle se laissait transporter par une allégresse qui ne venait pas d'elle, mais du soleil et de toute cette sève qui montait dans les arbres, de toute cette force qui faisait s'épanouir les épis, les fruits et les enfants. Elle titubait un peu, ivre de soleil, ivre des parfums de la terre, ivre de sa fatigue de femme enceinte s'obstinant, comme la coutume le voulait, à travailler jusqu'au moment ultime. Un instant, elle s'arrêta pour regarder Dochâgne, qu'elle reconnaissait au loin à ses cheveux blancs, sans chapeau. Il conduisait une charretée de gerbes attelée à six bœufs. Ils ne possédaient pas six bœufs, mais les métayers mettaient en commun leur bétail de trait et leurs charrettes pour les grands travaux. Elle ne put s'empêcher de sortir de l'ombre de la haie et de marcher vers son mari qui ne la voyait pas, tout occupé à son attelage. Elle l'écouta parler aux bêtes, leur chanter avec leurs noms une sorte de complainte très lente, au rythme du pas des couples de bœufs ployés sous leurs jougs :

> Levreâ, Nobié,
> Roué, Hérondet,
> Tournay, Cadet,
> Eh! eh! eh! mon megnon,
> Eh! eh! eh! mon valet.

Dochâgne dariolait étrangement comme, parfois, avec une sorte de colère. Louise le vit, avec stupeur, frapper de son aiguillon le second bœuf de tête et le premier bœuf du deuxième rang. Pourtant jamais il ne maltraitait aucun animal et surtout pas les bœufs. Il frappait sur Nobié et sur Roué... Sur le noble et sur le roi. Il les piquait de son aiguillon, les injuriait. Il les traitait de fainéants, de menteurs. Louise était habituée à ce que l'on appelle les plus paresseux des bœufs, les moins aimés, Nobié ou Roué. Son père le faisait. Mais elle n'avait jamais établi le rapprochement entre les vrais nobles, les vrais rois, et ces noms de dérision donnés aux bœufs. Elle revoyait son père cogner sur son Nobié à lui, l'injurier aussi comme le faisait maintenant son mari. La rancune que Dochâgne exprimait par son aiguillon lui montrait tout à coup que ce rapprochement n'était pas fortuit. Et elle comprit que c'était à cause de Monsieur Henri, que les nobles et le roi leur avaient pris.

Jacques-le-tisserand, réinstallé chez Dochâgne, retrouvait à la fois son métier et son « fils ». Victor, l'enfant de feue Léonie-la-pleureuse, privé de mère, s'accommodait fort bien de ses deux pères. Aucune raison ne pouvait pousser Jacques et Dochâgne à se disputer Victor puisque celui-ci vivait avec eux et portait à l'un et à l'autre un même amour filial. Victor, devenu un parfait compagnon de travail pour Dochâgne, passait maintenant ses nuits avec Victorine sans que personne n'eût songé à s'en étonner. Ils avaient tous les deux seize ans.

A son retour au village, Jacques refit le circuit des métairies pour y quémander des écheveaux de chanvre ou de lin, que l'on appelait plus volontiers des étoupes. On le reçut bien partout, lui offrant omelette, pain gris, et ce gros pichet bleu empli de vin coupé d'eau que l'on se passait à la ronde en buvant à la régalade. La tournée du tisserand venant chercher des étoupes et prenant les commandes était un événement que l'on fêtait au passage par cette collation.

Disparu pendant sept ans Jacques, dans chaque ferme, recommençait à raconter ses pérégrinations. Comment on l'emprisonna à Cholet, puis le libéra sans explications; comment la recherche d'un travail le mena vers le sud, dans le marais poitevin, où les colliberts l'accueillirent un moment dans leurs barques-chaumières; comment il connut les misérables huttiers, véritables serfs des opulents cabaniers qui règnent sur les terres inondées; comment les moustiques du marais le piquèrent de leur venin et comment les colliberts le guérirent des fièvres avec des infusions de feuilles de saule; comment il dut fuir les avances d'une cabanière qui ressemblait à la Putiphar et se retrouva dans la forêt de Mervent-Vouvant où il vit de ses propres yeux le château de la Merlusine aux sept tours construites en trois nuits avec trois dornées de pierre et une goulée d'eau; comment il vécut longtemps à Fontenay-le-Comte devenu Fontenay-le-Peuple, dans la rue des Loges, de son métier de tisserand.

On l'interrogeait sur Fontenay, la grande ville du Bas-Poitou, que Buonaparté avait voulu détrôner avec son Napoléon-Vendée, maintenant Bourbon-Vendée, sans pour autant ravir à Fontenay son prestige dû à ses trois célèbres foires : celle de la Saint-Jean, en juin, qui dure huit jours, celle de la Saint-Pierre en août et celle de la Saint-Venant en octobre.

Jacques-le-tisserand racontait comment Fontenay est ronde de figure, telle Jérusalem; comment des fossés, des murs, des tours ruinées la cernent; comment au mitan subsistent les débris du château qui commandait la ville au temps des comtes du Poitou; comment aux trois grandes foires arrivent en caravanes des muletiers briançonnais, auvergnats, espagnols pour y acheter des baudets à longs poils; arrivent des herbagers normands qui marchandent les bovins parthenays à pelage roux et des juifs du Languedoc qui enlèvent à prix d'or les plus beaux chevaux.

Jacques resta plusieurs années à Fontenay où il tissait ces mouchoirs de fil jadis achetés par les Espagnols pour les Amériques.

Le plus merveilleux de son récit ne tenait pas dans toutes ces aventures, mais dans sa description de la plaine qui s'étend de Fontenay à Luçon, avec ses champs de blé si grands qu'il faut appeler des moissonneurs de très loin pour les métives, formant comme une armée avec leurs faux sur l'épaule; avec une récolte de grains si énorme que cinq cents moulins à vent tournent sans cesse leurs grandes ailes de bois dans l'arrondissement de Fontenay. Cette plaine sans arbre, plate, sans eau sinon au plus profond de la terre d'où on doit la puiser avec des seaux suspendus à des cordages; cette plaine où le blé ondule comme les vagues de la mer que l'on devine au loin, derrière ses dunes de sable; cette plaine opulente aux grandes maisons couvertes de tuiles romaines rouges; cette plaine si différente, si contraire au bocage qu'elle paraissait en un pays très lointain, faisait rêver les villageois. Ils avaient du mal à comprendre qu'en descendant seulement pendant deux jours de marche vers le sud ils arriveraient à ce pays de cocagne. Seuls les vétérans de 93, qui avaient participé à la prise et au pillage de Fontenay, se souvenaient. Mais ils disaient que l'on ne pouvait vivre dans un pays sans arbres qu'en y perdant son âme; la preuve : tous les plainauds étaient des patauds.

Donc Jacques se remit à son métier à tisser, dans

un coin des écuries. Il confectionnait des gilets d'homme dont les femmes avaient foulé et filé l'étoffe et de gros draps rudes qui duraient toute une existence. La vie, à la métairie des Louise, reprenait apparemment son cours paisible, mais trois absents endeuillaient la ferme : Léonie, Monsieur Henri, Tête-de-loup. Si les deux premières disparitions étaient irrémédiables, on espérait toujours voir réapparaître un beau soir Tête-de-loup sur le Cheval Malet. Sans doute, lui aussi, aurait-il nombre d'aventures à raconter, comme Jacques-le-tisserand. L'espoir de son retour se mêlait à cette curiosité du monde que les vagabonds savent assouvir. On attendait Tête-de-loup comme un messager des ailleurs.

Dochâgne ne pardonnait pas à Chante-en-hiver de lui avoir pris Monsieur Henri et de ne pas le lui avoir rendu. Jacques-le-tisserand tenta bien de réconcilier les deux hommes. Il réussit même à emmener Dochâgne à la forge. Mais lorsque Dochâgne vit que Pierre, l'ami d'enfance de Monsieur Henri, avait remplacé à l'établi le fils aîné de la femme au museau de souris, mort également à Thouars; lorsqu'il vit Pierre travailler sur la bigorne, cette enclume à deux pointes, l'une ronde et l'autre carrée, où il arrondissait des anneaux de fer, il ne put supporter la comparaison entre Pierre et Monsieur Henri et ne serra pas la main à Chante-en-hiver qui la lui tendait.

« Pourquoi ne lui as-tu pas appris à jouer du tambour, à çui-là? »

Chante-en-hiver ne répondit rien, mais le jour même il se rendit dans la forêt, avec son marteau d'enclume et un gros clou, l'enfonça dans le chêne de Dochâgne, à hauteur d'homme. Puis il envoya le petit Pierre planter un second clou à sa propre hauteur.

194

Quand Dochâgne l'apprit, il secoua sa tête aux longs cheveux blancs, comme s'il disait non :

« Chante-en-hiver sait bien parler, et mieux encore avec ses clous qu'avec sa grande gueule. Mais puisque maintenant il ne chantera plus, je ne l'appellerai que le forgeron. Chante-en-hiver est mort avec notre petit Henri. »

Curieusement, en effet, on n'entendit plus jamais chanter le forgeron. Et dans les années qui allaient venir, on le nomma de moins en moins Chante-en-hiver. Ainsi, une partie des noms des anciens temps disparaissait, Jacques-le-tisserand étant le plus souvent appelé lui-même Leborgne.

La rupture entre Dochâgne et Chante-en-hiver s'insérait dans tout un système de cassures, d'oppositions, d'hostilités, qui, en une génération, faisait passer le village du curé-Noé, et sa vie unanime, de l'état de paroisse à celui de commune. Aux temps forts de la paroisse, la commune que représentait le meunier-maire n'était qu'une fiction. Plus on s'éloignait des Temps terribles, plus la paroisse, à son tour, devenait fiction. Aux divisions des propriétés revenues, au morcellement extrême des terres dues à de trop petites borderies où s'obstinaient à vivre de misérables mini-propriétaires, si misérables qu'ils devaient se louer aux métayers à l'époque des métives et des vendanges, à la reconstitution des grands domaines aristocratiques qui englobaient souvent plusieurs communes, s'ajoutait la division farouche des deux Eglises : celle des concordataires et celle des réfractaires.

Avec le retour du roi, qui approuvait les concordataires, le village perdit la moitié de ses réfractaires. Fréquenter l'église neuve du village où officiait le curé-aux-bougies plutôt que de courir les bois à la recherche du vieux prêtre obèse de la Petite-Eglise présentait tant d'avantages que beaucoup s'y laissèrent prendre. Et puis, comme on s'égarait dans ces histoires de rois qui passaient leur temps à se bousculer pour s'asseoir sur le trône, on arrivait aussi à ne plus très bien s'y retrouver dans ces histoires de curés.

A la chute de Louis XVIII, au début des Cent-Jours, le maire-meunier n'avait pas retourné sa veste. Il avait eu raison, la même revenait à la mode. Pour s'être si bien tiré d'affaire depuis la Convention, le maire-meunier se croyait un petit Fouché. Et, comme Fouché, il misait maintenant sur les Bourbons et le clergé officiel. Si bien qu'il s'était mis au mieux avec le curé-aux-bougies et ne manquait pas un seul dimanche d'assister à son office. Chante-en-hiver et la jeunesse qui fréquentait son cabaret allaient à la même messe. Jacques-le-tisserand aussi. Dochâgne aurait peut-être suivi le mouvement, si Chante-en-hiver ne l'avait précédé. Tous les deux ne pouvaient plus être du même culte.

Dochâgne entraîna la moitié du village, surtout les plus vieux, ceux qui avaient vécu les anciens temps, à demeurer fidèles à la Petite-Eglise. Ce qui le fit renouer avec le baron.

Le baron, qui avait retrouvé la propriété de ses métairies, formant un bel amenage, bouda d'abord Dochâgne, lui gardant rancune de sa défection lors de la quatrième guerre. Néanmoins lorsqu'il sut que Dochâgne « avait donné son fils », il l'embrassa comme autrefois.

Dochâgne protesta qu'il n'avait pas donné son fils, qu'on le lui avait pris. Le baron lui coupa la parole :

« Ne fais pas ta mauvaise tête. Tu en étais fier, de ton Monsieur Henri. Si tu voulais en faire un bouseux, il ne fallait pas lui épingler ce nom sur son chapeau. Tu n'as pas voulu te battre; ton fils l'a fait pour toi. C'est toujours ton sang qui a parlé.

– Monsieur le baron, parfois on parle et on ne sait pas ce qu'on dit. Si mon sang a parlé, il a menti, car la Vendée a été trahie et vous le savez mieux que moi. »

Le baron fit la moue :

« La politique n'est pas notre affaire. Je la comprends aussi mal que toi.

— Il a fallu avaler la pilule de l'Ogre-Turreau, revenu en Vendée comme guide du prince. On nous crache à la figure et, tout ce que vous trouvez à me dire, c'est de m'essuyer. Maintenant que le roué donne sa police au défroqué Fouché, à ce pataud des patauds, à l'âme damnée de Napoléon-Antéchrist, à ce régicide qui a voté la mort du frère du roué, quels boniments allez-vous inventer ?

— Tu t'étonnes que Fouché soit redevenu ministre de la Police, que Talleyrand soit président du Conseil, que Turreau ait reçu la croix de Saint-Louis que le roi refuse de donner aux généraux vendéens. C'est que, mon bon Dochâgne, le roi nous sait dévoués. Donc il nous oublie. Son problème est de séduire les républicains et les bonapartistes. C'est pourquoi il alloue de belles pensions à la sœur de Robespierre et à l'Ogre-Turreau, tout en réduisant de moitié la pension que la veuve de Bonchamps avait reçue de Buonaparté, tout en laissant dans l'indigence les cinq enfants de Cathelineau et la famille de Stofflet. Nos billets de réquisition sont contestés, alors que les arriérés des armées républicaines sont payés. Nos officiers ne sont acceptés dans l'armée du roi que rétrogradés. On offre à des capitaines de paroisse de devenir gendarmes à pied. Tu te souviens de La Rochejaquelein le troisième, le balafré ? Indigné de tant d'injustice il a fait le voyage à Paris et son nom lui a permis de rencontrer le duc de Berry. Je peux te répéter par cœur ce que notre futur roi a répondu à ses plaintes : « La « manière dont on demande le renvoi des autorités « civiles est inconvenante et même séditieuse. Ces « clameurs contre les préfets et les gendarmes

« portent un caractère révolutionnaire et ne peu-
« vent être que le résultat d'un zèle inconsidéré... Je
« m'en rapporte, monsieur, à votre sagesse et à
« votre prudence pour achever de détruire cet
« esprit d'insubordination et pour calmer les têtes...
« Employez donc, monsieur, tous vos moyens à
« calmer les esprits et à persuader aux braves
« Vendéens qu'il n'y a point de vraie fidélité sans
« une soumission entière aux ordres et aux volon-
« tés du roi. »

« Bon! Tu sais ce qu'a fait La Rochejaquelein le
troisième, dont les deux frères ont été tués pour
défendre le roi? Il a salué poliment, puis il est sorti
en claquant derrière lui la porte si fort que les
vitres du cabinet ministériel ont volé en éclats.
Ensuite, il est revenu nous voir, nous a tout raconté
sans élever la voix, sauf à la fin où il s'est écrié :
« Messieurs! Ah! que la monarchie était belle sous
« l'Empire! » Oui, Dochâgne, c'est cela la morale de
notre histoire : la monarchie était belle sous la
République et l'Empire et c'est à cette idée-là de la
monarchie que nous devons rester fidèles.

– La monarchie c'est votre affaire, monsieur le
baron. Nous, on s'est battus pour notre terre et
notre foi. Nos bandes de paysans s'appelaient en 93
l'armée catholique. Après la mort de Cathelineau
vous l'avez rebaptisée armée catholique et royale.
Mais les roués de Paris, que ça soit le Robespierre,
ou le Barras, ou le Buonaparté, ou les Bourbons,
c'est pas des gens de chez nous.

– Je me laisse aller à te dire des choses que tu ne
devrais pas savoir et après tu t'échauffes l'esprit... Je
parlais pour moi, tu n'aurais pas dû écouter.

– Toutes mes excuses, monsieur le baron, mais si
les gueux n'écoutaient jamais aux portes ils
vivraient comme des sots.

– Tais-toi!

– Tiens, voilà que vous parlez comme ce duc de

Berry à M. de La Rochejaquelein... C'est comme si c'était vous qu'étiez le roué et moi le bon noble.

– Tu m'agaces.

– Quand j'ai les dents agacées, je mords dans une noix chaude. Ça me brûle la goule, mais je sens plus mon mal aux dents.

– Va-t'en, tu me fais perdre mon temps!

– Le temps de monsieur le baron vaut combien la livre? »

Le baron prit le parti d'en rire. Il savait que, dans ses discussions avec ses paysans, qui s'envenimaient souvent en disputes et se gonflaient même parfois en injures réciproques, celui qui riait le premier gagnait toujours ou, du moins, en ressentait l'impression.

Il tendit la main à Dochâgne qui topa avec la sienne, comme pour conclure un marché.

« On se dispute, dit le baron, mais on s'aime bien.

– Quand on ne s'aimera plus, ce sera la fin des temps », répondit Dochâgne.

Et il ajouta, car il voulait avoir le dernier mot :

« Et les roués de Paris seront les maîtres du pays. »

L'ambiguïté des relations entre Dochâgne et le baron, faites de fidélité et d'irrespect, de familiarité et de déférence, d'affection et de bouderies, se retrouvait dans la curieuse connivence entre le maire-meunier et le sabotier de la Gâtine. Bien que le maire-meunier fût devenu monarchiste et catholique pratiquant, il n'en conservait pas moins ses relations privilégiées avec le sabotier, seul au village à demeurer impie. Pour le maire-meunier, le sabotier faisait-il vibrer encore des fibres républicaines enfouies au plus profond de son bas de laine? Evoquait-il le temps où tous les deux, maître et tâcheron, s'obstinaient à demeurer les réprouvés de la commune? N'avaient-ils pas été enfermés ensemble par les villageois dans la grange-église lors de la première Restauration? Le maire-meunier, si ladre, si dur avec tous, si près de ses sous, avait comme tous les hommes une faiblesse qui lui vaudrait peut-être malgré tout un coin de paradis : sa bienveillance pour le sabotier de la Gâtine.

C'est ainsi que le sabotier, qui n'était sabotier que de nom depuis son arrivée au village, put installer une saboterie près de la forge de Chante-en-hiver.

Le maire-meunier, depuis la paix revenue, avait fait construire de nombreuses maisons dans la commune. Malgré une monstrueuse mortalité infantile, la fécondité était telle que toutes les demeures devenaient surpeuplées et que les jeunes couples cherchaient d'autres ruches où essaimer. Répondant partiellement à la demande, le maire-meunier devint ainsi propriétaire de toute la partie neuve du village, la partie croulante restant la propriété du lointain comte qui, de temps en temps, envoyait son régisseur rafler les redevances.

La petite maison du sabotier, qui se composait de deux pièces, l'atelier et la chambre-cuisine, le tout en rez-de-chaussée sur un sol de terre battue, fut inaugurée par une pendaison de crémaillère où l'on dépeça, comme de coutume, la poule noire mise au pot, dont un œuf fut maçonné en offrande dans l'un des murs. Chante-en-hiver vint en voisin, ce qui exclut Dochâgne. Mais Jacques-le-tisserand était de la partie, ainsi que quelques métayers. Louison, la fille de la femme de Chante-en-hiver, celle qui servait au cabaret et qui entrait maintenant dans sa vingt et unième année avait fait cuire la poule et versait le bouillon dans les écuelles de bois. Chante-en-hiver apporta des pichets de vin, un métayer une boule de pain, un autre un morceau de lard. On bâfra, on but et vint le moment des chansons. Au grand étonnement de tous, Chante-en-hiver refusa de chanter, alla chercher sa vèze et souffla dans la cornemuse à s'en faire craquer les veines du cou.

« Si tu ne veux plus chanter, tu perdras ton nom, dit le sabotier de la Gâtine.

– J'ai déjà perdu mon autre nom, celui de mes père et mère. »

La veillée se prolongea à la lueur des chandelles de suif plantées dans la pierre de la cheminée. La nourriture et le vin aidant, la conversation s'anima et ses invités reprochèrent au sabotier d'être un mécréant :

« Tu es pourtant un bon gars, alors tu voudrais quand même pas péri sans religion !

– Vous en faites pas, j'ai ma religion à moi, qui n'a pas besoin d'église.

– On a toujours besoin d'une église, dit un des métayers.

– Vous en avez tellement besoin que vous en avez deux !

– Nous, on est pour l'église du roué, dit Chante-en-hiver.

– L'église du roi, l'église du roi, c'est la même que celle de Napoléon ? Et quand c'était Napoléon vous croyiez que c'était l'église de l'Antéchrist. »

Comme toujours quand on parle politique après un bon repas, la discussion s'envenima. Jacques-le-tisserand, qui pourtant buvait peu, chapitra Chante-en-hiver parti chouanner pendant les Cent-Jours, ce qui avait fait tuer *des gens* pour rien.

Chante-en-hiver prit la mouche :

« Pour rien ! Et les vingt-cinq mille soldats de Napoléon que l'on a retenus en Vendée, est-ce qu'ils ne lui ont pas manqué à Waterloo ? Moi je vous dis que c'est la Vendée qui a tant mordu Napoléon à ses chausses qu'il en est parti tout déculotté. C'est nous qu'avons ramené le roué. Toi, tu ne peux pas comprendre, sabotier, tu n'as jamais fait de guerre.

— Et j'en suis fier, il n'y a pas beaucoup de Vendéens qui peuvent en dire autant.

— Tu devrais avoir honte.

— Ne parle pas de honte, Chante-en-hiver, dit le plus doucement qu'il put Jacques-le-tisserand. Chacun a sa honte et tu le sais bien. »

Chante-en-hiver se précipita vers la porte, revint pour appeler Louison :

« Viens-t'en, Louison. Viens-t'en, ma fille. »

A la grande surprise des invités, Louison ne le suivit pas, se regimbant :

« Je ne suis pas votre fille. Laissez-moi faire ma vie. »

Chante-en-hiver, comme La Rochejaquelein le troisième, partit en faisant claquer la porte très fort. Mais il ne cassa pas les vitres, car les portes des paysans n'en avaient pas.

La vieille Louise, ses cheveux en bandeaux de plus en plus gris, sous son bonnet blanc, son déhanchement de plus en plus claudicant, se traînait de la porcherie à la cuisine et de la cuisine à la laiterie, en s'accotant aux murs. Elle disait que ses nerfs se croisaient sur son estomac et que, plus forts que le sang, ils l'étouffaient. Puis apparut le vrin, cette humeur mauvaise du corps qui sort d'un abcès et la vieille Louise gémit qu'elle avait « mau au corps ».

On appela l'enfant-toucheux qui regarda la plaie et dit qu'une bête grandissait à l'intérieur du ventre de la vieille Louise en lui dévorant les entrailles. Il fallait poser sur l'ulcère un morceau de viande saignante pour que la bête puisse s'en repaître et ne plus mordre la malade. Puis l'enfant-toucheux mit ses mains sur le front de la vieille Louise, marmonna des prières, et la vieille Louise fut soulagée.

La viande saignante étant rare dans les fermes, la bête ne fut pas repue. La vieille Louise gémissait, comme une accouchée, criant de temps à autre :

« Ça me zague! »

Un matin, on la trouva tournée sur sa paillasse, le visage contre le mur. Elle n'était pas morte, mais se mettait en position pour mourir. Le curé-aux-bougies vint porter l'extrême-onction et la vieille Louise s'éteignit. Son vieux corps usé resta immobile, mais son âme s'envola par la fenêtre restée ouverte à cette intention. Dès le seuil de la maison, elle rencontra un individu qui ne ressemblait pas à ceux du pays. A son suroît de toile cirée, elle reconnut un homme de la mer. L'inconnu l'emmena très vite par-dessus le bocage, par-dessus le marais, vers cet Océan qu'elle n'avait jamais vu. Ses pieds nus dans le sable mouillé, elle vit des barques, de grandes barques, qui se balançaient sur les vagues, des barques si chargées qu'elles semblaient en danger de couler. L'homme au suroît lui fit signe de monter et la vieille Louise s'aperçut alors que toute la flottille était remplie d'âmes à ras bord. L'homme au suroît parut se multiplier puisque, dans toutes les embarcations, surgissaient maintenant d'autres pêcheurs d'âmes identiques. Tous se mirent à ramer, sans un bruit, et la procession de barques chargées d'âmes s'en alla vers le pays où le soleil ne se couche jamais.

Le corps de la vieille Louise fut le premier, parmi les morts du village, à retrouver un enterrement fait dans les normes. Le sabotier de la Gâtine fabriqua même un cercueil que Dochâgne voulut en chêne. On mit l'écuelle à soupe de la morte dans la boîte avant de la refermer.

Le curé-aux-bougies avait fini par céder quant à l'emplacement du cimetière qui continuait à se trouver autour de l'ex-grange-église. On raccorda le terrain à l'église neuve toute proche. Ainsi les morts restaient entre eux, au milieu des vivants.

Comme la famille de la vieille Louise était une des plus anciennes du village, tout le monde vint, même des plus lointains écarts. Un fermier amena sa charrette à bœufs dont il enleva les ridelles, y plaça le cercueil et conduisit l'attelage vers le haut du village, chapeau à la main et l'aiguillon relevé. Les femmes suivaient d'abord, enveloppées dans un long manteau noir avec un capuchon rabattu sur leurs bonnets. Puis venaient les hommes, coiffés de leurs grands chapeaux, à part un seul qui restait tête nue et qui se tenait près de Dochâgne. C'était le baron. Les parents de Louise n'étaient pas métayers du baron, mais comme ni le comte, ni son régisseur, n'avaient cru bon de se déplacer, le baron ne voulut pas qu'il fût dit que la noblesse était absente à l'enterrement d'un paysan.

Lorsque le cortège arriva au carrefour, près de la ferme du bas de la côte, soulevant la colère hargneuse des chiens, on fit halte devant la grande croix de granit qui venait d'être érigée. Tout le monde s'agenouilla, récita une prière, puis les femmes sortirent de leurs capes des petites croix de bois qu'elles allèrent déposer au bas de la grande. Ces croix bénites, confectionnées par les assistants, s'accumulèrent en monceau, étranges offrandes individuelles périssables à la grande croix collective de pierre.

En rentrant de l'église à la métairie, Jacques-le-tisserand, avec quelque embarras, annonça à Dochâgne qu'il allait se remarier.

« Avec qui, grand Dieu? s'écria Dochâgne, que cette nouvelle stupéfia.

– Avec Augustine, la bouétouse. »

Dochâgne connaissait Augustine la boiteuse, fille d'un bordier dont il allait parfois labourer un champ, en échange d'une corvée. Les bordiers étaient alors pratiquement les seuls cultivateurs propriétaires dans le bocage, mais d'un patrimoine si mince qu'ils ne possédaient ni bœuf ni cheval. Parfois un âne, toujours une vache et quelques chèvres qu'ils faisaient pâturer dans les communaux. Si les bordiers tiraient fierté de leur indépendance, celle-ci leur valait une pauvreté pire encore que celle des plus pauvres métayers, sans l'aide desquels ils n'auraient pu labourer leurs maigres terres.

« Mais, reprit Dochâgne, Augustine est une jeunette.

– Elle veut bien de moi.

– Et le bordier, qu'est-ce qu'il dit?

– Je lui ai parlé. Il n'a pas refusé. Ça lui fera une bouche de moins à nourrir. »

Bien que Jacques-le-tisserand comptât vingt années de plus qu'Augustine-la-bouétouse, cette union ne semblait donc poser aucun problème. Mais on oubliait les bachelleries!

Dès que le projet de mariage de celui qu'elle appelait Leborgne fut connu, la jeunesse du village se manifesta soudain en force. Cette seconde génération de la commune ressuscitée, celle des enfants nés après le génocide, ceux qui n'avaient pas enduré la grande guerre, les garçons et filles en âge de se marier, formaient une coterie qu'ils appelaient bachellerie et dont les tapageuses réunions se tenaient dans le cabaret de Chante-en-hiver. Louison était la reine des conscrites et le roi des conscrits un grand valet porté sur la bouteille, l'un de ces vauriens qui accompagnaient le forgeron pendant les Cent-Jours.

Dans le cabaret de Chante-en-hiver on buvait et chantait au rez-de-chaussée et on miguaillait au premier étage. Le premier étage n'était en fait qu'un grenier seulement meublé de bancs de bois. Sur ces bancs, conscrits et conscrites allaient s'asseoir à califourchon, chaque couple face à face, le dimanche après les vêpres, et restaient pendant des heures enlacés, se raclant réciproquement le fond de la gorge avec leurs langues fouineuses, les mains des conscrits s'aventurant dans les cotillons et les jupons à la recherche d'une échancrure où passer un doigt qui continuait seul le fouillage, et finissait après un long voyage par aboutir au merlandia. Les conscrites, de leur côté, glissaient leur main droite le long des jambes des conscrits, en une lente reptation et remontaient vers la braguette.

Cette masturbation buccale et génitale réciproque constituait une pratique d'attente du mariage et d'essai d'accord sexuel conduisant les couples à changer de partenaires tous les dimanches afin, comme disaient les filles, d'essayer plusieurs galants avant de savoir quel était le bon.

Le curé-aux-bougies avait eu beau menacer ses jeunes paroissiens des tourments de l'enfer, le séminaire ne l'ayant pas informé de pratiques pourtant courantes depuis un temps immémorial aussi bien dans le bocage sous le nom de miguaillage, que dans le marais de Monts sous le nom de maraîchinage et dans la Gâtine sous le nom de fouillage, dès la fin des vêpres les bachelleries couraient au cabaret de Chante-en-hiver, se donnaient un coup de fouet en buvant un verre au rez-de-chaussée et montaient retrouver leurs bancs dans le grenier où une semi-obscurité offrait le minimum de pudeur à la promiscuité des couples.

Lorsque les bachelleries apprirent la promesse de mariage de Jacques-le-tisserand et d'Augustine, les plaisanteries fusèrent d'abord sur ces accordailles d'un borgne et d'une boiteuse. Augustine, trop pauvre pour s'offrir à boire au cabaret, n'était jamais apparue au miguaillage. Elle n'en était pas moins conscrite et le grand valet rappela que l'usage voulait qu'une fille fiancée à un étranger soit mise aux enchères. Heureusement pour Jacques, les enchères pour une boiteuse ne montèrent pas très haut et il put monnayer le rachat d'Augustine.

Ses tourmenteurs ne le lâchèrent pas pour autant. Le rachat était une chose, mais le droit de courtiser une fille du pays, pour un étranger, en était une autre. Jacques, qui ne buvait que très sobrement, comme Dochâgne, dut passer quelques veillées au cabaret et y payer des tournées à la bachellerie des garçons.

La veille du jour des noces, la métairie de Dochâgne, où logeait toujours Jacques-le-tisserand, fut cernée par une bande hurlante qui, tard dans la nuit, mena un tapage du diable en frappant sur des chaudrons, des casseroles, en agitant des grelots de mulet, en soufflant dans des boucans, ces cornes de bélier qui mugissent comme des sirènes de bateau. Victorine, Victor et Poléon s'en amusaient, cherchaient à discerner dans l'obscurité, par les fenêtres, l'identité des farceurs. Arsène le troisième, depuis peu venu dans ce monde absurde, tentait de couvrir le vacarme de la bachellerie par ses hurlements. Dochâgne et Jacques, livides, se bouchaient les oreilles de leurs mains. Tout ce charivari leur rappelait le tumulte de la guerre. Dochâgne se cramponnait pour ne pas décrocher son fusil du manteau de la cheminée et ne pas tirer dans le tas de cette jeunesse insouciante et cruelle.

Le mariage d'un veuf, se doublant du mariage d'un vieux avec une jeunette, ne permettait pas de grandes réjouissances. De plus, aussi bien le père d'Augustine que Jacques ne pouvaient payer une grande noce. Augustine avait même dû aller quêter de porte en porte un peu de lin et de chanvre pour filer son trousseau. Mais elle recevait quand même une dot, que son père amena lui-même chez Dochâgne dans une charrette traînée par un âne : un coffre presque neuf dans lequel la mère avait placé une paire de draps, un corset, un jupon de dessous et un jupon de dessus, deux bonnets blancs et beaucoup d'épingles; un rouet qui avait servi à la grand-mère d'Augustine et une quenouille enrubannée pour la circonstance.

Il était inimaginable de s'offrir un lit neuf. Aussi, le curé-aux-bougies vint-il la veille de la noce bénir l'ancien lit conjugal pour en chasser le fantôme de Léonie.

La borderie des parents d'Augustine faisait partie de cet alignement de masures où Dochâgne et Jacques vécurent aux débuts de la résurrection du village. Elle se situait non loin de l'église, mais le cortège d'une vingtaine de personnes, qui composait la noce, et dans lequel figurait au complet la famille de Dochâgne, mit cependant longtemps pour y parvenir. Le cortège allait évidemment à pied, la mariée et son père en tête et, en queue, Jacques avec la Louise de Dochâgne qui lui tenait lieu de mère. Tous les couples se tenaient par le petit doigt. Le marié et la mariée portaient à la main un gros bouquet de fleurs des champs. Au départ de la maison paternelle, la bachellerie des garçons réapparut et se mit à tirer des coups de fusil en l'air et à hucher, pour écarter les mauvais esprits. Pour prix de ce service, elle avait posé une barrière de retardement faite de fagots en travers du chemin, peu avant l'arrivée à l'église et, arrêtant le cortège, présenté un verre de vin aux mariés. Jacques paya un droit de passage. Puis la bachellerie entraîna la noce vers le cabaret de Chante-en-hiver où tout le cortège s'attarda à boire. Jacques ne possédait plus un sou. Dochâgne lui passa quelques pièces en cachette. L'un des objectifs des perturbateurs, en détournant le plus longtemps possible le cortège de l'église, était d'impatienter le curé qui avait sonné le carillon des cloches depuis déjà longtemps. Objectif atteint car, lorsque la noce arriva, le curé-aux-bougies la reçut de fort méchante humeur et bâcla la première partie de l'office en marmonnant si vite les prières que personne ne pouvait suivre.

Au moment de la bénédiction nuptiale, Augustine, qui se souvenait avec quelque inquiétude de la stérilité du premier mariage de Jacques, glissa son tablier sur la marche de l'autel pour que son futur puisse s'agenouiller dessus. Peut-être bien que du temps de la Léonie on lui avait noué l'aiguillette? Augustine savait que ce maléfice s'accomplit le plus souvent dans l'église et que c'est le prêtre, par jalouseté d'homme sans femme, qui noue souvent l'aiguillette au mari. Si Jacques s'agenouillait bien fort sur le tablier, au moment où le prêtre les bénirait, l'aiguillette ne pourrait être nouée. Jacques, qui pensait de même, mit ses deux genoux sur le devanteau, appuyant si vigoureusement qu'Augustine dut presque s'accroupir pour que l'étoffe ne se déchirât pas.

A la sortie de l'église la bachellerie se trouvait encore là, tirant des coups de fusil en l'air et huppant comme des chouans. Le grand valet, qui dirigeait les opérations, lança son fusil à Jacques, qui l'attrapa au vol, et lui montra au milieu de la place une perche en haut de laquelle se balançait une vessie de porc. Par un vieux réflexe, Jacques fit le signe de la croix avant d'épauler et creva du premier coup la vessie qui lâcha son eau. Puis relança à la volée le fusil au grand valet.

« Leborgne n'a qu'un œil, mais c'est le bon, dit le grand valet impressionné par la rapidité et la précision du tir. Sûr que tu vas nous faire toute une trâlée de drôles. »

Pour le repas de noces, le bordier avait demandé à Dochâgne de lui prêter sa grange. Victorine, Victor, Poléon aidèrent la mère de la mariée à tendre les murs de draps sur lesquels on épingla des fleurs, comme pour la Fête-Dieu. On confectionna une grande table en plaçant une échelle sur des pieux, des planches recouvrant les degrés et des pièces de toile enveloppant le tout comme des nappes. Des lattes sur des tronçons de bois faisaient office de sièges. Au-dessus des mariés, on suspendit les bouquets qu'ils portaient dans le cortège. On mangea des cochonnailles, du poulet, une tarte aux prunes aussi large que la table et l'on but du vin sucré. Chacun avait apporté son couteau, sa cuillère et son écuelle. Les verres, rares, servaient pour plusieurs personnes.

On demanda à Dochâgne de chanter, mais il répondit comme il l'avait fait jadis :

« J'ai vu tant de misère que j'ai perdu mes chansons. »

Victor n'en connaissait aucune. Louise pensa à Monsieur Henri qui eût joué du tambour. Dochâgne se demandait ce qu'il avait bien pu advenir de Tête-de-loup dont on était toujours sans nouvelles. Pourquoi cet enfant m'a-t-il été donné, se répétait-il souvent, et pourquoi m'a-t-il été repris? Lorsque reviendrait Tête-de-loup, car Dochâgne restait persuadé qu'un jour Tête-de-loup réapparaîtrait au village, sans doute rapporterait-il avec lui plein de chansons inconnues.

Un vieux métayer, apparenté à Augustine, se leva et d'une voix chevrotante modula cette complainte qui mit toute la noce en mélancolie :

> Dès l' premier soir des noces
> Misère vint à ma porte
> Qui demandait d'entrer
>   Dondaine
> Qui demandait d'entrer
>   Donder.
> Je loge point misère

Je loge que gaîté.
Dès l' second soir des noces
Misère vint à ma porte
Qui demandait d'entrer
Dondaine
Qui demandait d'entrer
Donder.
Entre, entre misère
Entre, viens t'y chauffer
Misère a pris racine
J'ai pas pu l'envoyer...

Après un long silence, Dochâgne parla :

« Le sabotier de la Gâtine avait acheté à un colporteur, celui-là même qui a emmené Tête-de-loup, l'*Histoire du Bonhomme Misère*. Il me l'a racontée. C'est notre histoire à nous. C'est pas comme les histoires des roués... »

Mais il s'arrêta brusquement, craignant d'en avoir trop dit, se leva de table et lança à Jacques :

« Alors, tu la fais danser, ta cavalière ? Allez, vous autres, le bal est ouvert. »

Le métayer de la ferme près de l'étang avait été invité à cause de sa pibole. C'est lui qui joua les airs de gavotte, de branle et de menuet.

Le sabotier de la Gâtine ouvrit son atelier sans succès. Les paysans conservaient l'habitude de faire eux-mêmes leurs sabots l'hiver et marchaient l'été pieds nus. La saboterie, comme la vannerie, était métier de pauvres. Beaucoup d'artisans tenaient en même temps un cabaret, ou une mercerie, ou encore faisaient office de barbiers. Chante-en-hiver assumait déjà le rôle de cabaretier, en plus de celui de forgeron et de maréchal. Seul célibataire du village, le sabotier ne pouvait prétendre à la mercerie qui demande une présence féminine. Quant à espérer qu'un client offrirait son cou à un barbier qui passait pour républicain, il ne fallait pas y songer.

Le sabotier de la Gâtine se refit la main en creusant d'abord de jolis sabots de femmes pour la maisonnée du maire-meunier. Cela ne lui rapporterait rien puisqu'il était endetté auprès du meunier pour jusqu'à sa mort et sans doute après, comme son voisin Chante-en-hiver qui s'en consolait en buvant le fonds de leur usurier, mais il pouvait montrer les élégants sabots noirs de dame et allécher la clientèle avec. Il façonna aussi des bols, des cuillères, des boîtes à sel et parvint à les vendre.

Ouvrager deux paires par jour lui fut vite aisé. En seize coups de la hache à bûcher dite en aile de pigeon, bien tenue en main par son gros manche court, il déterminait dans le morceau de bois brut la masse du sabot. La large lame recourbée dégrossissait la branche de vergne, une simple encoche marquant le talon. Sur l'établi, fabriqué avec du bois pris clandestinement dans la forêt du comte, il avait solidement fixé l'anneau de fer où s'accrochait le paroir, long couteau à allure de sabre. Avec le paroir, qu'il appelait un pare-bot puisque les sabots n'étaient pas dits sabots, mais bots, il formait l'extérieur de la chaussure; préparait le creusement de l'intérieur avec la tarière à bout arrondi et coupant; continuait avec les cuillères; reprenait le paroir pour fignoler les bavures.

Pour les coquets sabots de la femme et de la fille du meunier qui ne recouvraient que les orteils, une bride de cuir clouée aux flancs de la semelle enserrant le cou-de-pied, il avait raffiné en gravant au canif des ornements en forme de double cœur et en flambant légèrement le bois pour lui donner une couleur mordorée.

Installé à son établi, le sabotier de la Gâtine écoutait les allées et venues des villageois et des villageoises, identifiant chacun d'entre eux au seul bruit de leurs pas. Privé pendant si longtemps de son métier, il se sentait heureux de retrouver le langage du bois et des pieds.

Chante-en-hiver lui avait forgé ses outils. Comme le forgeron connaissait mal les outils d'un sabotier, ce dernier prit l'habitude de s'attarder dans la forge, aidant d'abord à marteler la lame ou l'arrondir suivant les besoins de sa profession. Puis, pour prix de son travail, il s'engagea à lui donner des coups de main, comme il continuait à le faire par ailleurs pour le compte du meunier.

Une certaine complicité finit par s'établir entre les deux artisans voisins, malgré leurs divergences d'idées. Le sabotier ne s'enivrait pas, mais savait lever allégrement le coude et le goût du vin rapprochait aussi les deux hommes. Lorsqu'ils avaient un peu trop bu, le ton montait néanmoins et, entre les coups de marteau ou les coups de maillet, on entendait dans la forge ou dans la saboterie des invectives à faire fuir toute clientèle.

« Depuis qu'on a ramené le roué, criait Chante-en-hiver, avoue que les récoltes n'ont jamais été si belles.

– Ce n'est pas le roi qui fait fondre le métal dans ta forge, c'est le feu! S'il n'y avait pas eu de pluie au printemps et de soleil l'été, le roi ou pas le blé serait resté chétif.

– Mais qui apporte la pluie et allume le soleil?

– Tu ne vas pas me dire que c'est ton curé-aux-bougies!

– Le Bon Dieu, qu'est-ce que tu en fais?

– Rien du tout. Je te le laisse!

– Mécréant!

– Calotin!

– Pouilleux de la Gâtine!

– Maraîchin ramasseur de bouse! »

Le forgeron et le sabotier s'insultaient, se

fâchaient, boudaient pendant quelques jours, puis se raccommodaient devant un verre, servis par Louison qui les réprimandait en riant :

« Vous êtes aussi cabochards l'un que l'autre. Avec vos histoires de l'ancien temps, vous en perdez l'esprit.

— L'ancien temps n'est pas plus vieux que moi », répondait le sabotier qui en profitait pour pincer les fesses de Louison, en signe d'amitié.

Elle se trémoussait, faisait mine de se fâcher et restait à tournicoter autour des deux hommes.

« Quand j'étais à Nantes, reprenait le sabotier de la Gâtine, j'ai lu beaucoup de livres. C'est pourquoi je sais plus de choses que vous. Votre ignorance vous rassure. Tiens, Chante-en-hiver, explique-moi pourquoi ton bon roi a fait voter un milliard d'indemnités pour les émigrés qui s'étaient ensauvés avec lui chez les Prussiens et rien pour les Vendéens qui l'ont ramené sur le trône? Toi qui étais capitaine de paroisse, tu aurais dû recevoir un grade dans l'armée du roi. Mais l'armée du roi est commandée par les officiers et les généraux de Napoléon, comme les armées de la République l'étaient par les officiers nobles de Louis XVI. Tu es redevenu forgeron pouilleux, comme devant et tu es endetté jusqu'à la mort auprès du meunier qui a été nommé maire par la Convention et l'est toujours resté.

— Je ne me suis pas battu pour des récompenses!

— Ça arrange bien le roi, ça! Il y a tellement de gens qui ne se sont pas battus pour lui et qui exigent des récompenses! Mais tu ne m'as pas répondu au sujet du milliard des émigrés?

— La République leur avait volé leurs biens, il faut bien leur rendre...

— C'est plus compliqué que ça. Le roi, pas plus que la République, n'aime les paysans. Ce qu'il veut,

214

c'est que les domaines soient de plus en plus grands. Les biens des émigrés s'étaient morcelés, on va les reconstituer. On va appauvrir un peu plus les paysans pour qu'ils ne puissent garder l'envie de jouer au propriétaire. Il n'y aura que de grands possédants, nobles ou bourgeois, comme le comte et le meunier qui, à eux deux, se sont partagé la commune, et des gueux comme toi et moi, comme Dochâgne, comme tous les autres...

– Il y a du vrai... Mais ce n'est pas de la faute du roi. C'est à cause de Fouché, de Talleyrand, de tous ces patauds qui grouillent autour du trône, comme des rats. Ah! si le roué savait!

– Dans tous les villages, on soupire : « Ah! si le « roi savait! » Et dans tous les châteaux on s'inquiète : « Ah! si les paysans savaient! » Les nobles ne disent plus rien. Ils ont récupéré leur roi. Ils ne l'aiment guère, mais ils s'en contentent. Ce qu'ils craignent, c'est que les paysans s'aperçoivent de la supercherie et recommencent à chouanner pour leur propre compte. Tu sais, la chouannerie, ça n'a pas attendu la République. C'est aussi vieux que le Bonhomme Misère. De la nuit des temps, si tu regardes bien, Chante-en-hiver, tu verras sortir les croquants, les nu-pieds, les bonnets rouges, les tard-avisés. Tu les verras prendre les chemins cailouteux, armés de bâtons, répondant à l'appel du tocsin, de clocher en clocher, partant à l'assaut des villes... Tu les verras brûler les châteaux à cause du privilège de la chasse et du droit au pigeonnier réservés au seigneur... Tu les verras brûler les papiers des prévôts... Il y a eu des capitaines de paroisse bien avant toi, Chante-en-hiver, bien avant la République, et contre les soldats du roi...

– Tu me trévires l'esprit. Si tu allais à l'église le dimanche, tu penserais plus droit. Tu parles tout de travers, comme si tu suivais des chemins qui ne vont nulle part et qui viennent d'on ne sait où! Louison, sers-nous à boire!

– Vous avez trop bu. Vous allez encore vous donner des coups de marteau sur les doigts.

– Ecoute-la, cette mâtine qui veut déjà régenter la maison. Comme si j'avais jamais tapé à côté d'un clou, aussi fin soûl que je sois. Verse à boire, Louison. T'occupe pas. »

Louison prit le sabotier à témoin :

« Ce soûlot, il ne lui suffit pas d'avoir fait tuer mon frère. Maintenant, il me boit ma dot. »

Chante-en-hiver hurla :

« Je n'ai fait tuer personne. C'est la fatalité! Ta dot, tu l'auras, mais il faudrait avant que tu trouves un galant. »

Louison tirait le sabotier par la manche de sa veste, pour le forcer à rester avec eux :

« Ecoutez-le! Comme si les galants m'avaient manqué! Mais quand on a une fille à marier c'est un état intéressant. Les prétendants paient un verre au futur beau-père, lui donnent un coup de main dans son travail. Vous en profitez de mes galants et vous ne tenez pas à ce que je me marie. Vous seriez obligé de leur dire que je n'aurai pas de dot et ça les ferait fuir comme des renards. En attendant que les petites sœurs soient d'âge à prendre des amoureux, vous essayez de gagner du temps, Louison fait marcher la buvette. »

Louison accrochée aux vêtements du sabotier s'était si rapprochée de lui qu'il sentait la chaleur du corps de la jeune femme le pénétrer. Il restait planté là, mal à l'aise face à Chante-en-hiver furieux, et comme étourdi par ce contact et cette odeur femelle. Louison, vive et robuste comme sa mère, n'avait pas hérité de son museau de souris. Son visage au contraire était rond, potelé, avec des yeux marron qui devenaient presque noirs lorsqu'elle se mettait en colère, ou encore, le sabotier s'en souvenait maintenant, lorsque parfois elle l'observait à la dérobée et qu'il surprenait ce regard interrogateur posé sur lui.

Il repoussa brusquement Louison, salua Chante-en-hiver d'un grognement et s'en retourna à sa saboterie.

2

A l'automne 1816,
le Bonhomme Misère réapparut

A L'AUTOMNE 1816, le Bonhomme Misère réapparut au village avec sa besace vide, s'installa comme chez lui dans tous les foyers et refusa de repartir. En juillet, la moisson ne donna presque rien. La terre du bocage est peu propice aux céréales, mais les paysans s'acharnaient quand même à cultiver plus de blé que nécessaire pour leur propre pain, parce que le blé vendu au marché donnait l'impression de l'aisance, de la promotion sociale; parce que le blé mûri dans des conditions difficiles était leur fierté et que tout le reste de leurs travaux, en comparaison, prenait figure d'agriculture du désespoir. A la fécondité des lits, qui en une génération repeupla les villages et les bourgs, ne répondait pas la fécondité de la terre. Les genêts envahissaient les champs. Bordiers et petits métayers, trop nombreux, avaient beau organiser des guerouées pour défricher les taillis, les landes, les garrigues; ils avaient beau incendier les boisements du comte pour y substituer des essarts, il n'en fallait pas moins laisser reposer la terre trois ou six ans après les récoltes. Pour des fermes d'une moyenne de dix hectares, seul un tiers restait productif. Dans une telle agriculture de pénurie, la moindre année trop sèche, ou trop humide, devenait une catastrophe.

La sécheresse d'août ayant brûlé les prairies, la nourriture du bétail ne se composait plus que de feuillages d'arbres émondés. En novembre, les semailles du blé d'hiver ne purent être assumées qu'en vidant les greniers.

Les vétérans de 93 savaient encore faire du pain avec de la fougère et des glands. Ils connaissaient encore les espèces de racines comestibles. Mais la jeunesse acceptait mal cette période de vaches maigres et, comme les prêtres de la Petite-Eglise, murmurait que Dieu s'était détourné du roi qui l'avait trahi.

Le curé-aux-bougies passa de ferme en ferme pour distribuer la maigre récolte de pommes de terre de son jardin. Ceux de la Petite-Eglise les refusèrent, et ses propres fidèles les jetèrent à leurs cochons.

L'hiver fut terrible. Tous les enfants qui naquirent au printemps, comme le premier-né de Jacques-le-tisserand et d'Augustine-la-bouétouse, Eugène, dit Gène, demeurèrent toute leur vie chétifs. Chez les Dochâgne, on eut bien du mal à conserver en vie Arsène le troisième. Seule la bienveillance de saint André, évoqué avec ferveur par la famille, lui évita de ne pas périr de la coqueluche. Puis, comme son corps se recouvrait de dartres, on pria sainte Radegonde qui les lui effaça. Les dartres remplacées par des furoncles, il fallut faire appel à saint Cloud qui se montra lui aussi compatissant. Quant à la dysenterie, qui finalement le laissa hébété jusqu'à l'automne suivant, saint Fiacre ne fit pas trop de manières pour l'en débarrasser. C'était un habitué de la maison.

Sur les quatorze enfants de Chante-en-hiver, il en mourut deux, ce qui ne donna qu'une bien petite part de pain supplémentaire pour les autres. Le village, qui croyait à la prospérité définitivement venue avec le roi, déchantait cruellement. Ses âmes fuyaient par les deux bouts : la vieillesse et l'enfance. Les animaux trépassaient eux aussi, faute de fourrage. Il restait encore un cheval aveugle, souvenir des hussards de Hoche, les autres étant morts de vieillesse depuis déjà longtemps. Il succomba d'inanition pendant cet hiver de désolation, comme nombre de vaches au lait tari, comme une bonne partie de la volaille à laquelle on ne pouvait donner de grain.

C'est alors qu'une rumeur parcourut le pays. Deux cents cavaliers chouans galopant vers la plaine auraient arrêté des convois de blé qui descendaient vers Bordeaux, pris garnison à Sainte-Hermine, mais en auraient été délogés par des cuirassiers de Fontenay. Du marais de Monts parvenait le bruit d'autres révoltes : des employés d'octroi, sabrés devant les mulons de sel qu'ils gardaient. Puis de partout fusèrent les nouvelles de chevaux de gendarmerie volés, de maisons de patauds pillées, de juges de paix assommés, de curés concordataires chassés des presbytères. Cocardes blanches chouannes contre plumets blancs des soldats du roi. L'absurdité de la situation réjouissait le sabotier de la Gâtine et confirmait ce qu'il avait dit à Chante-en-hiver de la pérennité des révoltes paysannes, bien antérieures à la chouannerie. Mais il n'osait trop s'en glorifier, sachant bien que les esprits libres comme lui devenaient vite les boucs émissaires des clans ennemis qui se réconciliaient sur leur dos.

La jeunesse du village discutait tard à la nuitée dans le cabaret de Chante-en-hiver. Le grand valet, qui l'avait suivi pendant les Cent-Jours, essayait de convaincre le forgeron de redevenir capitaine de paroisse. Mais celui-ci revoyait son épopée lamentable et la tuerie de Thouars d'où le fils aîné de sa femme et Monsieur Henri lui tendaient des mains ensanglantées. Comme Dochâgne, refusant la quatrième guerre de Vendée, Chante-en-hiver esquivait une cinquième possible en disant piteusement qu'il était trop vieux.

Les nouvelles des émeutes provoquaient une excitation qui aidait à surmonter la famine. Mais en même temps, une peur latente, le souvenir de trop de massacres, de trop de morts, de trop de veuves et d'orphelins, de trop de terres dévastées et de villages brûlés, empêchaient les villageois de s'aventurer sur les routes à la recherche de petites bandes chouannes. On restait dans les métairies, prostrés, attendant que passent la faim et la peur.

Un soir, chez les Dochâgne, on entendit aboyer furieusement les chiens de la ferme près de l'étang, puis ceux du bas de la côte. Une meute de loups cerna la métairie, gratta contre les huis, hurla et disparut vers la forêt. Presque aussitôt après, on cogna très fort à la porte. Dochâgne prit son fusil, entrebâilla le vantail de la fenêtre et vit un homme enfoui dans un manteau de peau de chèvre. Sa tête nue montrait des cheveux blonds en broussaille. Il regarda Dochâgne et Dochâgne reconnut alors ces yeux bleu acier, comme il n'en avait vu que dans le visage de ces hussards qui, par malheur, se trouvaient jadis dans sa ligne de mire. Mais ce n'était pas un hussard. Dochâgne cria de joie :

« Tête-de-loup qui s'en revient! »

Et il ouvrit la porte.

Tout le monde embrassa Tête-de-loup trois fois sur les joues, bien qu'il sentît le bouc. Puis on s'aperçut qu'il saignait au bras, blessé d'une balle tirée par un gendarme. C'est ainsi que l'on apprit que, s'étant trouvé parmi les nouveaux chouans et traqué par la maréchaussée, il avait fini par revenir tout naturellement au bercail.

On ne s'étonna pas plus de la longue absence de

Tête-de-loup que l'on s'était étonné de celle de Jacques-le-tisserand. On se réjouissait simplement de son retour. La société, même la société paysanne, ne montrait pas alors cette stabilité que notre monde bureaucratisé a acquise. Les routes n'étaient jamais désertes, entre les processions de pèlerins qui partaient très loin pour rendre grâce d'un vœu exaucé et les cheminements de charrettes et de troupeaux pour les grandes foires. De mars à novembre les taillandiers, les rémouleurs, les chaudronniers, les fondeurs de cuillères, les colporteurs, les marchands d'habits, les chapeliers allaient de village en village. Le menuisier qui construisait une armoire et le tailleur qui coupait un habit se déplaçaient de ferme en ferme. Vagabondaient encore les bûcherons et les scieurs de long, les peigneurs de lin et de chanvre, les taupiers, les charlatans qui vendaient des remèdes et les arracheurs de dents, les chanteurs de complaintes et les vendeurs d'images d'Epinal.

Il n'y avait plus de peste. Mais les épidémies de choléra, de typhus jetaient encore sur les routes la population entière de villages épouvantés qui, transportant ses miasmes, faisait fuir devant elle les habitants des communes non encore contaminées. Des mendiants s'organisaient en bandes menaçantes et déferlaient sur les terres fécondes, comme ces dix mille gueux, avec femmes et enfants en guenilles, que Tête-de-loup raconta avoir vu en Beauce et qui s'étaient abattus dans les champs de blé comme une nuée de sauterelles.

Ce monde paysan restait encore semi-nomade. Toujours prêt à des migrations saisonnières. Faucheurs, moissonneurs, vendangeurs quittaient leurs villages pendant un mois, comme ces chouans qui désespéraient leurs officiers nobles parce qu'ils abandonnaient un combat pour rentrer précipitamment chez eux à la saison des foins. Puis abandonnaient la ferme pour repartir vers les aventures de la guerre.

Le service militaire durait lui-même six ans et pendant ces six ans le conscrit ne donnait aucune nouvelle – écrire des lettres était encore une occupation très intellectuelle – et l'on ne savait le plus souvent ni écrire au départ ni lire à l'arrivée. A l'absence ne pouvait répondre que l'attente ou l'oubli.

Dochâgne extirpa la balle du bras de Tête-de-loup avec la pointe de son couteau et, dès le lendemain, le fils prodigue partit travailler aux champs avec son père adoptif. Personne ne fut surpris de la réapparition de l'enfant qui avait suivi le montreur d'ours et qui revenait en homme de vingt ans. Seul son accoutrement étonna. Car, sous la peau de bique, il portait un pantalon fendu, boutonné jusqu'aux genoux, avec de longues raies bleues et rouges, à la mode des ouvriers des villes. Dans le village, seul le maire-meunier était aussi vêtu d'un pantalon, mais cela ne déconcertait pas d'un ancien sans-culotte.

Aux veillées, Tête-de-loup racontait ses années d'absence devant Louise tout étonnée de retrouver un fils si blond et aux yeux si bleus, le temps passé à l'élever, alors qu'elle-même sortait à peine de l'enfance, semblant lui avoir fait oublier la fille Eléhussard. Victorine écoutait en filant à la quenouille. Victor et le petit Poléon confectionnaient des paniers avec de l'osier écorcé et dolé (vidé de sa moelle). Victor taillait les tiges avec son fendoir en bois coché en étoile et jetait les déchets à Arsène le troisième qui se traînait par terre à quatre pattes comme un animal familier. Jacques-le-tisserand et Augustine-la-bouétouse bretonnaient dans les braises de la cheminée, comme pour se donner une contenance.

Tête-de-loup racontait, tout en sculptant une

canne de berger dans une belle branche de noyer. Il racontait les paysages. Il racontait les gens. Il racontait les travaux et les jours.

« Avec le montreur d'ours et de marmottes, on est allés vendre des livres bleus à Challans, puis dans les villages du marais. Je faisais un numéro avec le Cheval Malet en invitant la compagnie à monter dessus, prévenant que c'était impossible, qu'un Cheval Malet n'acceptait jamais aucun cavalier, sauf votre serviteur; que, bien qu'aveugle, le Cheval Malet voyait toujours la fontaine où jeter le téméraire qui voudrait l'enfourcher. On ne me croyait pas. On enjambait le Cheval Malet et on se retrouvait dans un abreuvoir. Alors moi, je montais dessus, debout, le tenant par la crinière, et je faisais le tour des villages. On me prenait pour un sorcier. Parfois, le montreur d'ours et moi, nous devions fuir devant les fourches dressées. Parfois on vendait beaucoup de petits livres bleus.

« On continua, comme ça, jusqu'au fleuve. Je suis resté longtemps à regarder les toues et les gabarres des mariniers. De longues et larges barques à fond plat, avec de hautes voiles carrées, poussées par le vent, glissaient vers la mer. Le montreur d'ours m'expliqua que c'étaient des mariniers de la Compagnie hollandaise des Indes.

– Le fleuve, c'est la Loire, dit Dochâgne. C'est le fleuve qui nous a coupé la route, après la longue virée de galerne et contre lequel la grande armée buta et mourut. Le fleuve a été bon pour moi puisqu'il m'a permis de passer. Si je suis vivant c'est par la grâce du fleuve et du châgne.

– Après, reprit Tête-de-loup, on est allés dans la grande ville de Nantes.

– C'est de là qu'est revenu le sabotier de la Gâtine, dit Jacques-le-tisserand.

– Je n'avais, continua Tête-de-loup, jamais vu tant de maisons, de voitures, de gens. Nantes est bâtie sur l'eau et on glisse dans des barques entre les habitations hautes comme des tours. Mais on rencontrait aussi beaucoup d'attelages dans les rues et le Cheval Malet a pris peur. Il s'est emballé comme j'étais dessus et me voilà galopant dans les faubourgs, renversant les barriques et les étals de victuailles, maudit au passage comme un cavalier du diable, galopant toujours, jusque dans des vignes comme vous n'avez pas idée. Des vignes à perte de vue.

— Comme les blés de la plaine, dit Jacques-le-tisserand.

— Je ne pouvais pas arrêter le Cheval Malet qui ne s'est remis de sa grand-peur qu'aux portes d'Angers. C'est comme ça que j'ai perdu le montreur d'ours et ses livres bleus.

— Et après, qu'as-tu fait? demanda Victorine. Pourquoi n'es-tu pas revenu?

— Je ne pouvais pas. Le Cheval Malet m'emmenait vers l'est. On a traversé l'Anjou et la Touraine. Puis on est arrivés dans un pays plat, sans arbres, sans eau, couvert de blé.

— Comme la plaine de Luçon, souligna Jacques-le-tisserand.

— J'ai vu notre plaine. C'est un mouchoir de poche à côté de celle de la Beauce. Comme on se trouvait au mitan de l'été, des moissonneurs affluaient de partout avec leurs faux, venant de Bretagne, d'Auvergne, de Normandie. Ils processionnaient de très loin à pied, chantant pour se mettre en train des chansons chemineresses, dans leurs langues à eux que je ne comprenais pas. J'ai suivi une colonne qui marchait sur une route à travers les blés. On est arrivés dans une ferme aussi grande que notre village et le laboureur qui la commandait, me voyant sur le Cheval Malet, a cru que j'étais le chef de la colonne.

« Tu es bien jeune pour commander, qu'il m'a dit

« comme ça. Mais le temps presse. La pluie menace
« qui verserait les blés. Organise tes équipes et
« laisse ton cheval au charretier qui va l'atteler. »
J'ai répondu que c'était un cheval aveugle et qu'il
refusait les brancards. Il valait mieux l'attacher à un
anneau de la cour et il m'attendrait. Le laboureur
n'avait pas le cœur à discuter. Le ciel se couvrait de
gros nuages noirs. Avec les faucheurs, nous avons tout
tout de suite attaqué un grand champ qui se trouvait là et j'ai vu qu'ils coupaient le blé directement à
la faux, très vite. J'ai fait venir les lieuses de gerbes
et les hommes pour les mettre en tas. Les faucheurs
avançaient à une vitesse incroyable. Chaque homme
coupait soixante-dix ares par jour...

— Soixante-dix ares! s'exclama Dochâgne. En es-tu
sûr? A la faucille, on coupe quinze ares...

— Je l'ai vu de mes yeux. Et si des faucheurs
viennent de si loin en Beauce, c'est que les fermiers
paient les moissonneurs plus du double de ce qu'ils
gagneraient chez eux. »

Dochâgne ne disait rien, comptait dans sa tête :

« Si je laissais pourrir mon blé et que j'aille là-bas
travailler chez les autres, je gagnerais plus. C'est pas
juste. Voilà une génération que l'on a remis ce
village debout et fait refructifier les terres; la famine est revenue. La misère nous colle aux
talons.

— Raconte encore, dit Victorine.

— Je suis resté tout l'été chez le laboureur de la
Beauce. Mais le Cheval Malet piaffait dans la cour.
A l'automne, nous sommes repartis tous les deux.
Impossible de lui faire prendre la direction de
l'ouest. Il galopait encore vers le soleil levant. Il
s'est arrêté en Champagne, encore pays de plaine et
de craie; mais au lieu du blé la vigne s'y étend à
perte de vue. Comme le temps de la vendange
arrivait et que, sur toutes les routes, des hommes
venaient de leurs lointains pays, je suis resté à

vendanger. La moisson et la vendange m'avaient fait riche et je me réjouissais de vous apporter de beaux écus. Seulement le Cheval Malet reprit son galop et m'emmena toujours plus à l'est. Il ne s'arrêta que devant une ligne de montagnes bleues, hautes et rondes, comme si soudain toute une chaîne de monts des Alouettes se dressait pour nous barrer le passage. Il faisait très froid. J'ai dormi la nuit dans une cabane de bûcherons abandonnée, avec le Cheval Malet qui me tenait tiède. Le lendemain, en ouvrant la porte, un grand sortilège s'était accompli. Toutes les montagnes étaient devenues blanches. Les arbres, les herbes, la cabane elle-même, tout avait blanchi. Il tombait une neige épaisse, qui brûlait les yeux et j'ai appelé le Cheval Malet. Mais il ne sortit pas de la cabane. Je suis rentré pour le tirer par le licol. Il refusait de se lever. Je lui criais de ne pas jouer à faire le mort, que l'heure n'était pas à la plaisanterie. Mais mon beau cheval gris pommelé ne jouait plus à se rendre intéressant. Il avait bel et bien trépassé pendant la nuit.

« Pourquoi m'avait-il emmené si loin, dans ce pays de neige? Voulait-il me perdre? Et pourquoi m'abandonnait-il juste au moment où toutes les traces disparaissaient? On ne voyait plus d'arbres. Seulement des cônes recouverts d'un ruissellement de givre. J'ai voulu boire à un ruisseau. L'eau s'était solidifiée en glace. J'ai voulu courir. Mes sabots s'enfonçaient dans la neige qui les arrachait de mes pieds. Il semblait que cette terre étrange voulait me happer par mes jambes. J'ai marché quand même longtemps, droit devant moi, aveuglé par la neige et, puisque les maléfices continuaient, je me suis endormi debout. Quand je me suis réveillé, j'ai reconnu le bruit du métier à tisser de Jacques. Je me suis vu revenu chez nous. Mais non, je me trouvais chez le paysan qui m'avait ramassé à moitié gelé dans son champ. Comme dans ce pays la neige et la glace recouvrent les terres pendant tout l'hiver, les paysans se font alors tisserands.

« On a d'abord eu du mal à se comprendre, mais j'ai fini par apprendre leur manière de parler. Mon sauveur, plus très jeune, vivait seul avec sa vieille femme. Je pouvais les aider pour des travaux qui demandent de la jeunesse. J'étais content de les avoir trouvés et eux m'aimaient bien. Je crus bon de leur dire un jour que je venais de Vendée. Quelle idée j'avais eue là! Mon bon hôte s'est transformé en lion, se précipitant sur moi, me serrant à la gorge et il m'aurait étranglé si je n'avais pas été plus fort que lui. « Va-t'en, qu'il m'a dit. Va-t'en, maudit! » La vieille hurlait aussi, faisant des gestes avec les doigts, comme pour me jeter le mauvais sort.

« Je suis reparti dans la neige qui, maintenant, ne me faisait plus peur. En longeant les fermes j'entendais le bruit de la navette. Je ne m'expliquais guère pourquoi les tisserands détestaient les Vendéens, habitué que j'étais à notre Jacques; mais ne tenant pas à recommencer ma mésaventure, je passais mon chemin. Finalement, à la lisière d'une forêt, j'entendis les coups d'une hache à bûcher et m'en fus chez un sabotier. Je lui demandai s'il avait de l'ouvrage. Il me dit qu'il travaillait pour un maître sabotier qui habitait plus loin, dans un bourg. J'allai trouver le maître sabotier qui me demanda d'où je venais. Je lui dis que j'étais Vendéen et je crus qu'il allait tomber du haut mal. Je n'attendis pas mon reste et partis le plus vite que je pus, en me dépêtrant tant bien que mal dans cette foutue neige qui n'arrêtait pas de tomber comme d'une couette de plumes d'oie éventrée. Décidément quel était donc ce pays où le mot Vendée mettait les gens en fureur ou en effroi?

– Moi, je sais, dit Dochâgne gravement. Tu te trouvais dans les Vosges d'où sont venus les hussards. Le Cheval Malet s'en était retourné chez lui, avec toi sur le dos, mon pauvre drôle. Mais toi-même, tu... »

Dochâgne laissa sa phrase en suspens et, après un assez long silence reprit :

« Raconte, mon drôle. Raconte après ce qui s'est passé.

— Oui, j'étais dans les Vosges, à l'autre bout du monde. Pour aller de notre Océan à leurs montagnes, il faut traverser cinq provinces. Derrière leurs cimes bleues, devenues blanches, se trouve un grand fleuve, dont on dit qu'il est aussi large que la Loire et après on arrive chez les Prussiens. J'ai marché dans la forêt et me suis arrêté à un bourg qu'ils appellent Darney. On entendait crisser les cuillères et les tarières des sabotiers. Je suis rentré dans un atelier et ai sollicité du travail à un vieux qui grelottait près d'un grand poêle de faïence éteint. Il m'a demandé d'où je venais et je me suis obstiné à dire « de Vendée ». Le vieux, aux oreilles toutes pelées par le froid, m'a regardé avec stupéfaction et m'a invité par gestes à entrer. « Tu es trop jeune pour avoir connu la guerre », qu'il m'a dit. Je lui ai répondu que oui, mais que mon père l'avait faite. « Moi aussi, je l'ai faite. Même que
« prisonnier je devais être fusillé, si l'un de vos
« généraux, Bonchamps qu'il s'appelait, n'avait
« demandé la grâce des captifs. As-tu déjà dit que tu
« es vendéen ? — Oui. Et on m'a chassé de partout. —
« Prends garde, on te tuerait. Ne le répète plus
« jamais ou bien sauve-toi très vite dans ton pays.
« Tu ne peux pas comprendre. Tu es trop jeune.
« Mais cette guerre de Vendée a été horrible. Nous,
« on ne se portait pas volontaires pour se battre en
« Vendée. Engagés pour aller chasser les Prussiens
« et les émigrés, on ne nous a pas demandé notre
« avis et au lieu de nous mener à l'est, on nous a
« envoyés à l'ouest. Paysans et ouvriers, nous aussi,
« on ne s'était pas enrôlés pour combattre des

« paysans. On aurait dû s'accorder et on s'est
« entr'égorgés. J'ai compris ça, mais les autres, ici,
« ne pensent pas comme moi. Ils se souviennent
« seulement des horreurs commises par les
« chouans et pas de celles que nous avons faites.
« Ton père m'aurait sans doute tué. Mais les fils ne
« doivent pas être tenus pour débiteurs du crime
« des pères. Si tu veux du travail, va trouver le
« maître sabotier dans la grande maison près de
« l'église. Dis-lui que c'est le père Lavendée qui
« t'envoie et qu'il veut bien te prendre. Regarde, le
« poêle est froid. Je suis trop vieux pour aller dans
« la forêt ramasser du bois mort. Veux-tu m'aider ?
« Je suis seul. Ma femme est défunte. Je partagerai
« avec toi ce que j'ai, ce qui est facile puisque je n'ai
« rien. Dis-lui, au maître sabotier, que j'ai besoin
« d'un tâcheron, s'il veut encore que je puisse
« creuser ses sabots. Mais surtout ne lui dis pas
« d'où tu viens. »

« Le maître sabotier m'a engagé et je suis resté
pendant des années à vivre chez le père Lavendée.
Autour de Darney, on ne trouvait que des sabotiers,
mi-paysans, mi-sabotiers. Des indépendants, qui
allaient creuser leurs sabots dans la forêt et les
emportaient ensuite aux marchés, toujours par
monts et par vaux. Et des centaines d'ouvriers,
comme le père Lavendée, qui fabriquaient chez eux,
pour une vingtaine de maîtres sabotiers, aussi
dodus que notre maire-meunier, des milliers de
sabots envoyés à Paris. Il paraît qu'ils en usent, les
patauds, des sabots et des sabots, sur les pavés de
Paris.

« On mangeait du pain si dur que le pauvre père
Lavendée avait les dents tout usées. On l'appelait, à
Darney, Lavendée parce qu'il radotait avec son
général Haxo qui l'avait commandé depuis son
engagement à Epinal, en 91, jusqu'à ce que Haxo et
la plupart des leurs soient tués chez nous en 94. Il

radotait avec sa brigade Paris-Vosges, formée de volontaires vosgiens de l'an deux et de Parisiens qui, eux, s'étaient engagés pour de l'argent et qu'ils appelaient avec mépris les héros à cinq cents livres. Il radotait avec son Kléber, avec notre Bonchamps qui avait fait grâce aux prisonniers républicains. Il radotait, mais je l'aimais bien ce vieux, sans cheveux, sans dents, aux oreilles brûlées par le froid. Il m'a appris à lire dans un vieil almanach. Il m'a appris à braconner dans la forêt et, grâce à lui, vous n'aurez plus jamais faim. Il m'a appris à parler aux loups.

— Juste avant que tu arrives, dit Dochâgne, les loups sont venus autour de la métairie, comme s'ils te précédaient. »

Tête-de-loup ne parut pas entendre et parla encore du père Lavendée, qui lui disait que la République avait mal agi avec les Vendéens et qu'il aurait suffi d'offrir en cadeau à la Vendée les princes de Hesse et des Deux-Ponts pour que les Vendéens soient tout de suite guéris de l'aristocratie et de l'Eglise.

Dochâgne craignit que le sang des hussards ne se mette à parler dans la bouche de Tête-de-loup et qu'il soit obligé de crier contre lui. Il détourna le récit du fils de la fille Eléhussard en racontant comment le petit Henri était devenu tambour pendant les Cent-Jours et comment il ne pardonnait pas à Chante-en-hiver qui l'avait fait tuer.

« Maudits soient le forgeron et les siens! dit-il gravement. Maudites soient leur maison et leur descendance! Béni sera celui qui punira le forgeron de son péché. »

En devenant adulte, Tête-de-loup avait réellement pris une tête de carnassier. Il écoutait son père adoptif avec une intensité qui accentuait les reflets métalliques de ses yeux bleus.

« Tu ne devrais pas parler comme ça, intervint

Jacques-le-tisserand. Tu sais bien que l'on doit pardonner à ses ennemis.

– A ses ennemis, oui, répondit Dochâgne. Mais nul n'est tenu de pardonner à ses amis. »

La faim quitta la maison des Dochâgne, comme l'avait dit Tête-de-loup. Ce dernier s'absentait en effet de plus en plus longuement de la métairie, et revenait le soir avec sa peau de bique gonflée de bêtes saignantes : lapins sauvages, cailles, perdrix.

Dochâgne mangeait peu de cette viande, dont il disait que ce n'était pas là nourriture de chrétien, puisque fruit de la ruse et non du travail. La bonne nourriture, c'était ce pain qui manquait.

Tête-de-loup raconta que, dans les Vosges, on remplaçait le froment, également rare, par des pommes de terre et que, depuis que la République avait donné la pomme de terre aux Vosgiens, pour les récompenser de leur patriotisme, ils ne connaissaient plus de famine.

Que la pomme de terre soit républicaine, Dochâgne comme le vieux curé enterré sous le Pavé de Gargantua n'en doutèrent jamais. Les voyages de Tête-de-loup lui auraient-ils faussé l'esprit? On avait détruit les pommes de terre du sabotier de la Gâtine et jeté aux cochons celles du curé-aux-bougies. Et maintenant voilà que Tête-de-loup, à son tour...

« J'espère que tu n'as pas rapporté avec toi de ce fruit du diable, demanda Dochâgne.

– Non. Malheureusement pour vous. Dieu nous a donné le pain de froment, c'est vrai. Mais quand Dieu nous oublie, pourquoi ne pas accepter le pain du diable? »

Dochâgne, effrayé, comprit alors que le sang des hussards s'était mis à couler à flots dans les veines de Tête-de-loup et qu'un plus grand malheur ne pouvait s'abattre sur leur foyer.

Quelques jours plus tard, une meute de loups

déferla sur le village en plein jour, ce qui ne s'était jamais vu, courut jusqu'à la forge de Chante-en-hiver et attaqua le forgeron et son fils Pierre qui en tuèrent un certain nombre avec leurs marteaux et leurs barres de fer. Le temps que les voisins accourent avec leurs fourches et leurs fusils, Pierre avait été égorgé.

A la métairie des Dochâgne, on fut très frappé par ce drame.

« C'est Dieu qui a puni le forgeron en lui enlevant ce fils, dit Louise. Il n'a pas voulu nous laisser seuls dans notre chagrin. Et il n'a pas voulu priver notre Henri de son ami Pierre. »

Dochâgne soupçonnait Tête-de-loup qui souriait. Il savait qu'il existait des meneurs de loups. Le fils de la fille Eléhussard aurait-il reçu, dans les forêts vosgiennes, d'étranges pouvoirs?

Il le vit prendre un grand clou de charpente et un marteau, lui demanda ce qu'il voulait faire.

« J'ai vu que votre chêne était marqué de deux clous. Pour gage de mon retour, il faut aussi que j'en plante un.

– C'est Chante-en-hiver qui a planté le premier clou. Le second, c'est son petit Pierre.

– Je planterai mon clou de l'autre côté de l'arbre. »

Lorsqu'il revint de la forêt, ramenant comme d'habitude sous sa peau de bique la provision de gibier décroché de ses collets, Victorine lui annonça qu'elle allait être mère.

Tête-de-loup parut stupéfait et, furieux, lui demanda qui était le père. Ce fut au tour de Victorine de se montrer étonnée d'une question qui lui parut absurde :

« Dame! C'est Victor! Qui veux-tu que ce soit? »

Tête-de-loup se mit à rire. Victor! Bien sûr, Victor! Le fils de Léonie-la-pleureuse. Victorine menait tellement Victor par le bout du nez, on était tellement habitués à ce qu'ils soient inséparables, ils avaient à tel point le même type physique que l'on en oubliait que de tels jumeaux puissent, de surcroît, se reproduire. Dochâgne et Louise, qui n'ignoraient rien de leurs rapports, en furent eux-mêmes surpris. Mais puisqu'ils allaient procréer, il fallait que le sacrement du mariage légalise leurs habitudes.

Pressenti, le curé-aux-bougies, après avoir essayé une fois de plus de comprendre quelque chose à l'état civil du curé-Noé, se bloqua dans des soupçons qui ressemblaient beaucoup à des péchés mortels. Victorine et Victor n'étaient-ils pas demi-frères? Et puis ils n'avaient que dix-huit ans, âge bien trop précoce pour un garçon.

Dochâgne monta sur sa mule et partit à la recherche du curé de la Petite-Eglise. Il le trouva au bourg, chez le baron, ce qui permit de faire d'une pierre deux coups car Victorine voulait devenir indépendante avec son mari et souhaitait exploiter une petite métairie. Le baron avait souvent sollicité Dochâgne pour qu'il vienne travailler sur ses terres. Il demanderait que l'offre soit reportée sur sa fille.

La gentilhommière du baron ne tenait debout que par la force de l'habitude. La misère des métayers rejaillissait sur le maître, qui ne pouvait faire réparer ses toitures. Le baron était de ces petits nobles de l'Ouest, que la monarchie, à laquelle ils s'obstinaient à demeurer fidèles *malgré tout*, comme ils disaient, oubliait dans sa décrépitude. Le mépris qu'ils portaient à Louis XVIII n'arrangeait certes pas leur situation. Lors de la formation, par le nouveau roi, de sa garde royale, pas un seul Vendéen ne s'y engagea. La Vendée protestait à sa manière contre le maintien à leurs postes, par la Restauration, des généraux de l'Empire. Le roi ne comprenait rien à l'attitude de ces chouans qu'il appelait des fanatiques. Et la noblesse vendéenne ne comprenait rien à ce roi pataud dont elle apprenait avec stupeur la correspondance aimable, du temps de son exil, avec Robespierre, avec Barras, avec Bonaparte.

Le baron et sa sœur vivaient dans la dèche, tout en affectant des airs de richesse avec leurs jabots de dentelle, leurs velours, leurs fourrures, les broderies en fils d'or de leurs habits. Toute la petite noblesse campagnarde vivotait ainsi, avec des airs de grandeur surannés et des costumes passés de mode, mangeant frugalement, faisant poser des seaux sous les gouttières dans le salon par une domesticité encore nombreuse qui prenait l'habitude de ne plus recevoir de gages.

Le baron possédait par chance une minuscule métairie à mi-chemin du village et du bourg, dont le précédent locataire venait de se pendre. Le métayage avait beau opprimer le paysan qui demeurait toute sa vie endetté, il n'existait pas d'autre alternative que d'être métayer ou bordier. Mais on ne devenait bordier que par héritage. La majorité des jeunes, qui ne pouvaient rester dans les fermes paternelles, trop petites, n'avaient d'autre destinée que l'état de valets ou de domestiques. Là encore les places se raréfiaient. La misérable métairie que le baron offrait aux enfants de Dochâgne fut reçue comme un cadeau précieux. Comme le voulaient les usages, on ne signa aucun papier, ni pour les devoirs du maître envers ses métayers, ni pour les redevances du métayer au maître. La parole suffisait, jamais reniée.

Faire une fête de fiançailles pour Victorine et Victor eût été ridicule et le mariage lui-même ne pouvait donner lieu à l'une de ces grandes réjouissances qui marquent autant l'union de deux tribus que des mariés. Le mariage à la Petite-Eglise était illégal, mais la Petite-Eglise, bien que clandestine, ne souffrait plus d'oppression comme sous l'Empire. Elle mourait lentement dans l'oubli du reste de la France, anomalie parmi d'autres dans cette Vendée vraiment impossible. Il ne restait plus qu'un seul évêque réfractaire, toujours réfugié en Espagne, Mgr de Thomines, qui ne pardonnait pas au pape de l'avoir remplacé à Blois par un évêque constitutionnel. Dans l'Ouest, les membres de la Petite-Eglise avaient fondu de moitié, de moins en moins nombreux dans le Haut-Bocage, la plupart se regroupant dans le département des Deux-Sèvres.

Le curé de la Petite-Eglise, ami du baron, s'épuisait à parcourir un nombre de plus en plus grand de bourgades, son gros corps tenant difficilement en équilibre sur une mule elle-même fort fatiguée. Il menait une vie itinérante, reçu avec ferveur par de petites communautés où il apportait de plus en plus rarement l'eucharistie. Des petites communautés sans église, sans autel, où la messe était seulement lue le dimanche par un vieillard dans une grange et les cantiques chantés par des paroissiens sans prêtre.

C'est ce qui se passait au village, où le fenil de Dochâgne servait aux offices. C'est dans ce bâtiment que fut célébré le mariage de Victorine et de Victor, en présence du baron et avec la seule assistance de la famille Dochâgne, plus bien sûr Jacques-le-tisserand et Augustine-la-bouétouse.

Victor avait acheté au sabotier de la Gâtine, qui s'était mis à fabriquer des cœurs en or, faute de pouvoir écouler ses sabots en bois, une alliance pour Victorine, ornée du double cœur vendéen. Les hommes ne portaient pas encore d'alliance et celle des femmes ressemblait plutôt à une bague. La coutume voulait que le mari glisse l'anneau au doigt de sa femme. Mais il arrivait, comme ce fut le cas avec Victorine, que l'épousée qui voulait s'affirmer maîtresse du ménage et dominatrice de son mari, arrête l'alliance sur la deuxième phalange. Victor lutta un moment, sous le regard amusé du curé, essayant d'enfoncer l'anneau. Mais la lutte dura un peu trop longtemps et le curé de la Petite-Eglise, impatient, envoya une gifle à Victorine en lui disant, tout en la bénissant :

« Allonge ton doigt, sacrée coquine! »

A table, le baron s'émerveilla de l'abondance du gibier, Tête-de-loup s'étant surpassé en ramenant de la forêt, sur son dos, un sanglier de belle taille. En même temps, il mit en garde Dochâgne :

« Je te l'ai déjà dit, un jour le comte se fâchera et tu paieras les pots cassés. Je ne devrais pas toucher à cette viande volée. Mais, ajouta-t-il en riant, elle est bien appétissante et ce n'est après tout que de la viande d'émigré. Allons, faisons la fête! »

Seul le baron, comme hôte de marque, mangeait dans un plat d'étain. La famille Dochâgne utilisait ses habituelles écuelles de bois.

Au dessert, pour lequel on avait réussi à préparer des laitages de mil et quelques pâtisseries au miel, Victorine demanda à Tête-de-loup, l'ambiance aidant :

« Tu ne nous as pas parlé des filles, dans tes Vosges? »

Un moment décontenancé, Tête-de-loup reprit le récit de ses voyages, racontant comment, après la mort du père Lavendée, il avait quitté la forêt de Darney pour se rendre dans la région des lacs où il s'était embauché chez des tisserands qui fabriquaient de la toile de Gérardmer. Il avait vécu dans un bourg entouré de rochers noirs, de cascades glissant au milieu des sapins que la neige, l'hiver, saupoudrait de blanc. Le maître du village habitait une grande demeure entourée d'un parc, que l'on appelait le château des aiguilles parce qu'il se l'était payé avec le travail des brodeuses. Tête-de-loup connut une de ces brodeuses et il semble bien qu'il l'aima.

« Comment était-elle? interrogea Victorine, de plus en plus curieuse.

– Je ne m'en suis pas aperçu tout de suite. Mais à force de la regarder dans les yeux, j'ai vu un jour qu'ils étaient tout bleus, comme les miens. Et ensuite, ça m'a frappé, tous les gens, les hommes, les femmes, les enfants, avaient les yeux bleus. Même le père Lavendée, je m'en souvins alors, avait encore, malgré son âge, des yeux bleus tout délavés. On ne me demandait plus, depuis longtemps, d'où je venais, parce que je ressemblais aux gens du pays, avec mes yeux bleus, comme leurs montagnes bleues.

– Pourquoi n'as-tu pas ramené ta brodeuse? insista Victorine.

– Un jour, j'ai cru pouvoir lui dire que j'étais vendéen et elle est devenue comme un chat griffu. Ses yeux bleus, si doux, prirent des teintes de métal gris. Elle ne m'avait jamais parlé de son père, volontaire de l'an deux, détourné des Prussiens pour àller se faire massacrer chez nous. J'ai dû quitter le village du château aux aiguilles. J'ai travaillé dans la montagne avec des bûcherons. On débardait du bois jusque dans les vallées avec des traîneaux où l'on s'arc-boute devant la charge. Ils appellent ça du schlittage. Si on n'est pas assez fort, si on glisse, on est écrasé sous la charge de bois qui vous passe sur le corps.

– Et après? demanda Dochâgne.

– Après, je suis revenu. Ça m'a pris une année. En arrivant dans l'Ouest, j'ai retrouvé la misère; les garnissaires militaires installés dans les fermes et se faisant nourrir comme des rentiers par des paysans qui crèvent de faim, jusqu'à ce que leurs impôts soient payés; les anciens de la Grande Armée pleurant d'être obligés de rendre leurs armes qu'ils avaient cru devoir garder pour défendre le roi; les maires patauds nommés par le monarque pour surveiller les chouans... J'ai vu des bourgs, en Anjou, où des centaines de mendiantes tendaient la main dans les rues et c'étaient les veuves des combattants de Savenay, des derniers cavaliers tués dans les marais par les hussards de Westermann... Mon sang n'a fait qu'un tour et je me suis retrouvé dans la nouvelle chouannerie. J'avais emprunté la monture d'un gendarme qui ne valait pas le Cheval Malet, mais de me trouver en selle et de galoper, avec d'autres bons diables, me donnaient bien du plaisir. Puisque le roi ne savait pas le faire, on prenait le blé où il se trouvait et on le distribuait à ceux qui n'en avaient pas. On se faisait héberger par les patauds, comme le roi faisait héberger ses garnissaires chez les paysans. Œil pour œil...

— Ça n'est pas la guerre, ça, Tête-de-loup, dit le baron. Prends garde à ne pas devenir brigand!

— Mais, monsieur le baron, répliqua Dochâgne, souvenez-vous... Jadis, vous et moi, on était à la fois brigands et aristocrates!

— Les temps ont changé, mon gars! Les aristocrates sont redevenus aristocrates et les brigands sont redevenus brigands.

— Comme vous le dites, monsieur le baron. Le roi est redevenu le roi et les paysans sont redevenus gueux.

— Vous n'allez pas encore vous disputer avec M. le baron, père? s'inquiéta Victorine. M. le baron qui est si bon pour nous. »

Dochâgne se mit à rire, ce qui lui arrivait si rarement :

« Quand il sera ton maître, ma fille, tu le maudiras souvent. Mais ça ne t'empêchera pas de l'aimer. »

Et il ajouta, en faisant un clin d'œil au baron :

« Si ton maître n'est pas trop rapiat. »

Dochâgne et Tête-de-Loup accompagnèrent Victor et Victorine avec la charrette à bœufs qui emmenait leur mobilier. Ils marchaient tous les quatre à pied, autour du véhicule où s'amoncelaient une maie, un coffre, une boiserie de lit, une paillasse, des ustensiles de cuisine, l'inévitable quenouille et un cadeau du sabotier de la Gâtine, qui pourtant n'avait pas été invité à la noce : une ruche, qu'il avait construite lui-même avec des chutes de bois de son ateliér. Jacques-le-tisserand avait offert, bien sûr, la paire de draps en chanvre roux et raide, qui ne blanchirait qu'après des années de lessives. Victorine se sentait très fière de devenir sa patronne, mais, en même temps, au fur et à mesure que la charrette s'éloignait de la ferme paternelle, en faisant crisser ses grandes roues dans les chemins défoncés, fouettée par les branches des noisetiers, la jeune femme avait le cœur lourd. Elle savait combien il serait difficile de vivre des récoltes de quelques hectares de mauvaises terres, dont la moitié irait au baron. Le baron avait fourni une charrette, un araire, quelques outils, deux vaches, un âne. Ils essaieraient d'acquérir, avec leurs premiers grains, un goret qu'ils engraisseraient, et, pourquoi pas? un bélier et une brebis. Victorine voyait déjà les moutons se multiplier. Plus tard, l'enfant qu'elle sentait dans son ventre serait berger.

Personne ne parlait, autour du convoi bringuebalant. Chacun demeurait dans ses songes. Victor pensait au clou qu'il était allé planter le matin même dans la forêt, dans le chêne de Dochâgne, en guise d'adieu. Tête-de-loup rêvait à la brodeuse aux yeux bleus. Seul Dochâgne, de temps en temps, berluettait pour énerver les bœufs.

La métairie, couverte de chaume, apparut enfin,

en haut d'une butte, derrière des haies épaisses et de grands arbres : une fermette entourée de grandes solitudes. Le chemin qui y menait, caché sous les buissons, ressemblait à un souterrain. En débouchant sur la cour, devant la maison, les Dochâgne durent passer sur une épaisse litière d'ajoncs épineux et de genêts flétris qui la couvrait presque tout entière et que les précédents métayers avaient éparée là pour que, foulée aux pieds et dissoute par les pluies d'hiver, elle serve d'engrais.

La maison se composait d'un rez-de-chaussée avec une porte au milieu et une fenêtre des deux côtés. Au-dessus, un grenier avec ces petites ouvertures carrées que l'on appelle des boulites. Victorine se souvenait des parties faites avec Victor dans la métairie de sa mère et combien ils aimaient l'un et l'autre bouliter à se faire peur, d'une ouverture à l'autre.

Les fermes sont toujours bâties près des sources. L'eau suintait et ruisselait sur le sol de granit. Mais Victorine remarqua tout de suite le beau puits avec sa voûte de moellons en arceau couverte de joubarbe à fleurs roses, et de l'herbe du tonnerre qui protège de la foudre.

La première divinité du foyer, l'eau, était donc bien présente. Victorine apportait avec elle la seconde, le feu, ce feu du foyer paternel conservé dans une chaufferette et avec des braises duquel elle allumerait tout à l'heure son propre foyer dans la cheminée au linteau de granit. Le même feu servait toujours, jamais éteint, depuis la renaissance du village, passé de fermes anciennes en cheminées nouvelles, de chaufferettes de bergères en brûlots de bûcherons.

Des appentis, en annexes, jouxtaient au nord la petite métairie : une souillarde, une laiterie, un cellier. Victor mit dans le poulailler les deux poules et le coq que Louise lui avait donnés.

On déposa les meubles dans la seule pièce d'habitation au sol de terre battue et au plafond bas où les poutres et les solives de bois mal équarries étaient maintenues par un fût de chêne centenaire. Une grande pierre de grès creusée servait d'évier, les eaux souillées s'évacuant à travers le mur. L'eau fraîche, tirée du puits, serait mise dans un seau où l'on plongerait une coussotte de bois.

Au fur et à mesure que les hommes les sortaient de la charrette, Victorine disposait les objets en réfléchissant sur leur emplacement qui serait définitif. La vaste marmite allait tout naturellement s'accrocher à la crémaillère. Dans la cheminée, Victorine plaça également la poêle à longue queue que Chante-en-hiver avait jadis forgée d'un seul tenant. Elle aligna les pots et les plats de terre sur le linteau, fixa entre deux joints de pierre une torche de résine, accrocha à l'intérieur de la cheminée, à portée de la main, une boîte à sel rongée, mit au loin l'égrugeoir que Tête-de-loup avait creusé dans un bloc de noyer, du temps qu'il était berger. Tête-de-loup avait aussi offert à sa sœur et à son beau-frère une courge évidée, servant de gourde, décorée de cœurs et de rosaces et une outre en peau de bouc avec une fermeture d'étain.

Lorsque Dochâgne et Tête-de-loup furent repartis et que l'on n'entendit plus au loin le grincement des roues, Victorine et Victor se retrouvèrent seuls, heureux de l'être, mais en même temps envahis par le sentiment poignant de leur abandon, loin de tout village, de toute autre ferme, seuls dans la clairière paisible de leur défrichement, dans ce silence des champs qui est en même temps une victoire sur l'effroi ancestral des malfaisances. Ils se tenaient tous les deux par la main, anxieux et graves, sachant bien que le travail du paysan n'est qu'une longue lutte impossible du nécessaire ordre champêtre dans un monde de désordres; qu'ils allaient tenter de mener dans la solitude d'un espace dont ils connaîtraient toutes les traces marquées une existence immobile environnée de violences et d'inexprimables; que leur vie recluse n'aurait d'autre horizon que ces haies où nichaient les oiseaux, les belettes et les renards; que, l'hiver, les chemins creux submergés d'eau les couperaient de tout lien avec le village, avec le bourg, avec leurs parents; qu'ils ne recevraient plus aucune nouvelle ni du monde ni des leurs; qu'ils ne devraient compter que sur eux-mêmes pour vivre et déjouer la misère et la mort.

Depuis l'attaque des loups et l'égorgement de son fils Pierre, Chante-en-hiver était devenu le meilleur client de son cabaret. Louison avait beau le jeter dehors et le pousser dans la forge, il revenait mendier un verre. Son marteau, le matin, ne réveillait plus les coqs. Il fallait que sa femme au museau de souris le secoue pour le tirer du sommeil. Il cuvait son vin toute une partie de la matinée, jusqu'à ce qu'il se décide à siffler un petit verre d'eau-de-vie, dit tue-ver qui le remontait comme un ressort. Il invoquait alors saint Eloi, patron des forgerons, et se mettait à mouler des palets dans des anneaux d'attelage formant l'armature des disques. Les villageois ne se fiaient plus guère à Chante-en-hiver comme maréchal-ferrant. Il lui arrivait trop fréquemment de mal calculer les étampures pour loger les têtes de clous, si bien que les fers avaient du jeu sur la sole et que les bœufs boitaient.

Il en était réduit à ne travailler la maréchalerie que le dimanche matin, avant et après la messe, lorsque les hommes du village venaient à son cabaret et qu'ils lui concédaient alors le ferrement des ânes et des mulets. Dans la semaine il s'occupait à des bricoles, comme ces palets de plomb qu'il fabriquait pour retenir un peu plus longtemps les buveurs. Il fondait les balles de fusil, souvenirs de guerre, encore nombreuses dans les champs. Les balles se transformaient en jouets pour adultes. Les équipiers, leurs querelles et leurs exclamations joyeuses attiraient la clientèle dans le cabaret où Louison avait fort à faire pour servir d'une main et de l'autre taper sur des doigts empressés à tenter de dénouer son tablier. Les palets ne demandaient pas d'emplacement spécial, aussi jouait-on dans la rue, devant la forge, tenant le palet entre le pouce et l'index, les autres doigts repliés par-dessous, l'inclinaison au moment du lancer fixant la trajectoire vers le « maître », lui-même disque de métal plus petit, qu'il fallait approcher au plus près. Certains lançaient le palet à plat, en frôlant le sol, pour frapper la cible de plein fouet. On pariait sur les joueurs. On s'excitait. Les cruches de vin passaient de main en main et l'on buvait à la régalade. Si la forge de Chante-en-hiver périclitait, par contre son cabaret faisait de bonnes affaires. L'un compensait l'autre. Et si on ne lui amenait plus guère de bœufs à ferrer, par contre les porteurs de cercueil n'oubliaient jamais une dernière halte au cabaret, avant de conduire leur mort au cimetière, déposant la caisse sur des chaises, devant la porte, pendant qu'ils trinquaient à la santé du défunt à l'intérieur du débit de boissons.

Une nouvelle inattendue sortit Chante-en-hiver de sa débine : pour apaiser une nouvelle fois les Vendéens, le roi leur envoyait le fils du comte d'Artois, ce duc d'Angoulême qui, lors de son premier voyage, avait réussi à faire l'unanimité de son impopularité. Pendant l'hiver précédent, où la disette s'accentua, les émeutes reprirent sur les marchés. Par ailleurs, les vexations imbéciles continuaient. La politique du roi excluait la paysannerie du pays légal puisque les métayers, les fermiers et tout l'immense prolétariat rural n'obtenaient pas le droit de vote. Seuls cent mille propriétaires devenaient électeurs exclusifs de la France de Louis XVIII. Comme pour mieux démontrer ce qu'il entendait par « Restauration », ce roi pataud s'était enfin décidé à admettre dans ses galeries les portraits des généraux vendéens, mais en excluant Cathelineau et Stofflet parce que roturiers. Et lorsque les restes de Bonchamps furent transportés dans l'église de Saint-Florent-le-Vieil, le gouvernement de Louis XVIII y refusa l'érection d'un monument.

La Vendée, humiliée, grognait et de temps en temps maltraitait la maréchaussée. Louis XVIII envoya donc son polichinelle de neveu pensant sans doute que ce spectacle serait bien suffisant pour des culs-terreux. Il suffit en tout cas à réveiller chez quelques esprits, comme celui de Chante-en-hiver, les souvenirs d'une épopée de plus en plus lointaine. Chante-en-hiver, accompagné de quelques habitués de son cabaret, partit saluer le Dauphin qui, après une visite à Bourbon-Vendée, aux Essarts, aux Quatre-Chemins-de-l'Oie, s'arrêta aux Herbiers. Le duc fit le même discours qu'en 1814, prêchant l'oubli du passé (alors que les paysans qui se trouvaient là n'étaient accourus que pour perpétuer ce passé), la soumission à la Charte, le bon ordre, l'obéissance, le paiement régulier des impôts...

Chante-en-hiver vit un cavalier aux cheveux blancs qui s'avançait vers le prince et il reconnut avec stupeur et agacement Dochâgne, venu de son côté avec le baron. Dochâgne apostropha le prince d'une voix sèche :

« Monseigneur, il n'y a que les patauds qui ont pu vous engager à nous faire ces contes. M'est avis que c'est parce que le roué a été oublieux envers nous, que vous nous prêchez l'oubli de nous-mêmes. »

Le prince blêmit, grimaça, éperonna son cheval et courut se réfugier parmi les officiers ci-devant « bleus » de son escorte, plus goguenards qu'offusqués.

« Pauvre prince, dit un paysan près de Chante-en-hiver, on lui défend de dire qu'il nous aime. »

Chante-en-hiver ne savait plus quoi penser. Il s'en revint déçu et triste. Ajoutée à l'image affreuse de la mort de son fils Pierre déchiqueté par les loups, qui se mélangeait souvent à celle de Monsieur Henri tombant sous les chevaux des hussards avec son tambour, cette caricature de monarchie entr'aperçue le laissa prostré. Il travaillait de moins en moins, buvant de plus en plus, et son esprit dérailla. La majeure partie de sa journée se passait à marmonner. Puis on le vit sortir de la forge et appeler aux armes. Il se croyait en guerre, imitait le tambour de Monsieur Henri, comptait l'ennemi.

Un moment inquiets, les villageois s'habituèrent à la nouvelle humeur de leur forgeron et les jeunes, qui ne comprenaient pas son drame, se mirent à l'appeler, par dérision, le conscrit.

Sa progéniture donnait le tournis à Chante-en-hiver. De la veuve, il ne restait que Louison, mais de la veuve et lui, sur quatorze enfants, il en vivait onze, performance exceptionnelle en un temps où la moitié des gosses mouraient avant l'âge de dix ans. Le plus âgé, Zacharie, qui allait sur ses quatorze ans, s'était gagé chez un métayer. Le plus jeune n'avait que deux ans, né le même printemps qu'Arsène le troisième. Toute cette marmaille piaillait du matin au soir, fientait dans tous les coins, se glissait au cabaret entre les jambes des buveurs, espérant glaner une lichée de vin, faute d'un morceau de pain. Le sabotier de la Gâtine qui prenait en pitié son voisin apportait en cachette aux enfants des pommes de terre chaudes. En cachette parce que Chante-en-hiver se serait fâché s'il avait vu ses enfants manger des fruits du diable. Mais les malheureux les avalaient si goulûment avec leurs peaux noircies par les braises qu'il n'en restait pas trace.

Car le sabotier de la Gâtine, comme le curé-aux-bougies, persistait à cultiver des pommes de terre. En réalité, dans le village, les deux hommes les plus aptes à se comprendre, les deux seuls tournés vers l'avenir plutôt qu'accrochés au passé étaient le sabotier et le curé. Mais si le premier voyait dans la pomme de terre un don de la République, le second demeurait persuadé qu'elle émanait de la générosité de l'Empire. Ils se trompaient tous les deux puisque, on le sait, Parmentier la préconisait sous Louis XVI. L'impie et le prêtre croyaient que le progrès amènerait sinon le bonheur du genre humain, en tout cas la suppression de la misère. Et ils s'obstinaient l'un et l'autre à vouloir faire le bonheur des villageois, leur donnant des conseils pour un meilleur rendement des terres, pour une préparation plus rationnelle des fumures, pour une modernisation des outils. L'un et l'autre n'arrivaient qu'à faire l'unanimité du village contre eux. Les paroissiens de l'église légale soutenaient quand même le curé-aux-bougies contre les fidèles de la Petite-Eglise, mais ils disaient que, s'ils respectaient le prêtre, l'homme qui se tenait dans la soutane avait eu l'esprit dérangé par l'Antéchrist. La méfiance qu'ils lui portaient leur permettait de se justifier de la modestie de leurs offrandes. A part les bergères qui sacrifiaient au curé des flocons de laine, en échange de la protection de sainte Lumoise, le traditionnel droit de boisselage n'était même pas observé. Au lieu de donner au curé un boisseau ou un demi-boisseau de blé par feu, ils arguaient de la disette bien réelle et, sans le secours du maître-meunier, le curé serait mort de faim.

Tout comme les Dochâgne ne saluaient pas les Chante-en-hiver, le curé-aux-bougies et le sabotier de la Gâtine ne s'adressaient jamais la parole et rebroussaient chemin s'ils se trouvaient nez à nez dans la rue. Divisé entre partisans de l'Eglise concordataire (et Louis XVIII venait de signer un nouveau Concordat avec le Vatican) et ceux de la Petite-Eglise, entre amis des Dochâgne et amis des Chante-en-hiver, le village conservait néanmoins son esprit de solidarité rurale. Si les guerouées ne mobilisaient plus toutes les familles, aujourd'hui trop nombreuses pour que cela soit nécessaire, on organisait encore des charrois collectifs pour les transports de matériaux. Quand un villageois voulait construire une maison, ou une grange, quand le sabotier avait besoin de vergnes ou d'ormeaux, quand la forge manquait de charbon, il se trouvait toujours cinq, dix, parfois vingt métayers qui amenaient leurs bœufs les plus vigoureux et leurs meilleures charrettes pour aller arracher la pierre dans une carrière, couper le bois dans la forêt du comte, ou même aller jusqu'aux mines de charbon de Chantonnay. Les guerouées demeuraient, comme au premier temps du village reconstitué dans ses ruines, des assemblées joyeuses et émulatrices. Les repas se prenaient en commun, à l'appel de la corne à bœuf et le soir on dansait très tard dans le terrain vague du cimetière. Ce qui, une fois de plus, opposait le curé-aux-bougies à ses paroissiens. Le curé-aux-bougies se reprochait alors de ne pas avoir maintenu son idée d'un cimetière neuf, en dehors du village, clos de murs. Ce mélange des vivants et des morts, autour de l'église, ces danses profanes sur les tombes, tout cela le contrariait. Comme le maire-meunier, que pourtant il n'aimait guère car il le suspectait à juste titre d'être resté voltairien sous une apparence conformiste, le curé-aux-bougies croyait dans la vertu d'un pouvoir central, que ce soit celui de l'empereur ou celui du roi, peu importait. Et il ne saisissait pas que la vitalité de sa paroisse tenait dans ce maintien, malgré toute la succession de régimes centralisateurs contradictoires, de l'esprit de la commune, expression de la solidarité devant les grands travaux, devant le péril. Sans cet esprit, les villages et les bourgs se seraient dissous dans les soubresauts de l'histoire. Bien au contraire, le malheur le renforçait. Le pouvoir royal se tenait si loin et si haut qu'il ne fallait pas compter sur lui pour la défense quotidienne. Il suffisait de sonner le tocsin pour que toute la commune accoure, même des fermes les plus éloignées, les plus isolées. On s'unissait contre l'incendie, contre les loups, contre les brigands, contre les gendarmes, contre les soldats du roi et tout naturellement ensuite contre ceux de la République et de l'Empire. La commune exprimait un moi collectif, une union de familles autour d'un clocher.

Comme la plupart des artisans qui n'arrivaient jamais à joindre les deux bouts, entre leur endettement chronique envers le propriétaire de leur boutique et de leur logement et la longue attente du paiement de la clientèle, souvent annuel, le sabotier de la Gâtine multipliait ses activités. Il n'avait jamais cessé d'aider à la meunerie, cultivait un bout de terrain loué au meunier-maire qui lui assurait son pain de pommes de terre, ajoutait à la saboterie quelques travaux de menuisier et s'était mis, on l'a vu, à la bijouterie.

Reprenant une vieille tradition poitevine des cœurs enflammés, bien antérieure au cœur d'étoffe rouge cousu sur la poitrine des insurgés de 93, puisque le père de Montfort recouvrait les croix des calvaires qu'il érigeait aux carrefours par des cœurs enflammés et que, bien avant encore, les huguenots du Bas-Poitou s'étaient donné comme signe de ralliement un cœur percé d'une épingle, le sabotier de la Gâtine s'amusa d'abord à sculpter dans des morceaux de bois des moules à beurre en forme de cœur. Devant le succès remporté par ces objets auprès des fermières, il imagina ensuite d'aller confectionner dans la forge de Chante-en-hiver des tasses à vin en forme de cœur et des petits cœurs en plomb qui servaient d'ex-voto. Puis on l'appela dans les métairies pour qu'il vienne tailler sur place des cœurs en relief dans le bois des bahuts.

Ensuite, des fiancés vinrent le trouver, lui demandant s'il ne pourrait pas leur fournir, à meilleur marché qu'au bourg, des bagues-foi ou bagues gros-cœur. Il se rendit jusqu'à Challans pour en étudier la fabrication et en rapporta des os de seiche sculptés qui lui servirent à couler des bijoux d'or et d'argent.

C'est ainsi qu'il avait bosselé et ciselé l'alliance de Victorine pour laquelle Victor sacrifia le prix d'un veau.

Les travaux de bijouterie du sabotier fascinaient Louison qui s'échappait dès que le cabaret se désemplissait pour accourir chez son voisin, suivie par la marmaille de ses petits frères et sœurs.

« Tu ne pourrais pas t'arranger pour laisser ces mioches à leur mère ? lui disait en riant le sabotier de la Gâtine.

– Ils me suivent partout, comme une mère poule.

– Tu serais bien d'âge.

– C'est pas l'âge qui me manque.

– Qu'est-ce qui te manque ?

– La dot.

– Une jolie fille comme toi n'a pas besoin de dot.

– C'est vous qui le dites, parce que vous êtes vieux.

– Regarde Jacques-le-tisserand qui a mon âge et qui a fait un petit à la bouétouse.

– J'ai pas envie que vous m'en fassiez un.

– On pourrait s'arranger.

– Bas les pattes, gros cochon. »

Louison regardait une breloque que le sabotier martelait en forme de cœur creux dans lequel on pourrait placer une boucle de cheveux de la personne aimée.

« Tu miguailles trop, Louison. Tout le monde a touché ton merlandia.

– C'est pas vrai.

– C'est ce qu'on dit. »

Louison, impatientée par sa dizaine de petits frères et sœurs qui tiraient son cotillon et exaspérée par leurs piaillements, les chassa dehors à coups de torchon. Elle revint regarder travailler le sabotier, s'accroupissant près de lui. Le sabotier de la Gâtine lui saisit un genou d'une main ferme :

« En as-tu un autre aussi rond, coquine ?

– Tâtez, vous verrez. »

Le sabotier tâta et trouva le second aussi charnu que le premier. Il en fit compliment à Louison qui en avait entendu d'autres et se contenta de hausser les épaules. Seule la breloque en forme de cœur évidé l'intéressait.

« Vous êtes bien habile.

– Je peux t'apprendre un jeu de mon pays, si tu veux.

– Je m'en méfie, des jeux de votre pays. »

Le sabotier s'assit par terre, devant Louison, lui demanda d'appuyer ses pieds nus contre ses pieds nus, lui prit les mains :

« Laisse-toi te balancer... Chez moi la gâtinelle se balance comme ça avec son parsonnier. Jusqu'à en perdre la tête.

– La tête me vire. »

Le sabotier de la Gâtine eut soudain l'impression d'une présence dans l'atelier. Tête-de-loup les regardait, narquois.

« Si je dérange, je repasserai. »

Le sabotier et Louison se relevèrent prestement.

« On jouait à l'embertounage, bredouilla le sabotier qui ne savait trop quelle contenance prendre.

– Prenez garde que cette fille ne vous jette un sort. Tous les Chante-en-hiver sont maudits. »

Louison se sauva, relevant ses jupes pour courir plus vite vers le cabaret, tellement Tête-de-loup lui faisait peur avec sa tête de carnassier et ses yeux bleus.

Depuis le départ de Victorine et de Victor, Tête-de-loup s'était appliqué à aider Dochâgne dans les travaux de la ferme. Mais il ne tenait pas longtemps en place et fuguait dans la forêt où il continuait à poser des collets, proposait son aide à Jacques-le-tisserand ou au sabotier de la Gâtine, chez lesquels il retrouvait ses travaux vosgiens, repartait épauler Dochâgne, ramenait du gibier ensanglanté. Sa longue itinérance lui laissait le goût du vagabondage. Le sabotier de la Gâtine, qui avait voyagé moins loin que lui, mais qui avait voyagé et en gardait un esprit ouvert, l'attirait. De temps en temps, Tête-de-loup lui offrait un lapin ou une caille et le sabotier lui montrait comment sculpter les cœurs.

« Il faut de la patience, disait Tête-de-loup. Je n'en ai pas. J'aimerais toujours marcher, piéger des bêtes. Je tue les bêtes, mais les bêtes et moi on se comprend. On est de même nature. »

Un soir il apporta au sabotier de la Gâtine une petite chouette chevêche capturée dans le creux d'un vieux poirier.

« Vous vivez seul, sabotier. Voilà une compagne qui ferait bien, perchée sur votre épaule.

– Tu sais que les chouans détestent les chouettes. Elle fera fuir tous mes clients. »

Tête-de-loup caressait la petite boule de plumes grises qui, effrayée, faisait pivoter sa tête et fixait le sabotier de la Gâtine de ses gros yeux ronds, immobiles dans le crâne, comme si elle eût voulu l'attendrir.

« Une drôle de compagne que tu m'amènes là! On dit de la chouette qu'elle est un des déguisements du Malin. Si les paysans clouent des chouettes sur les portes de leurs granges c'est pour que le diable en soit épouvanté et passe son chemin.

– Que me chantez-vous là, sabotier, vous ne croyez pas au diable!

– Je ne crois pas au diable, comme tu y vas! Je ne crois pas en Dieu, pour sûr, mais le diable c'est autre chose. Si Dieu ne se manifeste guère, le diable n'arrête pas de nous mordre les chausses.

– Cette chevêche vous portera bonheur. Vous en avez besoin pour vous garder de cette maison du malheur, à côté de chez vous.

– Tu m'agaces avec cette haine des tiens pour Chante-en-hiver. C'est un infortuné qui n'a pas besoin de ça.

– Sabotier, croyez-moi, j'ai une dette envers la saboterie à cause de ce sabotier vosgien qui m'a accueilli et appris tout ce que je sais. C'est un présent plus gros que vous ne pensez que cette chevêche. Je connais les bêtes. Tant qu'elle sera avec vous, la chevêche, vous n'aurez rien à craindre de la méchanceté qui vous guette. Vous vous êtes mis en danger, avec la Louison. Elle est maudite, comme tous les Chante-en-hiver.

– T'occupe pas de mes affaires, méchant drôle. »

Tête-de-loup partit, en laissant la chouette perchée sur l'épaule du sabotier.

3

La surprise fut générale, lorsqu'à la messe du dimanche

La surprise fut générale lorsqu'à la messe du dimanche, la femme et la fille du maire-meunier apparurent avec, sur la tête, une espèce d'énorme papillon blanc. Elle éclipsa du même coup la cérémonie religieuse. Pour la première fois la paroisse voyait de ces coiffes blanches qui, d'abord portées par la bourgeoisie rurale, comme un signe de différenciation, allaient en un demi-siècle envahir les campagnes et rivaliser de formes les plus cocasses, la Vendée comptant à elle seule vingt-cinq coiffes différentes.

Depuis cent ans, le port du bonnet de toile blanche, enserrant les cheveux, restait immuable. La coiffe empesée, ornée de tulle brodé, de dentelles et de rubans, ne sera à la mode que pendant un siècle, mais elle marquera à tel point le costume paysan qu'on la croira vêtement traditionnel millénaire.

On saura plus tard que la femme du meunier et leur fille portaient ce jour-là une grisette bocaine. Il y eut toutes sortes de grisettes, la grisette de Niort, énorme, ne ressemblant guère à la grisette de Fontenay qui s'apparentait plutôt à la cabanière plainaude. Il exista une grisette tuyautée dite corne de Sainte-Hermine, petite et simple. Pour que la coiffe ne glisse pas, la femme et la fille du meunier avaient posé sur leurs cheveux lissés en bandeaux une toque, ruban de velours noir s'arrêtant à la hauteur des oreilles et se terminant par deux galons noués derrière le chignon.

Dans l'église, on ne priait guère. On murmurait. On chuchotait. Comme la séparation des sexes s'appliquait aux offices religieux et que les hommes se tenaient le plus près du sanctuaire, le curé-aux-bougies ne comprenait pas très bien les raisons de ce jacassage de femmes au fond de l'église. Ni pourquoi les hommes détournaient si souvent la tête et s'étiraient le cou pour essayer d'apercevoir il ne savait quoi.

Lorsque le maire-meunier, sa femme et sa fille se rejoignirent sur la place de l'église après la cérémonie, et que le curé-aux-bougies apparut en surplis blanc pour bavarder comme de coutume avec ses ouailles, la surprise le fit bégayer. Ces tulles gaufrés en fins tuyaux, cette mousseline de dentelle, échafaudés sur ces deux têtes, paraissaient de la provocation ou de la plaisanterie. Mais le curé-aux-bougies savait que la famille du meunier ne plaisantait jamais.

« Ma femme et ma fille se sont mises à la mode, monsieur le curé, déclara le meunier comme pour s'excuser.

– Ah! c'est la mode! Bien. Bien... », balbutia le curé-aux-bougies.

Autour des deux femmes, les paysannes tournaient, regardaient de plus près, faisaient des commentaires à voix basse. La meunière avait noué sur sa robe un petit tablier de soie noire et, à sa ceinture, quatre chaînes d'argent supportaient les insignes de sa dignité : un petit couteau nacré, une paire de ciseaux, des clefs, un épinglier. La fille portait un mouchoir de cou en tissu imprimé, mais ce qui attirait le regard, outre la coiffe, c'était sa jupe ample, fendue sur le côté à laquelle les garçons donnèrent aussitôt un nom approprié : la miguallière.

Pourtant, la fille du meunier ne miguaillait pas avec la bachellerie, cette pimbêche ne se commettant pas avec les bouseux du village. Sa mère et elle montraient encore une autre particularité qui les hissait bien au-delà du commun des mortelles : elles avaient des chaussures.

Peu après, le maire-meunier annonça le mariage de sa fille avec le fils d'un sergier du bourg voisin, qui ajoutait au commerce de la serge, ceux de la flanellerie et de la chapellerie. Si Louison s'exaspérait de ne point obtenir de dot, la fille du moulin, dite Mouillefarine, n'en serait pas dépourvue. Son mariage ne pouvait être qu'un grand mariage, et le meunier-maire, auquel ne restait plus que cet unique enfant, ne lésina pas sur les invitations. Tous les métayers et les bordiers du village en reçurent, ainsi que les trois artisans : le forgeron, le sabotier et le tisserand. Furent seulement exclus de la fête les valets et les filles de ferme, les chambrières, les bergers et les vachères. Mais les deux familles réunies et leurs parentèles, on arriva à trois cents personnes. Le meunier chargea son protégé, le sabotier de la Gâtine, de faire office de convieur. C'est-à-dire d'aller de famille en famille porter l'invitation orale. Chaque famille visitée attachait un ruban au bouquet qu'il portait à sa veste, si bien que le soir il revint chez lui tout pavoisé.

Louison le héla au passage :

« On dirait que c'est vous le marié.

– Sois tranquille, celle qui m'attrapera n'est pas encore née. »

Entrant à tâtons dans sa boutique obscure, le sabotier vit soudain avec inquiétude deux gros yeux jaunes qui le regardaient. Il ne s'accoutumait pas encore à sa chouette, si habitué à vivre seul que cette présence animale lui causait souvent une impression de gêne. Comme si quelqu'un de silencieux l'épiait. Le sabotier de la Gâtine eut un mouvement de mauvaise humeur contre Tête-de-loup qui lui avait imposé cet oiseau sinistre.

Le mariage de la fille du meunier fut un événement moins important que l'apparition des deux premières coiffes, mais les deux choses restèrent liées dans la mémoire du village, d'autant plus qu'à la noce les deux femmes portaient bien sûr leurs coiffes blanches. Ces épousailles furent quand même la plus grande fête donnée au village depuis l'inauguration du moulin. Tous les mariages précédant celui-ci avaient été mariages de pauvres. Ce mariage de riches demeurera un modèle que chaque métayer aisé tentera plus tard de renouveler.

Le printemps de 1818 semblait clément. La semence de blé donnait une belle herbe vert clair. Les arbres fruitiers se couvraient de fleurs. On entendait partout les bouviers darioler :

> *Oh... o, o, OO... o da a!*
> *Marjolin, Robin*
> *Nobié, Muscadin*
> *Rougeaud, Blanchet*
> *Ho, da, mes valets, ho!*

Sous les lourds jougs de bois, les bœufs roux, de toute la force de leurs têtes puissantes, tiraient les attelages. En ce temps-là, chaque région possédait sa race de bovins, comme son espèce de blé. Le Bas-Poitou s'enorgueillissait de ses parthenays, maigres, vifs, pointus d'échine, tout en os, mais à marche rapide. Assis derrière ses bœufs, sur une poutre taillée par lui-même, jadis, dans un arbre, une simple poutre qui permettait à deux traverses d'attacher les quatre grandes roues cerclées de fer, Dochâgne dariolait pour le plaisir, sans aiguillonner ses bêtes. Il dariolait pour bercer sa rêverie, en rentrant à sa métairie, heureux de retrouver celle qu'il appelait toujours sa petite Louise; heureux du mariage de Victorine et de Victor, même si leur éloignement lui pesait; heureux du retour de Tête-de-loup, même si les attitudes et les réactions de son fils adoptif l'inquiétaient; heureux de la bonne santé de Poléon et d'Arsène le troisième; heureux du printemps revenu.

Mais dès que Dochâgne arriva à sa ferme, son bonheur s'en alla d'un seul coup. Le régisseur du comte se trouvait devant l'écurie et discutait avec Tête-de-loup. Lui aussi, portait maintenant un pantalon rayé, mais il conservait son grand chapeau de feutre. Il tenait son cheval par la bride, se retourna en entendant l'attelage et vint au-devant de Dochâgne :

« Monsieur le comte vous envoie bien le bonjour.

— Vous remercierez monsieur not' maître et lui rendrez son bonjour.

— Monsieur not' maître n'est pas content. Vous l'avez oublié. Mais lui n'oublie pas ses terres. Il vous a laissé vous relever. Il ne vous a pas saigné. Mais maintenant ça ne peut plus durer. Puisque vous ne savez pas exploiter la terre qu'il vous prête, il a décidé de prendre ses affaires en main. Les sacs de blé que vous lui avez livrés l'an dernier ne couvrent pas l'intérêt du dixième des terres qui vous sont allouées.

— La récolte n'a jamais été si mauvaise depuis deux ans. On a donné ce qu'on a pu. Il ne nous est même pas resté de quoi faire du pain l'hiver.

— Vous ne savez que vous plaindre. Mais vous

crevez dans vos habitudes. Vous faites trop de blé.

– Quoi! s'exclama Dochâgne, stupéfait, on n'a pas assez de blé!

– Le bocage n'est pas une terre à blé. Il faut laisser ça aux cultivateurs de la plaine. Il faut réduire vos emblavures et augmenter vos pâtis.

– Mais le blé... »

Dochâgne ne savait comment s'expliquer. Ce que le régisseur lui disait paraissait tellement absurde, tellement contraire à tous les usages qui voulaient que la noblesse d'un paysan se reconnaisse à la qualité de son blé, le blé et le pain quotidien étaient à tel point une seule et même chose, qu'il ne comprenait pas.

« C'est comme la vigne, reprit le régisseur. Tous les paysans ont des vignes, maintenant. Avant la Révolution, seuls la noblesse et le clergé bénéficiaient du droit au vin. Vous faites du mauvais vin avec de trop petites vignes, implantées n'importe où. Et vous vous soûler comme des brutes.

– Le père ne boit que de l'eau, protesta Tête-de-loup.

– Et toi?

– Moi aussi, je ne bois que de l'eau.

– Alors pourquoi cette vigne sur le coteau, que vous avez plantée sans demander la permission au maître?

– Le vin est un médicament, répondit Dochâgne. On en a besoin contre les coliques. »

Dochâgne ne disait pas que sa vigne lui assurait un petit profit. Il vendait son vin au bourg. Et depuis la Révolution, la vigne, autant que le blé, devenait la fierté du paysan.

Le régisseur se mit à rire :

« Vous avez de grosses coliques! Le maître ne veut pas votre mort. Dans les terrains trop pentus, trop cailouteux, juste bons pour les chèvres, vous pourrez toujours faire de la vigne pour vos coliques. Mais où les bœufs peuvent pâturer il faudra m'arracher ces ceps seulement bons à faire de la cendre. Le maître va réduire le nombre de ses métayers. Vous avez de la chance, père Dochâgne, votre métairie est une des plus grandes du village. Vous la garderez. Du moins vous la garderez si vous suivez bien les instructions du maître et lui donnez chaque année suffisamment de bœufs, de veaux et de génisses. Vous ferez de l'élevage désormais. Et il vous faudra plus de terres pour pacager. Les trop petites métairies seront détruites et les terres regroupées. Allons, il faut que je termine ma tournée. Je reviendrai souvent, maintenant, pour veiller à ce que les instructions du maître soient bien suivies. »

Tête-de-loup et Dochâgne se regardèrent, atterrés. Dochâgne tremblait de fureur.

« Remettez-vous, père, dit Tête-de-loup. J'ai plus d'un tour dans mon sac.

– J'aurais dû accepter un métayage du baron, soupira Dochâgne. Mais ses terres sont si petites. Je vas lui parler. »

Dochâgne monta son âne qui refusa d'abord d'avancer d'un pas. Il essaya de l'amadouer :

« Allons, Ministre, fais pas des manières. »

Mais comme l'âne se raidissait, couchait ses longues oreilles sur son dos, il finit par le battre à coups de corde :

« T'es un bon à rien, mon Ministre. Te faut toujours la manière forte. »

Ministre finit par démarrer d'un pas lent, en secouant vigoureusement la tête, comme s'il disait non.

Le baron reçut Dochâgne en l'embrassant trois fois, comme de coutume, le complimenta pour le bon travail de Victorine et de Victor, mais ajouta :

« Leur métairie est bien mal située, juste en plein

milieu des terres du comte. Il m'a proposé de faire un échange, mais je n'ai pas voulu. Mes terres sont les terres de mes aïeux. »

Dochâgne raconta la visite du régisseur et son désarroi.

« Si vous aviez, monsieur le baron, une petite métairie pour moi. Maintenant que Victorine et Victor sont à leur compte, que Poléon est quasiment élevé, on pourrait se contenter de peu.

– Tu me demandes ça trop tard. Je n'ai plus rien. Et mes métairies sont si petites que tu y étoufferais, habitué à tes aises.

– On n'a vu le comte qu'une fois. Il n'a pas d'amitié pour son bien. Si on pouvait lui parler.

– Ce n'est pas quelqu'un avec qui on peut causer. Moi-même j'ai bien du mal à le comprendre. Il vit à Nantes et décide là-bas ce qu'il juge bon, sans s'inquiéter de ses gens qu'il ne voit jamais. Il ne fait d'ailleurs que suivre les instructions du roi qui encourage la grande propriété. Toi et moi, mon bon Dochâgne, nous sommes des gêneurs, des gens de l'ancien temps. Tiens, je ne devrais pas te le dire, mais on ne s'est jamais rien caché... Tu sais que les biens de l'Eglise n'avaient pas tous été vendus, sous la Révolution. Les patauds n'avaient pas eu le temps. Eh bien, le gouvernement du roi en achève la vente et le comte s'est porté acquéreur d'un gros lot qui arrondit son domaine. Mes pauvres terres sont coincées dans les siennes. Il voudrait bien me déloger, comme il veut déloger les trop petits métayers de ses propres terres. On ne sait pas où on va, mon bon Dochâgne. Souvent je me répète que c'est une chance de devenir vieux, que cela me préserve d'un avenir que je ne comprendrais pas.

– C'est donc ça, la vieillesse, monsieur le baron! Si je n'écoute que mon corps je ne me sens pas vieux. Je suis aussi fort qu'il y a vingt ans. Mais mon esprit ne suit pas. Si Jacques-le-tisserand ne vivait pas près de moi, si on ne causait pas parfois du temps de la grande guerre, j'en arriverais à penser que j'ai l'esprit dérangé par quelque manigance. »

Il pensa : l'esprit dérangé comme celui de Chante-en-hiver. Mais il ne parlait jamais de Chante-en-hiver. Il ne prononçait plus ce nom. Il voyait dans la déchéance du forgeron une punition de Dieu mais, en même temps, que la jeunesse se moque du radotage de Chante-en-hiver et l'appelle « le conscrit » lui faisait mal. Chante-en-hiver avait beau avoir failli, il n'en restait pas moins un ancien capitaine de paroisse. L'irrespect des jeunes le révoltait. Finalement, dans cette décrépitude de Chante-en-hiver, sa propre vieillesse lui apparaissait.

En revenant à la métairie, monté sur Ministre qui s'arrêtait parfois brusquement, arc-bouté sur ses quatre pattes, et se mettait à braire sans raison apparente, Dochâgne pensait à l'étrange Tête-de-loup, au Cheval Malet gris pommelé qui l'avait emmené au pays des hussards, à son comportement bizarre qui le faisait ne jamais tenir en place bien longtemps. Le vagabond semblait dominer sur le paysan chez Tête-de-loup, et cela ne plaisait guère à Dochâgne. De tous ses enfants, l'adoptif, le bâtard, ou ceux du lit de Louise, le seul en qui il se reconnaissait vraiment, le seul qui fût un vrai paysan, c'était Victor. Victorine le lui avait pris. Il tentait bien de chasser cette mauvaise pensée, mais il en voulait quand même à Victorine de lui avoir pris Victor, et de le lui avoir pris tout petit. Victor lui manquait dans la solitude des champs. Tête-de-loup l'accompagnait bien, seulement il n'était jamais à ce qu'il faisait, toujours en alerte, comme un chien de chasse. Au lieu de s'appliquer à tracer un sillon bien droit avec l'araire, il s'arrêtait, flairait le vent, disait : « Il y a un cerf qui va boire à l'étang, là-bas, du côté de la châtaigneraie. » Ou bien : « Il viendra des loups, cette nuit. Je les sens dans le vent d'est. » Ou encore : « Après cette petite pluie, les champignons vont se lever. C'est bien assez de ce labour. Je vais vous en cri pour le dîner. »

Tête-de-loup aimait mieux poser des collets que travailler la terre. En même temps, grâce à ses collets, à ses champignons et à des racines qu'il apportait et savait cuisiner, on ne souffrait plus de la faim chez les Dochâgne. Dochâgne se demandait si les rapines de Tête-de-loup n'étaient pas responsables de la colère de Dieu qui leur envoyait ce régisseur du diable. Il fallait se méfier de ne pas déranger l'ordre de la nature.

A la veillée, Tête-de-Loup qui écossait des fèves avec Poléon commença par reparler du père Lavendée, des sabots, puis du sabotier de la Gâtine. Dochâgne ne voyait pas où il voulait en venir. D'autant plus que Tête-de-loup prenait Poléon à témoin de l'agrément qu'il y avait à creuser des sabots dans une grosse branche de hêtre. Puis finalement, comme si cela allait de soi, il annonça :

« Je lui ai parlé de Poléon, au sabotier de la Gâtine. Il veut bien le prendre comme apprenti. Même qu'il lui apprendra à mouler des cœurs par la même occasion. Hein, Poléon, tu aimerais bien être sabotier, dis ?

— Oui, j'aimerais bien.

— Qu'est-ce que c'est que cette histoire ? s'exclama Dochâgne. Pas question que Poléon se laisse dévoyer l'esprit par cet impie de sabotier.

— Il apprendra un bon métier. Il ne sera pas une créature du comte, mais un ouvrier libre.

— Mais j'ai besoin de Poléon, s'entêta Dochâgne. Je vais quand même pas embaucher un valet.

— Vous avez bien assez de moi comme valet.

— Oh ! toi... Tu ne tiens pas en place.

— Il se trouvera des valets à ne pas savoir qu'en faire, qui travailleront pour quelques sous. Si le comte détruit les petites métairies, il y en aura des bras à louer! Vous avez entendu ce qu'a dit le régisseur, il y a trop de paysans...

— Il n'a pas dit ça!

— Il l'a dit autrement! Mais si on regroupe les terres il y aura trop de paysans. Il en faut moins pour élever du bétail que pour couper du blé et le battre. Vous avez vu que les gens n'aiment plus marcher pieds nus. Tous les jeunes ont des bots. Il y a trop de paysans, mais il n'y aura bientôt pas assez de sabotiers. »

Dochâgne se montrait contrarié par cet arrangement de Tête-de-loup, fait sans son consentement. De quoi se mêlait-il? Puisque Poléon avait pour parrain Jacques-le-tisserand, on lui demanderait son avis.

Jacques trouva dommage que l'on ne puisse pas confier Poléon à un sabotier non mécréant, sinon, l'idée de Tête-de-loup lui paraissait en effet bonne.

Le lendemain matin, Tête-de-loup emmena Poléon qui venait d'avoir douze ans dans l'atelier du sabotier de la Gâtine. Le sabotier lui donna un marteau et deux gros clous :

« Poléon, on va commencer par sceller notre amitié dans le chêne de ton père. On va y planter ces deux clous. »

Tête-de-loup les accompagna.

Comme ils arrivaient à l'orée de la forêt, trois cavaliers vêtus comme des paysans, mais armés de fusils, débouchèrent du couvert des arbres et galopèrent à leur rencontre, leur demandant où ils allaient avec leur marteau.

Surpris, les deux hommes et l'enfant demeurèrent muets.

« Vous n'allez pas couper des arbres, par hasard? demanda un cavalier.

— On ne coupe pas un arbre avec un marteau », répliqua le sabotier de la Gâtine.

Et il ajouta, devinant que ces cavaliers devaient être des hommes du comte :

« On ne va pas dans la forêt. On va à nos affaires, en passant par là.

– Qui es-tu, toi?

– Je suis le sabotier du village et je dépends du maire-meunier.

– Ah! bon. Et toi? demanda-t-il à Tête-de-loup.

– Je travaille dans une métairie du comte qui est à mon père. Celui-là est mon petit frère. Il sera sabotier.

– Nous, le comte nous envoie comme gardes pour protéger la forêt. On va aller chez votre maire et lui dire notre façon de penser. C'est pas croyable, les essartages ont détruit des cordes et des cordes de bois, dans tout le pourtour de la forêt. Et à l'intérieur le gibier est massacré avec si peu de bon sens que les bêtes éclopées sont plus nombreuses que les saines.

– La chasse n'est plus réservée au seigneur, dit calmement Tête-de-loup. Les paysans aussi ont le droit de chasser.

– Vous chasserez si le maître le permet. Vous avez bien assez à faire avec vos terres, sans encore perdre du temps à la chasse, comme des oisifs. »

Les trois cavaliers éperonnèrent leurs chevaux et partirent au galop vers le village.

« Voilà qu'ils veulent maintenant nous interdire de chasser, grogna Tête-de-loup.

– Vous êtes drôles, répondit le sabotier de la Gâtine. Vous détestez la Révolution et en même temps vous voulez conserver la liberté qu'elle vous a donnée. Ton père entend conserver la liberté de la vigne, toi la liberté de la chasse.

– Oh! moi, répliqua Tête-de-loup, je ne m'intéresse pas à tout ça. Je suis pour ma liberté à moi. Allez, je vous laisse. J'ai envie de voir Victorine et

Victor, et Jean, mon petit filleul. Occupez-vous bien de Poléon, sabotier. »

Le sabotier sourit :

« Tu me l'as améné pour que j'en fasse un homme libre? Comme toi et moi?

– Comme vous. Pas comme moi.

– Tope là, mon gars. »

Le sabotier de la Gâtine et Tête-de-loup se frappèrent les paumes de la main en signe d'accord.

« La métairie de ta sœur est bien loin. Tu y vas à pied?

– Oui, j'ai tout mon temps.

– Dochâgne va s'inquiéter.

– Poléon lui dira qu'il fallait que j'aille voir Victorine. Il comprendra. »

Le curé poussif de la Petite-Eglise ne vint baptiser Jean que plusieurs semaines après sa naissance. Victorine ne s'en inquiéta pas trop puisque les âmes des enfants morts avant le baptême deviennent des oiseaux et qu'elle aimait les oiseaux si nombreux autour de la ferme.

Le petit Jean profitait bien, suspendu dans un sac à la maîtresse poutre, pendant que sa mère travaillait. Victorine et Victor se colletaient à leur petite métairie, s'y accrochaient avec une énergie un peu folle. Pour reposer les deux vaches, qui servaient, à défaut de bœufs, d'animaux de trait, mais qui, lorsqu'elles travaillaient, donnaient moins de lait, Victorine s'attelait parfois à l'araire, avec l'âne. C'est elle seule qui cultivait le potager, derrière la maison, qui sortait le fumier de l'écurie, qui veillait aux abeilles. Victor avait construit dans le prolongement de la toiture basse un enclos pour le porc et les chèvres. Le baron leur avait promis un goret et un chevreau, après les récoltes d'été. Ils ne voulaient plus se trouver pris de court.

Tête-de-loup prétextait des visites à son filleul pour venir souvent donner un coup de main à la métairie. Lorsqu'il arriva ce jour-là, il trouva la maison vide, Victorine ayant accompagné Victor aux champs. Mais au milieu de la pièce, sur la longue table entourée de bancs, il vit un gros pain rond, entamé. Ce gros pain était posé là comme un défi à la famine. Victorine se conformait à un antique usage qui voulait que, dans les fermes les plus pauvres, un beau pain soit toujours placé en évidence sur la table, comme pour braver le sort. Pain de la fierté, pain du simulacre de l'abondance, il indiquait au vagabond qui passerait la tête dans la porte que la maison se tenait toujours prête à partager le pain.

Tête-de-loup sortit son couteau de sa poche, se coupa un chanteau. Il avait posé sur la table deux lièvres. Les visites à son filleul lui donnaient aussi l'occasion de ravitailler en gibier la maisonnée.

Il ne fallait pas aller bien loin à travers champs pour retrouver Victorine et Victor, les propriétés du baron étant minuscules. Il les vit affairés à chasser des pigeons avec des gaules, sur un terrain fraîchement ensemencé. Le petit Jean, couché dans un panier d'osier à l'ombre d'un buisson, gazouillait.

« Qu'est-ce que c'est que ces pigeons? demanda Tête-de-loup.

– Ah! dit Victorine, découragée, ça vient des terres du comte. Il a reconstruit son colombier et ses pijounes ne connaissent pas les bornages. Les métayers du comte les maudissent eux aussi, mais après tout qu'ils se débrouillent avec leur maître. Nous, ce n'est même pas not' maître et il faut subir ses pijounes. »

Tête-de-loup sortit de sa poche une fronde, ramassa une pierre, tira et un pigeon s'abattit dans un bruit doux d'ailes froissées.

« Je vais t'en faire une fricassée. »

Victorine lui arracha la fronde des mains.

« Tu vas nous envoyer aux galères!

– Ils avalent tes grains, c'est bien normal que tu
les manges puisque tu les as nourris. »

Victorine prit le pigeon mort et l'enterra profond
en terre avec une bêche.

« Je te croyais moins peureuse, Victorine. Autrefois tu étais une petite mère j'ordonne... »

Lorsqu'ils revinrent à la métairie, les trois gardes
du comte attendaient. Descendus de cheval, ils se
rafraîchissaient le visage en s'aspergeant de l'eau du
taimbre (l'abreuvoir).

« Tiens, remarqua l'un d'eux en voyant Tête-
de-loup, on se retrouve. Que fais-tu là?

– Je suis chez ma sœur.

– Et ces lièvres sur la table, c'est ta sœur qui les a
élevés?

– Ils ont été chassés sur les terres du baron. Ça
n'est pas vos terres. »

Les trois hommes se mirent à rire :

« Les terres du baron... les terres du baron... Il
faut se mettre sur la pointe des pieds pour les voir.
Quand un lièvre saute, il les a déjà traversées, les
terres de ton baron.

– Vous n'avez pas le droit de venir chez nous, cria
Victorine, je me plaindrai à not' maître! »

Les trois hommes s'esclaffèrent de plus en plus
bruyamment. Celui qui semblait le chef fit mine
d'être effrayé :

« C'est qu'elle va nous faire peur avec son baron!
Allez, les gars, on n'en tirera rien pour cette fois. »

Puis, d'une voix qui ne plaisantait plus, il
s'adressa à Tête-de-loup :

« Toi, mon gaillard, on t'aura à l'œil. Tu es facile à
reconnaître avec ton grand nez et tes yeux
bleus. »

268

Lorsque les gardes furent partis, Victor dit à Tête-de-loup :

« Tu vois, la Victorine, si elle n'avait pas enterré la pijoune, on se trouvait dans de beaux draps. Elle a toujours l'œil, la Victorine. »

La Restauration s'éternisant, le maire-meunier se lassa de cette inhabituelle stabilité politique et mourut. Le village s'en aperçut à peine car le maire-meunier, presque impotent à force d'obésité, n'intervenait plus guère dans les affaires de la commune, et son gendre s'arrangea pour lui succéder aussi bien aux moulins qu'à la mairie.

Le curé-aux-bougies soliloquait devant le jeune maire-meunier qui admirait ses références d'homme instruit, mais en même temps se méfiait de ses affirmations invérifiables.

« Monsieur le maire, vous n'ignorez pas que seulement un quart de nos paroissiens peut signer de son nom. Le quart des hommes s'entend. Les femmes, aucune ne sait écrire. Alors qu'avant la Révolution, dans nos villages, les deux tiers des hommes et le tiers des femmes connaissaient leur alphabet.

– J'ai ouï dire qu'on ne lisait guère que le catéchisme et l'histoire sainte!

– Que voulez-vous lire de plus beau! Dans tous les villages, avant 89, il existait des « petites écoles ». La Révolution décida un jour de fermer les institutions religieuses. Comme il n'existait pas d'autres pédagogues que ceux de notre Sainte Eglise, eh bien, la Révolution n'eut plus d'écoles du tout. Et aucun paysan ne sut plus lire!

– Je connais bien nos villageois. A la rigueur, la classe pourrait se tenir dans les trois ou quatre mois d'hiver, lorsqu'ils n'ont pas d'emploi pour

leurs enfants. Prévoir un local spécial et un instituteur à temps complet serait de la folie.

– Monsieur le maire, je n'ai jamais espéré obtenir
une école neuve. Ni un maître à plein temps. Dans
beaucoup de villages, on voit maintenant des
régents qui se font un petit profit avec des élèves,
en plus de leur métier habituel. »

Le nouveau maire réfléchit puis, se rendant aux
raisons du curé-aux-bougies, proposa comme instituteur le sabotier de la Gâtine.

« Impossible, monsieur le maire, se récria le
curé-aux-bougies, c'est un impie!

– Mais c'est le plus instruit de la commune. Mon
beau-père m'a toujours dit...

– Il est trop instruit, monsieur le maire. Un bon
maître d'école doit surtout être pieux. »

Le maire et le curé passèrent en revue leurs
concitoyens susceptibles d'enseigner à lire et à
écrire aux enfants, qui soient en même temps de
bons chrétiens, sans être ivrognes ni blasphéma-
teurs. De tels critères éliminaient presque tous les
hommes.

« Il me semble, dit le jeune maire, que Dochâgne...

– Impossible, il est de la Petite-Eglise. Par contre,
Jacques-le-tisserand, je ne dis pas...

– C'est un ignorant!

– C'est une âme pieuse. Il est bien méritant. Ça
l'aiderait à joindre les deux bouts. »

Ainsi Jacques-le-tisserand devint-il maître d'école,
à sa plus grande surprise.

Cette nomination arrivait à point. Augustine-la-
bouétouse venait d'accoucher d'un nouvel enfant
que l'on avait prénommé Antoine (ou plutôt
Touène). Comme le forgeron, le tisserand était
concurrencé par ses nombreux collègues du bourg.
Si le miracle des berceaux avait si rapidement
repeuplé le bocage que les paysans s'y trouvaient à

270

l'étroit, les bourgs regorgeaient d'artisans. Le bourg voisin ne comptait que mille trois cents habitants et l'on y dénombrait cinq maçons, huit sabotiers et savetiers, deux tonneliers, une dizaine de tisserands de lin et de chanvre. De plus, les foires amenaient de très loin des marchands drapiers et des tailleurs d'habits.

Jacques et Augustine vivaient misérablement. Sans l'aide de Dochâgne qu'ils compensaient en assumant des travaux à la ferme, ils seraient morts de misère depuis longtemps. Augustine-la-bouétouse, habituée à la pauvreté dans la borderie de son père, s'étonnait si peu de leur indigence qu'il lui paraissait naturel, lorsqu'elle faisait une course dans le village, de tenir ses sabots à la main de peur de les user.

Au début de leur mariage, ils eurent le désagrément de voir revenir presque toutes les nuits Léonie, qui voulait s'assurer de la bonne tenue du ménage de son ex-mari et vérifier si son fils Victor n'était pas maltraité. Mais depuis le départ de Victor de la ferme des Dochâgne, Léonie avait disparu. Les morts sont ainsi. Ils vont et viennent au gré de leurs humeurs. Peut-être Léonie veillait-elle maintenant sur Victor dans la métairie du baron? Peut-être redoutait-elle trop Victorine pour s'y risquer? Un jour les revenants s'évanouissent à tout jamais, ayant enfin gagné leur droit à l'éternel sommeil.

Jacques-le-tisserand ouvrit son école dans la salle commune de son logis. Les écoliers se plaçaient entre le métier à tisser et le haut lit entouré de rideaux. On poussait la table pour que le centre de la pièce se transforme en salle de classe. Dans un coin, Jacques étendit du sable. Les enfants, le premier hiver, ne furent qu'une dizaine, et seulement des garçons, les métayers refusant d'envoyer leurs filles de peur, disaient-ils, que sachant signer, devenues femmes elles ne se lancent dans de mauvaises affaires. Ils s'agenouillaient, un bâtonnet dans la main, et traçaient sur le sable les lettres de l'alphabet en recopiant le modèle que Jacques dessinait lui-même. Lorsque tout était recouvert de signes, Jacques-le-tisserand effaçait avec une planche qui égalisait le sable et l'on recommençait.

Ni le curé ni le maire n'apportaient le moindre secours au maître d'école. Il ne pouvait donc acquérir ni tableau, ni cahiers, ni livres de lecture. Le maire et le curé l'avaient nommé maître d'école, en l'autorisant à se faire payer, par les parents, un franc par élève et par mois. Ses dix élèves lui donnaient tout juste dix francs, le salaire d'un ouvrier agricole nourri et logé. Les élèves assuraient le chauffage, chacun venant le matin avec une bûche.

Comme la plupart des autres maîtres d'école de village, Jacques-le-tisserand enseignait donc les lettres dans le sable et le calcul avec des cailloux et des noix.

A la fin de l'hiver, faute de livres de lecture, Jacques demanda aux enfants de chercher chez eux ce qu'ils pourraient trouver à lire. La plupart n'amenèrent que des actes d'état civil, des mémoires d'achats, de ventes, de partages. Ils s'essayaient à la lecture de ces manuscrits sévères. Debout, devant la grande table des repas, chaque écolier lisait l'acte qu'il tenait à la main, avec une gravité de notaire.

Le curé-aux-bougies venait deux fois par semaine pour faire apprendre par cœur le catéchisme et se félicitait des progrès rapides des enfants. Pourtant, indépendamment du calcul, de la lecture et du catéchisme, les élèves ne recevaient d'autres notions d'histoire et de géographie, que celles improvisées par Jacques-le-tisserand. Mais la soif d'apprendre était très grande. Pendant vingt-trois ans, le village n'avait pas eu d'école. Les dix privilégiés qui recevaient les leçons du tisserand, outre qu'ils se réjouissaient de rester tout l'hiver au chaud au lieu de subir les aléas des corvées de la ferme, pénétraient avec lui dans un monde tellement nouveau qu'ils en demeuraient toute la journée bouches bées, écoutant leur maître comme un oracle.

L'histoire et la géographie enseignées par Jacques ne procédaient que de sa propre expérience et de son vagabondage. Il ne connaissait que les vies de trois saints, saint Séverin parce qu'il est le patron des tisserands, saint Martin (mais il confondait le plus connu, celui qui partage son manteau, avec saint Martin de Vertou, ancien valet de ferme devenu anachorète et qui fit un marché avec Satan pour que ce dernier construise un pont pour aller à l'île d'Yeu dont on voit encore de nos jours les vestiges de la chaussée, près de Notre-Dame-de-Monts) et sainte Radegonde de Thuringe, captive des fils de Clovis. Lorsqu'il racontait comment sainte Radegonde, poursuivie par Clotaire Ier au Poiré-sur-Vie, fut miraculeusement sauvée en se cachant dans un champ de mojettes, dite depuis Mojette du Saint-Sacrement, la foudre eût pu tomber sur le clocher du village que la salle de classe n'eût pas été perturbée.

Il racontait aussi des histoires d'ogres et d'ogresses. L'ogre, résultait d'un mélange de Gilles, seigneur de Retz, garde du corps de Jeanne d'Arc, maréchal de France, égorgeur d'enfants; du Barbe-Bleue des petits livres bleus de colportage; et du plus récent général Turreau, massacreur des Vendéens avec ses Colonnes infernales, que l'on croyait toujours vivant et ami du roi Louis XVIII mais que le Bon Dieu avait rappelé à lui, comme on dit, le plus doucement du monde, dans la retraite de ses terres normandes.

Ces trois ogres de Vendée ne faisaient plus qu'un dans l'histoire de Jacques-le-tisserand. Après avoir été garde du corps de Jeanne d'Arc, brûlée par les patauds, l'Ogre-Turreau s'était abattu sur l'Ouest, enfermant les femmes des capitaines de paroisse dans le château de Tiffauges et les pendant par le cou le long des murs, à des crochets de boucher; puis avec de grands sacs il avait ramassé dans les villages tous les enfants des chouans pour en faire de la chair à pâté, hachée menu...

Au « hachée menu », les écoliers n'en menaient pas large. Et lorsque Jacques-le-tisserand enchaînait sur l'histoire de l'ogresse, Béatrix de Machecoul, dame de Talmont, qui dévorait le cœur des enfants pour se désennuyer pendant que son mari se trouvait aux croisades, les écoliers, pourtant aguerris par une hérédité tragique, n'en vomissaient pas moins leur maigre repas.

Dochâgne eût voulu envoyer Poléon à l'école de Jacques. Mais le sabotier lui rétorqua que Poléon était trop vieux pour se mélanger à des mioches de cinq à dix ans et qu'il lui apprendrait aussi bien à lire et à compter, sans bourse délier tout en faisant son apprentissage.

« Poléon, demanda un jour le sabotier, comment c'est ton nom de baptême?

— Jean-Marie.

— Eh bien, je t'appellerai Jean-Marie. Ça me gêne, ce sobriquet ridicule de Poléon. Bonjour, Jean-Marie. Tu as un peu peur de moi, pourquoi?

— Ce n'est pas de vous, c'est de la chouette...

— C'est ton grand frère qui me l'a donnée. J'aurais bien préféré qu'il m'apporte un cochon gras. On en aurait fait du boudin. Mais on ne choisit pas, Jean-Marie. Toi-même, tu n'as pas choisi de devenir sabotier. Tu aurais pu devenir forgeron, si ton père ne s'était fâché avec Chante-en-hiver, ou bien tisserand, si le pauvre Jacques ne s'obstinait pas dans sa pauvreté. Mais tu seras sabotier parce que ton grand frère m'aime bien. Né pour être un homme de la terre, comme ton père, tu seras un homme du bois. Il faut d'abord que je t'apprenne le langage des arbres. Regarde ce tronc, coupé à la hache. A l'extérieur tu vois l'écorce, qui est la peau de l'arbre. A l'intérieur le cœur. La chair, c'est l'aubier, avec tous ces cercles. Tu comptes les cercles et tu connais l'âge de l'arbre. Il faudrait d'abord que je t'apprenne à compter. C'est facile : un cercle, un doigt. Tu lèves un doigt à chaque fois que tu comptes un cercle. Cinq, dix... Ah! il n'y a pas assez de doigts dans tes deux mains. Ça ne fait rien. Tu comptes avec les miennes : quinze, vingt... Il n'y a pas encore assez de doigts... Alors tu prends des clous, tu les mets les uns à côté des autres, par cinq... A la fin, tu vois, il n'en faut plus que quatre. On additionne : ça fait quarante-quatre. L'arbre a vécu quarante-quatre ans. Tiens, vois-tu, c'est juste mon âge. En regardant ces signes du temps, dans le bois, tu ne lis pas seulement l'âge de l'arbre, tu vois aussi l'histoire du temps. Voyons, quarante-quatre ans en arrière, ça nous amène à la fin du roi Louis XV. C'est le roi Louis XVI qui arrive, celui qui sera guillotiné par la République. La mort du roi n'est pas inscrite dans l'arbre, la Révolution y est. Regarde, l'arbre avait quinze ans. Il a failli mourir. Le cercle de cette année-là est tout tremblant, tout chétif. C'est le terrible hiver de 1788... Les années fertiles font de gros beaux cercles dans le tronc de l'arbre et les années de famine des cercles tout riquiqui... Tu comprends, Jean-Marie? »

Jean-Marie s'émerveillait de découvrir si rapidement tant de choses. C'était un petit garçon qui n'avait pas la joliesse de Monsieur Henri, ni la robustesse de Victorine et de Victor. C'est parce qu'il le voyait un peu chétif, et par là même mal armé pour les travaux des champs, que Dochâgne ne s'était pas trop fait prier pour le confier au sabotier de la Gâtine. Dans un visage osseux, un peu asiate, comme ceux de Victorine et de Victor, ses petits yeux vifs, couleur noisette comme ceux de sa mère, lui donnaient un air malin. Le sabotier ne le disait pas, mais c'est à cause de ces yeux-là qu'il avait accepté d'en faire son apprenti.

« Jean-Marie, il faut que je t'apprenne l'histoire de ton métier. Au temps jadis, avant... (il chercha et ne trouva que Jésus-Christ. Contrarié, il faillit passer à autre chose. Puis il se dit que ne pas vouloir prononcer le nom de Jésus-Christ tombait aussi dans les préjugés)... au temps jadis, avant Jésus-Christ, les maîtres du monde s'appelaient des Romains. Et du temps de Jésus-Christ aussi. Comme c'étaient des gens du sud, de la sécheresse et du sable, ils ne connaissaient pas les sabots. Ils portaient aux pieds des lanières de cuir qu'ils appelaient des sandales. Le sabot, comme la barrique, est né de la forêt gauloise, de la forêt de notre pays. Le sabot, c'est la chaussure des pays de la pluie et de la boue. Avec de la paille bien sèche dedans, on n'a jamais froid aux pieds. »

Le discours pédagogique du sabotier de la Gâtine fut interrompu par des hurlements provenant de la forge voisine.

« Egaillez-vous, les gars! Egaillez-vous, les gars! Y en a dix. Y en a vingt. Tirez dans le tas, mordienne! Feu! Feu! »

Chante-en-hiver, dit plus souvent désormais Leconscrit, s'abandonnait à une de ses crises qui rappelaient aux quelques survivants de l'arche du curé-Noé celles de la fille Eléhussard. Si Dochâgne ne se trouvait pas trop éloigné du village pour l'entendre, il en frissonnait. Le pire advenait quand Chante-en-hiver se mettait à imiter le battement d'un tambour, car Dochâgne comprenait que Monsieur Henri rôdait alors dans la forge pour tourmenter celui auquel il avait donné imprudemment toute sa confiance. En même temps, de savoir que

276

l'âme de Monsieur Henri continuait à se mouvoir parmi les hommes, inapaisée, le terrassait de chagrin.

Louison et sa mère, suivies par la marmaille qui ajoutait pleurs et hurlements aux vociférations du forgeron, tentaient de calmer le forcené et de l'emmener coucher. Parfois elles n'y arrivaient pas et demandaient l'aide du sabotier de la Gâtine. Mais la vue du sabotier n'arrangeait pas les choses. Chante-en-hiver le prenait pour un pataud et voulait lui fendre le crâne avec un de ses terribles marteaux.

Le soir, quand Poléon-Jean-Marie repartait dans la métairie paternelle, il arrivait que Louison vînt apporter une assiette calotte de soupe bien chaude au sabotier.

« Un homme seul, disait-elle, ça ne sait pas se soigner. »

Une fois, elle trouva le sabotier dans une sorte de béatitude qui lui fit horreur. La chouette, perchée sur l'épaule de l'homme, lui lissait les moustaches d'un bec précautionneux, les effilant comme une caresse. Ses gros yeux jaunes fermés, elle roucoulait en émettant une espèce de ronflement.

« Ça, c'est le bouquet, s'exclama Louison. Je savais bien que les vieilles filles, après leur mort, devenaient des chouettes, mais de vous voir tous les deux à vous becqueter... »

Le sabotier chassa la chouette du revers de la main qui s'envola et alla se percher sur le bois du lit.

« La voilà qui va dans votre lit, maintenant. Eh bien, c'est du propre! »

Trêve de bavardages et de tergiversations, Louison se retrouva dans le lit, gigotant d'abord en criant qu'elle ne voulait pas que cette chouette les regarde. Mais la chouette, pudiquement, ferma les yeux.

La Saint-Jean, fête des bergers, jour de louange des valets et des filles de ferme, forme un entracte dans les durs travaux de l'été. Les foins sont faits, les métives approchent. La veille, les enfants, en bande, vont de ferme en ferme recueillir des fagots qu'ils placent en pyramide sur la plus haute colline.

L'habitude voulait que le curé jette un brandon enflammé sur les fagots, le soir de la Saint-Jean. Mais cette année-là le curé-aux-bougies refusa, disant que l'on se livrait autour du feu à des manigances païennes. Le plus vieux de la commune reçut donc ce privilège. Bienaimé, qui tenait son nom de sa naissance sous Louis XV et s'en faisait honneur, était si vieux qu'il ne pouvait plus marcher. On l'emmena jusqu'en haut de la colline sur une chaise paillée prêtée par le nouveau maire-meunier. Le feu de joie allumé, les femmes, la taille enveloppée d'herbes de la Saint-Jean, sautèrent au-dessus des flammes en poussant des petits cris d'effroi. D'autres, épouses stériles, lançaient des pierres dans la braise. Les futurs moissonneurs présentaient leur dos au brasier pour éviter les courbatures. Puis on forma des rondes autour du feu. Les jeunes hommes qui s'étaient loués le matin, pour trois, neuf, ou douze mois, portaient des feuilles de chêne à leurs chapeaux et les filles de ferme une fleur au corsage. On ne miguailla pas cette nuit-là dans le grenier du cabaret de Chante-en-hiver, mais dans les fourrés. La colline rougie par le grand feu eut des rires de filles chatouillées et des soupirs d'aise jusqu'à l'aube. Au matin, chacun emporta un tison qu'il jeta dans son puits pour se garder des fièvres.

Lorsque le jour vint, on s'aperçut que la colline brûlait et que, de partout, des flammes s'élevaient des buissons. Jamais les feux de la Saint-Jean n'avaient ainsi dévoré la campagne. Toujours ils s'éteignaient à l'aube en même temps que se levait le soleil. Un tel phénomène étonna à tel point que l'on crut revenu le temps du malheur, des soldats, du massacre. Mais on n'entendait que le crépitement des flammèches et aucun coup de fusil, aucun galop de cheval. Dochâgne vit que son plus beau champ de blé brûlait. Le jeune maire-meunier organisa des chaînes de sauveteurs pour protéger au moins le village de l'incendie, car on ne pouvait endiguer les flammes qui dévoraient les taillis.

Au bout de trois jours, l'incendie fut éteint par une pluie providentielle. On mesura alors l'étendue du désastre. La campagne parut à Dochâgne presque aussi calcinée que ce premier jour où il sortit de son chêne. Mais non, il se souvenait que toutes les herbes étaient noires alors que le feu n'avait guère détruit cette fois-ci que les haies.

Le régisseur du comte et les trois gardes arrivèrent au galop le quatrième jour. Le régisseur alla d'abord trouver le maire qu'il tint pour responsable de l'incendie :

« Vous devrez dédommager notre maître. Votre feu de la Saint-Jean a détruit ses propriétés. Les vôtres sont dans le village, vous avez bien su les protéger. »

Le jeune maire-meunier bafouilla, s'excusa, comme s'il était coupable. Ce lointain gentilhomme, qu'il ne connaissait pas, lui faisait peur. Il se trouvait mal à l'aise dans les propriétés héritées de son beau-père cernées par les terres du comte. Comme tous les fils de la nouvelle bourgeoisie, qui n'ignoraient pas que leurs biens provenaient des spéculations de l'époque révolutionnaire, il se méfiait de la noblesse revenue qui cherchait à récupérer entièrement ses anciens pouvoirs.

Le régisseur et ses acolytes firent ensuite le tour

de leurs métayers. Dochâgne se lamenta sur son champ de blé brûlé.

« La cendre est un bon engrais, répliqua le régisseur. L'herbe n'en repoussera que de plus belle. Not' maître vous enverra un bélier et quelques brebis. Il veut que le père Dochâgne ait le plus beau troupeau de moutons de la contrée.

– Des moutons? Mais je ne suis pas berger. Je suis laboureur.

– Vous serez ce que le maître voudra.

– Il faudra des années pour que les haies repoussent, reprit Dochâgne.

– Les haies sont brûlées, tant pis. Je vous interdis de les faire reprendre. Not' maître veut que vous arrachiez les racines de ces saletés. Les terres étaient trop morcelées. Il faut accepter les choses comme elles viennent. Parfois malheur est bon. Je vous répète que not' maître veut que vous soyez son meilleur éleveur de bœufs.

– Des bœufs, je ne dis pas. Mais des moutons...

– Allez! Ne discutez pas. Tout le monde n'a pas votre chance. Ici, aucune métairie n'a brûlé. Mais dans les écarts, il y en a bien une dizaine qui ne sont plus que des ruines. »

Dochâgne pensa aussitôt à Victorine et Victor.

« Savez-vous si la métairie de ma fille et de mon gendre, qui est au baron...

– Laquelle, celle qui est à mi-chemin du bourg?

– Oui.

– Non. Il n'y a pas eu d'incendie de ce côté-là. Alors c'est votre fille, cette gamine effrontée? Elle n'aime pas beaucoup nous voir.

– Elle ne dépend pas de vous.

– Vous devriez rappeler votre fille et votre gendre auprès de vous, père Dochâgne. Cette petite métairie du baron nous gêne. Ils n'arriveront là qu'à se crever pour ne pas mourir de faim. »

Les quatre cavaliers repartirent au galop, comme ils étaient venus.

Toujours ces chevaux, messagers du malheur, des chevaux de hussards sabreurs, incendiaires et violeurs jusqu'à ce Cheval Malet qui avait emporté Tête-de-loup au pays du froid d'où il revint bien étrange. Depuis que le village ne possédait plus de chevaux, un certain bonheur s'était répandu. Dochâgne ne voulait pas se souvenir que jadis, lui-même, cavalier de Stofflet dans l'escadron du baron, il fonçait tête baissée, en hurlant comme une bête, accroché d'une main à la crinière de son cheval et de l'autre, tenant serré comme un bon outil, le sabre avec lequel il allait fendre les têtes des hussards de Hoche. Non, il ne voulait plus se souvenir. Ce passé, il le vomissait depuis qu'il s'était aperçu que les princes trahissaient les paysans, s'acharnant depuis lors à devenir un bon agriculteur, un homme de la semence et des fruits; un homme de paix. L'homme de guerre qu'il avait été lui semblait un autre homme, dans une autre vie.

Ce qui l'inquiétait, en Tête-de-loup, c'est justement qu'il reconnaissait en son fils adoptif, revenu avec une balle de fusil de gendarme dans le bras, l'homme de guerre. Non pas que Tête-de-loup fût animé de leur idéal ancien, non pas qu'il se montrât prêt à se battre pour le roi, ni pour la religion, ni sans doute pour aucune autre cause, mais Tête-de-loup n'était pas un homme de paix. Il reconnaissait, dans ses mouvements d'humeur, ses propres colères. La manière dont il traquait les bêtes lui rappelait la façon dont lui-même dépistait jadis le pataud et le débusquait pour le tuer. Ce goût du vagabondage, cette incapacité à rester longtemps en place, à s'appliquer à son travail, n'avait-il pas vécu cela lorsque, parti pour la grande virée de galerne, il continua à se battre jusqu'à ce que Stofflet soit pris, lorsqu'il chouanna avec Jacques-le-tisserand, lorsqu'il tint Napoléon-Antéchrist au bout de son fusil? La grande colère qui le lança dans cette épopée sanglante, il la retrouvait chez Tête-de-loup. Elle ne se manifestait, cette colère, par aucun signe violent. Mais Dochâgne la lisait dans les brèves lueurs métalliques qui passaient dans les yeux de son fils aîné. Elle couvait, cette colère, et Dochâgne s'en attristait. Il pensait emporter avec lui, dans la tombe, toute cette fureur rentrée que Chante-en-hiver, pour sa part, il la comprenait bien, tentait de noyer dans le vin. Il enviait la douceur et le calme de Jacques-le-tisserand qui ne se plaignait jamais dans sa pauvreté. Le curé-aux-bougies avait bien eu raison de le nommer maître d'école. Un sage, son ami Jacques, peut-être un saint.

Les disparitions de Tête-de-loup se répétaient si souvent que Dochâgne lui-même ne s'en inquiétait plus. Il revenait, matelassé de gibier sous sa peau de bouc. Son beau pantalon à rayures colorées s'effrangeait, partait en lambeaux malgré les raccommodages de Louise. Ses mains, et parfois son visage, montraient les égratignures sanglantes des ronces, des ajoncs, des houx.

Tête-de-loup ne se trouvait pas au village lors des incendies. Quand il arriva à la métairie, un soir, à l'heure du pansage des bœufs, il montrait une mine encore plus sombre que d'habitude. Il rejoignit Dochâgne à l'écurie :

« Père, j'ai trouvé le long d'un buisson mal brûlé des mulons de paille qui ne sont pas venus là tout seuls. Quelqu'un a mis le feu exprès, c'est sûr. »

Dochâgne concevait bien quelques soupçons et d'autres villageois murmuraient aussi des noms. Les métayers suspectaient les bordiers de jalousie et les bordiers s'inquiétaient de se voir cernés par les terres du comte. Les vieux regardaient les jeunes de travers et les jeunes disaient que l'on n'aurait pas dû laisser un vieillard gâteux allumer les fagots de la Saint-Jean. Le curé-aux-bougies n'osait plus sortir de son presbytère. N'avait-il pas refusé de porter le brandon et ce refus n'était-il pas la cause du « mauvais feu »? Les fidèles de la Petite-Eglise ricanaient, cette défection du curé-aux-bougies, pour un rite aussi traditionnel, le dénonçait pour le moins philosophe. Mais d'autres cherchaient dans l'herbe les traces de pas des fradets. Ceux de la ferme près de l'étang assuraient que, juste avant l'embrasement des collines, s'était formée une ronde au clair de lune de petits hommes contrefaits et poilus, vêtus de la bure des moines et coiffés d'un bonnet pointu. Une fileuse se souvint d'avoir repris son écheveau tout embrouillé. Une autre femme assura que les fibres de sa laine s'étaient brisées comme une arentelle déchirée. Un paysan ne retrouva plus ses outils, ni un invalide sa béquille. Nul doute, une colonie de fradets se répandait dans le village. Comme les fradets se réincarnent en forgerons et en tisserands, Chante-en-hiver et Jacques se sentirent visés. Qu'un fradet habitât le corps de Chante-en-hiver, de ce conscrit qui ne ressemblait plus en rien au capitaine de paroisse, rien ne paraissait plus logique. Mais le pauvre Jacques à qui on eût donné le Bon Dieu sans confession...

« Les fradets? s'interrogea Dochâgne. Notre Jacques, ce n'est pas possible!

– Les fradets, on peut s'en défaire par la prière. Ceux qui ont mis le feu sont des diables autrement plus puissants!

– Quels diables?

– Vous les avez vus, père, comme je les ai vus. J'ai pisté les traces de feux. On a brûlé que ce qu'on a voulu. La forêt est épargnée, alors que toutes les haies sont en cendres. J'ai couru chez la Victorine et le Victor. Ils n'en menaient pas large. Leur terre gêne les projets du comte. Ils ne pourront pas tenir. Rien qu'à cause des pigeons, ils doivent semer le double de grains. S'ils s'entêtent, comme le fait la Victorine, les gardes du comte mettront aussi le feu à la borderie du baron.

– Quoi, s'exclama Dochâgne stupéfait, tu ne veux pas dire que c'est not' maître qui a fait brûler ses terres. Ça ne s'est jamais vu!

– La terre n'a pas brûlé. Ce qui est détruit c'est ce qui, dessus, contrarierait ses plans. »

Dochâgne voyait bien que ce que disait Tête-de-loup n'était pas absurde. Mais il ne voulait pas en convenir. Il s'entêtait dans son fantasme des fradets. Que Chante-en-hiver soit changé en diable collait tellement avec la tradition des forgerons qu'on ne pouvait se montrer surpris. Chante-en-hiver, le paydret de Charette, son compagnon de guerre, disparu, un fradet habitait son corps. Une telle substitution justifiait la haine qu'il portait au forgeron depuis la mort de Monsieur Henri. Le vrai Chante-en-hiver était mort, lui aussi, pendant les Cent-Jours, avec les enfants emmenés dans son équipée. Celui qui revint au village avec une bande de vauriens, celui qui devint le plus grand ivrogne de la contrée, celui qui ne chantait plus, qui ne jouait plus de la vèze, pour sûr qu'il s'agissait d'un autre. Le conscrit n'était qu'un fradet. Tout s'éclair-cissait, maintenant.

Décontenancé par les arguments de Dochâgne, Tête-de-loup s'en alla trouver le sabotier de la Gâtine. Poléon, l'œil tuméfié, saignait du nez et sa culotte de drap, déchirée, montrait sa jambe maigre et blanche.

« Il s'est battu avec l'Auguste, le fils du forgeron, dit le sabotier. Ils ont le même âge et au lieu d'aller ensemble dénicher des grolles, ils se foutent des tripotées. Voilà t'y pas que ce mauvais drôle provo-que l'Auguste dans la forge, appelle son père un fradet et dit que ce sont eux les allumeurs de feux. Seulement, l'Auguste, le marteau et les tenailles de

284

son père lui ont donné des muscles. C'est lui le forgeron, maintenant, pour autant que ce pauvre Chante-en-hiver reçoive encore quelque chose à forger. Notre Jean-Marie s'est fait dérouiller...

– C'est pas vrai, pleurnicha Jean-Marie. Je l'ai graffigné et lui ai garoché un tabouret sur la goule.

– Chante-en-hiver n'a pas pu allumer les feux, dit Tête-de-loup. Ses mains tremblent et il ne sait plus marcher droit. Moi je connais ceux qui ont allumé les feux, mais on ne me croit pas. »

Tête-de-loup raconta au sabotier son enquête.

« Tu ne me surprends point. Mais personne n'admettra ce que tu avances. Ils n'aiment pas le comte, mais c'est quand même m'sieur not' maître. Ils lui doivent le respect. Ils préfèrent s'en prendre au forgeron, ou au tisserand, ou même au sabotier, qui sait! Moi, je ne m'en mêle pas. Tu ne m'as rien dit. Ton père n'est pourtant pas bête. J'aimais bien discuter avec lui. Même s'il a une tête de bois. Pour lui je suis une sorte de monstre car je ne vais pas à la messe. Mais il m'estime bien quand même un peu puisqu'un jour il m'a montré son chêne. Et qu'il a accepté que tu me confies Jean-Marie. Il ne doit pas comprendre qu'après m'avoir laissé enfermer avec l'ancien maire, je ne lui en aie pas voulu quand les gendarmes du roi m'ont libéré. C'est ça qui doit lui en boucher un coin! Il me laisse enfermer parce qu'il me croit pataud et les gendarmes de son roi s'amènent dare-dare pour me sortir de prison. Le monde à l'envers, pour lui, hen! Sacré calotin de Dochâgne, avec son baron et son curé fantôme. Comment veux-tu qu'il puisse croire aux manigances du comte?

– La Victorine et le Victor ne pourront pas tenir. Les pigeons du comte s'empiffrent de grain au fur et à mesure qu'ils le sèment. Et ses gardes ne se privent pas de traverser à cheval le maigre blé qui lève. Et puis les corvées pour le baron leur mangent leur temps. Il faut toujours qu'ils aillent empierrer des chemins qu'ils n'empruntent jamais et faire des charrois jusqu'au bourg.

– Tu n'as pas connu le travail du paysan, avant la Révolution. Il défiait tout simplement la mort. C'est pourquoi la mort au combat ne lui a pas fait peur. Maintenant, il défie seulement la faim. C'est un progrès. Dans ma Gâtine, le seigneur, propriétaire en entier de plusieurs communes, terres et maisons, outils et bétail, levait une dîme sur tout ce que produisaient ses paysans ; un droit de cornage sur chaque bœuf de labour, un droit de fournage pour pouvoir faire cuire son pain dans le four de sa propre maison, un arage sur chaque labour, un avrislage sur les ruches d'abeilles, le champart qui revenait à donner le quart des grains récoltés, le vif-herbage, dîme d'un mouton sur dix au pacage ce qui ne dispensait pas du moutonnage, droit sur les moutons vendus. Et puis il y avait encore le caninage, obligation de nourrir les chiens du seigneur; le banvin, sur la vente du vin... J'en oublie! Les paysans, aussi, ont oublié. Ils ne se souviennent que des crimes de la République.

– Le père Lavendée m'avait raconté la même chose, dans les Vosges. Vous me faites penser à lui. »

On entendit chanter du côté de la forge de Chante-en-hiver. Mais ce n'était pas le forgeron qui, depuis longtemps, ne chantait plus. La voix, féminine, un peu grasseyante, modulait une complainte :

> *J'avais promis à mon amant*
> *Que j' l'aimerais jusqu'au tombeau.*
> *Dessus la feuille d'un abricot*
> *J'avais gravé cet engag'ment.*
> *Mais il s'élève un petit vent :*
> *Adieu la feuille et le serment...*

Louison apparut à la porte de la saboterie, se montra décontenancée en apercevant Tête-de-loup et s'en prit à Jean-Marie :

« Regardez-moi ce drôle qui veut faire le faraud et qui va brenuser avec mon Guste. Il en a le plumail tout dépenaillé. »

Jean-Marie se rebiffa, petit animal prêt à mordre. Il détestait Louison qui venait toujours déranger le sabotier, et qui appartenait à la famille ennemie :

« C'est Guste et Leconscrit qui sont les fradets. Je les ai vus. »

Le sabotier de la Gâtine resta silencieux, mais Tête-de-loup saisit son petit frère et le secoua comme s'il pensait ainsi lui faire entendre raison :

« Ne dis pas ça, Poléon. Tu ne sais pas. Il ne faut pas mentir. Moi, je sais.

— Tiens donc, s'exclama Louison en se plantant, les deux mains aux hanches, provocante devant Tête-de-loup, qu'est-ce que vous savez ? »

Tête-de-loup n'eut pas envie de répondre à cette fille devant laquelle il éprouvait toujours une sensation de gêne.

« Moi, ça ne me déplaît pas qu'on nous prenne pour des fradets », reprit Louison.

La chouette, petite boule de laine grise, son cou enfoncé dans ses épaules, émit un petit cri chuintant.

« Est-ce que tu l'as vue, elle, demanda Louison à Poléon avec quelque brusquerie, est-ce que tu l'as vue, elle, s'envoler la nuit pour aller au ballet des sorcières ?

— Peut-être ben qu'oui », marmonna Poléon.

Louison se rapprocha de Tête-de-loup, le regarda droit dans les yeux et, le désignant du menton :

« Et lui, est-ce que tu l'as vu meneur de loups ? »

Le fils de la fille Eléhussard recula brusquement,

si brusquement qu'il faillit tomber en perdant un sabot. Il sortit précipitamment de l'atelier et on l'entendit longtemps courir dans les rues du village, le claquement de ses pas décroissant au fur et à mesure qu'il se rapprochait de la ferme du bas de la côte.

Le sabotier de la Gâtine demanda à Jean-Marie de venir près de lui.

« Laisse-nous, maintenant, Louison. Il faut que je lui apprenne... Regarde, Jean-Marie... »

Le sabotier prit une grosse branche de bouleau :

« C'est de la méthode de bien creuser que tout dérive. Tu perces d'abord avec la mèche. Puis tu évases avec la cuillère jusqu'au milieu du sabot. Tu perces le talon avec la tarière que tu prends dans la main, comme ça. Puis tu le rognes avec la rase. Ne prends que des bois à fibre légère. Le bouleau est meilleur que le peuplier; le hêtre trop cassant. Le plus beau bois de sabotier c'est le noyer, mais il est trop cher pour des paysans. Essaie maintenant. Oui, comme ça. Non, un peu plus fort... »

Dans le travail minutieux et appliqué de l'homme et de l'enfant, dans leur affectueuse entente, pour un bref moment le monde retrouvait son accord.

4

A la Saint-Joseph,
fête patronale du bourg voisin

A LA Saint-Joseph, fête patronale du bourg voisin, métairies et borderies sortaient de leur hibernation. Comme les oiseaux qui, soudain, semblaient aussi se réanimer dans tous les buissons et s'appelaient pour s'apparier.

Même si l'hiver est peu rigoureux dans l'Ouest, il n'en marque pas moins un arrêt. La nature s'endort et une vieille crainte subsiste : la peur que la nature ne se réveille pas, que le gel s'étende, brûle les semences qui attendent en terre; que le gel devienne glace, que les arbres ne retrouvent pas leurs feuilles. Entre la vieillesse de l'automne et la naissance du printemps, s'étend un vide dangereux, où il faut vivre sur ses réserves et où l'on se dit que, puisque les hommes meurent, la terre pourrait bien, un hiver, mourir aussi.

A Pâques les cloches proclament la résurrection. Le soleil est revenu. Dans le combat du jour et de la nuit, le jour triomphe de toute sa clarté. Mais, en mars, les anciens dieux qui refusent de s'éloigner à tout jamais dans la nuit des temps se fâchent et lancent sur la terre leurs orages et leurs pluies, leurs grêles et leurs vents. C'est alors que le bon saint Joseph intervient et qu'une joyeuse assemblée se tient au bourg.

On ne dit pas assemblée comme de la Normandie à la Touraine, ni kermesse comme dans les Flandres, ni pardon comme en Bretagne, ni frairie comme en Saintonge, ni fête comme en Lorraine, ni voto comme en Languedoc, mais préveil. Il n'y a de préveils qu'en Vendée.

De tous les villages, de tous les hameaux, de toutes les métairies et borderies isolées, paysans et artisans se rendaient au bourg qui, ce jour-là, quadruplait sa population. La fête du saint patron, grande retrouvaille de la jeunesse du canton, sorte d'immense mariage, grande bombance après la disette de l'hiver, donnait au bourg une affluence encore plus grande que pour les foires. Tous les cabarets débordaient dans les rues où des futailles avaient été mises en perce. Les bachelleries de chaque village entraient en rivalité en pariant à qui boirait la première une barrique entière. Celui qui achevait le premier tonneau portait la cannelle à son chapeau, comme trophée. Sur des échafaudages de planches, se tenaient des orchestres où les violons donnaient la repartie aux cornemuses et aux musettes. Il était venu de très loin des marchands de verroterie, d'almanachs, d'images d'Epinal, de brochures de la Bibliothèque Bleue. Il était venu des jongleurs, des arracheurs de dents, des charlatans avec leur baume universel. Il était venu des bonimenteurs, des conteurs d'histoires, des poètes patoisants, des chanteurs de complaintes. Mais outre les cabarets, les étals de victuailles attiraient le plus la foule bruyante, qui se bousculait en jouant des coudes.

Toute fête paysanne s'épanouissait d'abord dans un grand repas collectif, une ripaille, une beuverie. Après la frugalité de l'hiver, la Saint-Joseph se devait d'offrir l'abondance ou l'illusion de l'abondance. On se gavait de fouace sucrée dont Rabelais, moine en Vendée, disait déjà qu'avec du raisin elle est « un délicieux manger ». On s'empiffrait d'échaudés ronds croustillants. On servait à la louche, dans de grandes bassines de cuivre, des morceaux de caillebottes, caillé de lait bouilli, coiffés de crème et de sucre.

Le paysan produisait tout ce qui conditionnait sa survie, sauf le fer, le sel et le sucre. Le fer et le sel représentaient l'indispensable. Le sucre, lui, appartenait au domaine de la fête, du superflu, de la fantaisie. Jusqu'aux fouaces et aux échaudés qui semblaient des pains pour rire, des petits pains confectionnés pour la consommation immédiate et entière. On n'utilisait jamais de sucre dans le quotidien, mais un peu de miel du rucher familial. Le sucre des villes valait au kilogramme le prix du beurre, soit l'équivalent d'une journée de travail.

Se gaver de sucreries, après tant de mets aigres et rances, quelle joie !

Ni Dochâgne, ni Chante-en-hiver, ni Jacques-le-tisserand, n'étaient venus au préveil. Ils se sentaient trop vieux. Bien que de leur âge, le sabotier de la Gâtine ferma son atelier, prétextant qu'il ne pouvait priver Poléon de la fête et l'y accompagnerait. La bachellerie, menée par Louison et le grand valet, se frayait brutalement un chemin dans la foule compacte. Elle se heurta bientôt à la bachellerie d'un autre village qui voulut l'empêcher de passer. Des cris, des injures s'ensuivirent et quelques horions.

On remarquait dans la foule de rares bourgeoises en coiffe, des bergers sous leur épaisse et lourde houppelande, des veuves enveloppées d'une mante à capuche noire qui cachait leur bonnet blanc. Mais le préveil appartenait surtout à la jeunesse qui, à la sucrerie des pâtisseries, ajoutait celle des baisers dérobés et des caresses furtives. Beaucoup de couples se formaient, s'échappant des bachelleries et se promenaient silencieusement en se tenant par le petit doigt. Des filles et garçons de ferme, qui s'étaient rencontrés à la louée de la Saint-Jean, ou de la Saint-Michel, se retrouvaient et se touchaient la main, comme pour conclure un marché. Et on les voyait partir ensemble vers un coin tranquille où ils pourraient se frotter les joues ou se pousser doucement, hanche contre hanche.

Les préveils, comme les foires, les pèlerinages et les fêtes religieuses, constituaient des prétextes à la galanterie. Le miguaillage s'y donnait libre cours. Des couples se crachaient mutuellement dans la bouche, en se raclant consciencieusement la gorge et paraissaient y trouver grand plaisir. D'autres se contentaient de se tirer les doigts. Certains, assis par terre contre les maisons, se regardaient en silence pendant des heures, le garçon s'aventurant à plonger sa main dans le corset de sa belle. Mais la plupart des gars et des filles, une fois la fringale de sucreries apaisée, se donnaient à la danse, au son des orchestres. Des rondes, des promenades, des menuets, des gavottes, qui n'en finissaient pas; ne s'arrêtant qu'exténués de fatigue et s'affalant à même le sol pour y dormir quelques instants, puis se relevant et entrant de nouveau dans la danse, comme ivres de tourbillons et de musiques, ivres de liberté et de jeunesse, ivres de ce grand défi, de cette grande délivrance du monde du travail et de la misère que représentait le préveil.

De danse en danse, Louison, par hasard, donna la main à Tête-de-loup qui fut aussi surpris qu'elle. Ils ne pouvaient desserrer leur pression au risque de casser la ronde. Mais il leur semblait, aussi bien à l'un qu'à l'autre, que leurs doigts étaient en feu.

Ces doigts brûlants tenaient du maléfice. Tête-de-loup qui, pourtant, dominait toute peur, ne pouvait s'empêcher de ressentir, à chaque fois qu'il rencontrait la fille du forgeron, un curieux malaise.

C'est une diablesse, se disait-il, une espèce de sorcière de l'ancien temps. Ce contact qui brûlait la peau en donnait bien la preuve.

Louison, de son côté, s'expliquait mal la répulsion qu'elle éprouvait lorsqu'elle se trouvait en présence du fils de Dochâgne. Bien sûr, les deux familles maintenant se détestaient, mais elle soupçonnait autre chose. Ce physique étrange de Tête-de-loup, avec son grand nez et ses yeux bleus, son air sauvage, sa trop grande familiarité avec la forêt, ses errances, tout cela cachait un secret. Tête-de-loup ne ressemblait pas aux gens d'ici. Il ne ressemblait à personne, sinon aux loups de la forêt. Elle essaya de faire parler Chante-en-hiver, devinant que le jeune homme n'était pas un vrai fils de Dochâgne, mais Chante-en-hiver, repensant aux débuts du village, après les temps des grands massacres, s'enferma dans un mutisme prudent. Louison non plus n'était pas sa fille. Qu'ils s'arrangent, tous ces bâtards, au mieux du temps de la grande bâtardise qui serait le leur. Louison en vint à supposer que Tête-de-loup ne devait pas son nom à un seul mimétisme physique, mais qu'il était réellement fils de louve. Elle l'épia et, une nuit, le vit à l'orée du village en conversation avec un groupe de loups. Maintenant elle tenait la certitude que la meute lancée sur la forge en plein jour, égorgeuse de Pierre, son petit frère, devait être manipulée par l'escogriffe au grand nez. Elle en avait parlé au sabotier de la Gâtine qui s'était moqué :

« Ça ne tourne pas rond, dans votre patelin. Voilà que ton père est pris pour un fradet et toi tu veux faire du fils aîné de Dochâgne un meneur de loups. Ma parole, il faudrait bien que votre curé vous désensorcelle! »

La danse avait séparé Tête-de-loup et Louison. Comme la tête lui tournait, Louison s'éloigna des danseurs. Elle s'attarda à regarder un groupe d'hommes qui, assis sur la chaussée, jouaient au jeu de l'oie avec des dés lancés d'un cornet de carton. Les images colorées, sur les soixante-trois cases numérotées, la fascinaient. Le pont... l'hôtellerie, le puits... le labyrinthe... la prison... la mort... et toutes ces oies sur lesquelles les joueurs ne pouvaient s'arrêter. Elle sentit qu'on lui touchait l'épaule. C'était le sabotier de la Gâtine :

« T'as pas vu Jean-Marie ? Je l'ai perdu !

– Que le diable l'emporte ! » répondit Louison de mauvaise humeur.

Le sabotier repartit dans la foule de plus en plus bruyante, de plus en plus animée. L'excitation des danses, de la boisson, du plaisir, mettait les nerfs à vif et des rixes éclataient un peu partout sous des prétextes futiles. Le sabotier entrevit le jeune maire-meunier, sa femme en coiffe et ses parents sergiers, qui essayaient de se faufiler dans ce tumulte avec une apparente dignité. Il essaya d'abord d'appeler Jean-Marie, mais la voix la plus forte n'aurait pu se faire entendre dans cette grande clameur qui s'élevait de la foule. Alors il allait au hasard, espérant retrouver son apprenti par un coup de chance, de plus en plus inquiet. Des cris l'attirèrent vers le champ de foire où un attroupement l'empêcha d'abord de voir. Il s'informa. On lui dit que les gardes du comte s'étaient pris de querelle avec des domestiques de ferme et que le sang coulait. Se frayant un passage il aperçut en effet les trois gardes qui avaient perdu leurs chapeaux et se battaient à coups de pied et de poing contre une bande de jeunes qu'il ne connaissait pas. Rassuré, il repartit ailleurs, tomba sur le grand valet qui menait la bachellerie du village, lui demanda s'il avait vu Poléon.

« Poléon ? Il se porte comme un charme. Venez voir... »

Le grand valet conduisit le sabotier devant une

porte de grange. Jean-Marie, dit Poléon, s'y tenait étendu tout du long, comme mort. Un moment, le sabotier crut même que du sang s'étalait sous sa tête. Mais à l'odeur il reconnut le vomi de vin.

« Poléon, dit le grand valet, est un homme maintenant. Il a sa cuite. Il pourra entrer bientôt dans la bachellerie. »

Et le grand valet ajouta en ricanant :

« Il n'est plus à vous, sabotier, ce gars-là, c'est maintenant le nôtre! »

Le regroupage des terres entrepris par le comte n'avait rien d'exceptionnel. Dans toutes les provinces, la Restauration encourageait la grande propriété qui permettait une modernisation des méthodes de culture et de l'outillage immuables depuis le Moyen Age. Expulser de leurs borderies des paysans qui ne travaillaient que pour leur autosubsistance ou des métayers trop peu productifs permettait de plus de récupérer pour les nouvelles usines urbaines une main-d'œuvre docile et bon marché. Tout un transfert de population s'opérait ainsi, la pauvreté des campagnes se déversant dans la misère du prolétariat urbain. A sa manière, le comte était donc un novateur.

Les premiers visés furent les métayers exploitant moins de vingt hectares et dont les biens, affermés plus cher qu'ils ne valaient, les mettaient dans l'impossibilité de se libérer de leurs dettes. N'ayant pour tout capital que leurs bras, exploitant une terre surévaluée, devant semer seulement ce que le propriétaire leur indiquait, ne pouvant innover en rien, leur sujétion absolue les confinait dans une routine dont ils devenaient les premières victimes.

On n'avait pas revu depuis longtemps les gendarmes, au village. Ils réapparurent en force, à cheval comme il se doit et fusil en bandoulière. Certains métayers tentèrent bien de résister, mais devant l'énormité des exigences du régisseur qu'accompagnaient les trois gardes et la brigade de gendarmes, ils finissaient par baisser les bras. L'usage voulait que les métayers cultivent pour leur propre compte quelques arpents de terre et possèdent deux ou trois moutons, parfois une vache et un cochon. Mais leurs dettes accumulaient de tels arrérages qu'ils quittaient leurs métairies plus nus qu'ils n'y étaient entrés. Parfois, ils ne pouvaient même pas emporter le coffre et la maie, qui leur venaient de famille, parce que le régisseur saisissait la charrette et l'âne.

Les métayers expulsés tentaient de se faire embaucher dans les métairies épargnées, malgré le nombre de valets et de filles de ferme déjà trop grand. Dochâgne avait tant cédé à son bon cœur qu'il apparaissait maintenant comme un riche laboureur au milieu d'une nombreuse domesticité, assis sur un tabouret à un bout de la longue table à bancs de bois longitudinaux. Louise, à l'autre extrémité, comme une dame, lui faisait face, tout étonnée de ne plus devoir servir les hommes debout, étant donné l'affluence d'une main-d'œuvre qui s'estimait déjà heureuse d'être nourrie, sans oser demander en plus un salaire que Dochâgne eût été bien incapable de lui offrir.

Les repas étaient de plus en plus frugaux. Chacun possédait sa cuillère et sa fourchette qu'il accrochait après le repas à une petite lanière fixée dans la muraille, mais tous mangeaient au même plat, buvait à la même aiguière en étain (le pichet) et, après s'être désaltérés, laissaient tomber à terre quelques gouttes d'eau pour purifier le bord qui touchait leurs lèvres. Cette domesticité superflue mangeait à la table du métayer, mais couchait hors de la maison, dans l'écurie. Les couples et leur progéniture, c'est-à-dire le plus grand nombre, s'aménageaient des appentis et dormaient dans la paille. Pour commander tout ce monde, Dochâgne engagea un grand valet. Les grands valets jouaient le rôle de contremaître dans les fermes, entraînant les autres serviteurs, leur donnant l'exemple, mais vivant avec eux et comme eux.

Les parents d'Augustine-la-bouétouse dépendant des métayers chez lesquels ils s'employaient pour la fenaison, les métives, les vendanges, et sans lesquels ils ne pouvaient labourer, n'ayant pas de matériel agricole, se trouvèrent vite à la merci du comte à qui ils vendirent leur borderie à vil prix. Ils vinrent donc, eux aussi, habiter chez Dochâgne qui leur fit une place dans un coin de la grange.

Au fur et à mesure qu'il chassait ses métayers trop pauvres, le comte détruisait les métairies afin d'occulter tout souvenir parcellaire. Et comme il lui fallait des tâcherons pour abattre les murs et charroyer les pierres, le régisseur les embauchait parmi les valets sans emploi. Si bien que ces paysans, condamnés à la misère par le comte qui leur avait ravi leur instrument de travail, ne gagnaient leurs derniers sous qu'en effaçant les traces de leur traditionnel labeur.

Comme le comte ajoutait les terres récupérées aux lots de ses plus gros métayers, Dochâgne, sans avoir besoin d'un tel afflux de main-d'œuvre, occupait néanmoins de nombreux bras. Certains métayers ou bordiers se retrouvaient d'ailleurs à travailler sur ce qui avait été, hier encore, leurs propres terres.

Devant un tel bouleversement, Dochâgne éprouvait bien du mal à faire face, d'autant que Tête-de-loup, de plus en plus vagabond, ne l'aidait guère. Sinon qu'il ravitaillait la maisonnée en gibier et que, sans les ragoûts de lièvre, Dochâgne voyait mal comment il eût pu nourrir autant d'affamés. Curieusement, Dochâgne, et plus encore curieusement les métayers et bordiers expulsés, tout en maudissant le comte, ne devinaient pas son plan. Ils s'acharnaient à croire qu'un mauvais sort avait été jeté sur le village et en recevaient la confirmation dans la transformation de Chante-en-hiver en fradet, pour eux évidente, ou plutôt dans la substitution d'un fradet à Chante-en-hiver. Ils regardaient aussi de travers le sabotier, à cause de sa cohabitation avec la chouette. Comme il leur semblait probable qu'il y avait de la sorcellerie là-dessous ils s'en ouvrirent au curé-aux-bougies qui faillit se fâcher en leur répondant que depuis belle lurette le dernier sorcier avait été brûlé et qu'ils feraient mieux de regarder l'avenir en face en se préparant à aller travailler à Nantes ou à Cholet. Une telle réponse lui valut d'être considéré comme irrécupérablement malade de la tête. Ne s'obstinait-il pas à cultiver des pommes de terre dans le jardin du presbytère! N'avait-il pas raconté un jour, après la messe, qu'il faudrait semer de l'herbe pour faire des prairies artificielles? Semer de l'herbe? Pourquoi pas planter des cailloux, pendant qu'il y était! Voilà le résultat des séminaires du temps de Napoléon-Antéchrist! Au lieu de s'employer à exorciser le diable, les curés se préoccupaient de semer de l'herbe! Maudite engeance!

Les villageois décidèrent donc de prendre eux-mêmes leurs affaires en main et ils se mirent à épier le forgeron pour prendre le fradet en défaut.

Comme par un fait exprès, Chante-en-hiver ne criait plus à la manière de la fille Eléhussard depuis quelque temps. Le vin, au contraire, le mettait de bonne humeur. Ne pouvant plus jouer de la vèze, il avait décidé de se faire une cornemuse intestinale en se gavant de mojettes et ses pets tonitruants retentissaient tels des coups de fusil. On le voyait sortir en titubant sur le pas de sa porte, lever une jambe et une fesse et faire partir son pet d'un coup sec. Parfois, il réussissait à tirer deux coups à la suite, voire trois et alors il s'esclaffait, se tapait sur les cuisses. Sa cornemuse intestinale paraissait l'amuser beaucoup. Pour les villageois, elle constituait un nouveau signe de son ensorcellement.

Aux veillées, pendant que les fileuses de laine tournaient leurs rouets et leurs dévidoirs, les hommes, à la lueur tremblotante des mèches de résine piquées dans les bâtis de bois, tentaient de se souvenir des histoires de fradets. Un valet de la ferme près de l'étang assura avoir vu, dans certaines veillées d'autrefois, des fradets s'asseoir au coin de l'âtre et se montrer galants auprès des fileuses. Une fois, dit-il, on convia l'un d'eux à se placer sur le trépied au-dessus des braises et le fradet sauta en l'air en se tenant les fesses. Cul-brûlé, qu'il s'appelait ce fradet! On le huchait et il réapparaissait aux veillées : Cul-brûlé! Cul-brûlé! Seulement, jamais il ne voulut plus s'asseoir, sinon sur les genoux des filles.

« Moi, enchaîna un valet de la ferme du bas de la côte, je connais l'histoire du fradet qui se cachait au fond de l'étang et qui devint le bon ami d'une lavandière. Pendant huit semaines, dès que son mari s'endormait, il veillait avec elle et à minuit s'échappait par le trou de la serrure. Le fradet aimé de la lavandière amena l'abondance au logis. Les enfants profitaient, le pain se multipliait au fur et à mesure qu'il était tranché, les grains devenaient gros comme des fèves. Si bien que le mari se douta de quelque chose, fit venir le curé qui désensorcela la maison et une nuit le fradet ne put repasser par le trou de la serrure, pris au piège. Fou de jalousie, le cocu brûla le fradet sur le trépied chauffé au rouge.

– Alors, s'écria quelqu'un, les fradets, ça se brûle toujours sur un trépied.

– C'est la seule manière de s'en débarrasser. Ils n'ont pas peur du feu, ces forgerons, et ne se méfient pas.

– Peut-être ben qu'on devrait essayer avec le nôtre?

– En chauffant le fradet il sortira du corps du conscrit et Chante-en-hiver en sera purgé, comme d'un ténia.

– Chante-en-hiver est mort pendant les Cent-Jours avec son fils et Monsieur Henri. On sait bien qu'un fradet est revenu à sa place et qu'il pète dans la forge.

– C'est le fradet qui a égaillé les feux de la Saint-Jean.

– Si c'est un fradet, qu'on lui brûle le cul. »

Le lendemain, de bon matin, tout un groupe de villageois arriva chez Chante-en-hiver qui, les voyant, se souleva sur une jambe et les salua d'un pet retentissant. Il se mit à rire lorsque les hommes l'empoignèrent, crut à un jeu. Le petit Guste voulut s'interposer, mais un des hommes le prit à bras-le-corps et le jeta hors de la forge. Pendant ce temps, les autres asseyaient Chante-en-hiver sur le brasier de charbon. Il poussa un hurlement et, à l'odeur de corne brûlée, si caractéristique de la maréchalerie, s'ajouta celle de l'étoffe et du cuir calcinés.

Les hommes s'agaçaient à entendre brailler le forgeron comme un porc qu'on égorge.

« Le fradet ne veut pas sortir », dit l'un d'eux.

Excédé, le valet de la ferme du bas de la côte prit un des énormes marteaux et en assena un coup sur la tête de Chante-en-hiver qui ne cria plus.

Devant la porte, celui qui avait jeté Guste dehors maintenait avec peine la troupe piaillante des enfants de Chante-en-hiver. La femme au museau de souris et Louison accouraient. Guste était allé prévenir le sabotier de la Gâtine qui arrivait à son tour.

« Voilà maintenant l'homme à la chouette, cria celui qui gardait la porte. Prends garde à toi, sabotier, si tu nous causes du malheur! »

L'intérieur de la forge se mit à rougeoyer et soudain les hommes qui avaient tué Chante-en-hiver firent irruption, suivis de peu par les flammes qui embrasaient l'atelier. Ils bousculèrent la femme de Chante-en-hiver, Louison, la marmaille et le sabotier en criant :

« Cul-brûlé! Cul-brûlé! Le maudit fradet est en enfer! »

Est-ce vrai? Est-ce faux? Toujours est-il qu'on raconta ensuite avoir vu la bistraque aux jambes bistournées, qui marche avec un bâton et porte sur l'épaule un crapaud qui n'est autre que son mari mué par le diable. Onze fradets la suivaient.

C'est ainsi que la femme au museau de souris, son fradet de mari sur l'épaule, et ses onze drôles et drôlesses à sa suite, quittèrent le pays. Louison échappa à ces sortilèges, mais elle n'était pas, on le sait, la fille de Chante-en-hiver.

Le cabaret détruit avec la forge, le jeune maire-meunier voulut bien recueillir Louison comme chambrière. D'autant plus que Chante-en-hiver n'avait pas tout à fait remboursé les dettes contractées pour acquérir sa maréchalerie auprès de l'ancien maire-meunier et que Louison pourrait finir de les payer sur ses gages.

Seul ennui, malgré le fradet brûlé la malédiction ne continua pas moins à s'abattre sur le village. Le nombre de métairies réduit, le nombre de journaliers et de valets accru, les vieillards sans ressources, les veuves sans emploi, un troupeau d'enfants bientôt plus important que celui du bétail à mener paître, les brimades des gardes du comte interdisant de ramasser des champignons, de chasser, de couper du bois... Ça n'en finissait pas! Un grand pèlerinage fut organisé à ce que l'on n'appelait plus le Pavé de Gargantua, mais la Pierre-du-bon-curé. Les jeunes ne savaient pas qui était ce curé que l'on confondait avec le père de Montfort, mais, tous les ans, le village en son entier se rendait en pèlerinage dans la forêt. Cette année-là, il y eut deux processions : celle conduite par le curé-aux-bougies, et celle de la Petite-Eglise, menée par Dochâgne.

Bien peu nombreux survivaient ceux qui avaient connu le curé-Noé. Peu à peu, le houx, la fragonelle, de jeunes pousses de chêne, enserraient le dolmen verdi de mousse. Mais les deux processions chantèrent, chacune à leur manière, de fervents cantiques. Dochâgne et Jacques-le-tisserand priaient sincèrement, de toute leur foi, pour que le curé-Noé, dont ils ne doutaient pas qu'il soit au paradis, redonne la paix au village, son village. Qu'avaient-ils fait à Dieu pour qu'un tel châtiment retombe sur leurs têtes? De quoi les punissait-on? Ceux qui tuèrent Chante-en-hiver ne s'en vantèrent pas. Le feu mis à la forge fit croire à la mort accidentelle du forgeron dans l'incendie de sa demeure, incendie allumé certainement par un fradet. Dochâgne le croyait. La malédiction abattue sur Chante-en-hiver et sa famille lui paraissait une naturelle, mais terrible punition dont Monsieur Henri devait être, tout là-haut, l'instigateur. Dochâgne voyait maintenant son petit Henri sous les traits de l'archange saint Michel, sculpté en pierre dans l'église du bourg, et lançant sur le démon un glaive chargé d'éclairs. Ces éclairs avaient embrasé la forge.

Dochâgne, pour la première fois depuis sa sortie de l'arbre, pleura. Il pleura la mort de Chante-en-hiver, car il savait bien qu'une partie de lui-même venait de mourir avec le forgeron. Cette part de lui-même que personne ne connaissait plus, sinon Jacques et Louise. Il pleura sur la fille Eléhus-sard, sur Léonie, sur le père de Louise tué par le premier ivrogne du village, sur Monsieur Henri, sur la vieille Louise, sur la misère des parents d'Augus-tine-la-bouétouse, sur le roi qui les abandonnait aux convoitises des puissants. Il pleura sur la terre bouleversée par les remembrements du comte. Il pleura sur le village qui n'était plus le village du curé-Noé. Il pleura sur son interminable vieillesse. Il était certainement beaucoup moins vieux que ne l'indiquait son état civil, mais, à ce moment-là, il se sentit plus vieux que le dolmen.

De le voir sangloter si longtemps, un jeune homme s'approcha et lui toucha doucement le bras :

« Pourquoi pleurez-vous, père Dochâgne, vous qui n'êtes pas du pays... »

Vous qui n'êtes pas du pays! Comment expliquer? Comment repartir du commencement, au moment où, avec Chante-en-hiver, ils avaient fabriqué les premiers outils, couvert de branchages les premiè-res maisons... Mais à quoi bon! Aujourd'hui les miséreux affluaient dans la métairie de Dochâgne et c'était un nouveau village qu'il lui fallait gouverner. Il s'essuya les yeux d'un revers de manche, releva le front et vit Tête-de-loup qui le regardait fixement, stupéfait de le voir pleurer. Puis, brusquement, Tête-de-loup s'enfonça à travers les arbres et, une fois de plus, disparut.

Non seulement le pèlerinage à la Pierre-du-bon-curé ne chassa pas la malédiction qui s'était inex-plicablement abattue sur le village, mais la colère de Dieu ne s'apaisa pas. Sans pluies de printemps, les semailles se dessèchent, les plantations meurent sur pied. Or, dans ce pays d'ordinaire si mouillé, le nouveau printemps fut d'une sécheresse stupéfiante. Chaque jour amenait de nouveaux orages, mais des orages secs. Le ciel se couvrait, devenait presque noir, puis se déchirait en lézardes de feu. Tous les morts de la grande guerre, les cent mille qui n'étaient pas revenus de la grande virée de galerne, les trente mille massacrés par les Colonnes infernales de l'Ogre-Turreau, tous ceux tombés dans les autres guerres contre Barras, contre Bonaparte, contre Napoléon-Antéchrist; tous ces morts s'étaient remis à galoper au-dessus des nuages noirs, faisant un vacarme épouvantable avec leurs sabots.

Les villageois demandèrent au curé-aux-bougies de calmer ce maudit orage et de faire tomber la pluie. Autrefois, les curés n'attendaient pas que leurs paroissiens les sollicitent pour une besogne aussi normale. Ils organisaient d'eux-mêmes des processions, prononçaient les prières qu'il fallait, et le temps se remettait à l'endroit. Le curé n'était-il pas l'intercesseur entre les hommes et les dieux? A quoi eût-il servi sinon justement à ce dialogue interdit aux simples mortels? Mais la jeunesse, élevée dans des séminaires au temps des patauds, ne connaissait plus les usages. Pas étonnant que Dieu se fâche!

Décidément tout le monde se fâchait. Après Dieu, le curé lui-même, qui ne voulut rien savoir au sujet de la pluie et de l'orage, disant qu'on le prenait pour un sorcier, que la honte en retomberait sur le village et un tas d'autres balivernes.

Ah! ce n'était pas le curé-aux-bougies qui saurait lancer des monitoires comme le curé-Noé! Il est vrai que le pauvre montrait un esprit de plus en plus dérangé, ne parlant plus que de luzerne et de trèfle, d'assolement et de chaulage.

L'enfant-toucheur, qui avait maintenant douze ans, était bien un peu sorcier, mais il ne savait soigner que les maladies, pas le temps. On le pressa quand même de questions et il se concentra, comme il le faisait avant de toucher un malade, parut au bord de tomber du haut mal, se convulsa, sua toutes les larmes de son petit corps maigre et finit par « voir » un sorcier, de l'autre côté de la forêt. Il ne savait pas exactement où, mais ce sorcier, grand magicien, pourrait agir sur le temps. Peut-être même que, si l'orage se condensait avec une telle force obstinée sur ce pays-ci, cela venait-il de ce que le sorcier détournait le mauvais temps de la contrée qu'il avait mission de protéger.

Comment trouver ce sorcier? Le toucheux se concentra de nouveau et dit :

« Tête-de-loup connaît le sorcier. »

Les villageois se regardèrent avec un air de connivence. Que perdaient-ils leur temps avec ce curé pataud alors que Tête-de-loup, qui disparaissait si souvent dans la forêt, Tête-de-loup avec son air étrange, Tête-de-loup qui avait appris tant de choses dans son long voyage, Tête-de-loup seul, jadis, à pouvoir dompter le Cheval Malet... Bien sûr que le fils aîné de Dochâgne devait connaître des sorciers! C'était l'évidence même.

Ainsi découvrit-on que le fils de la fille Eléhussard pas seulement braconnier, mais aussi chasseur de loups, approvisionnait en effet le grand sorcier qui vivait de l'autre côté de la forêt et dont les remèdes à base de cœur, de foie et d'os de loup faisaient miracle. Avec un foie cuit au four le grand sorcier guérissait à coup sûr l'hydropisie, les verrues et les maux de tête. Les dysentériques, si nombreux, venaient de très loin boire son bouillon de chauve-souris assaisonné des tripailles de *la chose*. Son besoin de viande de loup était très grand puisqu'il la réduisait en poudre pour soigner l'épilepsie, la passait saignante sur les goitres et qu'il réussissait même à guérir les chevaux de la colique en les bouchonnant avec de la chair de *chien gris*.

Le comte interdisait que l'on chasse dans sa forêt,

que l'on pose des pièges ou que l'on creuse des fosses. Il accordait à ses paysans le droit d'effrayer les loups par des cris et des jets de pierre, mais leur défendait de se servir de fusils. Comme on le sait, la Restauration avait réussi ce que ni la Révolution, ni le Directoire, ni l'Empire, n'osèrent jamais faire : désarmer la Vendée. Toutes les armes de guerre avaient été ramassées par les soldats du roi qui se méfiaient de ces gueux rebelles au nom du roi. Les fusils de chasse, eux-mêmes, n'étaient que tolérés accrochés sur les manteaux de cheminée, à condition que les paysans ne s'en servent pas. La noblesse revenue de l'émigration s'apeurait beaucoup plus des paysans que des loups.

Le privilège de la chasse aux loups revenait aux gardes forestiers et aux lieutenants de louveterie, toujours grands propriétaires terriens, en habits bleus, que l'on voyait parfois courir la campagne avec leurs meutes.

Avant son accord avec Tête-de-loup, le grand sorcier n'arrivait plus à se procurer de la chair de *la beste*. Il ne savait pas comment le fils de la fille Eléhussard s'y prenait pour tuer ces chiens d'enfer, mais il les lui apportait, étranglés, les écorchait et prélevait la peau qu'il allait vendre à des paysans qui les accrochaient à la porte de leurs bergeries.

Tête-de-loup demanda au grand sorcier qu'il éloigne l'orage du village de son père et fasse tomber la pluie. Ce qui fut fait. Les villageois fêtèrent Tête-de-loup pendant trois jours. Au quatrième, ils commencèrent à le regarder de travers. Quelle étrange puissance n'exerçait-il pas sur les loups et ce commerce avec le grand sorcier restait bien inquiétant. S'il pouvait, avec ce magicien d'au-delà la forêt, arrêter l'orage et faire pleuvoir, ne pourrait-il pas aussi bien, si l'envie lui en prenait, déclencher la grêle, le gel ? N'avait-on pas eu tort de se confier à ce vagabond ? Désormais Louison ne fut plus la seule à s'en méfier. Louison, que son travail chez le jeune meunier-maire éloignait du sabotier de la Gâtine, puisqu'elle ne pouvait se rendre chez lui sans que tout le village l'apprenne. Mais, par contre, le sabotier continuant à assurer des corvées aux deux moulins, il arrivait qu'elle s'échappe de ses tâches ménagères et rejoigne le gâtineu dans les greniers où les sacs de blé leur offraient des lits immenses.

Depuis la catastrophe abattue sur sa famille, Louison avait beaucoup changé. Elle perdait de son enjouement, de sa gaieté railleuse. La douceur de ses yeux marron s'était égarée et il ne leur restait plus que leur éclat sombre. Les rondeurs et le potelé de l'enfance disparus de son visage, elle affirmait cette vivacité et cette robustesse qu'elle tenait de sa mère. A la jeune fille accorte de l'auberge, succédait une jeune femme volontaire qui, aux amuse-gueule du miguaillage, préférait désormais des ébats plus adultes avec le sabotier de la Gâtine. Mais en même temps, cette liaison secrète présentait bien des dangers. Si le miguaillage constituait une sorte de déverrouillage prudent de la chasteté préconjugale, s'il constituait des appariements à l'essai des jeunes couples, par contre ni l'adultère ni le dévergondage n'étaient tolérés dans cette société repliée sur elle-même où la moindre incartade des normes constituait un crime, aussitôt réprimé. Pour avoir dirigé la bachellerie des filles, Louison savait bien que les bachelleries veillaient jalousement à la stricte observation des coutumes et qu'une jeune fille fautant avec un vieux, célibataire de surcroît (alors que le célibat, comme la stérilité, représentaient déjà en soi des tares), ne pouvait attirer sur leurs têtes que réprobation et châtiment. Mais Louison et le sabotier avaient pris goût l'un à l'autre. Le plaisir qu'ils s'offraient était autant de bonheur arraché au malheur des temps.

Parmi tant de craintes, de peurs, de vieilles terreurs revenues, de sauvageries réveillées, Dochâgne éprouva une grande joie : une mule naquit dans sa métairie. Devant l'animal poisseux, qui tentait de se relever maladroitement sur ses pattes écartées, Dochâgne rêvait d'une famille de ces baudets du Poitou, aux longs poils filandreux et aux oreilles de lièvre géant, infatigables, marchant sans fers ni collier, seulement vêtus d'une simple sangle sur le poitrail; ces baudets qui se vendaient si cher aux Espagnols lors de ces grandes foires de Fontenay. Il alla chercher Ministre pour lui présenter son fils. Mais Ministre regarda avec une indifférence absolue cet avorton tout en pattes qui gigotait dans la paille. Il salua néanmoins la mère jument d'un braiment conquérant puis tourna le dos à la crèche, regardant fixement le mur de l'écurie comme s'il espérait y voir éclore un bouquet de chardons.

Les bordiers trop pauvres pour disposer d'une pâture où mener leur seule vache, les journaliers dont la femme tentait d'élever une chèvre ou un mouton sans posséder aucune terre, tous ceux qui subsistaient en marge des fermes et des métairies, recouraient aux communaux. Les communaux étaient des lieux sans maître, des friches, des terrains incultes, parfois des bois. Chacun pouvait y mener paître son bétail. L'herbe, peu riche, ne pouvait y engraisser les animaux. Mais ils y trouvaient un minimum de nourriture qui concédait aux pauvres leur minimum de vie.

Ceux qui, comme les parents d'Augustine-la-bouétouse, connurent le village avant sa destruction par l'Ogre-Turreau disaient qu'autrefois les communaux permettaient à tous les pauvres d'éviter la mendicité. Ceux qui, comme Dochâgne, vécurent les premiers temps du village ressuscité, disaient qu'alors tout le village et tous les champs formaient des communaux puisque, au sortir des caches dans la forêt, ce qui appartenait à chacun appartenait à tous et ce qui appartenait à tous appartenait à chacun. Mais les plus jeunes hochaient la tête devant ces radotages. En réalité, l'ancien maire-meunier s'en était approprié une bonne partie et maintenant le régisseur du comte affirmait que tous les bois proches de la forêt devaient être réintégrés à celle-ci car ils en avaient été abusivement détachés par la Révolution. En même temps certaines landes, qui s'inséraient entre les terres du comte, se trouvaient envahies par les troupeaux de moutons de ses métayers et les miséreux qui tentaient d'y mener leurs bêtes, en prétextant qu'il s'agissait de communaux, étaient chassés par les gardes.

Peu à peu, les communaux se réduisirent à quelques bordures de chemins, à des terrains si hérissés d'ajoncs que les chèvres elles-mêmes n'osaient s'y aventurer, ou encore à des bourbasses, ces sols mous, vaseux, d'où émergent des sources et où la boue liquide, souvent profonde, n'est qu'un piège où l'on s'enlise.

Bordiers et journaliers sans pâtures n'avaient plus qu'à vendre leurs bêtes qu'ils ne pouvaient plus nourrir. Comme par ailleurs la réduction de la culture du blé, l'arrachage des vignes, amenaient une réduction des besoins de main-d'œuvre, ceux qui ne réussirent pas à se placer chez des métayers ou des fermiers n'eurent d'autre ressource que de partir.

Les plus jeunes s'en allèrent les premiers, sans regret, en chantant. Ils se rendirent au bourg voisin pour s'afficher au marché comme demandeurs d'ouvrage. Mais ils y rencontrèrent beaucoup d'autres jeunes, venus d'autres villages, en chantant eux aussi et qui demandaient des emplois.

Le départ des vieux fut moins gai. Ils entassaient leurs hardes, leurs ustensiles sur un âne et le suivaient la tête basse, déjà courbés vers cette terre qui les engloutirait bientôt, traînant la patte, se maintenant debout tant bien que mal en s'aidant de bâtons.

Le surplus des villages se déversant dans les bourgs devint bientôt tel que la moitié de leur population mendiait. Alors, les bourgs eux-mêmes refoulèrent ce déchet qui se retrouva sur les grands chemins menant aux chefs-lieux de cantons. Les grands chemins n'étaient pas des routes, mais ils n'étaient pas non plus des chemins creux. Les chemins creux contournaient les champs, chaque champ ayant droit à son chemin particulier. On comptait donc autant de chemins que de champs qui tous aboutissaient à la métairie. Chaque métairie se présentait comme le centre d'une toile d'araignée dont un des fils, plus long que les autres, s'accrochait au village. Sortir de ses chemins creux signifiait se présenter à découvert, monter vers l'inconnu. Au-delà du bourg le plus proche, commençait l'aventure.

Bien accueillie là, chassée ailleurs, exploitée dans des travaux temporaires faits à bas prix, parfois pour leur simple nourriture, effrayante en raison de son nombre, cette population errante et mendiante finit par rencontrer les routes, ces routes dressées par la Révolution, puis par l'Empire, contre les chemins creux; ces routes qui venaient casser le bocage, l'empêchant de demeurer un sanctuaire impénétrable; ces routes, tentacules de pieuvres dont la tête et le cœur se tenaient dans les villes; ces routes qui imposaient la mainmise de l'urbain sur le rural, du citadin sur le paysan.

Ceux qui ne mouraient pas en chemin, ceux qui, trop vieux, ne se contentaient pas de s'asseoir sur le parvis d'une église et de tendre la main, finissaient donc, endigués par ces larges routes droites, par arriver à la Loire qu'ils n'osaient traverser, se souvenant confusément du désastre de la grande virée de galerne. Pourtant, de l'autre côté du fleuve, arrivaient les rumeurs de la ville énorme : Nantes, où les Vendéens s'étaient cassé les dents en 93. Certains s'y aventuraient. D'autres obliquaient à l'est, vers Cholet, Angers. Ils y arriveraient en loques, prêts à accepter n'importe quel emploi, n'importe quel logis, parfaitement conditionnés pour peupler les nouvelles filatures, les chantiers de navires, prêts à s'insérer dans cette armée du travail qui se mettait en place dans les villes, formée de la vomissure de la paysannerie.

La peur, une peur confuse, continuait à troubler le village. Le départ des plus miséreux avait été reçu comme un soulagement, mais en même temps, chacun se sentait menacé d'expulsion. Le régisseur et ses trois gardes obsédaient, toujours présents, comme des gendarmes épiant vos faits et gestes. Eux-mêmes s'énervaient et demeuraient aux aguets depuis que, en plein jour, ils avaient été attaqués par une meute de loups. Etrange ce raid éclair des loups, bondissant de la forêt, attaquant de face les chevaux des gardes! Louison ne fut pas la seule à établir le rapprochement avec l'agression des loups dans la forge de Chante-en-hiver, où son frère Pierre avait été égorgé. Il semblait que, cette fois-là encore, les loups obéissaient à un ordre. Elle en parla au sabotier de la Gâtine :

« Il y a un meneur de loups, derrière tout ça.

– Que vas-tu chercher?

– Je vous dis qu'il y a un meneur de loups.

– Boniments!

– Vous le connaissez bien.

– Moi?

– Oui. Et vous savez que son père n'est pas Dochâgne et que sa mère était une louve.

– Que me contes-tu là!

– S'il s'appelle Tête-de-loup, c'est bien pour quelque chose. Moi, je n'ai pas mes yeux dans ma poche. Je me souviens bien que le soir où il est revenu de l'est, et c'est de l'est que viennent les loups, une meute l'avait précédé...

– Il y a toujours des hasards, et avec ces hasards vous faites vos superstitions.

– C'est un hasard si Tête-de-loup connaît le grand sorcier qui arrête l'orage et fait tomber la pluie?

– La pluie aurait bien fini par tomber toute seule.

– Vous êtes trop bête, à la fin. Votre bêtise de villadin vous perdra. C'est comme votre maudite chouette. Tout le monde se moque de vous. Mais on dit aussi que du ménage d'un vieux garçon et d'une vieille fille ne peut naître qu'un rat.

– C'est toi, ma vieille fille.

– Moquez-vous! Si on nous découvre un jour, ce sera aussi terrible pour vous que pour moi. »

Un grand bruit les fit se relever en hâte, rajuster leurs vêtements et courir vers la trappe. L'échelle avait glissé et, en bas, un garçon se relevait, penaud.

« Jean-Marie, que fais-tu là?

– Je vous cherchais. Y a quelqu'un qui a apporté de l'ouvrage. Des cœurs pour un mariage. Il est pressé. Il voulait vous voir tout de suite. J'ai pensé qu'il fallait que je vienne. »

Louison se rencogna brusquement dans le grenier. Mais Poléon l'avait vue.

« Remets l'échelle, dit le sabotier. Je pars avec toi. »

Poléon, en chemin, boudait. Les relations entre le sabotier et son apprenti perdaient l'affectueuse complicité de leurs débuts. Depuis que Poléon s'était soûlé avec la bachellerie, il prétendait être un homme, croyait qu'il le devenait en montrant une agressivité sans cause contre son patron. En même temps, Poléon avait des réactions d'enfant. Il soupçonnait depuis longtemps la liaison du sabotier et de Louison et en éprouvait une jalousie obsédante. Il guettait Louison, lorsqu'elle tenait encore le cabaret, se faisait rabrouer par la jeune femme, s'en vexait. Lorsqu'elle venait à la saboterie en son absence, il savait à l'odeur âcre qu'elle laissait et qu'il humait comme un chien, que Louison s'était attardée. Le sabotier ignorait que lorsqu'il allait travailler aux moulins, souvent Poléon le suivait en se cachant, comme aujourd'hui où la malencontreuse chute de l'échelle avait révélé sa présence.

Pour se donner une contenance, le sabotier chantonnait :

> Que l'on mette mon cœur
> Dans une serviette blanche
> Qu'on le porte à ma mie
> Qui demeure au pays.

Lorsqu'ils arrivèrent à la saboterie, le client aux cœurs ne se trouvait plus là.

« Tu n'as pas menti, Jean-Marie ?

– Non, j' vous l' jure. »

Le sabotier devint soudain soucieux. Il hésita, puis aborda le problème de front :

« Qu'as-tu vu, au moulin ?

– Ben, je vous ai vu.

– Seulement moi ? »

Jean-Marie / Poléon ne répondit pas.

Le sabotier s'assit près de son établi, demanda à son apprenti de s'approcher :

« Tu as encore beaucoup à apprendre, Jean-Marie. Regarde cette grosse branche de vergne. Il y a un sabot dedans, mais c'est à nous de le trouver. C'était plus facile, avant que le comte revienne. On pouvait creuser des troncs. Maintenant, c'est comme avant la Révolution, les sabotiers n'ont plus droit aux troncs, seulement aux branches. Il faut prendre la branche dans le bon fil du bois, bien dresser le quartier à employer, pour qu'il n'y reste pas de flaches et que le sabot soit plein bois partout... Il faut laisser l'entrée du sabot bien ronde et bien droite, comme ça... Tu prends la mèche et tu perces droit au nez du sabot, mais pas jusqu'au bout. On appareille mieux à la cuillère. En perçant en deux fois, tu vois jusqu'où on peut porter sa creuse. C'est plus long, mais la creuse est meilleure. Puis tu dégourles chaque côté du trou que tu as fait, en remontant jusqu'à l'entrée du sabot. Tu perces ensuite le talon en faisant sauter ce qui correspond à l'entrée du dégourlage... Jean-Marie, à quoi rêves-tu? Tu n'es plus le même depuis quelque temps. Qu'est-ce qui ne va pas?

— Mais je vous écoute, dit Poléon, agacé.

— Tu ne m'écoutes pas pareil. Je t'ai appris les bois et je suis sûr que tu ne sais plus avec quel arbre on fait les barriques.

— Si, je m'en souviens. Avec du châtaignier.

— Bien, et les barreaux d'échelle sur lesquels tu t'es cassé la figure, ils étaient en quoi?

— En frêne.

— Tu as eu le temps de voir qu'ils étaient en frêne? »

Jean-Marie / Poléon s'appliquait à creuser son sabot avec une cuillère. Il mit longtemps à répondre, puis répliqua avec malice :

« J'ai eu tout le temps. Pour sûr que j'ai eu tout le temps de voir. »

Un nouvel hiver vint, que seul Jacques-le-tisserand reçut avec joie. Car, désormais, pour Jacques, l'hiver, au contraire des autres villageois, signifiait un peu plus d'aisance. L'école rouvrait en effet, dans leur seule pièce d'habitation où le métier à tisser et les lits occupaient la majeure partie de la place. Les parents d'Augustine-la-bouétouse se faisaient tout petits près de la cheminée. On les y oubliait. Gène et Touène étaient moins compréhensifs. Passait encore pour Touène qui restait suspendu dans sa peau de mouton à une poutre et se contentait de temps à autre de pousser des hurlements qui interrompaient les récitations, mais Gène-le-chétif, qui avait trois ans, se mêlait parfois de vouloir participer aux jeux d'écriture dans le sable et effaçait les lettres que les élèves avaient eu tant de mal à tracer. Entre les pleurs de Gène, puni, et les pleurs de l'élève, frustré, auxquels répondaient très vite les piaillements de Touène, la maisonnée savait se désennuyer.

Cet hiver serait pour Jacques et sa maisonnée un bon hiver. Le nombre d'élèves avait plus que doublé et certains métayers, que les remembrements du comte mettaient dans l'aisance, le payaient en boisseaux de blé, en beurre, en fromages. Chacun continuait à apporter sa bûche et, comme ils étaient plus nombreux, le feu lui aussi était mieux nourri. Les garçons arrivaient d'ailleurs le matin les pieds au chaud, leurs mères ayant pris soin de braiser leurs sabots d'une pelletée de cendres chaudes.

Jacques-le-tisserand évita de parler des fradets à ses élèves. Il leur raconta l'histoire des âmes des scélérats qui deviennent des chiens noirs et gardent les trésors; celle des mirolaines, ces dames blanches qui la nuit se promènent avec des chandelles de cire allumées; celle des lavandières nocturnes; celle du bras rouge qui dévore les enfants s'approchant trop près des rivières; celle des chats ferrés pour qu'ils ne se cassent pas les pattes sur la glace en allant au sabbat des sorcières le soir de la Chandeleur... Toutes ces évocations fantastiques de la nuit du bocage, toutes ces silhouettes nées de la peur de l'obscurité et des cauchemars du sommeil.

Mais ces enfants, qui connaissaient déjà la plupart de ces contes pour les avoir entendus aux veillées, ne se lassaient pas d'écouter les aventures de Mélusine, que certains appelaient Meurlusine, ou Mellusigne, ou Meleusine, les plus modernes allant jusqu'à dire Merlusine.

Jacques-le-tisserand racontait comment il avait vu l'un des châteaux construits par la fée dans la forêt de Mervent; comment Mélusine, en trois nuits, éleva l'église de Parthenay-le-Vieux; comment elle transporta dans sa dorne les pierres de maçonnerie et comment parfois certaines d'entre elles lui échappaient et devenaient ces grosses pierres de fées que personne ne pourrait bouger, comme la Pierre-du-bon-curé; comment, juchée sur une acouette (un manche à balai) elle apporta au pays les grains de mojettes, les pauvres gens devant auparavant se contenter de la gesse de Saintonge; comment Mélusine, de son mariage avec le chevalier Raymondin, neveu du comte de Poitiers, conçut dix enfants dont l'un montrait sur la joue une griffe de lion, un autre n'avait qu'un œil (et Jacques montrait son seul œil en disant : « Comme moi, mes enfants! » Ce qui produisait son effet, chacun le considérant pour un moment comme le fils de la fée) et comment le sixième, Geoffroy, avait une dent de sanglier qui lui saillait de la bouche.

Le curé-aux-bougies eut vent de ces fables et s'en vint les reprocher à Jacques :

« Il vous faut parler de l'histoire de France, de ses héros et de ses saints. Pas de ces histoires à dormir debout!

– Monsieur le curé, c'est que les histoires des saints, je les connais mal, sauf bien sûr le bon saint Martin, et aussi saint Joseph. L'histoire de France, je

316

ne l'ai jamais apprise. Je raconte les histoires du pays.

— Racontez l'histoire du pays tant que vous voulez, mais pas ces histoires de sorciers.

— Oh! monsieur le curé, répondit Jacques, offusqué, vous savez que j'aime le Bon Dieu et que je récite tous les jours mon chapelet, mais s'il est maintenant défendu de croire aux sorciers, pas grand monde dans ce village n'ira au paradis. »

5

Dans leur petite métairie,
enfouie au milieu des halliers

Dans leur petite métairie, enfouie au milieu des halliers, Victorine et Victor semblaient les derniers défenseurs d'un fortin, obstinés à soutenir un siège sans espoir. Au-delà des talus hérissés de gros chênes têtards, les terres du comte cernaient de partout la propriété du baron. Non seulement les pigeons venant du lointain colombier représentaient une lourde dîme, mais les troupeaux de moutons et de chèvres du comte pénétraient souvent dans les champs cultivés par les enfants de Dochâgne. Si les bergers et chevriers faisaient leurs excuses, les dégâts n'en étaient pas moins irréparables.

L'hiver, la métairie devenait une île. Les chemins creux, inondés, ne permettaient plus le passage ni d'une charrette ni d'un cavalier. Cet isolement avait au moins l'avantage de les débarrasser de la venue inopinée des gardes du comte qui prétextaient chasser un renard pour se lancer à cheval dans les blés. Victor, juché sur son tombereau chargé de choux, que traînaient ses deux vaches, les conduisait lentement, craignant le renversement de l'attelage. Les vaches s'enfonçaient en effet jusqu'au ventre dans la boue du chemin et ne se dégageaient qu'avec peine de cette glaise. Cette dernière charrette passée, Victorine et Victor seraient coupés du monde pour tout l'hiver.

Du monde, mais pas de Tête-de-loup qui arrivait à traverser. Jamais il ne s'écoulait plus d'un mois sans que Tête-de-loup apparaisse, été comme hiver, sa peau de bique gonflée par le gibier.

Victorine l'embrassait avec fougue de trois baisers sonores. Malgré sa misère, malgré la fatigue d'un proche enfantement, Victorine conservait son air passionné. Elle reprochait à Tête-de-loup l'imprudence de ses braconnages. En même temps ses cadeaux de viande étaient providentiels.

Non seulement Tête-de-loup apportait du gibier, mais il lui arrivait de faire à sa sœur des cadeaux encore plus précieux. Un jour il vint avec, sur son épaule, une cruche de grès, bouchée avec un trognon, remplie d'huile de noix. Une autre fois, il tira sous sa peau de bique un sac de sel. Victorine le vida prestement dans son grand saloir, tout en faisant promettre à Tête-de-loup, qui riait toujours de ses frayeurs, de ne jamais recommencer à transporter du sel. Le trafic du sel, dans ce pays si proche des marais salants de l'Atlantique, laissait de telles traces répressives que ce sel qui brûlait les mains, mais conservait la viande, avait une odeur diabolique. A toutes les branches des vieux chênes devaient se trouver encore les traces des cordes qui, pendant des siècles, servirent à pendre les faux-saulniers.

Plus Victorine et Victor s'inquiétaient des imprudences de Tête-de-loup, plus celui-ci en riait. Il leur racontait les nouvelles du village, la terrible fin de Chante-en-hiver devenu fradet, l'exil des expulsés, la prospérité inattendue de Dochâgne. Il leur apportait aussi des onguents et des poudres échangés au grand sorcier derrière la forêt contre de la viande de loup.

Le grand frère était la providence incarnée. Mais Tête-de-loup ne veillait pas sur sa sœur par charité. Il aimait se retrouver en compagnie de Victorine et de Victor, se réchauffait à leur amour conjugal aussi vif, aussi ardent, que leurs amours enfantines. En leur compagnie il perdait son air farouche, se détendait, prenait plaisir à vivre. Ceux qui voyaient en lui un diable de la forêt eussent été bien surpris de le trouver assis au coin du feu, le petit Jean sur ses genoux, jouant de leurs mains à

> crapaud pris
> crapaud p'lé.

Au foyer de sa sœur, Tête-de-loup retrouvait la paix qu'il avait connue jadis dans les Vosges, chez le père Lavendée. Il s'y attardait plusieurs jours, parfois toute une semaine lorsque les travaux des champs sollicitaient son aide. Puis un matin il se levait avec un air un peu hagard, semblait renifler quelque chose, sortait dans la cour, son grand nez levé au vent. Victorine disait en soupirant :

« Toi, je vois que tu ne tiens plus en place. »
Et Tête-de-loup repartait dans la forêt.

En février, le tocsin sonna à l'église du village. On se rendit aux nouvelles. Le jeune maire-meunier et le curé-aux-bougies, sur le porche, se tenaient très droits, avec un air d'enterrement. Le jeune maire-meunier portait une écharpe noire. Il annonça que le duc de Berry, l'héritier du trône, venait d'être assassiné à Paris.

Le soir, à la métairie de Dochâgne, la nouvelle fut bien sûr commentée, comme dans tous les foyers. On s'interrogeait pour savoir qui était exactement ce duc de Berry. Certains se rappelaient que le Dauphin s'appelait duc d'Angoulême, qu'il ressemblait à un pantin et que l'Ogre-Turreau l'avait conduit en Vendée. Ce duc d'Angoulême serait-il mort et ce duc de Berry serait-il son frère? Certains savaient que, des deux frères de Louis XVI, seul le comte d'Artois leur donnait une progéniture. Que le comte de Provence, devenu Louis XVIII, soit sans postérité, ne les surprenait pas. Dieu ne pouvait bénir un roi pataud.

Dochâgne n'avait pas revu le baron depuis longtemps, trop occupé par la croissance de sa métairie, trop accaparé aussi par le régisseur du comte. Comme toujours, lorsque la grande histoire (l'Histoire) venait déranger le quotidien et apportait ses énigmes, Dochâgne éprouvait le besoin d'aller interroger le baron. De plus, une autre chose l'inquiétait : la disparition du curé de la Petite-Eglise. Depuis au moins un an ils n'avaient plus de messe. Si bien que les fidèles fondaient à vue d'œil, la plupart des villageois préférant une messe concordataire à pas de messe du tout. La métairie de Dochâgne devenait non seulement le refuge d'un certain nombre d'expulsés, mais ceux-ci se trouvaient tout naturellement parmi les membres de la Petite-Eglise. Les prières en commun dans la grange suppléaient au manque d'offices et de prêtre. Par là même Dochâgne se voyait investi de la double mission de nourrir une bande de miséreux et de leur assurer une continuité spirituelle.

Dochâgne trouva le baron dans un grand état d'abattement, tellement troublé qu'il en oublia de l'embrasser comme d'accoutumée et Dochâgne s'en offusqua. Si le baron lui-même renonçait aux usages, pas étonnant que le monde perde la tête. Perturbé par cet accueil inhabituel et par les allées et venues de son hôte, qui parlait tout seul en gesticulant, Dochâgne restait immobile, son grand chapeau à la main, regrettant d'être venu. Finalement, puisqu'il était là, il écouta ce que disait le baron et finit par distinguer, dans son flot de paroles :

« Malédiction... les Condés... stérilité... le Dauphin... Bourbons... Madame Royale... »

Avait-on encore un roi? N'en avait-on plus? Dochâgne demeurait figé, comme jadis lorsque, à cheval, il se cramponnait aux rênes en attendant, crispé, l'ordre du baron de courir à l'ennemi qui éclatait, bref comme un aboiement.

« Hen, Dochâgne, que penses-tu de tout cela? s'écria enfin le baron.

— Je n'ai rien compris.

— Il n'y a plus rien à comprendre. Nous sommes oubliés de Dieu.

— Qu'est devenu le curé de notre Eglise?

— Il est mort. Et tu vois bien, là encore, Dieu aurait pu nous le conserver un peu plus longtemps, jusqu'à ce que de nouveaux prêtres nous arrivent. Mais non, il nous l'a enlevé. Comme il nous a enlevé le Dauphin. Les Bourbons n'ont plus d'héritiers, Dochâgne. C'est fini!

— Le duc d'Angoulême est mort?

— Non, mais il n'a pas d'enfant. Dieu n'a pas voulu bénir le mariage du fils du comte d'Artois et de la fille de Louis XVI, comme il n'a pas voulu bénir le mariage de Louis XVIII. Le comte d'Artois sera notre futur roi, s'il survit à son frère. Mais il est vieux et il est veuf. Le duc d'Angoulême sera peut-être roi, mais il est stérile. Et le duc de Berry, marié depuis trois ans, ne nous a pas donné de petit prince. Et le voilà mort!

— Les Bourbons ont trahi la Vendée, dit Dochâgne, impassible. Leur stérilité est la juste punition de Dieu.

— Ne blasphème pas! Ne te laisse pas égarer! Les Bourbons ne nous ont ni compris ni aimés, mais ce sont nos princes!

— Les Bourbons ont trahi la Vendée, reprit

Dochâgne. Si Dieu les a rendus stériles, c'est qu'il veut montrer à tous la malédiction sur cette famille.

– Mais tu es fou! Qui donc veux-tu comme roi?

– On n'a pas besoin de roué, ni de république. On veut être les maîtres chez nous. Vous le savez bien, c'est pour ça qu'on s'est battus en 93. Après, vous autres nobles, vous nous avez embobinés.

– Sans vos officiers nobles, vous auriez été attrapés par les gendarmes comme des voleurs de poulets.

– Stofflet n'était pas noble et c'était notre général, à vous comme à moi. Tout baron que vous êtes, vous obéissiez à un garde-chasse.

– C'est toi qui es venu me chercher dans mon château. Je n'avais pas envie de me joindre à votre bande de brigands. C'est toi qui m'as décidé.

– Vous aviez promis de servir notre cause. Et finalement c'est nous qui vous avons servi. Nous avons même servi le comte qui se prélassait à Koblenz et qui aujourd'hui nous pressure.

– Il me pressure aussi. »

Un long silence arrêta leur dispute. Le baron cessa de marcher de long en large, invita Dochâgne à s'asseoir devant la cheminée :

« A propos du comte, j'ai fini par céder. Il m'échange une bonne terre près du bourg contre la métairie de ta fille Victorine. Je ne leur en ai pas encore parlé. J'irai les voir dès que les chemins creux ne seront plus des fondrières. Tu les reprendras avec toi, tu as de l'ouvrage maintenant.

– J'ai déjà beaucoup trop de monde. Et la Victorine aime être sa maîtresse.

– Ils s'échinaient dans cette trop petite métairie.

– Mieux vaut une petite métairie que de besogner chez les autres. »

Puis Dochâgne pensa à Victor et au plaisir qu'il

aurait de nouveau à travailler avec lui. Il pourrait devenir grand valet. Mais il se reprochait en même temps cette pensée égoïste, songeant à la déception et au chagrin de Victorine, obligée de regagner le toit paternel.

Le baron revint à ses préoccupations dynastiques. Il dit, comme s'il parlait pour lui-même :

« Les Condés ont longtemps aspiré au trône. Ils auraient pu nous fournir un nouveau roi. Napoléon-Antéchrist le savait bien qui fit fusiller dans les fossés de Vincennes leur dernier descendant mâle, le duc d'Enghien.

– Monsieur le baron, vous me décevez, vous chassez Victorine et vous me parlez du duc d'Enghien.

– Je ne chasse pas Victorine, je te la rends.

– Je n'aurais jamais cru que vous céderiez au comte.

– Mais enfin, toi-même, tu exécutes tout ce qu'il veut. S'il ne t'avait pas pour le servir, il ne pourrait ruiner les petits métayers et les bordiers comme il le fait.

– Ce n'est pas le comte qui les ruine. C'est le mauvais sort. Il y a eu la sécheresse, puis les fradets. Le village est ensorcelé. Il n'a plus de prêtre de la vraie Eglise pour l'exorciser. Tout vient de là. »

Le baron prit Dochâgne par les deux épaules, affectueusement :

« Vieux compagnon! Le comte a bien de la chance de ne trouver comme réponse à ses filouteries que votre naïveté! Et c'est moi que tu engueules. Et c'est à moi que tu vas en vouloir! »

Un domestique, entré précipitamment dans la pièce, informa le baron qu'un accident venait de se produire dans une de ses métairies. Encorné par un taureau, un paysan se trouvait au plus mal et le réclamait. Il partit hâtivement, en demandant à Dochâgne d'attendre son retour.

Dochâgne patienta au coin de la cheminée, en se

morfondant. La malédiction qui s'abattait sur le village, n'était-elle pas liée à celle qui punissait les Bourbons? Mais pourquoi punir à la fois les rois ingrats et les serviteurs floués? Dochâgne ne comprenait pas. Pourquoi le baron ne l'avait-il pas embrassé comme de coutume lors de son arrivée? Pourquoi chassait-il Victorine? Pourquoi s'était-il moqué de ce qu'il appelait sa naïveté envers les filouteries du comte? Il cherchait à se rappeler la phrase du baron à propos de son obéissance aux desseins du comte. Il n'y arrivait pas. Il lui fallait traduire en patois les propos du baron. Mais ça ne collait pas. Il n'y avait plus le ton. Soudain, comme il s'apercevait que le jour commençait à baisser et qu'il ne pouvait plus attendre, la phrase lui revint, décapante comme de l'acide : « S'il ne t'avait pas pour le servir il ne pourrait ruiner les petits métayers et les bordiers comme il le fait. »

Il dit au domestique du baron qu'il lui fallait partir avant la nuit, se jucha sur l'âne Ministre et s'en retourna. Tout en trottinant entre les haies d'arbres effeuillés, il s'aperçut alors que le baron l'avait quitté sans penser à lui donner ces trois baisers de paix également omis à son arrivée. Il frissonna dans la bise qui venait de l'est et arriva à la métairie bouleversé.

Dans la nuit du premier jour de mai, plus d'une fille n'avait pas ses yeux dans sa poche et plus d'une fenêtre restait ouverte. Si les yeux des donzelles s'allumaient dans la nuit, comme ceux des chats, on eût vu aux croisées comme des guirlandes de lucioles. Les filles tentaient en effet de discerner, dans l'obscurité, leurs amoureux dont elles savaient qu'ils se roulaient nus dans l'aigail (la rosée) pour leur attendrir le cœur.

Au petit matin, elles couraient voir aux portes si

les garçons leur avaient laissé une surprise. Celles qui trouvaient, suspendu, un bouquet de chèvrefeuille, ou d'aubépine, apprenaient qu'elles se marieraient dans l'année. Mais celles qui détachaient une fleur de tournesol, ou une branche de sureau, agissaient avec précipitation et confusion, car elles comprenaient que ce message les désignait comme sottes ou vaniteuses.

On appelait ces bouquets des mais, perpétuation de ces immémoriaux arbres de mai que la Révolution avait voulu récupérer sous le nom d'arbres de la liberté.

Louison eut la mauvaise surprise de trouver accroché au volet de sa soupente un gros chou. Un chou accusait une fille volage.

Comment osait-on lui faire un tel affront, à elle, ancienne reine de la bachellerie des filles! Le soir, dès qu'elle fut libre de son service chez le meunier-maire, elle courut à la ferme du bas de la côte où, depuis l'incendie du cabaret de Chante-en-hiver, se réunissaient les jeunes gens à marier. En arrivant au carrefour, les chiens se mirent à aboyer avec fureur. Elle s'arrêta un moment près de la grand-croix de granit, s'assit sur le socle autour duquel s'amoncelaient les petites croix de bois des enterrements. Son cœur battait, d'émotion et de rage. Que signifiait exactement ce chou suspendu? Avait-on eu vent de sa liaison avec le sabotier? Etait-ce une moquerie ou un avertissement?

Les chiens ne cessant d'aboyer, un homme sortit de la ferme, élevant au-dessus de ses yeux une lanterne dans laquelle grésillait une chandelle de suif. Elle se dirigea vers lui, se fit reconnaître et entra dans la maison.

Garçons et filles se tenaient à califourchon sur les bancs, la plupart trop occupés par le miguaillage pour s'apercevoir de l'entrée de Louison. Dans la semi-obscurité, Louison distingua le nouveau roi de la bachellerie des garçons, un conscrit qui allait tirer au sort. Elle alla crânement vers lui :

« Ça veut dire quoi, ce chou? »

Le gars, un peu jeunot près de Louison qui venait d'avoir vingt-six ans, se mit à rire niaisement :

« Ça veut dire ce que ça veut dire. »

Une fille, qui servait des fils-en-trois dans des timbales d'étain, passa en bousculant un peu Louison :

« Qu'est-ce qu'elle vient faire ici, cette vieille? »

Le roi de la bachellerie des garçons, en se dandinant, but son fil-en-trois d'un trait et ajouta :

« C'est vrai, tu as passé le temps des amusements. Tu as coiffé Sainte-Catherine. A ton âge, ou bien on est mariée, ou bien on est catin. »

Louison gifla le garçon à la volée. Des vociférations fusèrent de tous les bancs. On criait sur Louison, on la traitait de garce, de traînée. L'homme à la lanterne, qui l'avait accueillie, la sépara d'un groupe de filles qui lui tiraient les vêtements et cherchaient à l'agripper par les cheveux. Il la poussa précipitamment dehors et l'accompagna jusqu'à la croix du carrefour, l'éclairant de sa lanterne :

« C'est vrai que tu es une foutue drôlesse! Mais tu as de quoi tenir avec ta famille de fradets. »

Louison courut vers le village, hésita, puis bifurqua du côté de l'ancienne forge et alla frapper doucement à la porte du sabotier. Un long cri tremblé, aigu, lugubre, lui répondit. Louison frappa de nouveau, plus fort. Le sabotier de la Gâtine vint ouvrir :

« C'est toi? Tu es folle!

– Les bachelleries me veulent du mal. Elles doivent savoir quelque chose.

– Entre vite. »

Louison raconta. La chouette volait sans bruit

d'un bout à l'autre de la salle, de son vol ondoyant, gémissant de ce cri tremblé, insupportable.

« C'est de la faute à cet oiseau de malheur, sanglota Louison. Regardez-la qui vole comme un fantôme.

– Elle m'inquiète un peu, dit le sabotier. Je ne sais pas ce qu'elle a. Elle ne tient pas en place et elle crie. De temps en temps, elle vient se percher sur mon épaule et me lisse la moustache avec son bec. On dirait qu'elle veut me dire quelque chose.

– J'ai peur. Je voudrais rester avec vous cette nuitée.

– On ne t'a peut-être pas vue entrer, mais on te verra sortir. Prends garde, Louison, le village n'est plus ce qu'il était. La misère rend méchant et l'ignorance aussi. Les gens se guettent, s'épient. On ne peut plus faire un pet, sans que le monde en sursaute. »

Louison resta, malgré les protestations véhémentes de la chevêche qui se gonfla, s'ébouriffa les plumes, cracha comme un chat en colère. Excédé, le sabotier de la Gâtine l'enferma dans sa réserve à bois et elle se tut.

De bon matin, le sabotier et Louison furent brutalement tirés du sommeil par un tintamarre qui les laissa d'abord stupéfaits. Puis ils comprirent très vite. Les bachelleries leur servaient un charivari. Les bachelleries savaient. Des sonnailles de grelots de mulets, des raclements de chaudrons, des feulements de cornes de vaches puis, plus inquiétants, les déchirements des cartouches. Ils étaient venus avec des fusils, ce qui indiquait qu'il ne s'agissait pas seulement d'un jeu. Louison rabattit la couette sur sa tête, pour ne pas entendre. Le sabotier de la Gâtine ne savait quelle attitude prendre. Se montrer à une bande de surexcités n'était pas sans danger. Ne pas ouvrir la porte révélait qu'il se sentait en faute. Il saisit sur son établi l'un de ses outils qu'il tenait bien en main, vérifiant le tranchant de la lame. Mais il le reposa, haussant les épaules. A quoi bon! Il ranima la braise dans la cheminée, mit à réchauffer la soupe dans un pot de terre, prit deux bols sur une étagère et appela Louison :

« A la soupe! »

Ahurie, Louison émergea de sa couette, vit le sabotier assis sur un tabouret, son bol à la main, attendant que la soupe se réchauffe. Dehors, le tintamarre continuait. On entendait aussi des cris, des rires. Le village était maintenant réveillé et l'on reconnaissait des voix familières.

« C'est tout ce que ça vous fait? »

Le sabotier de la Gâtine cligna de l'œil :

« Faut toujours commencer la journée par une soupe bien trempée. Après, tout va bien. »

Dehors, la bachellerie finit par se lasser. Les sabots piétinèrent un moment dans la rue, puis s'éloignèrent. On entendit encore les commentaires des voisins, puis plus rien. Un coq chanta, puis un autre. De poulailler en poulailler les coqs saluaient la lumière du soleil revenue. Louison se mit à rire :

« Comment je vas faire, maintenant, pour sortir sans être vue? »

Le mot Restauration sous-entendait restauration de la monarchie et de l'Eglise, après l'entracte de la République et de l'Empire. Mais si la monarchie était en effet restaurée, dans sa pompe dérisoire, comme une sorte de décor démodé, si l'Eglise retrouvait elle aussi son apparat d'évêques mitrés et de chanoines en dentelles, par contre l'Eglise populaire demeurait anéantie. A l'anticléricalisme de la Révolution, du Directoire, du Consulat, de l'Empire, s'ajoutaient maintenant le scepticisme voltairien de

Louis XVIII et sa profonde méfiance pour tout ce qui était plébéien. Les curés de campagne, trop près du peuple, restaient suspects.

Comme beaucoup de ses collègues, le curé-aux-bougies se transformait peu à peu en prêtre paysan. On le voyait, chaque automne, courbé sur son champ de pommes de terre, une houe à la main, ayant l'air de creuser sa tombe. On le voyait partir dans les bois, un sac sur l'épaule, et revenir chargé de châtaignes. Il se faisait de la soupe d'ortie, allait glaner des épis de blé après le passage des moissonneurs, s'offrait à travailler dans les fermes mais la main-d'œuvre était déjà bien trop abondante. Comme il n'avait pas d'âne, il lui fallait chaque dimanche faire des randonnées épuisantes, à pied, pour desservir ses paroisses. Que ce pays si pieux traite aussi légèrement son curé paraîtra étrange. Pour les paysans d'alors, il eût semblé anormal de faire d'un curé un chapon gras. Ils disaient que tout le monde travaillait la terre et qu'ils ne voyaient aucune raison pour que les curés ne gagnent pas leur pain à la sueur de leur front, comme il est écrit dans les Evangiles. Certains ajoutaient :

« Dochâgne, paysan comme nous, s'occupe bien de son Eglise ! »

La mort du curé de la Petite-Eglise avait en effet conduit ses fidèles à demander à Dochâgne, non pas de devenir leur prêtre, ce qui était inconcevable, mais leur chef spirituel. Tous les soirs, les derniers fidèles de l'Eglise non concordataire se réunissaient dans la métairie de Dochâgne pour y réciter leur chapelet et, le dimanche matin, Dochâgne assurait le rituel.

Une table, dans la grange, servait d'autel. Dochâgne y plaçait le surplis blanc à dentelles du vieux curé-Noé. Ce surplis, pieusement conservé, indiquait à la fois la présence et l'absence du prêtre. Puis il lisait de sa voix forte, bien claire, en latin, tout l'office de la messe dans un vieux missel écorné rapporté du bourg. On chantait, avant de se séparer, le « Vexilla Regis ».

Dans les marges du missel, Dochâgne inscrivait désormais les baptêmes, les mariages, les décès, comme il l'avait vu faire jadis au curé-Noé.

Lorsque Poléon arriva chez le sabotier, après le départ de Louison, la chevêche se roula en boule, comme une pelote de laine grise et se mit à gémir.

« Tiens, tiens, dit le sabotier, elle fait bien mauvais accueil à Jean-Marie, ma vieille fille.

— Elle est jalouse, ronchonna l'apprenti.

— Et toi, tu n'es pas jaloux?

— Peuh! De quoé?

— Je ne sais pas, moi, peut-être que ça ne te plaît pas que je tourne autour de la Louison?

— C'est pas vous. C'est elle qui n'arrête pas de virouner dans vos jambes.

— Je croyais que tu l'aimais bien et que tu montrais de la jalouseté pour ton vieux maître? »

Jean-Marie/Poléon cracha par terre de mépris :

« C'est une fradette. Plus dure à cuire que Chante-en-hiver. Même le diable n'en a pas voulu quand il a pris toute la famille.

— Mais qu'est-ce que vous avez tous, à vous détester comme ça? s'emporta le sabotier. Moi qui croyais t'apprendre à piéger le temps dans le cœur du bois! »

Poléon gardait la tête basse, s'appliquant à écorcer une branche.

La chouette, toujours ramassée en boule, continuait à chuinter.

« Elle sait parler, cette chevêche, reprit le sabotier. Elle me raconte des choses pas très gentilles sur toi, tu l'entends? »

Poléon regarda la chouette, inquiet, puis bougonna :

« Les chouettes, ça ne dit que des menteries.

– Tu détestes Louison, ça te regarde. Mais je croyais que tu avais un peu d'estime pour moi.

– Oh! oui, s'emporta Poléon. Pour sûr que je vous aime bien. C'est pour ça que je veux vous désembobeliner de cette diablesse. »

Le sabotier ne put se retenir, saisit l'enfant par les oreilles :

« Tu ne sais pas ce que tu as fait. C'est toi qui nous as dénoncés, hein? Je ne me méfiais pas de ce gamin! »

Poléon se débattit, cherchant à dégager ses oreilles qui lui cuisaient, pleurnicha :

« C'est pour vous que j'ai fait ça, pour vous débarrasser... »

Le sabotier de la Gâtine lâcha Poléon et dit :

« Si tu voulais te débarrasser aussi de moi, par la même occasion, tu ne t'y prendrais pas mieux. Bon, le mal est fait. Il n'y a plus qu'à attendre la suite des événements. »

Le métayage de Victorine et de Victor prenait fin à la Saint-Jean. Mais ils restèrent jusqu'en juillet dans leur petite métairie, devant assurer la coupe du blé qu'ils avaient semé et qu'ils n'auraient pas le temps de battre au fléau. Ils attelèrent leurs deux vaches à une charrette et y entassèrent les gerbes qu'ils conduisirent près du bourg, dans une immense grange où les paysans du baron se retrouvaient chaque année avec leurs récoltes. Certains de ses métayers exploitaient des lopins de terre si minuscules qu'un âne suffisait pour amener les sacs de grain sur son dos.

Lorsque Victor accompagna sa dernière charrette de gerbes, il trouva à une lieue de la grange un attroupement de charretiers et un vielleux. Le plus âgé des paysans du baron dit à Victor :

« Puisque c'est toi qui t'en vas, la coutume de la dernière charrette te revient. »

Ils tirèrent de l'avant de la charrette de Victor une maîtresse gerbe qu'ils ornèrent de fleurs et de rubans. Puis le vielleux se mit en tête et toutes les charrettes le suivirent en cortège, les métiveurs portant leur faucille en sautoir, accrochée à leur large ceinture de laine rouge.

Le baron et sa sœur attendaient leurs métayers sur la grande aire à battre le blé qui entourait la grange. Malgré leur relative pauvreté, ces deux petits nobles affichaient un luxe vestimentaire qui jurait avec la drigaille de leurs paysans, ces hardes maintes fois raccommodées et toujours déchirées aux ronces et aux branches basses des haies. Le baron vêtu d'une redingote bleue, serrée à la taille, était coiffé d'un chapeau gris-perle et sa sœur recouvrait ses épaules d'un de ces châles des Indes que l'on appelait des cachemires et qui apparaissaient alors comme une sorte de brevet de la richesse rurale.

Le vielleux jouait sur son instrument un air grêle et tressautant. Le doyen des métayers monta dans la charrette de Victor et l'aida à décrocher la maîtresse gerbe. Puis tous les deux, lentement, portant ce faisceau d'épis avec précaution, vinrent le déposer devant le baron et sa sœur. Le vieux métayer dit à Victor :

« Si tu ne sais pas les paroles, tu les répètes après moi : « Not' maître, on vous apporte la gerbe que « Dieu nous a donnée. Nous l'avons semée et mois- « sonnée. On vous souhaite abondance dans votre « maisonnée.»

Une servante apporta une bouteille et trois verres. Le baron prit un verre, offrit les deux autres au vieux métayer et à Victor, versa le vin. Ils trinquèrent cérémonieusement. Le vieux métayer souffla à Victor, à voix basse :

« Verse avec ton verre quelques gouttes sur les épis du maître. »

Victor, ému par tout ce cérémonial, obéit.

Le baron enleva son chapeau, qu'il mit sous son bras, bomba un peu le torse comme pour prononcer un discours :

« Mes amis... »

Puis il se tut brusquement, regarda Victor d'un air gêné :

« Tu diras à Dochâgne... »

Mais rien ne vint, sinon quelques bafouillements inintelligibles. Le baron se recoiffa, prit sa sœur par le bras et tous les deux s'éloignèrent à pas lents vers leur manoir.

Quelques jours plus tard, Victorine, Victor et le petit Jean arrivaient chez Dochâgne dans leur charrette traînée par une seule vache et un âne. Ils avaient dû, bien sûr, laisser l'autre vache au baron, comme la moitié de tout ce qu'ils possédaient. Victorine, peu après, accouchait d'une fille qu'elle appela Marthe. A peu de jours d'intervalle, Louise, sa mère, donna aussi naissance à une fille qui, tout naturellement, fut appelée Marie.

Lorsque les deux femmes relevèrent de leurs couches, Louise donna sa place à Victorine, au bout de la grande table, face à son père, prit son écuelle et alla manger debout près de la cheminée. Elle signifiait ainsi à toute la maisonnée qu'elle devenait maintenant la vieille Louise et que Victorine sa fille serait la patronne après Dochâgne.

Un matin, en revenant du moulin où il avait passé dans le grenier la nuit avec Louison, le sabotier trouva sa chouette clouée par les ailes sur la porte de son atelier.

Il ressentit alors, à son tour, une envie de meurtre. Depuis le charivari du mois de mai, la bachellerie les laissait relativement tranquilles. Ils se sentaient épiés, subissaient des tracasseries stupides, mais il leur semblait que leurs ennemis desserraient leurs griffes. Le crucifiement de la chevêche indiquait cruellement qu'il n'en était rien. Le sabotier ressentait des envies de meurtre et, pour la première fois, la peur l'étreignait. Il revoyait Tête-de-loup lui apporter la chouette, son hostilité première à l'oiseau de nuit. Il lui semblait réentendre Tête-de-loup : « Je vous dis que cette chevêche vous portera bonheur... Tant qu'elle sera avec vous, vous n'aurez rien à craindre de la méchanceté qui vous guette... » Habitué à la chevêche, c'est vrai qu'ils formaient un étrange couple, tous les deux. C'est vrai qu'elle le prévenait du danger, mais qu'il n'en avait pas tenu compte. « Tant qu'elle sera avec vous, vous n'aurez rien à craindre. » Qu'en savait-il, l'homme des bois ? Tout cela n'était que fables de bonnes femmes. Mais il n'en restait pas moins que la crucifixion de la chouette se voulait un nouvel avertissement. Les bachelleries ne désarmeraient pas.

Le sabotier et Louison laissèrent passer une dizaine de jours sans se voir. Puis, une nuit, ils commirent l'imprudence de se retrouver dans le grenier à blé. Lorsqu'ils voulurent en redescendre à l'aube, l'échelle était enlevée. Que faire ? Le grenier, trop haut perché, ne leur permettait pas de sauter. Prisonniers de la grange, ils se sentaient néanmoins en sécurité dans ce bâtiment qui, tout près de la demeure du maire-meunier, ne risquait quand même pas d'être incendié comme la forge et le cabaret de Chante-en-hiver. Vers six heures du matin, ils s'inquiétèrent d'un bruit de foule, puis de piétinements. Soudain la grange fut envahie par une multitude qui criait, s'esclaffait. Des sons rauques de trompes venaient des cornes à bœufs dans lesquelles soufflaient des conscrits. Le sabotier et Louison entendirent que l'on posait l'échelle et que quelqu'un montait les échelons. Le jeune maire-meunier apparut.

On cria d'en bas :

« Alors, c'est-y des menteries? Vous les voyez bouliter entre les sacs? »

Le jeune maire-meunier montrait une tête consternée. De toute évidence, il eût préféré ne rien voir. Mais on continuait à l'interpeller d'en bas :

« Alors, où qu'ils sont mottés? Faut-y qu'on monte leur frotter le cul?

– Oui, ils sont là », dit enfin le maire-meunier.

Puis s'adressant au sabotier de la Gâtine :

« Vous vous êtes mis dans un drôle de pétrin. C'est à cause de cette garce. Si j'avais su, je l'aurais laissée mendier sur les routes. »

D'en bas, les exclamations continuaient, plus pressantes :

« Faites-les descendre! On va leur donner une escorte! Faut les bénir avec du purin! Si z'on fait un petit, gardez-nous-le, m'sieu l' maire! »

Le maire-meunier descendit à moitié l'échelle, se retourna et, regardant avec un mépris qu'il essaya d'atténuer la meute hilare qui se trouvait à ses pieds, dit le plus fermement qu'il put :

« Le sabotier et la Louison sont des gens à moi. Vous n'y toucherez pas dans ma maison. Je n'ai pas appelé les gendarmes lorsque la forge de Chante-en-hiver, qui m'appartenait, a été brûlée. La mort de Chante-en-hiver, ce n'est pas bien clair. Si vous voulez avoir les gendarmes sur le dos, essayez d'approcher de cette échelle! »

La meute grogna, jura, cracha par terre. Puis le nouveau roi de la bachellerie des garçons qui avait jeté l'anathème sur Louison, dans la ferme du bas de la côte, lança avec colère :

« On va aller chercher le curé-aux-bougies.

— C'est ça, répondit le maire-meunier, allez chercher le curé. Il nous dira ce qu'il faut faire. »

Dès que la bande s'éloigna, le maire-meunier fit descendre le sabotier et Louison.

« Toi, dit-il à Louison, je ne te veux plus ici. C'est vrai que les Chante-en-hiver apportent le malheur partout où ils passent.

— Vous savez qu'ils ont tué Chante-en-hiver, répliqua le sabotier. Mais c'est plus commode de faire de la victime un accusé. Si vous chassez Louison, je partirai aussi. »

Le curé-aux-bougies vint rapidement, poussé par la horde. Enervé, véhément, il montrait les deux amants du doigt, comme pour leur lancer un mauvais sort :

« Monsieur le maire, cet homme est un impie. Son impiété est le scandale de la paroisse. Nous l'avons déjà toléré depuis trop longtemps. Pas étonnant que Dieu se soit détourné de notre village... Et de plus il a déshonoré cette brave fille qui... »

Profitant de l'attention portée au curé, Louison s'était échappée de la maison du maire-meunier. Déchaussée pour courir plus vite, ses sabots restaient sur le dallage de la salle, étranges objets que chacun regardait avec une certaine stupeur, comme si, Louison volatilisée, seules ses chaussures de bois témoignaient encore de son existence.

« Monsieur le maire, reprit le curé-aux-bougies, je vous demande d'expulser le sabotier de la Gâtine. »

Etrange renouvellement que cette opposition du curé et du maire. On se serait cru revenu au temps du curé-Noé et du maire-meunier républicain. Le curé-aux-bougies et le jeune maire-meunier, à peu près du même âge, s'entendaient pourtant assez bien. Il n'existait plus entre eux d'opposition politique ni religieuse. L'un et l'autre véhiculaient le même conformisme. De temps en temps, le curé, pourtant élevé dans un esprit progressiste, s'exaltait d'un fanatisme qui lui remontait du fond des sacristies. Ce jour-là il eût bien conduit le sabotier de la Gâtine sur un bûcher de sorcier, lui qui pourtant reprochait à Jacques-le-tisserand ses histoires obscurantistes.

« Le sabotier quittera le village, c'est entendu, dit le jeune maire-meunier d'une voix ferme. Mais pas sous la menace. Rentrez chez vous. »

Il fut le premier étonné d'être obéi.

Louison ne revint pas. Le sabotier de la Gâtine s'inquiétait. Où avait-elle bien pu se rendre? Qui accepterait de la cacher? Le village, après son éclat, tombait dans une étrange torpeur. Aucune nouvelle alarmante n'arrivait au moulin où le maire-meunier protégeait le sabotier qui avait récupéré ses outils apportés par Poléon tout penaud. Mais le maire-meunier lui conseillait d'attendre encore un peu, que la colère des villageois se calme. On entendait rôder, la nuit, autour du moulin.

Un soir, dans la pénombre, Tête-de-loup apparut :

« Je viens vous chercher, sabotier. Où voulez-vous vous rendre?

— A Nantes, je trouverai bien du travail. J'ai envie de revoir la ville. Il faudrait que je puisse gagner Montaigu sans encombre. Après, c'est la grand-route jusqu'à la Loire.

— Je vais vous sortir d'ici, sabotier.

— Quand?

— Maintenant.

— Tu es fou. Il fait nuit noire.

— C'est justement le moment.

— Il fouine des rôdeurs autour du moulin, qui ne me disent rien qui vaille.

— Je connais le moyen de les chasser. »

Le sabotier de la Gâtine hésita, se dit que Tête-de-loup connaissait les passages les plus sûrs depuis le temps qu'il vagabondait par monts et par vaux par tous les temps, prit ses outils dans leur sac de cuir et suivit le fils de la fille Eléhussard.

Dès qu'ils furent dehors, des ombres se profilèrent le long de la grange et l'on entendit des pas sur la pierraille.

« Ecoute... Je t'avais averti... »

Tête-de-loup se mit à siffler, doucement, puis de plus en plus fort. On entendit le halètement d'animaux qui couraient, puis la fuite des rôdeurs pieds nus hurlant et entrechoquant leurs sabots comme des battoirs.

Tête-de-loup se remit à siffler, modulant le son d'une autre manière plus douce et le sabotier de la Gâtine vit arriver autour d'eux de grands chiens au museau fin, les oreilles droites, qui les regardaient de leurs yeux obliques, jaune or, lumineux dans les ténèbres.

« Mais, s'exclama-t-il, ce sont des loups!

– Allons, sabotier. Maintenant la route est libre. Et nous avons ces yeux luisants pour nous guider.

– C'est vrai, ce que disait Louison, que tu es un meneur de loups?

– Vous le voyez bien. »

Ils allèrent toute la nuit, dans le méandre des chemins creux, si obscurs qu'il semblait au sabotier de la Gâtine déambuler dans un dédale de souterrains. Les loups les précédaient, le nez au sol, flairant des traces. Aux premières lueurs du jour, Tête-de-loup montra au loin un clocher qui surmontait la ligne des arbres :

« Voilà Montaigu! Adieu, sabotier! »

Le sabotier hésita :

« Tu n'as pas vu Louison?

– Non.

– Si tu la vois, dis-lui que je suis à Nantes. Et puis non, ne lui dis rien. »

Ils se serrèrent la main. Tête-de-loup parut se souvenir de quelque chose :

« Mon père m'a demandé de vous dire qu'il n'approuve pas... Dommage que vous soyez un mécréant... Vous auriez pu, tous les deux, être de bonne compagnie. Il dit qu'au fond vous êtes un bon gars. C'est lui qui a voulu que je vous conduise...

– Ah! Dochâgne! Moi aussi, j'aurais bien aimé... Tant pis... Et on ne se retrouvera même pas dans un monde meilleur! »

Le sabotier de la Gâtine rajusta son sac de cuir sur son dos et partit en direction de Montaigu.

La dernière entrevue de Dochâgne avec le baron lui barbouillait le cœur. Il repensait toujours à ce reproche de docilité envers le comte : « Mais enfin, toi-même, tu exécutes tout ce qu'il veut. S'il ne t'avait pas pour le servir, il ne pourrait ruiner les petits métayers et les bordiers comme il le fait... » C'est vrai que, finalement, toutes ces catastrophes qui bouleversaient ce village dont il était l'un des créateurs ne pouvaient entièrement être mises sur le compte des maléfices. Chante-en-hiver avait été puni et les malédictions n'en continuaient pas moins. Voilà que maintenant le sabotier partait. Il ne resterait bientôt plus d'artisan au village. Jacques, lui-même, ne recevant plus guère de pratique devenait plus maître d'école que tisserand. Et puis, il fallait bien aussi l'admettre, l'amitié de Dochâgne et de Jacques s'affaiblissait. Dochâgne reconnaissait avec peine l'ouvrier choletais qu'il avait ramené au village après leur chouannerie de la troisième guerre. Jacques-le-tisserand n'était pas resté fidèle à la Petite-Eglise et ses relations privilégiées avec le curé-aux-bougies agaçaient Dochâgne. Oui, il y avait du vrai dans ce reproche du baron. Dochâgne comprenait enfin qu'il s'était laissé prendre dans les rets du régisseur du comte et que sa docilité n'était pas innocente car, en échange, il échappait à la misère. Quel chemin, depuis la sortie de son chêne, à demi nu, jusqu'à cette grande métairie qu'il dirigeait maintenant! Insidieusement transformé en laboureur que les valets appelaient maître, il en éprouvait une fierté qui l'aveuglait. Maître Dochâgne... Depuis sa discussion avec le baron, il lui apparaissait que Maître Dochâgne n'était lui aussi qu'un valet, le valet du régisseur, valet lui-même du comte et ce comte, que l'on ne voyait jamais, peut-être lui-même valet du roi? Et le roi? Valet des patauds qui continuaient à tirer les ficelles du fond de l'enfer!

Dochâgne avait envie de vomir. Il se sentait soudain très las. Il se sentait soudain très vieux. Si le bréviaire du curé-Noé disait vrai, sans doute dépassait-il les soixante ans. Il se sentait sexagénaire, mais en réalité, et bien que tout ce qui s'était passé avant qu'il ne se réfugie dans le creux du vieux chêne demeurât confus dans sa mémoire, il se remémorait qu'on lui racontait jadis la coïncidence de sa venue au monde avec la mort du roi Louis le quinzième. En tel cas, il ne devrait être que quadragénaire. Mais qu'importe! On a l'âge que l'on ressent. Et depuis la mort de Louis XV jusqu'à cette année 1820 il semblait bien à Dochâgne qu'il avait vécu plusieurs siècles.

Une autre phrase du baron l'obsédait aussi : « Et c'est à moi que tu vas en vouloir! »

Oui, il en voulait plus au baron qu'au comte. Le baron, lui aussi, comme les autres nobles, ne finissait-il pas par abandonner ses paysans? Resté son ami, il n'aurait jamais chassé Victorine et Victor. Et pourquoi ne lui avait-il pas donné ces baisers de paix qui se souvenaient de 93?

Dochâgne interrogea Jacques-le-tisserand sur ces

plaines à blé du sud dont il parlait au retour de son errance. Jacques confirma son récit d'un pays de cocagne, tout plat, où les champs de grains onduaient dans le vent. Et tout à côté, dans les herbages du marais, les bestiaux s'élevaient tout seuls, en quasi-liberté, sans qu'il soit besoin de vachers, des fossés d'eau formant les enclos. Dans son extrême pauvreté, Jacques ne voyait plus ce pays plat que comme une terre d'abondance et de facilité. Il est vrai que, comparée au bocage, la vie y était facile, mais, les années passant, Jacques transformait cette plaine du sud en une sorte de paradis terrestre.

« Le village ne me plaît plus guère, dit Dochâgne à Jacques-le-tisserand. Si je m'en allais vers les terres du sud, viendrais-tu? »

Jacques-le-tisserand montra un véritable affolement :

« Partir? Pourquoi? Le maire-meunier et le curé-aux-bougies sont bien bons pour moi. Ils m'ont fait maître d'école. Maintenant que le sabotier a disparu, le maire m'a dit que je pourrais faire des journées au moulin. »

Tout l'été, Dochâgne continua à mener sa métairie, mais sans entrain. Victor avait pris la place du grand valet et Victorine celle de Louise. C'était surtout sur eux deux que reposait la bonne marche de l'ouvrage. Mais Victor, plus rationnel que Dochâgne, se plaignait du trop grand nombre de valets et surtout de toute cette kyrielle de vieillards, de femmes et d'enfants qui encombraient.

« Ce n'est plus une métairie, père, c'est une arche de Noé. »

C'est vrai que la métairie de Dochâgne finissait par ressembler à une arche dans ce naufrage du village. Une arche de secours où venaient se réfugier bordiers et métayers en détresse. Des vieux, des éclopés, des veuves avec leurs couvées de marmots, des jeunes peu dociles qui acceptaient mal leur dénuement et pour lesquels Dochâgne apparaissait comme un patron avare.

Dochâgne se rendait bien compte que l'arche, trop chargée, risquait de couler. A force de ressasser la phrase du baron, il se voyait sous un autre jour qui l'effrayait. Il avait cru sauver ces bordiers et métayers en détresse et, en fait, le régisseur se servant de lui ne les étranglait que plus aisément. Avait-il été vraiment dupe? Ne s'était-il pas laissé aller, poussé par ce vieil instinct de rapacité de la terre offerte, de cette terre soudain agrandie, de ce vaste espace à exploiter que lui offrait le comte? Bien sûr, la terre ne lui appartenait pas, mais la vraie possession de la terre tient moins dans les livres des notaires, que dans la main de celui qui la travaille, qui l'ensemence, qui en récolte les fruits. Son esprit profondément religieux lui révélait son péché. Le régisseur réincarnait le Malin, le Tentateur qu'il n'avait su deviner. Se laissant glisser dans le péché de convoitise celui-ci l'avait mené tout naturellement au péché d'orgueil.

Il fallait qu'il se ressaisisse. Quand le régisseur passera, se promit-il, je lui demanderai mon congé pour la Saint-Michel.

Tête-de-loup vivait maintenant la plupart du temps dans la forêt, ne faisant que de brèves apparitions au village car il savait que les gardes du comte le pourchassaient et il se méfiait des villageois qui le regardaient de travers. Il n'était plus question qu'il puisse habiter dans la métairie de Dochâgne où, plusieurs fois, les gardes, inopinément, faillirent le découvrir. Lorsqu'il se rendait quand même chez son père, c'était dans l'obscurité et, avant lui, des loups venaient toujours fureter autour de la maison, comme en cette nuit déjà lointaine où il était arrivé des Vosges. Sous sa peau de bique, Tête-de-loup sortait toujours des lièvres, un marcassin, des perdrix. C'était lui, le mât de cocagne. Dochâgne protestait pour la forme, gêné par ces largesses. Non pas que le braconnage l'offusquât. Tout paysan considérait le braconnage comme une juste compensation du droit de chasse contesté par les nobles. Toutefois, Tête-de-loup ne gagnait pas son pain, et le pain, c'était écrit dans les Livres, devait se gagner à la sueur de son front. Tête-de-loup trichait. Comme tout tricheur il serait un jour pris la main dans le sac. Les hussards, se lamentait Dochâgne, le sang des hussards m'a enlevé ce petit!

Tête-de-loup repartait avant l'aube. Il suivait dans la forêt des itinéraires de prédilection, avec des points de repère, comme le chêne aux clous dont le tronc se recouvrait maintenant de pointes jusqu'à six pieds de hauteur. Chaque ouvrier itinérant, charpentier, menuisier, charron, maçon, y fichait un clou en passant. Ils ne s'arrêtaient pas là en hommage à Dochâgne, comme les premiers qui commencèrent cette coutume. Un rite beaucoup plus ancien les animait puisqu'ils appelaient cet arbre le chêne du druide.

Tête-de-loup aimait aussi revenir régulièrement à ce Pavé de Gargantua devenu la Pierre-du-bon-curé. Un jour, comme il y arrivait, il perçut un bruit de broussailles et se précipita vers les branches remuées pour y saisir la bête qui s'y cachait. Ce n'était pas une bête. La Louison apparut, tout amaigrie, en guenilles, les pieds en sang, à peine reconnaissable. Elle se débattit, mais Tête-de-loup la maintenait de ses doigts maigres, durs comme des serres, furieux de la voir dans *sa* forêt. En même temps il savait bien qu'elle ne pouvait retourner au village au risque de s'y faire écharper. Il desserra son étreinte. Louison se précipita contre le dolmen, comme si elle pensait y trouver refuge.

Ils restèrent tous les deux un moment immobiles, tendus, l'un et l'autre à la fois chasseur et proie, si loin des hommes, si loin du village, dans cette immense solitude d'arbres et de fougères. Tête-de-loup regardait Louison qui ne ressemblait plus guère à la jeune fille émoustillante et ironique du cabaret de la forge. Elle s'était transformée en sauvagine, en animal de griffes et de dents, prêt à mordre. Il détestait la fille de Chante-en-hiver, trop sûre d'elle, trop superficielle, trop féminine sans doute pour sa rudesse. Mais cet être affamé, prêt à bondir, lui devenait soudain tout à fait proche. Il ne voyait plus Louison. Il voyait la louve. Sortant de sa besace un morceau de pain, il le lui tendit.

Le dernier jour de septembre, une caravane de charrettes quitta le village en direction du sud. En tête s'avançait une limonière attelée à deux bœufs, conduite par Victor. Dochâgne avait dû batailler ferme contre le régisseur pour obtenir ces deux bœufs dans le partage. Il avait sauvé aussi une vache qui, ajoutée à celle de Victor, tirait la charrette dans laquelle se tenaient Louise et Victorine, avec leurs nouveau-nés : Marthe et Marie, empaquetées dans des paniers d'osier. Suivaient les carrioles des métayers et des bordiers qui accompagnaient Dochâgne. Les vieux, les malades, les tout petits enfants s'y entassaient, juchés sur les coffres, les cages à poules, entre les ustensiles de cuisine en fer, les poteries, les quenouilles et les rouets. Les adultes allaient à pied, le long des voitures. Certains poussaient devant eux quelques chèvres, quelques moutons. Les ânes et les mulets, chargés de sacs, de barils, se suivaient à la queue leu leu. Le petit Jean, le filleul de Tête-de-loup (qui n'était pas du voyage), se tenait perché sur les épaules de Dochâgne. S'accrochant d'une main à la culotte bouffante de son père, Arsène le troisième marchait gravement, avec tout le sérieux de ses cinq ans, portant ostensiblement sur la poitrine un sachet de cuir dans lequel il transportait, roulé, son cordon ombilical. Il l'enterrerait sous un rosier, là-bas, dans le pays où l'on s'arrêterait.

Poléon pleurnichait, sans que l'on sache pourquoi. Il semblait le seul à regretter de quitter le village et se faisait houspiller par les autres jeunes qui le traitaient de poule mouillée.

Jacques-le-tisserand et Augustine-la-bouétouse n'avaient pas voulu suivre le convoi. Comme ils ne pouvaient, bien sûr, rester dans la métairie, le curé-aux-bougies les avait invités à s'installer dans le presbytère. Y mettant leur misère en commun, faisant d'un même lieu la cure et l'école, ils pensaient l'un et l'autre y trouver leur compte.

Dochâgne, comme les autres métayers qui le suivaient, avait presque tout perdu du fruit de son travail. Le régisseur trouvait toujours des prétextes pour retenir un porc, un bœuf, une vache, un mouton de plus. Mais le régisseur appliquait la loi. Dochâgne le savait. Il avait fait fructifier la terre du comte, multiplié les têtes de bétail, restauré les bâtiments, mais arrivé dans cette métairie les bras nus, comme il en repartait avec un petit bien, il remerciait le Seigneur de sa générosité.

Les premières pluies d'automne commençaient à détremper les pistes. Les ridelles des charrettes accrochaient les branches mouillées qui dégoulinaient. Il était temps de se sortir du labyrinthe des chemins creux et d'aborder aux routes où les voitures risquaient moins de s'embourber. Victor, en tête, chantait une de ces chansons de bouvier, tout en onomatopées, sorte de conversation avec les bœufs, appelés par leurs noms dans une lente mélopée grasseyante. Dochâgne, le petit Jean sur ses épaules, Arsène le troisième accroché à sa culotte, se sentit soudain heureux comme il ne l'avait plus été depuis bien longtemps. Il amenait son arche vers un nouveau village qu'il espérait fonder dans le sud, aux confins de la plaine et du marais, entre les blés et les herbages. Tous ceux qui le suivaient étaient adeptes de la Petite-Eglise. Il pensa au curé-Noé, se demanda si celui-ci l'eût approuvé de conduire ses fidèles dans cet exode. Tous les hommes arboraient leurs grands chapelets aux gros grains de buis autour du cou, comme des colliers. Et puisque certains portaient en bandoulière leurs fusils de chasse, on se serait cru en 93. Dochâgne se mit à chantonner un vieil air, qui lui revenait, une de ces chansons chemineresses de sa jeunesse. Puis il chanta avec plus d'assurance, de plus en plus fort. Dans leur limonière, Louise et Victorine se dressèrent pour le regarder, étonnées de voir Dochâgne, qu'elles n'avaient jamais entendu même fredonner, retrouver soudain ses chansons.

TABLE

DU MÊME AUTEUR

IMPRIMÉ EN FRANCE PAR BRODARD ET TAUPIN
Usine de La Flèche (Sarthe).
LIBRAIRIE GÉNÉRALE FRANÇAISE - 6, rue Pierre-Sarrazin - 75006 Paris.

ISBN : 2 - 253 - 03727 - 3   ◈ 30/6094/4